SÉRIE NOIRE
Collection créée par Marcel Duhamel

JØRN LIER HORST

LA CHAMBRE DU FILS

UNE ENQUÊTE DE WILLIAM WISTING

*TRADUIT DU NORVÉGIEN
PAR AUDE PASQUIER*

GALLIMARD

Cet ouvrage a été publié avec le concours
de Marie-Caroline Aubert.

Titre original :
DET INNERSTE ROMMET

© Jørn Lier Horst, 2018.
Published by agreement with Salomonsson Agency.
© Éditions Gallimard, 2022, pour la traduction française.

1

Il était neuf heures cinquante-sept du matin, le lundi 18 août.
On fit entrer William Wisting dans le spacieux bureau. L'endroit était différent de ce à quoi il s'attendait. Il avait imaginé des meubles imposants, du cuir, de l'acajou, mais la pièce était aménagée avec simplicité et dans un esprit pratique. Une table de travail chargée de hautes piles de documents dominait l'ensemble. Le fauteuil, assorti au bureau, était usé aux accoudoirs. Autour de l'écran d'ordinateur, des photos de famille de diverses tailles aux cadres dépareillés.
La femme qui avait accueilli Wisting dans l'antichambre lui emboîta le pas ; elle disposa tasses, verres, carafe d'eau et cafetière sur une table basse dans un coin salon.
Pendant qu'elle s'affairait, Wisting jeta un coup d'œil dehors. Le soleil était déjà haut dans le ciel. La Karl Johans gate ne tarderait pas à se remplir de monde.
La femme reprit le plateau vide, qu'elle pressa contre sa poitrine, puis adressa à Wisting un signe de tête assorti d'un sourire et quitta la pièce.

Cela ne faisait même pas deux heures qu'il avait reçu le message du procureur général de Norvège. Il ne l'avait encore jamais rencontré en personne. Il l'avait certes entendu faire une conférence sur la qualité des enquêtes, au cours d'un séminaire, mais il n'avait pas pris la peine d'aller se présenter à lui.

Johan Olav Lyngh était grand. Chevelure grise, visage carré. Ses rides et ses yeux bleu glacier donnaient l'impression d'un homme endurci.

— Asseyons-nous, dit-il en désignant de la main le canapé adossé au mur.

Wisting prit place.

— Café ? proposa Lyngh.

— Oui, merci.

Le procureur général les servit. On remarquait dans sa main un tremblement qui n'était signe ni d'anxiété, ni d'inquiétude, mais probablement une affection due à l'âge. Johan Olav Lyngh avait dix ans de plus que Wisting. Il occupait le poste de chef du Parquet de Norvège depuis vingt et un ans. En cette époque où toutes les structures familiales de la police étaient en pleine mutation, Lyngh représentait en quelque sorte un point d'ancrage, un havre de sûreté. C'était quelqu'un qui ne changeait pas de cap sur les conseils de consultants qui voulaient diriger les affaires publiques à la façon d'entreprises privées.

— Merci d'être venu si vite, dit-il.

Wisting prit sa tasse de café et hocha la tête. Il n'avait pas la moindre idée de la raison de sa présence, mais devinait que la conversation qui s'annonçait contiendrait des informations extrêmement sensibles.

Le procureur général se servit un verre d'eau et en but une gorgée, comme s'il avait envie de s'éclaircir la voix.

— Bernhard Clausen est mort ce week-end, lança-t-il.

Wisting sentit un nœud se former dans son ventre et un pressentiment douloureux l'envahir. Bernhard Clausen était un parlementaire à la retraite ayant appartenu au parti travailliste ; il avait occupé des postes ministériels dans divers gouvernements. Vendredi, il avait été pris d'un malaise dans un restaurant du port. Une ambulance était venue le chercher mais, le lendemain, le siège du parti avait annoncé son décès, à l'âge de soixante-huit ans.

— J'ai entendu dire qu'il s'agissait d'un arrêt cardiaque, dit Wisting. Y a-t-il des raisons de croire autre chose ?

Le procureur général secoua la tête.

— Il a eu une nouvelle attaque à l'hôpital, expliqua-t-il. Une autopsie en bonne et due forme est prévue plus tard dans la journée, mais à première vue rien n'indique qu'il ne s'agirait pas d'une mort naturelle.

Wisting, sa tasse à la main, attendit la suite.

— Le secrétaire du parti travailliste m'a contacté hier soir, poursuivit le procureur général. Il se trouvait à l'hôpital au moment où Clausen a succombé.

Le chef du Parquet faisait allusion à Walter Krom.

— À la mort de son fils, puisqu'il ne restait plus aucune famille proche à Clausen, il a désigné Krom comme personne contact. C'est donc lui qui a recueilli les effets que Clausen avait sur lui quand il a été hospitalisé. Dont les clefs de son chalet à Stavern, où le parlementaire avait l'habitude de passer une grande partie de la belle saison.

Wisting savait où se trouvait le chalet en question car, à

l'époque où Clausen avait officié en tant que ministre des Affaires étrangères, l'endroit avait été inclus dans la liste des propriétés dont la police devait assurer la sécurité. Il était situé en bordure de la zone de chalets construits le long de la Hummerbakken et, à strictement parler, était plus proche de Helgeroa que de Stavern.

— Krom est passé au chalet hier dans le but de vérifier que portes et fenêtres étaient bien fermées. Mais il avait aussi une autre idée en tête : voir s'il y trouverait des informations susceptibles d'être compromettantes pour les travaillistes. Clausen était certes à la retraite, mais il siégeait encore au sein d'un groupe consultatif proche de la direction.

Wisting se pencha légèrement en avant sur le canapé.

— Et qu'a-t-il trouvé ? demanda-t-il.

— Le chalet est vieux et très grand, poursuivit le procureur général, comme s'il avait besoin de temps pour en venir au fait. C'est le beau-père de Clausen qui l'a construit dans les années 1950 et, quand Clausen est entré dans la famille, il l'a aidé à l'agrandir. Saviez-vous qu'à l'origine, avant de faire de la politique à plein temps, Clausen était ouvrier ? Il travaillait comme coffreur et soudeur d'armatures.

Wisting hocha la tête. Bernhard Clausen appartenait à la vieille garde des travaillistes. Il était l'un des rares hauts responsables à avoir commencé en tant qu'ouvrier dans l'industrie. C'était sa charge de délégué syndical qui avait éveillé son intérêt pour la politique.

— Le chalet a été construit dans l'idée de pouvoir accueillir une famille nombreuse, enfants et petits-enfants compris. Il y a six chambres au total.

Le procureur général lissa un pli sur son pantalon de costume gris.

— Une de ces chambres était verrouillée, reprit-il. L'une des plus petites, avec un seul lit superposé. Krom y est entré grâce à une clef du trousseau. Il a trouvé des cartons empilés sur les matelas – j'ignore combien –, il les a examinés. Ils étaient pleins d'argent. En liquide.

Wisting se redressa sur le canapé. Il avait déjà envisagé de nombreuses pistes au fil de la conversation, mais celle-là non.

— Des cartons bourrés d'argent? répéta-t-il. De quoi parle-t-on exactement? Quelle somme au total?

— Des devises étrangères, répondit le procureur général. Des euros et des dollars. Environ cinq millions de chaque.

Wisting ouvrit la bouche, cherchant ses mots.

— Dix millions… de couronnes norvégiennes?

Le procureur général fit signe que non.

— Cinq millions d'euros et cinq millions de dollars, rectifia-t-il.

Wisting essaya de faire le calcul dans sa tête. Le total devait avoisiner les quatre-vingts millions de couronnes norvégiennes.

— D'où viennent-ils? demanda-t-il.

Le procureur général ouvrit les bras, l'air perplexe, pour indiquer que c'était un mystère.

— Voilà pourquoi je vous ai demandé de venir, répondit-il. Je vous charge de le découvrir.

Le silence tomba. Wisting laissa son regard errer par la fenêtre en direction de la cathédrale d'Oslo.

— Géographiquement parlant, c'est de votre ressort,

reprit le procureur général. Le chalet est dans votre secteur. Et puis, vous avez les compétences requises. Cette enquête doit rester confidentielle. L'affaire est extrêmement sérieuse. Bernhard Clausen a servi pendant quatre ans en tant que ministre des Affaires étrangères de Norvège et a joué un rôle crucial au Parlement dans le Comité de défense. Il pourrait y avoir des intérêts nationaux en jeu.

Wisting réfléchit. Clausen avait en effet eu un rôle important dans des décisions touchant les relations entre la Norvège et des puissances étrangères.

— J'ai demandé à votre supérieur de vous libérer de toutes vos tâches en cours – sans lui dire sur quoi vous alliez travailler, naturellement, conclut en se levant le procureur général de Norvège. Je vous donne accès à toutes nos ressources, tant au niveau financier que technique. Les laboratoires de Kripos accorderont la priorité à chacune de vos requêtes.

Lyngh s'approcha du bureau, sur lequel il prit une grande enveloppe.

— Où se trouve l'argent actuellement ? voulut savoir Wisting.

— Toujours dans le chalet, répondit le procureur général en lui tendant l'enveloppe.

Au toucher, Wisting devina qu'elle contenait, entre autres, un trousseau de clefs.

— Je veux que vous constituiez un petit groupe de personnes qualifiées et que vous preniez cette affaire en charge, déclara Lyngh, toujours debout. Krom a mis Georg Himle au courant car Himle était Premier ministre à l'époque où

Clausen était au gouvernement. À part lui, personne ne sait rien. Et il faut que cela dure.

Wisting se leva. Manifestement, la réunion touchait à sa fin.

— Le chalet est équipé d'une alarme qui date de l'époque où Clausen était au gouvernement. Le code a été changé, à la fois pour son chalet et pour sa maison. Vous l'avez là-dedans, ajouta le procureur général en désignant l'enveloppe du doigt. Je suggère que, pour commencer, vous mettiez l'argent en lieu sûr.

2

Quand il ressortit du grand bâtiment du centre-ville, Wisting fut frappé par la chaleur. C'était la fin de l'été. Il prit une profonde inspiration, traversa la Karl Johans gate et se dirigea droit vers le parking où il avait laissé sa voiture. Avant de démarrer, il vida le contenu de l'enveloppe sur le siège passager.

Le nouveau code de l'alarme était 1705. En plus du trousseau de clefs, l'enveloppe contenait un portefeuille de cuir noir, une montre en or, un téléphone portable et quelques pièces de monnaie. Les effets que Bernhard Clausen avait sur lui en arrivant à l'hôpital.

Le téléphone était un vieux modèle. Robuste, fonctionnel, doté d'une grande autonomie. Il restait de la batterie.

L'écran indiquait deux appels en absence, mais pas l'identité du correspondant.

Wisting le mit de côté et inspecta le portefeuille, éraflé, usé, légèrement incurvé. L'ouvrant, il découvrit quatre cartes de crédit différentes, un permis de conduire, une attestation de couverture sociale, des cartes de fidélité dans différentes chaînes hôtelières, et une carte de membre du parti travailliste.

Dans la poche à billets, sept cents couronnes, quelques tickets de caisse, et la carte de visite d'un journaliste d'*Aftenposten*. Protégées par une pochette en plastique, une photo de la femme de Clausen et une autre de son fils, tous deux disparus.

Lisa Clausen était décédée à l'époque où son époux était ministre de la Santé. Cela devait faire au moins quinze ans, mais Wisting se souvenait encore de l'attention que les médias avaient accordée à l'événement. On lui avait diagnostiqué un cancer rare. À l'époque, elle travaillait pour LO, la confédération des syndicats norvégiens. Il existait bien un traitement, expérimental et coûteux, mais il n'avait pas encore été approuvé par les autorités sanitaires norvégiennes. En tant que ministre de la Santé, Bernhard Clausen était donc, quoique de manière indirecte, le principal responsable du fait que sa femme n'avait pas eu accès aux soins qui auraient pu lui sauver la vie.

Elle avait quelques années de moins que son mari. Leur fils devait avoir la vingtaine à l'époque. Il avait trouvé la mort un an après elle, dans un accident de la circulation. Deux tragédies avaient ainsi frappé Bernhard Clausen coup sur coup. Il avait disparu pendant un temps de la politique et de la vie publique avant de revenir en tant que ministre des Affaires étrangères.

Wisting remit téléphone, clefs et portefeuille dans l'enveloppe et jeta un coup d'œil à la montre en or. Le bracelet était en or lui aussi, ou du moins en plaqué. Le cadran portait le logo rouge du parti travailliste.

Il laissa la trotteuse parcourir un tour entier pendant qu'il rassemblait ses esprits, déposa la montre dans l'enveloppe, et démarra.

La première personne qu'il devait recruter était Espen Mortensen. Mortensen était un agent expérimenté de la police scientifique et technique, un homme énergique, quelqu'un qui maîtrisait parfaitement son domaine tout en étant polyvalent. De plus, il était fiable. On pouvait compter sur lui pour ne pas parler à tort et à travers. Wisting l'avait croisé dans un couloir du commissariat très tôt ce jour-là ; il était de retour après trois semaines de vacances.

Wisting suivit les panneaux indiquant l'E18 pour quitter la capitale et appela son collègue.

Mortensen décrocha. Il semblait occupé.

— Tu as eu le temps de te mettre à jour après tes vacances ? demanda Wisting.

— Pas complètement, répondit Mortensen. Il y a pas mal de dossiers en cours.

— Il va falloir que tu laisses tout tomber. J'ai besoin de toi pour un projet.

— Ah oui ?

— Je serai à Stavern dans une heure et demie, dit Wisting en jetant un coup d'œil à l'horloge du tableau de bord. Prends ton équipement de terrain et rejoins-moi sur le parking du stade, on finira la route ensemble.

— Qu'est-ce qui se passe ? demanda Mortensen.

— Je t'expliquerai plus tard, répondit Wisting. Ne dis rien à personne.

— Et Hammer ?

Nils Hammer était juste au-dessous de Wisting dans la hiérarchie ; c'était lui le responsable en son absence.

— Je vais lui parler.

Il mit fin à l'appel et chercha le contact de Hammer.

— J'ai une mission qui fait que je suis obligé de m'absenter un moment, expliqua-t-il. Tu vas devoir diriger la boîte en attendant.

— Quel genre de mission ?

— Un truc de haut niveau.

Hammer savait qu'il valait mieux ne pas poser trop de questions.

— Combien de temps ça va durer ?

— Aucune idée, répondit Wisting. Pour commencer, je prends Mortensen avec moi. Tu vas devoir te passer de lui pendant une semaine.

Il savait que cela mettait Hammer dans une situation difficile, les ressources humaines étant déjà plutôt limitées au bureau.

— Très bien, répondit son adjoint. Autre chose que je devrais savoir ?

Wisting avait confiance en Hammer, ce qu'il pourrait lui dire ne serait pas répété, mais il n'y avait aucune raison de l'informer plus précisément de la situation. Ils n'étaient, du moins pour le moment, face à aucune menace concrète, aucun danger direct nécessitant son aide.

— Je ne sais pas encore grand-chose moi-même, avoua-t-il.

— Très bien, répéta Hammer. Je suis là si jamais tu as besoin de quoi que ce soit.

Lorsque Wisting raccrocha, l'autoradio se remit en marche automatiquement. Il l'éteignit. On n'entendit plus que le ronronnement du moteur et le bruit régulier des roues sur l'asphalte. Quelques hypothèses au sujet de la provenance de l'argent commençaient déjà à prendre forme dans sa tête.

Bernhard Clausen était un vétéran du parti ayant une longue carrière politique et d'innombrables luttes de pouvoir derrière lui. Il avait toujours été proaméricain. Pendant la guerre en Irak, il avait poussé pour que la Norvège soutienne l'attaque planifiée par les États-Unis, ce qui avait créé des désaccords au sein du gouvernement. Au bout du compte, Clausen avait essuyé une défaite lorsqu'il avait été décidé que la Norvège ne participerait pas à la guerre d'agression proprement dite et se contenterait d'envoyer un soutien militaire pour stabiliser le pays. En tant que président du Comité de défense du Parlement, Clausen avait également joué un rôle central par la suite, lorsqu'un accord d'achat d'avions de combat suédois par l'armée norvégienne avait été rejeté au profit d'appareils de fabrication américaine – accord dont le montant final s'était tout de même élevé à plus de quarante milliards de couronnes.

Wisting serra les mains sur le volant. La cupidité était souvent à la racine de tout ce qui avait un goût de corruption et d'abus de pouvoir.

Cette enquête s'annonçait d'un autre niveau que celui auquel il était habitué, mais il partait sur les meilleures bases possible : il avait l'argent. Or, celui-ci laissait toujours des traces derrière lui. Il s'agissait désormais de les pister jusqu'à la source.

3

La camionnette blanche anonyme dans laquelle Mortensen transportait son équipement était garée devant le stade de Stavern, à l'ombre. Mortensen, assis au volant, mangeait une pomme. Quelques garçons jouaient au foot sur le terrain en gazon artificiel.

Wisting gara sa voiture, en sortit et se dirigea vers la camionnette à la vitre baissée.

— On va au chalet de Bernhard Clausen, annonça-t-il.

Mortensen poussa un juron et lança le trognon de pomme sur le tapis de sol côté passager.

— Ce n'est pas à cause de sa mort, se hâta d'ajouter Wisting. C'est autre chose.

Il lui raconta sa rencontre avec le chef du Parquet de Norvège plus tôt dans la journée et la trouvaille que le secrétaire du parti travailliste avait faite au chalet.

— Je connais le chemin, conclut-il. Suis-moi.

Il retourna à sa propre voiture et vérifia dans le rétroviseur que Mortensen le suivait bien avant de s'engager sur la route menant à Helgeroa.

Les habitations se firent de plus en plus dispersées et, très vite, ils ne furent plus entourés que de champs de maïs ployant sous le poids des épis. Au bout de quelques kilomètres, Wisting tourna en direction de la côte et de la zone des chalets. L'asphalte était vieux et fissuré et, ici et là, les pierres du tablier apparaissaient au grand jour.

Parvenu à un carrefour, il dut consulter la carte sur son téléphone et prit une route de terre plus étroite que la précédente. Elle s'achevait devant un chalet couleur ocre au toit d'ardoises grises, avec une véranda donnant sur la mer.

Une voiture était garée devant, une Toyota fatiguée, probablement celle de Clausen. Vendredi, un vieux camarade du parti était passé le chercher pour le conduire à Stavern.

Wisting rangea sa voiture un peu à l'écart pour que Mortensen puisse laisser sa camionnette le plus près possible de la porte.

Il sortit le trousseau de clefs de l'enveloppe et se dirigea vers le chalet. En haut d'un mât à drapeaux, un fanion flottait mollement au vent. On entendait le bruit d'un bateau à moteur en contrebas.

Le chalet était relativement isolé, sans vis-à-vis direct. De vieux pins tordus lui faisaient de l'ombre. Une pente herbeuse s'étirait sur une bonne cinquantaine de mètres en direction de rochers plats polis par la mer et entourant une crique peu profonde. Sur le ponton, deux enfants couchés à plat ventre avaient mis une ligne à l'eau. Au-dessus d'eux, un banc de nuages immobile s'étalait dans le ciel.

Wisting s'avança jusqu'à la porte d'entrée, examina les clefs, et trouva la bonne du premier coup.

Dans l'entrée, le panneau de l'alarme se mit à clignoter

et à émettre des signaux sonores. Wisting composa le code et un voyant vert s'alluma.

À côté du panneau, deux manteaux étaient suspendus à une patère. Au sol, une paire de bottes en caoutchouc et des sandales.

À l'intérieur, la cuisine s'ouvrait sur le séjour. Quelques mouches bourdonnaient autour d'une casserole posée sur la cuisinière. Sur le plan de travail, une assiette contenant les restes d'un repas. Dans un coin du salon, une grande cheminée ouverte. Une porte donnait sur la véranda et, de là, un large escalier menait dehors. Sur un mur, un grand portrait de Clausen coupant du bois, vêtu d'un maillot de corps sans manches ; sa hache plantée dans le billot, il essuyait la sueur à son front avec un mouchoir à carreaux. C'était devenu une photo emblématique, réutilisée à de nombreuses occasions. Dans la vie ordinaire, Bernhard Clausen portait un costume, mais les gens avaient gardé cette image de lui en maillot de corps. Il était perçu comme un travailleur, symbolisait les racines et l'ancrage du parti, et parlait aussi bien aux ouvriers qu'aux couches supérieures de la société. Cela lui donnait une position capitale au sein de sa famille politique, et sans lui, la prochaine campagne électorale ne serait pas la même.

Les autres photos accrochées au mur, plus petites, montraient Clausen en compagnie de diverses personnalités qu'il avait eu l'occasion de rencontrer, notamment à l'époque où il était ministre des Affaires étrangères : Nelson Mandela, Vladimir Poutine, Dick Cheney, Gerhard Schröder, Jimmy Carter recevant le prix Nobel de la paix et plusieurs Premiers ministres norvégiens. Sa crinière grise était un peu plus fournie sur les photos les plus anciennes, mais son regard bleu acier était resté le même au fil des ans.

Du salon partait un couloir qui desservait des chambres à coucher de chaque côté. Visiblement, Bernhard Clausen utilisait la plus proche. Le lit était fait, un livre posé sur la table de chevet, des vêtements pliés sur une chaise. Par terre, un sac de voyage noir. La porte d'en face ouvrait sur une petite salle de bains.

La chambre que Wisting et Mortensen cherchaient se trouvait au milieu du couloir. Il y régnait une odeur différente de celle des autres pièces : sèche, poussiéreuse, tiède, renfermée. Les murs étaient tapissés de lambris en pin enduits et l'ameublement se résumait à un lit superposé, une table de chevet et un placard contre la cloison mitoyenne de la pièce voisine. Des affiches couvraient les murs, et diverses idoles des années 1990 côtoyaient des slogans politiques : Nirvana, U2 et Metallica se mêlaient à «Pas de changement de cap», «La sécurité au quotidien» et «L'État providence avant tout». Au sol, une lirette. Près du lit superposé, une fenêtre munie de fins rideaux à fleurs. La fenêtre elle-même était condamnée de l'extérieur par un panneau ; deux bouches d'aération avaient été percées en haut du mur.

Au total, on comptait neuf boîtes en carton. Quatre sur le lit du bas, cinq sur celui du haut. Sur le lit du bas, il y avait aussi un jerrican muni d'un bec, une pompe, et un raccordement pour moteur hors-bord.

Les cartons étaient de tailles et de formes différentes. Certains étaient des cartons à bananes, du genre qu'on obtenait facilement dans une épicerie.

Mortensen prépara son matériel photographique. Chaque fois qu'il changeait d'angle de prise de vues, Wisting se déplaçait et se collait au mur pour ne pas le gêner. Pendant la manœuvre, son épaule accrocha l'une des vieilles affiches à slogan politique, qui se déchira et s'enroula sur elle-même, révélant dans la cloison un trou rond d'un centimètre de diamètre. Wisting y colla l'œil. Il ne voyait rien, mais découvrit un deuxième trou.

— Qu'est-ce que tu as trouvé ? lui demanda Mortensen. Un judas ?

— Je n'en sais rien, répondit Wisting en enlevant toute l'affiche.

Elle dissimulait deux autres ouvertures. Wisting tira un stylo à bille de la poche de sa chemise, l'enfonça dans le trou, et sentit le stylo buter contre une fine couche de papier.

Mortensen braqua son objectif vers le mur. Wisting sortit dans le couloir et passa dans la pièce voisine. Des affiches de vieilles campagnes politiques tapissaient tout l'espace. « Pour la social-démocratie car nous avons besoin les uns des autres », « Une nouvelle croissance pour la Norvège », « Les seniors et la santé d'abord ».

Il enleva une affiche qui incitait à voter « OUI à l'UE ». Derrière, quatre trous. Chacun d'eux donnait à voir un endroit différent de la pièce d'à côté.

Mortensen l'avait rejoint.

— C'est spécial, commenta-t-il en portant son appareil photo à son visage.

— Finissons-en, dit Wisting en retournant dans la pièce qui abritait l'argent.

Mortensen enfila une paire de gants en latex, empoigna

à deux mains un carton d'emballage d'un ordinateur de marque Siemens Nixdorf, et le posa au sol. Il était lourd, plus que s'il avait contenu des ramettes de papier.

Les rabats étaient maintenus en place par de larges bandes de ruban adhésif marron. Wisting se demanda si c'était le secrétaire du parti qui les avait posées, ou Clausen.

Il enfila des gants à son tour et ouvrit la boîte. Elle était remplie de billets de cent dollars américains. Certains étaient en liasse, maintenus par un ruban gris, mais ils n'étaient pas empilés les uns sur les autres. On aurait plutôt dit qu'ils avaient été fourrés dans la boîte en quatrième vitesse.

Wisting prit une liasse dans la main. Il estima qu'il tenait là une centaine de billets, soit dix mille dollars. Le carton en contenait peut-être deux cents autres. Donc, deux millions.

Il remit l'argent en place, passa à un carton sur le matelas du haut, l'ouvrit. Il y trouva d'innombrables liasses d'euros en diverses coupures : vingt, cinquante et cent.

Mortensen fit un pas en arrière, comme pour mieux digérer leur découverte.

— Ils doivent être en train de prendre la poussière depuis des années, dit-il. On dirait qu'il ne s'en est pas servi.

Wisting était du même avis. Rien chez Bernhard Clausen n'indiquait qu'il possédait une telle fortune. Au contraire, il donnait plutôt l'impression de mener un train de vie modeste.

Mortensen fit un pas en avant et examina une liasse de billets.

— Est-ce que ça pourrait être une sorte de réserve secrète mise à sa disposition en tant que ministre des Affaires étrangères ? De l'argent pour payer la rançon de soldats norvégiens retenus en otage par des organisations terroristes ou quelque chose comme ça ?

Wisting haussa les épaules. C'était une possibilité. Il existait bel et bien des fonds pour de telles situations de crise, mais certainement pas stockés dans des cartons à bananes chez un homme politique à la retraite.

Il s'approcha d'un placard, l'ouvrit. L'endroit était bourré de vieux journaux et magazines. L'une des étagères croulait sous toutes sortes de bombes aérosols, de l'insectifuge à la laque pour cheveux. Au fond de l'armoire, deux bombonnes de propane. Wisting se pencha pour regarder sous le lit. Il y avait là deux autres bidons d'essence et un autre carton. Un tourbillon de poussière s'éleva quand il le tira à lui.

Il contenait de vieilles bandes dessinées. Wisting souleva celles du dessus de la pile ; en dessous, il découvrit des magazines pornographiques, allemands, à en juger par la couverture. Il les remit en place, repoussa la boîte sous le lit, se leva et se frotta les mains pour en ôter la poussière.

— Au travail, dit-il en désignant d'un signe de tête le lit superposé. On prend tout en photo et on emporte l'argent.

— Où est-ce qu'on va le stocker ? demanda Mortensen.

— Chez moi, répondit Wisting.

— Chez toi ? Tu comptes le garder toi-même ?

— Temporairement, répondit Wisting. Jusqu'à ce qu'on sache de quoi il retourne.

— Eh bien, j'espère que tu as une alarme digne de ce nom.

Wisting, son téléphone à la main, quitta la pièce pour laisser le champ libre à Mortensen pendant que celui-ci mettait les cartons sous scellés et en marquait le contenu.

Il enleva ses gants en latex, sortit du chalet, et se dirigea du côté qui donnait sur la mer. Un espace confortable, équipé d'une cheminée extérieure, d'un barbecue, d'une table tout en longueur et de lampes chauffantes, avait été aménagé contre la roche. Wisting tourna le dos au chalet et parcourut la liste de ses contacts sur son téléphone. Elle était devenue longue. Il y avait là-dedans des gens à qui il n'avait pas parlé depuis des années. Finalement, il trouva celui qu'il cherchait, et sélectionna son numéro personnel.

Il connaissait Olve Henriksen de longue date. Ils avaient candidaté à l'école de police en même temps, mais Olve avait la vue trop basse pour être admis. Aujourd'hui, il était propriétaire de l'une des plus grandes entreprises de gardiennage du pays et proposait toute une gamme de services, du recrutement d'un vigile au transport d'objets de valeur, et gagnait probablement trois fois le salaire de Wisting.

— J'ai besoin d'une alarme antivol, dit Wisting quand l'autre eut décroché.

Olve Henriksen suggéra qu'un installateur le rappelle afin qu'ils puissent convenir d'un rendez-vous pour une inspection des lieux.

— J'en ai besoin aujourd'hui, l'interrompit Wisting.

— Je vois, répondit Olve.

Il y eut une pause pendant laquelle Wisting patienta. À ses pieds, sur les dalles en ardoise, de petites fourmis noires avançaient à la queue leu leu et disparaissaient à l'intérieur d'une fissure dans le mur.

— Je peux t'envoyer quelqu'un à seize heures, proposa finalement Olve.

Wisting le remercia et lui indiqua l'adresse.

— Encore une chose, dit-il avant qu'ils raccrochent.
— Oui ?

Wisting hésita un moment, craignant qu'Olve Henriksen n'en tire des conclusions, mais se dit qu'il saurait rester discret.

— As-tu une machine pour compter les billets de banque ? demanda-t-il.

— À la comptabilité, oui, confirma Olve.

— Elle est déplaçable ? demanda Wisting.

— On en a trois, dit Olve. Dont deux transportables.

— Il y en a une que je pourrais emprunter ?

— Viens ici avec l'argent, suggéra Olve.

— Je ne préfère pas, dit Wisting. Je peux passer la chercher.

— Très bien.

Ils se mirent d'accord sur une heure et un lieu de rendez-vous, puis Wisting retourna à l'intérieur.

Mortensen, assis sur une chaise dans le salon, feuilletait le livre d'or du chalet. Il avait gardé ses gants.

— Hans Christian Mukland est venu ici la semaine dernière, dit-il en montrant du doigt une signature sur l'une des dernières pages. Il était ministre de la Justice à l'époque où j'étais à l'école de police.

Wisting lui prit le livre des mains.

— Il y en a quatre autres sur l'étagère, lui indiqua Mortensen. Tous ceux qui sont passés depuis les années 1950 ont laissé un petit mot.

Wisting feuilleta le livre au hasard. Des politiciens célèbres avaient noté la date de leur visite, accompagnée d'un bref message. Par endroits étaient collées des photos souvenirs de rassemblements particuliers, prises devant le chalet ou autour de la table du salon.

— On les emporte, décida Wisting.

En entendant le bruit d'une voiture, ils échangèrent un regard. Wisting se dirigea vers la porte, tira le rideau de la petite fenêtre et jeta un coup d'œil dehors. Un gros SUV noir était sur le point de faire demi-tour sur le terre-plein.

— Quelqu'un vient ? demanda Mortensen.

Wisting secoua la tête. La voiture repartit. Il avait une trop mauvaise vue pour distinguer le numéro de plaque d'immatriculation.

— Il s'en va, dit-il, sans quitter la voiture des yeux. Probablement quelqu'un qui s'est perdu. C'est vrai que ce chalet est au bout d'un cul-de-sac.

— Ou bien c'est un curieux qui a entendu dire que Clausen était mort, suggéra Mortensen. On charge les cartons ?

Wisting hocha la tête et enfila une paire de gants neuve.

Mortensen avait emballé les boîtes dans des sacs en plastique. Ils en empoignèrent chacun un et les portèrent jusqu'aux voitures en passant par le salon.

— J'ai besoin de ses empreintes digitales, dit Mortensen en posant la première boîte. Pour être capable de déterminer si quelqu'un d'autre a touché à cet argent.

— Il est à l'hôpital d'Ullevål, répondit Wisting. On s'occupera de ça demain.

— Il nous faut aussi des traces biologiques pour établir un profil ADN, souligna Mortensen.

Wisting hocha la tête.

— On les prélèvera en même temps, dit-il.

Il resta dehors pour surveiller les voitures pendant que Mortensen sortait le reste des cartons.

Une douce brise marine fit bruisser un buisson de framboises sauvages.

Sur le sentier qui longeait l'eau, un homme portant une canne à pêche d'une main tenait de l'autre celle d'un petit garçon vêtu d'un gilet de sauvetage rouge. Une femme tira sur la laisse de son chien pour les laisser passer lorsqu'elle les croisa. Plus loin sur le chemin, elle rencontra un homme en pantalon sombre, chemisette légère et lunettes de soleil.

Mortensen arriva avec la dernière boîte.

— Il faudra revenir pour une inspection plus en détail, dit-il en désignant d'un signe de tête l'intérieur du chalet. Il a un grand bureau avec des tiroirs remplis de notes manuscrites. Il pourrait y avoir des choses intéressantes.

Wisting acquiesça puis, tournant la tête vers le chalet, dit :

— Attends-moi une minute.

Il pénétra de nouveau à l'intérieur, s'approcha de la casserole restée sur la cuisinière, agita la main pour chasser quelques mouches et regarda dedans. On aurait dit un genre de ragoût.

Il dénicha un sac en plastique, racla le contenu de la casserole et le versa dans le sac. Puis il déposa la casserole dans l'évier et la remplit d'eau. Ensuite, il ouvrit le frigo, rassembla la nourriture périssable et vida le fond d'une bouteille de lait. Après quoi il emporta le tout dehors et activa l'alarme avant de verrouiller la porte derrière lui.

4

De retour dans la Herman Wildenveys gate, Wisting entra chez lui en marche arrière et se gara le plus près possible de la porte d'entrée. Mortensen s'approcha en reculant à son tour. Wisting avait décidé de stocker les cartons au sous-sol puisque, de toute façon, il ne s'en servait jamais. Les murs étaient en briques et la pièce n'avait que deux étroites fenêtres placées en hauteur.

À chaque nouveau carton qu'il emportait à l'intérieur, il jetait un coup d'œil vers la maison de sa fille, plus bas dans la rue. Il aurait été bien embarrassé si elle avait débarqué maintenant et commencé à lui poser des questions.

L'installateur était ponctuel. Wisting opta pour un simple détecteur d'intrusion, car doubler le système d'une alarme incendie aurait été trop compliqué et trop long. Il donna ses instructions au technicien : la porte et les fenêtres du sous-sol devraient être équipées d'un verrou magnétique, et il voulait une caméra à détection de mouvements dans la pièce. Le panneau de contrôle devrait être installé au mur, juste à côté de la porte. Il ne souhaitait pas d'autocollant sur la maison indiquant la présence de l'alarme, qui devrait être directement reliée à son téléphone portable, à celui de Mortensen, ainsi qu'à une sirène, naturellement.

Mortensen resta avec le technicien tandis que Wisting s'éclipsait pour aller chercher la machine qui leur servirait à compter l'argent.

On lui expliqua brièvement son fonctionnement. Il pouvait sélectionner manuellement la devise s'il le souhaitait, mais la machine possédait des capteurs capables de l'identifier automatiquement. De plus, ses rayons infrarouges et UV pouvaient détecter les faux billets. Elle avait une capacité de comptage de mille deux cents billets par minute, et on obtenait le résultat via une imprimante propre à laquelle il fallait la connecter.

Sur le chemin du retour, Wisting s'arrêta également dans un magasin de fournitures de bureau où il acheta, ainsi que le lui avait demandé Mortensen, dix grandes boîtes en carton et du gros ruban adhésif. Quand il rentra chez lui, l'installateur était déjà parti. Wisting leva les yeux sur les détecteurs, fixés aux deux extrémités de la pièce.

— Il a fallu que je choisisse un code, dit Mortensen en composant quatre chiffres sur le panneau de commande pour lui faire une démonstration. 1808. C'est la date d'aujourd'hui. Le 18 août.

L'alarme émit de petits bruits et une lumière rouge clignota. Mortensen saisit une nouvelle fois le code, après quoi un voyant vert s'alluma et l'alarme se tut.

Ils poussèrent contre le mur la table sur laquelle l'argent était entreposé. Wisting y installa la machine à compter les billets pendant que Mortensen dépliait les boîtes neuves et lui expliquait comment il comptait procéder.

— Pour avoir une vision exhaustive de la situation, on prend l'argent, on le compte, et ensuite on le transvase dans les cartons vides, dit-il. Comme ça, je peux examiner tout de suite les empreintes digitales qui restent dans les cartons d'origine. Celles sur les billets aussi, d'ailleurs. On va procéder à une première sélection, et le labo de Kripos prendra le relais.

Avant qu'ils n'aient eu le temps de s'y mettre, on sonna à la porte.

Wisting passa dans l'entrée. Par la fenêtre proche de la porte, il vit qu'il s'agissait de Line et Amalie.

— Tu as fermé à clef? lui demanda sa fille, étonnée.

Wisting se donna une contenance en se penchant vers sa petite-fille, qui se jeta à son cou. Il n'avait pas l'habitude de s'enfermer et, quand Line et Amalie lui rendaient visite, elles entraient directement.

— Je prépare un truc avec Mortensen, répondit-il en faisant sauter Amalie en l'air.

Celle-ci hoqueta de rire.

— On a fait du thé glacé, dit Line en levant la cruche qu'elle tenait à la main. On t'en a apporté un peu.

Des glaçons tintèrent lorsque Wisting prit la cruche de sa main libre.

— Comme c'est gentil, dit-il, toujours debout sur le pas de la porte.

Il y eut un silence.

— Tu sais qu'Amalie est une petite voleuse? dit Line en désignant sa fille d'un mouvement de tête.

Wisting posa la cruche et regarda sa petite-fille droit dans les yeux.

— Mais qu'est-ce que maman me raconte là ? demanda-t-il sur un ton très sérieux.

En règle générale, quand on lui parlait, Amalie répondait volontiers avec les quelques mots qu'elle connaissait, mais cette fois, elle resta muette et détourna les yeux.

— Elle était dans sa poussette pendant qu'on faisait les courses, expliqua Line. Et quand nous sommes sorties, elle tenait une boîte de pastilles entre les mains.

— Qu'est-ce que vous avez fait ?

— Nous avons dû retourner les rendre. Elles étaient sur un présentoir à la caisse.

— Trop nul, ce magasin, dit Wisting en frottant son nez contre la joue d'Amalie pour la faire rire.

— Ne dis pas des choses pareilles, protesta Line en tendant les bras pour récupérer l'enfant. Sinon, elle ne comprendra pas qu'elle a fait quelque chose de mal.

Wisting redevint sérieux et planta encore une fois ses yeux dans ceux de la petite.

— Papi sera triste si tu refais ça, lui dit-il en la rendant à Line.

Il ajouta, s'adressant à sa fille :

— Mais ce n'est pas si facile, quand on a deux ans, de comprendre le principe du paiement.

— Elle fait parfaitement la différence entre ce qui est bien et ce qui est mal, rétorqua Line.

Wisting sourit. Line était une bonne mère.

— Miaou, dit Amalie.

— Miaou ? répéta Wisting.

— En ce moment, il y a un chat qui squatte le jardin, expliqua Line.

— Ah bon, dit Wisting en souriant.

— Si tu es occupé, on peut repasser ce soir, reprit Line.

— Très bien !

Wisting attendit sur le seuil et, une fois mère et fille dans la rue, il referma la porte et verrouilla.

De retour dans la cave, Wisting enfila des gants en latex. Il ôta la protection de plastique du premier carton et l'ouvrit. Les billets semblaient y avoir été fourrés à la hâte. Mortensen en préleva quelques-uns dans la perspective d'y chercher des empreintes digitales.

— Ils m'ont l'air relativement neufs, remarqua Wisting en introduisant la première liasse de dollars dans la machine, où ils disparurent dans un bruit de papier froissé.

À leur sortie, Mortensen les examina.

— Ils datent de 2001 et 2003, dit-il avant de les mettre dans la boîte vide. En général, un billet dure une bonne dizaine d'années avant de devenir trop usé et d'être retiré de la circulation.

Wisting chaussa ses lunettes de lecture et inspecta la liasse suivante. Il s'agissait là aussi de billets plus ou moins neufs.

— Tous de 2003, dit-il.

— Ça nous donne une idée de l'époque à laquelle on doit remonter pour trouver des indices, conclut Mortensen.

Wisting prit une troisième liasse.

— 2001 à 2003, dit-il. Je n'ai pas l'impression qu'il y ait de cohérence particulière dans les numéros de série. Ce ne sont pas tous les mêmes. En tout cas, ils ne sont pas classés par ordre numérique.

Wisting introduisit une nouvelle liasse dans la machine. Mortensen s'assit et chercha sur son téléphone des informations sur les coupures de cent dollars américains.

— Ils ont un système légèrement différent du nôtre, lut-il. 2003, c'est l'année du design du billet, donc la série 2003 a été imprimée jusqu'à ce qu'on introduise des changements dans le graphisme, à savoir en 2006.

— Donc, même si le billet indique 2003, il peut être de 2006 ? demanda Wisting.

— Pas tout à fait. En mai 2005, une nouvelle dirigeante est arrivée au département du Trésor des États-Unis. Ils ont commencé à fabriquer des billets portant sa signature, la série 2003A, jusqu'à ce qu'ils revoient le design du billet de cent dollars en 2006.

— A-t-on des billets 2003A ? demanda Wisting.

Mortensen feuilleta une liasse comme il l'aurait fait avec un jeu de cartes.

— Pas pour l'instant, répondit-il.

Puisqu'ils contrôlaient les billets à la main, le comptage prit plus de temps que Wisting ne l'avait envisagé au départ. Il leur fallut presque trois quarts d'heure pour venir à bout de la première boîte. La feuille qui sortit de l'imprimante leur indiqua qu'il y avait là 2 048 000 dollars, répartis en coupures de cent et de cinquante.

— Le cours est à un peu plus de huit couronnes, déclara Mortensen en consultant son téléphone. 8,17, pour être précis.

Il fit la conversion en couronnes norvégiennes et annonça la somme : 16,7 millions.

Wisting scella la première boîte à l'aide de ruban adhésif.

— Pas de billets de la série A, résuma-t-il. Donc, nous devons remonter à avant mai 2005.

Mortensen acquiesça.

— Regardons les euros, dit-il en retirant la protection qui entourait un autre carton.

Il n'avait pas encore été ouvert, et Wisting alla chercher un couteau pour couper le ruban adhésif.

— En fait, ce sont des livres sterling, dit-il. Des billets de cinquante.

— Tu vois de quelle année ? demanda Mortensen en saisissant lui-même une liasse pour l'examiner.

— 1994, lut Wisting.

En fouillant un peu plus pour atteindre une liasse du fond, il découvrit quelque chose qui dépassait entre deux couches de billets de banque. Un câble électrique.

Il l'extirpa en le coinçant entre deux doigts.

Sa gangue noire, endommagée, gainait des fils plus minces, l'un rouge, l'autre bleu, dont les extrémités dépassaient. De l'autre côté, un petit embout métallique.

— Un minijack, expliqua Mortensen. Pour transférer du son.

Mortensen lui tendit un sachet plastique. Wisting considéra un moment le petit composant électronique avant de le laisser tomber dedans.

— C'est très répandu, poursuivit Mortensen en notant quelques mots sur le sachet à preuves. Il y en a dans quasiment tous les casques, les écouteurs, les talkies-walkies…

Wisting hocha la tête. Il était trop tôt pour en tirer quelque conclusion que ce soit, mais il ne pouvait s'empêcher de penser qu'ils avaient affaire à une opération secrète menée sur les chapeaux de roue et qui avait mal tourné.

Il passa en revue une nouvelle liasse de cash.

— 1994 ici aussi, dit-il. Sur chaque billet que je vois.

Il modifia le paramètre des devises sur la machine et y introduisit une première liasse. Mortensen était occupé à lire la description de la livre sterling sur le site de la Banque d'Angleterre.

— Il semblerait que l'année inscrite corresponde à celle du design, dit-il. Un nouveau billet de cinquante livres est sorti en 2011. Tous les billets imprimés entre 1994 et 2011 sont marqués 1994.

Trois quarts d'heure plus tard, ils avaient comptabilisé 186 000 livres sterling.

— Un peu plus de 1,9 million de couronnes norvégiennes, calcula Mortensen.

Avec la poussière que tout ce papier remuait, Wisting avait la gorge sèche. La carafe que Line lui avait apportée était restée posée sur une étagère dans l'entrée. Les glaçons avaient fondu. Wisting passa dans la cuisine et remplit deux verres de thé glacé.

— À un moment, il va aussi falloir qu'on mange, dit-il. Je commande une pizza.

En attendant le livreur, ils entamèrent la boîte suivante. Elle contenait des euros en différentes coupures.

— Quand est-ce que l'euro a été introduit, déjà? demanda Wisting en changeant à nouveau le paramètre des devises sur la machine.

Mortensen consulta son téléphone portable.

— Les billets ont été mis en circulation en janvier 2002.

— Ça réduit un peu la fenêtre de temps, fit remarquer Wisting. Jusqu'ici, on est dans une période comprise entre janvier 2002 et mai 2005.

— Mais ça ne nous dit rien sur le moment où Clausen les a eus en sa possession, objecta Mortensen. À part que c'était au plus tôt en 2003, quand le billet de cent dollars a été imprimé.

Ils continuèrent à travailler en silence. Au bout d'une demi-heure, ils entendirent une voiture dehors.

— La pizza, dit Wisting.

Au même moment, la machine émit un signal sonore inconnu et s'interrompit au milieu d'une liasse.

— Qu'est-ce qui se passe ? demanda Mortensen.

Wisting se pencha.

— Un morceau de papier, dit-il en le sortant de la machine. Il devait se trouver entre les billets.

Le papier, pas plus grand qu'une boîte d'allumettes, présentait deux bords lisses et deux bords déchirés, comme si on l'avait arraché au coin d'une feuille. D'un côté, il portait une inscription au stylo à bille bleu. L'autre était vierge.

La sonnette retentit. Wisting tendit le papier à Mortensen, ôta ses gants en latex et alla ouvrir au livreur.

— On dirait un numéro de téléphone, dit Mortensen lorsque Wisting revint.

— Norvégien ? demanda Wisting.

— Huit chiffres, sans préfixe international, répondit Mortensen en cherchant sur Internet à quoi il correspondait. Une certaine Gine Jonasen, à Oslo.

— Allons manger dehors, suggéra Wisting.

Mortensen mit le morceau de papier dans un sachet en

plastique et le scella. Ensuite, ils activèrent l'alarme, verrouillèrent la pièce et se rendirent sur la terrasse, de l'autre côté de la maison.

Ils se servirent des parts de pizza directement dans le carton et burent chacun une canette de coca. De temps à autre, les bruits étouffés de la ville en contrebas dérivaient jusqu'à eux. Wisting fixait du regard un voilier pénétrant dans le détroit près du cap de Stavern.

— Tu as un avis sur cette affaire ? demanda-t-il.

— C'est un fonds secret en devises étrangères, répondit Mortensen. De l'argent avec lequel les autorités peuvent se tirer d'ennuis et qui finit chez les pirates somaliens, les talibans ou l'État islamique.

Wisting en était arrivé aux mêmes conclusions.

— Clausen a été ministre des Affaires étrangères dans le gouvernement Himle, dit-il. Krom a forcément dû lui parler de l'argent qu'il a trouvé au chalet. Et puis, si une grosse somme avait été détournée, Himle aurait probablement été au courant, et ils ne se seraient pas adressés au procureur, ils auraient mis de l'ordre dans cette affaire entre eux.

Mortensen se pencha pour prendre une part de pizza.

— Je n'y connais rien en politique, dit-il. Encore moins quand il y a des fortunes en jeu.

— Je ne sais pas si la réponse est vraiment dans la politique, lâcha Wisting. Pour avancer, on va devoir interroger les gens qui connaissaient Clausen.

— C'est difficile à faire dans le cadre d'une enquête secrète, objecta Mortensen. En plus, c'est trop pour nous deux.

— Je peux engager toutes les personnes dont on aura besoin, dit Wisting.

— Tu as quelqu'un de particulier à l'esprit ?

Wisting hocha la tête, sans développer plus avant.

Quelque part dans le jardin, un criquet se mit à striduler. Ils terminèrent leur repas en silence.

Wisting se leva.

— On reprend ? demanda-t-il.

Mortensen hocha la tête et lui emboîta le pas jusqu'au sous-sol.

Wisting continua à s'occuper de compter les billets tandis que Mortensen se concentrait sur les empreintes digitales. Il dépliait les boîtes pour les aplatir et les aspergeait une par une d'une substance chimique qu'il laissait sécher quelques minutes. Puis il déposait par-dessus un chiffon spécial et passait un coup de fer à vapeur pour révéler les empreintes.

Chacune à leur tour, elles furent photographiées et répertoriées, afin d'être ultérieurement recherchées dans la base de données.

— Il y a à la fois de vieilles empreintes et des récentes, expliqua-t-il. Les dernières sont probablement celles du secrétaire du parti quand il a trouvé les boîtes. Les plus effacées, celles de Clausen lui-même. En tout cas, elles semblent dater d'au moins plusieurs années.

Ils continuèrent à travailler sans qu'aucun d'eux ne dise quoi que ce soit. Un peu avant vingt-deux heures, ils avaient presque terminé. Wisting approchait du fond de la dernière boîte quand il découvrit quelque chose qui dépassait entre deux billets de banque.

— Une clef, annonça-t-il en la brandissant.

Elle correspondait sans doute à une serrure extérieure, car le métal était corrodé à plusieurs endroits.

Mortensen la lui prit des mains.

— Ce qui est sûr, c'est que ce n'est pas un passe-partout, dit-il. Il n'y a pas de numéro.

— Une copie limée ? suggéra Wisting.

Mortensen secoua la tête.

— On ne pourra jamais la retracer.

Il sortit un nouveau sachet, y déposa la clef, et le scella avant de le poser sur la table, à côté du morceau de papier portant le numéro de téléphone et du minijack.

Wisting compta le reste de l'argent. La tâche leur avait pris quasiment six heures. Après avoir additionné les comptes rendus crachés par la machine, Wisting réécrivit les chiffres au propre sur une page vierge de son bloc-notes.

« 5 364 400 dollars

2 840 800 livres sterling

3 120 200 euros »

Une fois converti, il y en avait pour un total de plus de quatre-vingts millions de couronnes norvégiennes.

5

Il restait un peu de thé glacé dans la cruche que Line avait apportée. Wisting y ajouta quelques glaçons et sortit sur la terrasse. La nuit tombait. Il tira une chaise sous la lampe de jardin et s'installa avec son carnet de notes et l'iPad que son fils lui avait offert pour Noël.

Grâce à quelques articles en ligne, il se fit rapidement un bon aperçu de la carrière politique de Clausen : il avait grandi dans une famille de la classe ouvrière de la commune d'Oppegård, dans l'ancien comté d'Akershus, juste après la guerre. Adolescent, il avait commencé à travailler pour un entrepreneur qui construisait des immeubles dans la banlieue de Groruddalen. Il avait obtenu un emploi à la confédération LO via son engagement syndical, et milité pour l'adhésion de la Norvège à la Communauté européenne. En 1975, il avait été élu au conseil municipal d'Oppegård et, en 1981, au Parlement national, après deux mandats de quatre ans en tant que suppléant.

Après quelques années au sein du Comité parlementaire chargé de la santé, il avait intégré celui des affaires étrangères et de la Constitution, et enfin, celui de la défense. Lors du changement de gouvernement de 2001, il avait été nommé ministre de la Santé. Un an plus tard, sa femme était décédée. En 2003, c'était son fils qui était mort dans un accident de la route. Clausen avait profité de nouveaux remaniements pour quitter le gouvernement, mais l'avait réintégré à l'occasion de la campagne électorale de 2005 puis, en automne, il avait rejoint le gouvernement en tant que ministre des Affaires étrangères. À ce titre, il avait également présidé pendant un certain temps le Comité des ministres du Conseil de l'Europe. Après les élections législatives de 2009, il avait été élu président du Parlement, et l'était resté jusqu'au moment où il avait officiellement pris sa retraite. Les articles les plus récents indiquaient qu'il était encore politiquement actif et comptait prendre part à la campagne électorale de cet automne.

Un mouvement au fond du jardin fit lever les yeux à Wisting, et Line apparut dans le crépuscule. Elle avait fait le tour de la maison.

— Comment va la petite voleuse ? demanda Wisting en mettant son carnet et son iPad de côté.

— Elle dort, répondit Line en lui montrant l'écran de son téléphone.

Grâce à une caméra installée dans la chambre de sa fille, Line pouvait la voir et l'entendre de n'importe où.

Wisting avait envie de faire une remarque sur les pécheurs qui dorment du sommeil du juste, mais s'abstint et alla chercher un verre pour elle dans la cuisine.

— Je me disais que j'allais préparer un article sur le vol chez les petits enfants, reprit Line quand il revint.

— Bonne idée, dit Wisting en remplissant le verre de sa fille.

Line avait suivi des études de journalisme tout en pratiquant déjà le métier. Quand elle avait eu Amalie, elle avait quitté Oslo pour revenir à Stavern et, au bout de deux périodes de congé parental, elle avait opté pour une rupture conventionnelle avec *VG*. À présent, elle était en free-lance et écrivait des portraits de commande pour divers magazines, ainsi que des articles inspirés de situations concrètes de la vie d'une mère célibataire d'enfant en bas âge.

— Ça serait sûrement ce que j'aurais signé qui ressemblerait le plus à un article de la rubrique criminelle depuis un moment, dit sa fille en souriant.

— Ça te manque ? demanda Wisting.

Line ne répondit pas.

— Qu'est-ce que vous fabriquiez tout à l'heure, avec Mortensen ? demanda-t-elle avant de boire une gorgée de thé glacé.

Wisting fit tourner le liquide dans son verre.

— On comptait de l'argent, répondit-il.

Line leva les yeux sur lui. Wisting laissa ses mots résonner en l'air et reprit :

— On est sur une affaire où, dans l'idéal, il vaudrait mieux que ce ne soit pas la police qui pose des questions.

— C'est-à-dire ?

— C'est-à-dire que j'aurais besoin que quelqu'un dresse pour moi un portrait détaillé d'une personne célèbre. Pour en faire ressortir des facettes nouvelles, insoupçonnées.

— De qui s'agit-il ?

Wisting essaya d'écraser un moustique qui passait près de son oreille.

— Tu pourrais envisager de t'en charger ? demanda-t-il plutôt que de répondre à la question de sa fille.

Line sourit.

— Je ne suis pas flic, moi.

— Je peux t'obtenir une habilitation temporaire.

Line rit, mais comprit qu'il était sérieux.

— Ce n'est pas possible, répondit-elle en secouant la tête. Je ne peux pas faire semblant d'écrire un portrait dans le but de recueillir des informations pour la police.

Wisting se cala dans sa chaise, écoutant les stridulations des criquets.

— Bien sûr, tu pourras publier ce que tu découvres, mais rien ne nous empêche d'échanger des informations. Des informations complémentaires. Celles que tu recevras de ma part ne pourront pas paraître sans mon autorisation, mais pour toi ça fera quand même un scoop. La presse et la police concluent tout le temps ce genre d'accords. D'ailleurs, tu n'as pas de rédacteur en chef à qui rendre des comptes, que je sache.

Il plongeait sa fille dans un dilemme éthique, mais voyait bien qu'elle était intéressée par sa proposition.

— Qu'est-ce que ça signifie exactement, avoir une habilitation temporaire ? demanda-t-elle.

— Tu bénéficies des mêmes prérogatives qu'un agent, mais limitées dans le temps et ne valant que pour une seule et unique enquête. Et puis, tu es payée.

— Et le secret professionnel ? Si je veux écrire un article ?

Wisting réfléchit.

— Nos découvertes pourraient se révéler préjudiciables aux intérêts nationaux, répondit-il. Si tel est le cas, tu ne pourras rien publier. Mais sinon, du moment que ça ne compromet pas une enquête en cours, la police ne tient pas spécialement à garder ses informations secrètes.

— Donc, je pourrai écrire ce que je veux une fois l'enquête terminée ?

— Du moment que les informations ne sont pas classées comme confidentielles, oui, acquiesça Wisting.

Line s'absorba un moment dans la contemplation de la mer. Le phare de Svenner projetait un cône de lumière qui se déplaçait lentement.

— D'accord, dit-elle. De qui s'agit-il ?

— Bernhard Clausen.

— L'homme politique ? Mais il est mort ! Il y a des soupçons de…

Wisting l'interrompit en secouant la tête.

— Il a été victime d'un arrêt cardiaque, expliqua-t-il. Mais il a laissé derrière lui une fortune totalement improbable. Je dirige une enquête secrète pour essayer de découvrir d'où elle vient.

Il vit que Line s'efforçait de rassembler ses esprits.

— Combien y a-t-il ? demanda-t-elle.

— C'est une sacrée histoire, dit Wisting en souriant. Il avait un peu plus de quatre-vingts millions stockés dans son chalet de Hummerbakken.

Line répéta le montant en ouvrant de grands yeux. Wisting précisa qu'il était réparti en différentes devises, expliqua le temps qu'il leur avait fallu pour les compter.

— Clausen sera enterré la semaine prochaine, poursuivit-il. Ça nous laisse un laps de temps pendant lequel il semblera tout à fait légitime d'interroger les gens sur son passé.

— Donc, s'il a gagné l'argent au loto, je pourrai faire un article dessus, par contre, s'il vient d'opérations de guerre américaines, ça restera confidentiel ?

Wisting vida son verre et croqua le dernier glaçon.

— Dans les deux cas, il s'agira de découvrir la vérité, dit-il. Commençons par ça.

Le téléphone de Line émit un son. Amalie s'était réveillée.

— Il faut que je rentre.

Wisting se leva à son tour et ramassa les verres.

— Il y a une réunion demain matin à huit heures ; ici, dit-il en montrant du doigt la cuisine.

Line sourit en guise de réponse et tourna le coin de la maison. Wisting mit les verres dans le lave-vaisselle et se posta à la fenêtre pour suivre sa fille du regard. Un chat noir se faufila sous la clôture du jardin de Line. Il se frotta un instant contre un lampadaire, puis poursuivit sa route. Wisting s'assit à la table de la cuisine avec son bloc-notes.

Un numéro de téléphone, un minijack, une clef, quelques empreintes digitales non identifiées et une indication temporelle approximative ; voilà tout ce qu'ils avaient. En plus de Bernhard Clausen, naturellement. Les réponses étaient enfouies quelque part dans son passé, dans l'événement ou les circonstances qui lui avaient permis d'acquérir ce montant faramineux. Comme dans toutes les autres affaires sur lesquelles Wisting avait travaillé, les fils de l'enquête se croisaient forcément quelque part. Et c'était à leur croisement que se trouvait la solution.

Wisting étudia la chronologie qu'il avait établie. C'était toujours ainsi qu'il abordait une affaire : il notait des dates, des mots clefs, quelques vagues idées, ainsi que des rappels pour plus tard. Par endroits, il y avait des gribouillis et des petits dessins faits machinalement au stylo à bille.

Bernhard Clausen avait eu une vie longue et riche, mais l'événement qui frappait Wisting en premier lieu était déconnecté de la politique. Il était plutôt lié à son fils, Lennart.

Lorsqu'il avait réintégré la politique, Bernhard Clausen s'était confié à ce sujet dans une interview. Son fils était décédé dans un accident de moto sur le mont Kolsås, à Bærum, dans la nuit du 30 septembre 2003. Deux amis l'accompagnaient. Lennart Clausen était sur le point d'effectuer un dépassement quand il avait perdu le contrôle de sa moto et fait une sortie de route. Il avait été déclaré mort sur le coup.

Après le décès de son fils, il n'était plus resté aucune famille proche à Bernhard Clausen. Personne avec qui il aurait été naturel qu'il partage ses pensées intimes ou ses secrets. Wisting n'avait donc personne à interroger. Il avait néanmoins noté deux noms. Le premier était celui de Guttorm Hellevik, chef de file de longue date des élus travaillistes du conseil municipal d'Oslo. Il avait été le témoin de Clausen à son mariage, ils avaient dû être intimes. Le deuxième nom revenait régulièrement dans les articles : Edel Holt. Dans l'un d'entre eux, Bernhard Clausen la qualifiait de fidèle compagne de route. Dans un autre, elle était décrite comme «la femme derrière le grand homme».

Quand Wisting se leva, il était minuit passé. Il entra dans la salle de bains, prit brosse et dentifrice, et se lava les dents en faisant le tour de la maison pour vérifier que toutes les portes et les fenêtres étaient bien fermées.

6

Un son lointain tira Wisting du sommeil. Allongé dans son lit, il essaya de le localiser. Dehors, il faisait encore nuit, et le radioréveil posé sur sa table de chevet indiquait 5 h 13.

Il repoussa sa couette, posa les pieds au sol et dressa l'oreille, mais le bruit s'était tu.

Puisqu'il était réveillé, il se leva et alla aux toilettes. En revenant dans sa chambre, il entendit à nouveau le bruit. Cela montait de quelque part à l'intérieur de la maison. D'en bas, au sous-sol.

Bien sûr… Le nouveau système de surveillance.

Il lui fallut un moment pour trouver la clef de la cave et l'introduire dans la serrure. Le son venait clairement de l'intérieur, on l'entendait depuis l'autre côté de la porte.

Il ouvrit, alluma la lumière et pénétra dans la pièce. Ses mouvements réveillèrent le panneau de l'alarme, qui demanda le mot de passe. Wisting composa les quatre chiffres. Mais le bruit qui l'avait réveillé ne provenait pas de l'alarme. Il essaya de le localiser. Parvenu au milieu de la pièce, il comprit que c'était le téléphone portable de Bernhard Clausen qui sonnait. Le mobile était posé sur la table, à côté du portefeuille et de la montre en or. Mortensen l'avait branché à un chargeur.

Il l'attrapa pour chercher un moyen de le faire taire, mais vit que l'écran affichait : « Guardco ». Il hésita une seconde avant de décrocher.

— Oui, bonjour ?

— Vous êtes bien Bernhard Clausen ? demanda une jeune femme à l'autre bout du fil.

— Non, mais je parle en son nom, répondit Wisting. Est-ce que c'est au sujet de l'alarme ?

La femme expliqua qu'elle appelait depuis la centrale de la société de télésurveillance Guardco.

— Nous avons reçu un message d'erreur correspondant à l'adresse numéro 102, Hummerbakken, dit-elle. Vous trouvez-vous sur place actuellement ?

— Quel genre de message d'erreur ? voulut savoir Wisting.

— Un code incorrect a été saisi trois fois, répondit la femme. Nous avons envoyé un vigile sur les lieux. J'ai besoin d'un mot de passe pour arrêter l'alarme.

— Je ne suis pas sur place, dit Wisting.

— Tiens, c'est étrange, dit la femme, qui ne s'adressait manifestement pas à Wisting, mais réagissait à une information qui venait de s'afficher sur l'écran de son ordinateur.

— Quoi donc ?

— L'alarme incendie vient de se déclencher aussi, répondit-elle. Depuis le même endroit.

Wisting poussa un juron, pria la femme d'appeler les pompiers, puis remonta enfiler des vêtements en quatrième vitesse et se précipita dans sa voiture.

Une lueur jaune orangé éclairait de très loin le ciel nocturne. Elle s'intensifia à mesure que Wisting approchait.

Ni la police ni les pompiers n'étaient encore là ; en revanche, le vigile promis était sur place. Wisting, les warnings allumés, manœuvra pour éviter son véhicule et se gara plus bas sur la pente herbeuse, près de l'eau, pour ne pas gêner les camions de pompiers à leur arrivée.

À peine sorti de la voiture, une sensation de chaleur le frappa. Des flammes orange, jaunes et rouges enveloppaient tout le chalet.

Une fenêtre explosa. Quelques voisins, qui s'étaient attroupés pour regarder, reculèrent. Des flammes s'échappèrent dehors, léchant les murs et se mettant à courir sous le toit.

Wisting se contenta de rester un spectateur passif comme les autres. Le bois sec craquait et crépitait. La chaleur raidissait la peau.

Une explosion fit fuser des flammes bleues à travers le toit, et des planches en feu et de grosses braises rouges furent projetées en l'air. Le vigile demanda aux badauds de reculer.

Les premiers gyrophares apparurent au bout de quelques minutes : deux camions de pompiers suivis d'une voiture de police.

Les pompiers se mirent aussitôt au travail. Ils déroulèrent des tuyaux vers la mer par précaution.

Wisting alla se présenter aux agents de la patrouille. Sans donner d'explications plus précises sur le contexte de l'incendie, il leur fit un rapport sur les différents types d'alarmes qui avaient été déclenchées et les informa que le chalet était vide.

Le vigile se dirigea vers sa voiture. Wisting le suivit et lui fit signe de l'attendre. Après lui avoir montré son badge, il lui demanda s'il avait fait des observations notables.

— À quoi ressemblait l'incendie quand vous êtes arrivé ? demanda-t-il. Y avait-il des endroits où ça brûlait plus que d'autres ?

— Les flammes étaient plus intenses à l'arrière, expliqua le vigile. Comme si ça s'était déclaré là.

— Avez-vous croisé quelqu'un en venant ?

L'homme fit non de la tête et précisa :

— Par contre, les habitants des chalets les plus proches s'étaient déjà rassemblés devant.

— Et en cours de route ?

— Une ou deux voitures, mais je n'ai rien remarqué de spécial.

Il ouvrit la portière de son véhicule et s'assit.

— Pourquoi ? Vous pensez que ça pourrait être un incendie criminel ?

— J'ai eu votre centrale au téléphone, répondit Wisting. Avant que l'alarme incendie ne se déclenche, il y a eu une alarme effraction. Quelqu'un a saisi un mauvais code trois fois de suite sur le panneau de contrôle. Ça va demander des investigations supplémentaires.

— J'ai une dashcam, dit le vigile en montrant du doigt la caméra installée sous son rétroviseur. Toute ma garde a été filmée. Je ne peux pas vous donner le film maintenant, mais je peux m'arranger pour que vous en receviez une copie demain.

— Ce serait formidable, dit Wisting.

Il passa devant la voiture du vigile et, en effet, repéra une petite caméra discrète au-dessus du tableau de bord.

— Là aussi, vous êtes en train de filmer ?

— Tout le temps, oui.

Wisting regarda l'heure. Six heures une. Il en prit note avant de tendre au vigile une carte de visite. Un gros fracas leur fit à tous deux tourner la tête vers le chalet. Le toit venait de s'effondrer. Le mur de devant oscilla quelques secondes avant de se désolidariser du reste et de se scinder en deux ; une moitié vint s'affaler sur les décombres du toit. Des étincelles jaillirent et, prises dans les courants d'air chaud, elles furent emportées vers le haut. Les pompiers avaient mis en route les générateurs et aspergeaient le chalet avec de l'eau de mer, mais il n'était plus question de le sauver, simplement de maîtriser l'incendie.

Autour d'eux, le jour commençait à se lever. Wisting se dirigea vers sa voiture, s'assit et sortit son téléphone. Il envoya un bref message à Espen Mortensen pour l'informer de ce qui s'était passé et lui demander de venir le retrouver chez lui. Puis il envoya, pour information, un message au procureur général de Norvège, dans lequel il précisait que l'argent était en sécurité et qu'une enquête allait être ouverte pour déterminer s'il s'agissait d'un incendie criminel.

7

Les rayons du soleil entraient en biais par la fenêtre de la cuisine. Wisting posa une tasse de café devant Mortensen et tira deux tranches de pain du congélateur.

— Tu as pris ton petit déjeuner ? demanda-t-il en les glissant dans le grille-pain.

— Oui, merci.

Wisting sortit du beurre et de la marmelade d'orange. Par la fenêtre, il vit sa fille garer sa voiture dans la rue.

— Line se joint à nous, annonça-t-il.

Et il lui raconta que, le soir précédent, il l'avait invitée à intégrer leur équipe.

Mortensen semblait sceptique, mais ne dit rien.

Line prit une tasse et introduisit une capsule dans la machine à café.

— Où est Amalie ? demanda Wisting.

— C'est Sofie qui s'en occupe aujourd'hui, répondit Line.

Le grille-pain claqua et les deux tranches de pain en jaillirent.

Wisting, tout en couvrant abondamment sa tartine de marmelade, leur raconta l'incendie ravageur.

— Le chalet n'est plus qu'un tas de cendres fumantes, conclut-il. Je me suis mis d'accord avec Hammer, il va poster un homme sur les lieux jusqu'à ce qu'ils puissent être examinés.

Mortensen but une petite gorgée de café et dit :

— Cet incendie nous facilite la tâche. Nous allons pouvoir poser des questions sous couvert d'enquêter sur les faits.

Wisting mordit dans sa tartine.

— Mortensen et moi avons rendez-vous à la morgue à dix heures, poursuivit-il en regardant Line. Puis au siège du parti travailliste à onze heures. Ensuite, nous passerons chez Kripos et chez Clausen. Je propose que nous suivions le planning prévu et qu'on aille inspecter les lieux de l'incendie ce soir.

— Par quoi je commence ? demanda Line.

Wisting feuilleta son bloc-notes, détacha un post-it et y recopia un numéro de téléphone.

— Ce numéro figurait sur un petit papier parmi les billets de banque, dit-il.

— Une certaine Gine Jonasen à Oslo, précisa Mortensen.

— Trouve qui elle est, lui demanda Wisting, en ajoutant le numéro d'identité et l'adresse. Nous n'avons rien sur elle dans nos fichiers. Cherche si elle a un quelconque lien avec Bernhard Clausen ou si elle sait quelque chose qui pourrait nous aider.

— D'accord, dit Line. Quoi d'autre ?

— Guttorm Hellevik et Edel Holt, dit Wisting en inscrivant noms et contacts sur un autre post-it.

— Je sais qui est Guttorm Hellevik, dit Line.

— En plus d'être un camarade de parti de Bernhard Clausen, il a été témoin à son mariage. Quant à Edel Holt, elle était, disons, son assistante personnelle.

Il énuméra plusieurs points sur lesquels il souhaitait des éclaircissements. Line avait de nombreuses questions sur ce qu'elle pouvait et ne pouvait pas révéler pendant les entretiens. Ils en discutèrent un long moment, puis Wisting rassembla les tasses à café et les rangea dans le lave-vaisselle.

— Bien. On se retrouve ici ce soir, conclut-il.

Line partit dans sa propre voiture. Mortensen se mit au volant de son véhicule banalisé. Sur le trajet, ni lui ni Wisting ne dirent grand-chose. Ils passèrent Sandefjord, puis Tønsberg.

— Je repensais à l'incendie et aux petits trous dans les murs, dit Mortensen en jetant un coup d'œil dans le rétroviseur. Il s'est passé des choses dans ce chalet. Des choses dont quelqu'un a eu tout intérêt à éliminer la moindre trace. Et qui ne sont pas forcément liées à l'argent.

Wisting s'était fait la même réflexion. Il hocha la tête, mais pour le moment, aucun d'entre eux n'avait d'hypothèse valable à proposer. Une heure plus tard, Mortensen pénétra dans l'enceinte de l'hôpital d'Ullevål et suivit les panneaux jusqu'au bâtiment abritant le service d'anatomopathologie. Ils se présentèrent à la réception et produisirent les documents signés de la main du procureur général qui, sans autre justification, les autorisaient à prélever empreintes digitales et ADN sur l'homme politique défunt. Un brancardier fut appelé pour les assister. Il les guida à travers un dédale de couloirs jusqu'à une pièce carrelée qui sentait le désinfectant. Un mur entier de la pièce était occupé par un équipement réfrigérant en acier inoxydable destiné à la conservation des cadavres. Le brancardier approcha un lit mobile, ouvrit l'un des boxes et, avant d'effectuer la transposition, vérifia sur une étiquette l'identité de l'individu.

Tandis que l'homme poussait le chariot jusque sous une lampe puissante et repliait le drap blanc de côté, Mortensen prépara son équipement.

Wisting resta sur le seuil. Pendant que Mortensen s'efforçait d'obtenir des empreintes sur les doigts rigides de Bernhard Clausen, il lut le rapport d'autopsie.

On y décrivait les antécédents médicaux de Clausen. Il avait eu une première crise cardiaque deux ans plus tôt, causée par un caillot sanguin dans une artère coronaire. Celle-ci avait été désobstruée, et Clausen mis sous anticoagulant. Environ un an plus tard, nouvelle attaque, on lui avait posé un stent. La troisième, plus grave, avait endommagé une grande partie du myocarde. Alors, quand une quatrième crise s'était produite à l'hôpital, elle s'était soldée par un arrêt définitif du muscle cardiaque.

Mortensen eut rapidement terminé. Le brancardier remit la civière en place dans le compartiment réfrigéré et les raccompagna vers la sortie. D'Ullevål, ils se rendirent droit au siège du parti, à Youngstorget.

Ils contournèrent le grand bâtiment pour trouver la bonne entrée puis montèrent par l'ascenseur jusqu'au quatrième étage. Les murs de la réception étaient couverts d'affiches de campagne et de portraits du candidat travailliste au poste de Premier ministre. Sur le comptoir, une photo de Clausen dans un épais cadre noir et une bougie allumée. Quand Wisting expliqua qu'ils avaient rendez-vous avec Walter Krom, la réceptionniste quitta son poste et les conduisit dans un grand bureau d'angle.

À leur entrée, Krom se leva. Il était plus petit que ce que Wisting avait imaginé en le voyant à la télévision.

— Georg Himle arrivera dans une demi-heure, dit-il en leur indiquant d'un geste une table basse sur laquelle étaient déjà disposés café et biscuits.

— Merci d'avoir bien voulu nous recevoir si rapidement, dit Wisting en s'asseyant dans l'un des fauteuils en cuir.

Le secrétaire du parti prit place en face de lui et remplit les tasses.

— Alors, avez-vous avancé ? demanda-t-il.

— Nous avons compté les billets, répondit Wisting.

Il expliqua qu'ils se répartissaient en différentes devises.

— Avez-vous la possibilité de retracer leur origine d'une manière ou d'une autre ?

— Nous sommes en train d'effectuer des recherches via plusieurs canaux sur les numéros de série pour voir s'ils sont fichés, répondit Mortensen.

— Fichés ? répéta Krom.

— Si jamais ils proviennent d'un lot dont on sait qu'il a disparu dans la nature. Après un braquage, par exemple.

Le secrétaire du parti hocha la tête, lentement, comme s'il imaginait tous les cas de figure possibles derrière la découverte de cette somme.

— Nous avons besoin de vos empreintes digitales, lança Mortensen.

Sur quoi il ouvrit la valise qu'il avait apportée et plaça son tampon encreur et une fiche cartonnée sur la table devant lui.

— Pour discriminer vos traces sur les cartons, ajouta-t-il.

— Bien sûr, acquiesça Krom.

Il se leva, enleva sa veste de costume et retroussa les manches de sa chemise. Mortensen le guidait. Un par un, il humecta ses doigts d'encre et les pressa sur la fiche cartonnée.

Wisting lui demanda de leur raconter en détail le moment où il était entré dans le chalet et où il avait trouvé l'argent. Krom expliqua qu'il avait déchiré le ruban adhésif sur trois cartons avant de quitter les lieux.

— Quelle est votre théorie ? demanda Wisting.

Walter Krom secoua la tête.

— C'est parfaitement incompréhensible, dit-il. Je n'ai aucune explication.

— Depuis combien de temps connaissiez-vous Bernhard Clausen ?

— Longtemps, répondit Krom, prenant une lingette humide pour s'essuyer les doigts. Au moins trente ans.

— Et il ne s'est rien passé durant ces trente années que vous puissiez mettre en relation avec cet argent, que ce soit au niveau politique ou privé ?

Le secrétaire du parti secoua la tête. Il s'apprêtait à boire une gorgée lorsque Mortensen intervint :

— Attendez avec le café. J'ai aussi besoin d'un échantillon de salive propre.

Il remballa son équipement de relevé d'empreintes digitales et sortit son kit d'échantillonnage ADN.

Walter Krom s'assit sur sa chaise et ouvrit la bouche pendant que Mortensen introduisait un coton-tige dans sa cavité buccale.

— Qui pourrait savoir quelque chose ? lui demanda Wisting lorsque Mortensen eut fini.

— Georg Himle pourrait avoir connaissance de certains détails datant de l'époque où il était au gouvernement, et que moi j'ignore, répondit Krom. Mais probablement rien d'extraordinaire. Comme je vous l'ai dit, il ne va pas tarder à nous rejoindre.

— Êtes-vous allé souvent là-bas ? demanda Wisting. Au chalet, je veux dire.

— Au moins une fois par an, l'été. En tout cas quand il était veuf.

— Passiez-vous la nuit là-bas ?

— Pas toujours, mais en général, oui.

— Vous souvenez-vous à quel moment il a commencé à verrouiller la chambre du milieu ?

— C'était celle de son fils. Au milieu du couloir, la plus éloignée du salon. Quand nous venions lui rendre visite, il se faisait souvent tard, et nous pouvions être bruyants. Je ne sais pas exactement quand Clausen a pris l'habitude de la fermer à clef, mais de toute façon, après la mort de Lennart, jamais il ne nous serait venu à l'idée d'aller dormir dans cette pièce.

— Parlez-moi de son fils, demanda Wisting.

— Je n'ai pas grand-chose à dire à son sujet, répondit Krom. C'était un garçon à la fois immature et sauvage, mais il n'était pas méchant. Ça a été assez dur pour Bernhard quand il s'est retrouvé seul avec lui.

— Comment ça, « sauvage » ?

— Eh bien, il serait peut-être plus juste de dire que c'était un garçon facilement influençable. En rébellion contre ce que son père représentait.

— C'est-à-dire ?

Walter Krom but une gorgée de café, semblant prendre un moment de réflexion pour choisir ses mots.

— Lennart avait vingt-quatre ans lorsque Lisa est décédée, dit-il. Vous connaissez l'histoire ? Vous savez qu'elle a eu un cancer rare ?

Wisting hocha la tête.

— Il était difficile pour Lennart d'accepter qu'elle ne recevrait pas les médicaments qui auraient pu la maintenir en vie. Il a mis cela sur le dos de son père. Je pense que tout ce que Lennart a fait par la suite, c'était dans le but de le blesser.

— Quoi, par exemple ?

— Il a abandonné ses études et s'est mis à avoir de mauvaises fréquentations.

— Quel genre de mauvaises fréquentations ?

— Des gens qui, mettons, foncent à moto au milieu de la nuit sans se soucier des limites de vitesse, répondit Krom, faisant allusion à la manière dont Lennart Clausen était mort.

— Des criminels ? demanda Wisting.

— Je sais qu'il y avait des histoires de drogue là-dedans, mais je ne connais pas les détails. Je ne crois pas que ça soit allé assez loin pour que la police s'en mêle.

Walter Krom leva sa tasse, mais la reposa aussitôt. Il avait l'air pensif tout à coup.

— Il y a une héritière, dit-il. Vous étiez au courant ?

Wisting haussa les sourcils ; c'était une nouvelle pour lui.

— Clausen a eu un autre enfant ?

— Il a une petite-fille, expliqua Krom. Quand Lennart est mort, il avait une petite amie. Enfin, une amie tout court serait peut-être plus exact. Bref, il s'est trouvé qu'elle était enceinte. Sept mois plus tard, elle a donné naissance à une fille.

Wisting prit note. Ce serait une mission pour Line.

— Je vais vous trouver son nom et ses coordonnées, proposa Krom en jetant un coup d'œil en direction de son bureau. La petite doit avoir au moins dix ans maintenant.

— Étaient-ils en contact ?

Walter Krom secoua la tête.

— Absolument pas, répondit-il. C'était un choix de la mère. Je pense que Lennart lui avait dit trop de mal de Clausen pour qu'elle le laisse jouer le rôle de grand-père.

— Par exemple ?

— Que Clausen avait laissé mourir sa femme. C'est ainsi que Lennart voyait la situation.

Puis Krom orienta la conversation sur d'autres aspects de la vie de Bernhard Clausen. Il raconta des anecdotes tirées de sa carrière politique, jusqu'à être interrompu par trois petits coups frappés à la porte. Celle-ci s'ouvrit avant que quiconque ait eu le temps de réagir et Georg Himle entra dans la pièce, auréolé de la même autorité qu'à l'époque où il était Premier ministre.

Wisting se leva. Ils se serrèrent la main, puis tous les quatre s'assirent à nouveau autour de la table. Georg Himle prit la parole.

— Trois choses me préoccupent dans cette affaire, entama-t-il. Honnêteté, probité et discrétion.

Sans attendre les commentaires des autres, il poursuivit :

— Bernhard Clausen est une immense perte pour nous, je ne peux le cacher. Nous sommes dans l'opposition et

Clausen aurait été un atout très précieux dans la campagne électorale. C'était un homme pragmatique et populaire qui incarnait une social-démocratie authentique. Quand j'ai été mis au courant de cette affaire, je n'ai pas su que penser, mais je veux que la vérité soit faite. En même temps, je préfère éviter rumeurs et médisances. Ce serait dommageable pour tous.

— Nous avions espéré que vous pourriez nous éclairer un peu sur cet argent secret, dit Wisting.

Georg Himle secoua la tête.

— Si j'avais eu connaissance de quelque chose, même de strictement confidentiel, je vous en aurais fait part, mais j'ai bien peur de ne rien avoir à vous livrer.

Wisting lui expliqua comment l'examen des dates sur les billets de banque avait permis de définir une fenêtre de temps, sur laquelle ils allaient se concentrer.

— Cela correspond à la période où Clausen siégeait dans votre gouvernement, conclut-il.

Georg Himle ne répondit que par un bref hochement de tête.

— Existe-t-il des fonds publics en cash destinés à des situations d'urgence ? interrogea Wisting.

— Pas des sommes hors de tout contrôle comme celle-ci, non, répondit Himle.

— D'autres pays auraient-ils pu vouloir placer des liquidités chez nous ?

Himle se pencha en avant sur sa chaise.

— Je comprends que vous soyez obligé de me poser cette question, mais non, c'est absolument impensable.

— Il y a quelques jours encore, il aurait été absolument

impensable que Bernhard Clausen dispose de plus de quatre-vingts millions de couronnes stockés dans des boîtes en carton dans son chalet, rétorqua Wisting.

— Je suis incapable d'imaginer la moindre explication crédible concernant l'origine de cet argent, répondit Himle. Et je rejette catégoriquement votre hypothèse.

Wisting hocha la tête.

— Nous avons besoin d'un organigramme pour savoir avec qui il était en contact étroit au sein du parti travailliste, dit-il. Conseillers et secrétaires personnels.

Georg Himle confia cette tâche à Krom d'un geste de la main.

— À qui devrions-nous parler, en dehors du parti ? demanda Wisting. Qui pourrait nous raconter sa vie privée ?

Himle et Krom échangèrent un regard.

— Edel Holt, bien sûr, répondit Krom. À part elle, je ne vois personne. Du moins pas depuis que Lisa et Lennart sont décédés.

— Oui, bien sûr, vous devriez interroger Edel, confirma Himle.

Il se leva, signalant ainsi que la réunion était terminée.

— Edel a travaillé en étroite collaboration avec Clausen, expliqua Krom. Tant ici, au sein du parti, qu'au gouvernement. Personne ne le connaissait mieux qu'elle.

8

Edel Holt vivait sur la Hausmanns gate, d'où elle pouvait facilement rejoindre à pied aussi bien le siège du parti, à Youngstorget, que le ministère de la Santé et celui des Affaires étrangères, où elle avait également travaillé pour Bernhard Clausen.

Lorsque Line l'avait appelée pour solliciter un entretien, elle ne savait pas trop comment procéder. Elle s'était présentée en tant que journaliste indépendante préparant un article sur Bernhard Clausen. Son interlocutrice s'était déclarée encore sous le choc de cette mort brutale et inattendue, mais elle s'était montrée avenante, et avait invité Line à passer chez elle le jour même.

Edel Holt n'était pas très grande. Elle avait un beau visage rond, aux traits fins, et, derrière ses lunettes, ses yeux rayonnaient de bonté.

Elle fit signe à Line de s'asseoir. Elle avait déjà préparé des tasses et une petite assiette de biscuits au salon, sur une table placée près de la fenêtre avec vue sur le fleuve Aker.

— J'ai fait du thé, dit-elle. Mais peut-être préférez-vous un café ?

— Du thé, c'est très bien, répondit Line.

Edel Holt disparut un instant et revint avec une théière.

— Il paraît que vous êtes la personne qui a le mieux connu Clausen, dit Line pour lancer la conversation.

— J'ai travaillé avec lui jusqu'à ce que le parti perde les élections et que le gouvernement démissionne en 2009, oui. Mais j'avais déjà fait mon temps. À partir du moment où tout a commencé à se passer sur informatique, c'est devenu difficile pour moi.

Line considéra la femme aux cheveux gris qui lui faisait face. Elle avait dix ans de plus que Clausen.

— Vous n'êtes pas restés en contact par la suite ?

— Pour lui, je n'étais qu'une ressource professionnelle. Mon rôle était de le seconder dans son travail. Alors, quand il a quitté la politique, notre relation a naturellement pris fin.

— En quoi consistait votre rôle ?

— Le plus important était de gérer son calendrier, d'organiser réunions et événements divers, de filtrer les demandes et de lui transmettre les plus essentielles, quel que soit l'endroit où il était en Norvège ou dans le monde. Mais avant tout, il s'agissait de trouver des solutions à des problèmes pratiques. De régler les petits et les gros tracas du quotidien.

— Lesquels, par exemple ?

— S'il avait un besoin urgent d'une chemise propre ou d'une cravate foncée, ou qu'il était en route pour une réunion et se voyait retardé. Ça pouvait avoir des conséquences majeures. Il fallait prévenir les autres participants à la réunion, certains pouvaient avoir réservé un vol que, du coup, ils allaient devoir décaler, et ainsi de suite. Dans ces cas-là, mon rôle était de m'assurer que Clausen puisse se dire : « Je suis en retard, mais tout va s'arranger. »

— Vous vous connaissiez bien ?

Edel Holt acquiesça.

— J'ai fait partie de sa vie quotidienne pendant vingt-huit ans. Jamais je n'ai été traitée comme une employée lambda facilement remplaçable. Nous avions du respect l'un pour l'autre.

Elle sourit et poursuivit :

— Parfois, je lui disais : « Je pense que vous devriez rentrer chez vous et laisser la nuit vous porter conseil », ou bien lui faisais une remarque encore moins diplomatique. Il le prenait bien.

— Donc, il y avait une confiance réciproque entre vous ?

— Oui, clairement.

Line essaya de poursuivre sur le thème de la confiance, d'aiguiller la conversation sur des relations qu'il aurait pu avoir par ailleurs et qui n'auraient pas été connues du public ; en vain.

— Naturellement, il ne discutait pas avec moi des problèmes internes au gouvernement, précisa Edel Holt. Ça ne me regardait pas. Mais j'ai tout de même appris à le connaître, à savoir de quoi il avait besoin. Je m'assurais qu'il ait la paix quand c'était nécessaire. Je faisais en sorte qu'il puisse exercer ses fonctions dans les meilleures conditions possible. Si, par exemple, il se rendait une semaine à New York et passait par Bruxelles sur le chemin du retour, je bloquais une journée dans son calendrier pour qu'il ait le temps de récupérer. On travaille mieux quand on est reposé. C'étaient des considérations purement professionnelles.

Elle porta sa tasse à sa bouche, comme pour signifier qu'il n'y avait rien de plus à dire là-dessus.

Line poursuivit la conversation selon ses méthodes habituelles de journaliste. Elles discutèrent de la collaboration de Clausen avec le Premier ministre Himle, des visites de chefs d'État des quatre coins du monde, de la maladie de sa femme et de l'accident dans lequel son fils avait trouvé la mort.

— Lorsque Lisa est tombée malade, il a envisagé de vendre le chalet pour couvrir les frais d'un traitement expérimental à l'étranger, dit Edel Holt. Mais cela aurait signifié contourner le système de santé norvégien et s'acheter un passe-droit. Sans compter qu'il était loin d'être certain que les médicaments seraient efficaces. Dans le pire des cas, cela n'aurait fait que prolonger les souffrances de Lisa.

Line prenait note. Ce serait un angle intéressant si jamais elle écrivait vraiment un article sur Bernhard Clausen.

— Je considère que j'ai eu de la chance de travailler avec lui, conclut Edel Holt. C'était un homme stable, fidèle à ses principes, pondéré. Toujours aimable, ne faisant jamais défaut à personne.

— Était-il vraiment constant ? Ne changeait-il jamais ? demanda Line.

Edel Holt but une gorgée de thé et réfléchit quelques secondes.

— Je l'ai trouvé différent à trois reprises, répondit-elle pour finir. Comment dire ? Déconcentré, déconcerté. Une première fois quand Lisa est tombée malade et qu'elle est morte. Il s'est assombri. Retiré dans une sorte de refuge intérieur, si vous voyez ce que je veux dire. Il faisait de longues promenades à pied, souvent tard le soir ou dans la nuit. Ça s'est reproduit quand il a perdu son fils. La famille comptait beaucoup pour lui, alors perdre sa femme *et* son fils, c'était trop. Il s'est mis en retrait et il a démissionné de son poste de ministre de la Santé.

— Et la troisième fois ? demanda Line.

— C'était à un moment entre la mort de sa femme et celle de son fils.

— Et quelle en était la raison ?

Edel Holt haussa les épaules.

— Il n'y a eu aucun élément déclencheur. Du moins, pas que je sache. J'ai vu ça comme un contrecoup de la perte de sa femme, mais ça s'est déclaré du jour au lendemain.

— Vous souvenez-vous quand c'était ?

— En 2003, six mois après la mort de Lisa.

La curiosité de Line était piquée. Elle sentait qu'elle touchait quelque chose.

— Existe-t-il un moyen de le savoir avec plus de précision ? demanda-t-elle. Reste-t-il des agendas de l'époque, par exemple ?

— J'ai mes calendriers personnels, répondit la vieille dame, mais je serais bien en peine d'en tirer quoi que ce soit. De toute manière, ça ne nous servirait à rien. Bernhard Clausen n'est plus là pour répondre à nos questions.

9

Wisting et Mortensen avaient encore trois arrêts prévus à Oslo. Le premier était le service d'anatomopathologie de l'hôpital universitaire, où Mortensen déposa les prélèvements pour analyse ADN. En plus de l'échantillon de salive de Walter Krom, il avait des écouvillons qu'il avait passés sur la clef, le papier comportant le numéro de téléphone, et le minijack.

De là, ils se rendirent au laboratoire de Kripos, à Bryn. Mortensen avait préparé les formulaires. Il s'agissait principalement de faire analyser des traces digitales.

— Traitement prioritaire, déclara Wisting.

La femme en blouse blanche chargée d'enregistrer les dépôts leva ses lunettes sur son front.

— Tout le monde demande la priorité, dit-elle en souriant. Tout est urgent.

Wisting lui rendit son sourire.

— Mais ça, c'est vraiment à mettre en haut de la pile, répondit-il en lui montrant un numéro de référence spécial.

La femme haussa les épaules.

— Certains ont les bons contacts, lâcha-t-elle.

— Quand pouvons-nous espérer une réponse ? demanda Mortensen.

— Si nous mettons tout le reste de côté, vous recevrez un appel téléphonique demain à la même heure.

Ils la remercièrent et reprirent leur route.

L'arrêt suivant était Kolbotn, du côté est du fjord d'Oslo. Lisa et Bernhard Clausen s'étaient installés rue Holteveien juste après la naissance de leur fils. Le trajet en voiture depuis la capitale ne prenait qu'un gros quart d'heure.

La rue était bordée de vieux arbres et de petites maisons avec jardin. Mortensen montra du doigt le numéro qu'ils cherchaient. Il s'agissait d'un pavillon gris sur deux niveaux dont le toit était en pente et les cadres de fenêtre peints en blanc. Le gravier qui tapissait l'allée crissa sous les pneus de la voiture.

Encore une maison vide, songea Wisting. Il en avait visité des quantités. Cela faisait partie de son travail : entrer dans des demeures abandonnées, soit parce que leur occupant avait connu une mort subite, soit parce qu'il s'agissait d'un criminel qu'on venait d'arrêter. Dans les deux cas, le but était d'y repérer des traces de la vie qui y avait été vécue.

En descendant de voiture, ils entendirent un train passer quelque part à proximité. Wisting alla ouvrir la porte et désactiva l'alarme.

À l'intérieur, l'air était sec et poussiéreux. Un couloir traversait la maison, débouchant sur la cuisine. Le salon se trouvait sur la gauche ; à droite s'ouvrait un deuxième couloir donnant sur une salle de bains, une chambre et un bureau, ainsi qu'un escalier montant au premier étage.

Ils commencèrent par l'étage. Il se composait de deux

chambres, d'un petit salon et d'une salle de bains étriquée. On aurait dit qu'aucune de ces pièces n'avait été utilisée depuis longtemps. L'une des chambres était probablement celle de leur fils, car elle contenait une chaîne stéréo et, sur une étagère, une collection de CD. À part cela, tous les objets personnels semblaient avoir été enlevés. Les tiroirs du bureau et les planches du placard étaient vides. Tout ce qui restait au mur était une photo de lui.

Au rez-de-chaussée, ce qui avait à l'origine été une chambre avait été aménagé en pièce de travail. Face à la fenêtre, un grand bureau sur lequel étaient posés un écran d'ordinateur massif et des piles de journaux et de magazines. Le long des murs, des étagères chargées de livres documentaires, de biographies politiques, de livres traitant de sujets de société et d'ouvrages sur l'histoire des États-Unis. Dans un coin, un meuble-classeur. Wisting ouvrit le tiroir du haut et parcourut les dossiers suspendus. Il y avait là certificats de propriété, attestations officielles, vieux diplômes, papiers d'assurance, documents fiscaux, factures et reçus divers. Le tiroir suivant contenait des coupures de journaux et de la correspondance personnelle. On y trouvait de tout, des chroniques au courrier des lecteurs en passant par des lettres aux associations du quartier, des cartes de Noël et des vœux d'anniversaire. Un dossier à part s'intitulait « Lena ». Wisting comprit qu'il s'agissait de la petite-fille de Clausen. Il ne contenait pas grand-chose : une coupure de presse sur un petit rassemblement dans une crèche où mère et fille avaient été photographiées, un article similaire à l'occasion d'une manifestation scolaire, une annonce dans la rubrique « Naissances », et un magazine de la paroisse de Ljan et Nordstrand dans lequel Lena Salvesen figurait parmi la liste des baptisés.

Le tiroir inférieur comportait deux dossiers pleins à craquer. Le plus épais concernait la correspondance avec l'hôpital au sujet de la maladie et du décès de son épouse. Dans l'autre étaient rassemblés les papiers sur son fils, depuis ses bulletins scolaires jusqu'à son certificat de décès.

Les bulletins scolaires indiquaient qu'il réussissait plutôt bien dans différentes matières, mais qu'à un moment il s'était mis à accumuler les absences, et ses notes avaient chuté. Plusieurs appréciations laissaient apparaître qu'il avait de gros problèmes de concentration et que son travail s'en ressentait. Il y avait aussi des papiers en rapport avec un examen de dépistage d'un éventuel trouble du déficit de l'attention qui semblait n'avoir abouti à aucune conclusion définitive.

Mortensen s'était assis au bureau et passait le contenu des tiroirs en revue.

— Des agendas, dit-il en sortant de celui du bas un tas de petits carnets rouges.

Ils étaient rangés par ordre chronologique de 1981 à 2005. Wisting prit celui de 1998 et le feuilleta. Chaque double page couvrait une semaine ; neuf lignes pour chaque jour ouvré, quatre pour le samedi et le dimanche. Clausen y avait noté ses rendez-vous. Certains sous forme d'abréviations, d'autres avec des noms. Certains barrés, d'autres soulignés. Ils ne comportaient aucun commentaire personnel, seuls l'heure et le lieu des réunions étaient indiqués.

Mortensen les mit de côté pour les emporter.

Durant les heures qui suivirent, ils inspectèrent les papiers du bureau de manière systématique. Ce premier examen laissait penser que Bernhard Clausen était un homme n'ayant rien à cacher. Pas de coffre-fort dans la maison, aucun tiroir, aucun placard fermé à clef. Rien de ce qu'ils feuilletèrent ne semblait compromettant.

Mortensen trouva le mot de passe du PC sur un petit bout de papier glissé sous le sous-main du bureau. Il se connecta et parcourut les fichiers sans rien y trouver d'intéressant non plus.

Au bout du compte, outre les agendas, ils emportèrent un carnet d'adresses et de numéros de téléphone très fourni.

Avant de partir, Wisting voulut vérifier le garage. Il y en avait deux, l'un attenant à la maison, l'autre indépendant, construit plus près de la route. Les clefs respectives étaient accrochées dans le placard du couloir. Le garage situé dans le prolongement de la maison était resté ouvert. Wisting fit basculer la porte et jeta un coup d'œil à l'intérieur. Au fond, on distinguait un établi et, au-dessus, des outils rangés sur des étagères. Une pelle à neige et un balai appuyés contre un mur. C'était tout.

Ils refermèrent la porte à clef avant de passer au deuxième garage. Les gonds grincèrent lorsqu'ils l'ouvrirent et découvrirent un indescriptible bazar de motos démontées au milieu d'outils, d'équipements et de machines divers.

— Les affaires du fils, commenta Mortensen en enjambant un bidon d'essence.

Ses chaussures laissèrent des traces dans la poussière et la saleté qui couvraient le sol en béton.

— Ça a dû rester en l'état depuis sa mort, dit Wisting.

Il patienta sur le seuil pendant que Mortensen jetait un

coup d'œil dans un ou deux placards et essayait une porte tout au fond du garage.

— Je ne pense pas que nous trouverons quoi que ce soit ici, dit-il en ressortant.

Wisting referma le battant. Il était du même avis que Mortensen. S'ils voulaient des réponses, il faudrait chercher ailleurs.

10

Line mit le contact, mais resta immobile derrière le volant. Elle avait passé un long moment chez Edel Holt. Elle pouvait tout cocher sur la liste de ce que son père l'avait chargée de lui demander ; pourtant, cela n'avait débouché sur rien de concret. Elle avait eu beau aborder le problème de l'argent à plusieurs reprises, la conversation ne s'était jamais engagée sur une piste intéressante.

Elle espérait que son père et Mortensen avaient découvert des choses plus utiles avec les dirigeants du parti travailliste. La mission qui lui avait été confiée était difficile, elle avait l'impression d'avancer en aveugle.

Son rendez-vous suivant était avec Guttorm Hellevik. Il avait occupé différents postes au sein du parti travailliste, tant au niveau national qu'au sein du conseil municipal d'Oslo. Line se souvenait de lui grâce à quelques passages dans les médias : un homme en surpoids à l'épaisse chevelure grise.

C'est sa femme qui ouvrit la porte et accueillit Line.

— Ça y est, elle est là ! cria-t-elle vers l'intérieur de la maison.

Guttorm Hellevik lui répondit sur le même ton. La femme conduisit Line dans une pièce de travail. Hellevik s'était déjà levé et vint à la rencontre de Line.

— J'ai commencé à rédiger un éloge funèbre, dit-il en montrant son bureau d'un geste. C'est sûrement un autre qui prendra la parole à l'église, mais j'avais envie de mettre en mots certains souvenirs que j'ai de lui.

Ils prirent place dans des fauteuils.

— Lesquels en particulier ? demanda Line.

— Son humour bonhomme, sa générosité et nos longues conversations, répondit Hellevik. Il se montrait toujours engagé, toujours enthousiaste.

— Vous étiez l'un de ses plus proches amis.

Hellevik hocha la tête.

— Avant, oui.

Et il expliqua comment ils s'étaient rencontrés, dans les années 1960, grâce à leur poste de délégués du personnel, et comment ils avaient tous les deux rejoint le mouvement travailliste.

Il raconta des anecdotes sur Bernhard Clausen en tant que politicien, d'autres histoires relevant de sa vie privée. Toutes allaient dans le sens de son image publique : un homme généreux, le cœur sur la main, franc et intelligent, qui avait beaucoup compté pour beaucoup de gens.

— Mais ensuite, il a changé, poursuivit Hellevik. Il est vrai qu'il a perdu sa femme et son fils à peu d'intervalle. Ça l'a énormément affecté. Je crois que personne ne s'est rendu compte à quel point laisser sa femme partir lui a coûté. Extérieurement, il semblait fort et stable, mais ça a été très dur pour lui de ne pas pouvoir venir en aide à Lisa. Alors, quand son fils est décédé à son tour, le vase a débordé. Il a dû se mettre en retrait de la politique.

— Étiez-vous souvent avec lui à cette époque ?

— J'aurais dû l'être plus, mais il avait envie d'être seul. De se promener en solitaire. Il ne voulait personne près de lui.

Mme Hellevik entra dans la pièce avec du café et des crêpes fourrées à la crème, au sucre et à la cannelle. Hellevik raconta comment Clausen avait rencontré sa femme et l'importance qu'elle avait eue pour lui.

— Après sa mort, il a changé, conclut-il.

— Dans quel sens ?

Guttorm Hellevik réfléchit, semblant veiller à ne rien dire qui puisse être interprété comme une critique.

— Il s'était toujours montré engagé, il voulait toujours connaître l'opinion des autres et il exprimait volontiers les siennes, mais après la mort de Lisa, il est devenu taciturne, le regard absent. Avant, c'était souvent lui qu'on entendait le plus autour de la table. Mais il a perdu son entrain, sombré dans le silence. Il s'est enfermé dans ses propres pensées.

Ce que décrivait Hellevik rappelait les propos tenus par Edel Holt à peine quelques heures plus tôt.

— S'est-il produit autre chose à l'époque qui aurait pu avoir une influence sur lui ? demanda Line.

Guttorm Hellevik ne semblait pas comprendre la question.

— Un événement politique ? ajouta-t-elle sans expliquer pourquoi elle posait cette question.

Hellevik secoua la tête.

— Non, mais il avait probablement déjà changé d'opinion sur de nombreux sujets.

— Comment cela ?

— Le parti travailliste défend la liberté, la justice et la communauté, mais petit à petit, Clausen s'est mis à considérer ces concepts de manière différente. Il ne se sentait pas libre. Il trouvait que la société était trop réglementée, qu'elle interférait trop dans la vie privée des personnes, et mettait des obstacles sur le chemin de ceux qui voulaient entreprendre. Il trouvait ça injuste et ressentait un besoin toujours croissant d'être un individu indépendant plutôt qu'un membre d'une communauté.

Hellevik continua à rapporter des discussions politiques qu'il avait eues avec Bernhard Clausen.

— Pour Georg Himle et les autres membres de la direction du parti, ça devenait un problème. Il se transformait en libre penseur, et se mettait en porte à faux avec certaines des idéologies du parti. Moi, j'appréciais son franc-parler. C'est l'une des qualités que j'estimais le plus chez lui.

— Il a pourtant réussi à faire son retour en politique en tant que ministre des Affaires étrangères, rappela Line.

— C'est parce qu'il a mis du temps à changer de vision, expliqua Hellevik. Ça s'est produit plus tard, vers la fin de sa carrière. Cela dit, je pense que c'est quand il s'est retrouvé seul qu'il a commencé à prendre la tangente.

Line essaya de quitter le sujet de la politique.

— Alliez-vous souvent dans son chalet ? demanda-t-elle.

— Chaque été, confirma Hellevik.

— Y compris celui après la mort de sa femme ? demanda

Line, pour diriger la conversation vers la période la plus intéressante pour elle.

— Celui-là aussi, oui, répondit Hellevik en hochant la tête.

Et il raconta des parties de pêche, des soirées s'éternisant jusque tard dans la nuit et des week-ends de petits travaux d'aménagement entre amis.

— Vers la fin de la saison, il voyait moins les choses en noir, mais c'est là que s'est produit l'accident de son fils.

Ils discutèrent encore une demi-heure avant que Line ne trouve l'occasion de clore l'entretien.

De retour dans sa voiture, elle parcourut ses notes. Elle devait faire un rapport à son père pour chaque interview qu'elle entreprenait. C'était une méthode de travail pour le moins inhabituelle à ses yeux. Elle avait l'habitude de noter les informations qu'elle recueillait sur différents supports : son bloc-notes, son Mac, voire seulement dans sa tête, et à la fin, elle condensait le tout en un seul et même article. Cette fois, c'était son père qui rassemblerait les éléments et raconterait l'histoire à sa place.

Les notes de sa conversation avec Guttorm Hellevik dessinaient de Bernhard Clausen une image un peu différente de celle qu'elle s'était faite auparavant. C'était une facette intéressante de sa vie, mais elle n'avait pas l'impression de s'être approchée de son but.

La tâche la plus intrigante que son père lui avait confiée était de pister le numéro de téléphone découvert dans un des cartons de billets. Elle prit le mémo sur lequel il lui avait indiqué le nom, l'adresse et le numéro d'identité correspondants. Gine Jonasen. Line n'avait pas trouvé beaucoup d'informations à son sujet. Elle vivait seule, n'avait pas d'enfants, et travaillait à temps partiel dans une librairie.

Line entra l'adresse dans le GPS. C'était à vingt-six minutes de route. Au lieu d'appeler d'abord et de prendre rendez-vous, elle démarra et suivit les instructions de l'appareil. Cela la conduisit à un appartement en sous-sol du quartier de Kolsås. Une jeune femme du même âge qu'elle était assise à une table dans le jardin. Elle leva les yeux de son livre. Line saisit son bloc-notes.

— Bonjour ! dit-elle en claquant la portière de sa voiture. C'est vous, Gine Jonasen ?

La femme posa son livre sur la table.

— Oui, pourquoi ?

Line s'approcha d'elle et se présenta.

— Je travaille sur Bernhard Clausen, ajouta-t-elle avant d'expliquer qu'elle était journaliste.

Sur le visage de l'autre, la stupéfaction était évidente.

— J'aurais aimé discuter un peu de lui, poursuivit Line.

— Avec moi ?

— Oui, vous le connaissiez, n'est-ce pas ?

La femme secoua sa tête.

— Je crois que vous vous trompez, dit-elle. Je sais qui il est, oui, mais je ne le connaissais pas personnellement.

Line regarda le mémo que son père lui avait donné.

Gine Jonasen était née en 1988.

— Alors vous connaissiez peut-être son fils ? demanda-t-elle, prise d'une inspiration. Lennart Clausen ?

La jeune femme rit, comme pour signifier qu'il devait y avoir erreur.

— Je pense que vous ne tenez pas la bonne Gine Jonasen, dit-elle.

Line lut à voix haute le numéro de téléphone et le numéro d'identité inscrits sur son mémo.

— C'est bien moi, confirma l'autre.

— Et personne d'autre que vous n'utilise votre téléphone ?

La femme se pencha pour prendre une bouteille d'eau posée à l'ombre sous la table.

— Non, dit-elle en ouvrant le bouchon.

Tout à coup, Line eut une idée.

— Depuis combien de temps avez-vous ce numéro ?

— Depuis toujours.

— C'est-à-dire ?

— Depuis que j'ai eu mon premier téléphone. J'avais seize ans.

— En 2004, donc ? calcula Line à haute voix.

— C'est ça. Aujourd'hui, les enfants ont un téléphone dès la maternelle.

Line sourit.

— Très bien, dit-elle. Alors je pense que tout cela est un malentendu. Désolée de vous avoir dérangée.

Elle réintégra sa voiture. Soudain, Gine Jonasen se leva de sa chaise et lui fit signe. Line baissa la vitre côté passager et se pencha par-dessus le siège.

— Il y a peut-être un truc qui va vous intéresser, dit Gine Jonasen en s'approchant d'elle. Je viens de me souvenir que quand j'ai eu mon téléphone, au début, j'ai reçu plusieurs appels qui n'étaient pas pour moi. J'imagine qu'on voulait joindre la personne qui avait le numéro avant.

— Savez-vous qui c'était ?

— Non, mais ils voulaient parler à un certain Daniel.

— Et vous vous en souvenez encore aujourd'hui ?

— Oui, parce que mon père aussi s'appelle Daniel. Évidemment, je croyais que c'était lui. Ça a occasionné quelques malentendus.

— Donc, la personne qui avait votre numéro avant s'appelait probablement Daniel ?

— Oui, mais ça fait longtemps.

Line remercia la jeune femme, ouvrit son stylo en saisissant le capuchon entre ses dents et écrivit le nom sur une page vierge de son bloc-notes. « Daniel ».

11

Wisting ouvrit deux conserves de ragoût de viande aux légumes, en versa le contenu dans une casserole et alluma la plaque au maximum.

Ils étaient quatre dans la cuisine. Il décala quelques papiers au centre de la table, posa une assiette devant lui, puis une pour Mortensen, une pour Line et une pour Amalie.

— Ce n'est pas un portrait très juste, dit Line en reposant une nécrologie de Bernhard Clausen. Le parti se réfère à lui comme à un roc inébranlable, mais Guttorm Hellevik m'a raconté qu'il avait changé de position sur de nombreux sujets. À la fin, ils ne voulaient plus qu'il se charge des discours du 1er Mai.

Wisting songea que cela contredisait ce qu'on lui avait raconté plus tôt dans la journée au siège du parti.

— Personne n'aime dire du mal des morts, commenta Mortensen.

Il s'apprêtait à dégager l'ordinateur de la table, mais s'immobilisa.

— Deux des séries de traces digitales présentes sur les

cartons ont déjà été identifiées, dit-il sans lever les yeux de l'écran.

Amalie attrapa une fourchette et en donna un coup sur la table. Line la lui prit des mains.

— Alors ? demanda Wisting en retournant devant la cuisinière.

— Bernhard Clausen et Walter Krom. Ils ont été identifiés à partir des échantillons de référence qu'on a prélevés ce matin. Clausen semble être sur tous les cartons, Krom sur un seul. Mais il y a aussi quelques traces non identifiées. Ils vont regarder si elles figurent dans le fichier.

— Quand aurons-nous une réponse ? demanda Line.

— Demain.

— Ils ont quelque chose sur le morceau de papier avec le numéro de téléphone ? demanda Wisting en remuant dans la casserole.

Mortensen secoua la tête.

— Ce n'est qu'un retour préliminaire informel, dit-il. Mais s'ils avaient trouvé quelque chose, ils me l'auraient signalé.

— Il y a quatre Daniel dans le carnet d'adresses, enchaîna Line. Mais personne dont le numéro corresponde.

— N'oublie pas qu'il a changé, lui rappela Wisting.

— Le premier est Daniel Nyrup, un Danois ayant exercé divers postes de politique étrangère, répondit Line en souriant. Le deuxième est Daniel Rabe, journaliste politique à *Aftenposten*.

Le ragoût commençait à mijoter. Wisting attendit qu'il soit parfaitement chaud avant de poser la casserole sur la table. Line enfila un bavoir à Amalie, lui servit une louche de ragoût et écrasa les plus gros morceaux à la fourchette.

— Vous ne pensez pas que les télécoms auraient la liste des personnes ayant eu ce numéro avant ? demanda-t-elle.

— J'ai déjà eu ce problème, répondit Mortensen en rangeant son PC. Ils ne disposent pas d'historiques qui remontent aussi loin. Mais par précaution je vais vérifier.

Au moment où Wisting se servait, son téléphone sonna. L'interlocuteur se présenta :

— Ici Jonas Hildre, de *Dagbladet*. Que pouvez-vous me dire sur Bernhard Clausen ?

La question prit Wisting de court.

— Comment ça ? demanda-t-il en remettant la louche pleine dans la casserole.

— Une enquête a été ouverte, lança le journaliste.

— Oui. Un incendie s'est déclaré dans son chalet.

Ce n'était pas une nouvelle fraîche, tous les médias en avaient déjà parlé, mais Wisting ne voulait pas se mettre dans une position où il devrait répondre de l'affaire.

— C'est la substitut du procureur, Christine Thiis, qui est en charge de l'instruction du dossier, ajouta-t-il. Vous pouvez vous adresser à elle.

— Pour commencer, je cherche seulement quelques informations d'ensemble, répondit le journaliste.

Wisting avait envie de mettre un terme à la conversation. Il ne souhaitait pas que son nom apparaisse dans la presse, mais s'il envoyait promener le journaliste, cela mettrait Christine Thiis dans une situation délicate. Elle ne savait rien sur l'affaire et ne serait pas en mesure d'en rendre compte.

— Bon, d'accord, mais je refuse d'être cité ou mentionné.

— Aucun problème pour moi. Comme je vous le disais, je cherche simplement deux ou trois éléments de base. Par exemple, avez-vous trouvé la cause de l'incendie ?

— Non, répondit Wisting.

— Mais y a-t-il des soupçons qu'il s'agisse d'un acte criminel ?

— Pour répondre à cette question, nous devrons d'abord en déterminer l'origine.

— D'après ce que je sais, des intrus auraient pénétré à l'intérieur du chalet juste avant le départ du feu.

L'affirmation était difficile à contredire. Wisting regrettait d'avoir accepté l'entretien. Le journaliste était bien informé ; il devait avoir eu un tuyau par un employé de la société de télésurveillance.

— Cela fait partie des éléments que nous tentons d'éclaircir, confirma-t-il. L'agence de gardiennage a signalé avoir reçu diverses alertes.

Il se leva et s'éloigna de la table.

— Nous attendons un rapport de leur part, ajouta-t-il pour laisser entendre que les signaux d'alarme étaient susceptibles de n'être qu'une défaillance technique.

— Pensez-vous que la mort de Clausen soit en relation avec l'incendie ?

— Que voulez-vous dire par là ?

— Pourrait-il y avoir un lien entre sa mort et le sinistre ?

À strictement parler, la réponse était oui. Aux yeux de Wisting, le premier événement avait déclenché le second. Lorsque Clausen n'avait plus été en mesure de garder son secret dans la chambre du milieu, quelqu'un s'était chargé de le brûler.

— Quel serait ce lien ? demanda-t-il pour décontenancer l'autre.

— Je n'en sais rien, répondit le journaliste, mais est-ce une hypothèse que vous étudiez ?

Wisting devait peser ses mots pour ne rien révéler qui pourrait attirer l'attention et faire les gros titres.

— Il s'agit d'une mort naturelle avec des antécédents médicaux connus.

— Quelqu'un aurait-il pu entrer par effraction dans le chalet parce qu'il savait que Clausen était mort et que le chalet était vide ?

— Je refuse de me lancer dans ce genre de spéculations.

Apparemment, le journaliste s'apprêtait à mettre un terme à la conversation car il demanda :

— Quand en saurez-vous plus sur la cause de l'incendie ?

— Le chalet est complètement détruit, répondit Wisting. Il n'est pas certain que les fouilles apportent des réponses concrètes.

— Mais vous comptez vérifier s'il y a des traces de liquide inflammable ?

— Cela fait partie des procédures de routine, oui, répondit Wisting.

— Est-il exact d'affirmer que des circonstances troubles entourent cet incendie ? demanda le journaliste avant de s'avouer vaincu.

Difficile de soutenir le contraire.

— Il est évident que les destructions provoquées par un incendie ne facilitent pas la tâche pour se faire une idée claire du déroulement des faits, répondit Wisting plutôt que de donner raison au journaliste.

Celui-ci n'avait pas eu les réponses qu'il souhaitait, mais il remercia Wisting et raccrocha.

— Jonas Hildre, de *Dagbladet*, dit-il en interrogeant Line du regard.

— Journaliste politique, dit-elle. C'était probablement juste un premier contact pour tâter le terrain. Il ne laissera pas tomber.

Wisting s'apprêtait à enregistrer le numéro, mais il fut interrompu par l'arrivée d'un message. Il dut mettre ses lunettes pour le lire et il lui fallut un certain temps avant de se rendre compte qu'il provenait du vigile dépêché sur place à cause de l'incendie. Le message comprenait un lien pour télécharger la vidéo prise par la caméra de surveillance de son véhicule.

— Tu peux nous récupérer ça ? demanda-t-il à Mortensen en lui montrant son téléphone.

Mortensen saisit le mobile et transféra le message vers son PC, qu'il plaça au milieu de la table pour que tout le monde puisse voir. Les images prises par la dashcam ne tardèrent pas à apparaître. Wisting reconnut les lieux : la voiture de société descendait la rue de l'hôtel Wassilioff, dans le centre de Stavern, puis elle tourna à gauche sur le quai du bassin en eau profonde. La qualité de l'enregistrement était étonnamment bonne. En bas de l'image, un compteur indiquait l'heure, 05:14. On entendait la musique assourdie de l'autoradio.

Wisting avala quelques bouchées de ragoût qu'il trouva franchement insipide. Sur la vidéo, on entendit une sonnerie. Le gardien répondit en déclinant son numéro de patrouille et son nom.

On avait du mal à entendre ce qui se disait sur la ligne, mais on comprenait tout de même qu'il s'agissait d'une alarme déclenchée et de la centrale fournissant l'adresse au gardien.

Le moteur gronda sous le capot et la voiture quitta le centre-ville. Peu à peu, les lampadaires disparurent. Les phares éclairèrent une route de campagne sombre bordée de champs. On vit passer un panneau de fin de limitation de vitesse. Au bruit du moteur, on devinait que le conducteur accélérait encore. Au bout d'une plaine, deux lumières surgirent : les feux d'un véhicule venant en sens inverse. Ils se rapprochèrent très vite avant de disparaître. Les phares aveuglant la caméra, impossible de lire la plaque d'immatriculation.

Le trajet se poursuivit. Une autre voiture venant en sens inverse apparut. Là encore, impossible de voir le numéro ; en revanche, on distinguait un panneau de toit « taxi ».

Le téléphone de la voiture sonna à nouveau. Mortensen monta le son. C'était la centrale de télésurveillance informant son vigile que l'alarme incendie venait de se déclencher à l'adresse où il se rendait.

Il répondit qu'il serait sur place dans quatre minutes environ.

La sortie pour Hummerbakken approchait ; on devinait la lueur de l'incendie dans le ciel nocturne.

Amalie se tordit sur sa chaise. Elle voulait descendre. Line la souleva et la posa à terre.

— Arrête ! s'exclama Wisting. Reviens en arrière.

— J'ai vu, acquiesça Mortensen en pressant une touche pour remonter de quinze secondes.

Au moment où le vigile ralentissait pour quitter la route principale, une paire de phares s'allumait dans un petit renfoncement au bord de la route. Les phares du vigile prirent dans leur faisceau un véhicule qui démarrait. Une camionnette grise.

Mortensen saisit un stylo et nota l'heure. On ne distinguait ni la plaque d'immatriculation ni qui était au volant, mais l'image était tout de même assez bonne pour que quelqu'un qui s'y connaissait soit en mesure d'identifier la marque et le modèle.

Le vigile poursuivit son trajet sur la route secondaire. L'image se mit à trembler car la chaussée se détériorait. Bientôt, les flammes apparurent.

— C'est surtout à l'arrière que ça brûle, commenta Mortensen lorsque la voiture qui filmait s'arrêta. Dans la chambre du milieu.

Wisting reprit son repas. Sur la vidéo, divers spectateurs apparaissaient, entrant et sortant du champ de la caméra.

— Bien, dit Wisting en posant ses couverts. Peux-tu identifier le modèle de la voiture mystère ?

— Il m'a semblé que ça ressemblait à une Berlingo, répondit Mortensen en revenant à l'heure qu'il avait notée.

La camionnette grise réapparut à l'écran. Il mit la vidéo en pause et enregistra une capture d'écran.

— Citroën Berlingo ou Peugeot Partner, dit-il. Je peux vérifier ça.

Line commença à débarrasser la table. Wisting se leva, prit un cure-dent dans le tiroir de la cuisine et le passa pensivement entre ses incisives.

12

Les ruines fumaient encore lorsque Wisting et Mortensen se garèrent au bout de la route. Seule la cheminée tenait toujours debout. La voiture de Bernhard Clausen avait elle aussi été gravement endommagée ; en revanche, les meubles de jardin du coin barbecue, installé au bord de la mer entre les arbres, étaient intacts.

Un policier descendit d'une voiture de patrouille et vint à leur rencontre. À mesure que la nouvelle de l'incendie s'était propagée, beaucoup de curieux étaient venus voir les lieux mais, à part cela, il n'avait rien à signaler.

Wisting et Mortensen se penchèrent pour passer sous les rubalises. L'odeur âcre de la fumée piquait les narines. Tuiles et bois carbonisé gisaient, entassés, et par endroits dépassaient ressorts de matelas et autres résidus métalliques.

— Les analyses devront attendre jusqu'à demain, dit Mortensen en allant inspecter ce qui avait été l'arrière du chalet.

Wisting lui emboîta le pas. Il ne restait plus rien de la pièce dans laquelle l'argent avait été entreposé. À quelques mètres de l'endroit où s'était dressé le mur du chalet, il repéra, perchée dans un framboisier et ouverte sur le côté, l'une des deux bombonnes de propane stockées dans le placard. L'autre n'était plus là.

— Clausen avait un bateau ? demanda Mortensen.

Lançant un regard vers le ponton, ils aperçurent un homme en coupe-vent vert.

— Est-ce que Bernhard Clausen avait un bateau ? répéta Wisting.

— Oui.

— Je ne sais pas, répondit Wisting. Tu penses au jerrican d'essence sur le lit superposé ?

— Et aux deux bidons dessous, aux bombes aérosols et aux bouteilles de propane dans le placard, répondit Mortensen en acquiesçant. Une fois que ça a commencé à brûler, ça a vite dû prendre de la puissance.

Wisting tourna à nouveau la tête vers le ponton. L'homme en veste verte se dirigeait vers eux. Il s'arrêta au barrage de police.

— C'est lui, dit Wisting.

— Qui ça ?

— Le procureur général de Norvège. Johan Olav Lyngh.

Le policier de garde s'apprêtait à sortir de sa voiture de patrouille. Wisting lui fit signe qu'il s'en occupait.

Ils se saluèrent en échangeant une poignée de main silencieuse. Wisting souleva la rubalise pour laisser passer le procureur général, après quoi il le présenta à Mortensen.

— Avez-vous progressé ? demanda Lyngh.

Wisting lui résuma les objets découverts dans les cartons et les examens des traces digitales.

— Si nos services de renseignement étaient impliqués là-dedans, vous le sauriez ? demanda-t-il.

— Je les ai tous consultés, PST, E-tjenesten et NSM, répondit Lyngh. Personne ne travaillait activement sur Clausen. Par ailleurs, aucun élément ne porte à croire que des hauts fonctionnaires ou des hommes politiques de son rang se seraient rendus coupables de trahison ou auraient favorisé les intérêts de puissances étrangères au détriment de leur propre pays.

Une rafale de vent fit tinter un carillon accroché dans l'un des arbres voisins. Une balancelle grinça.

— Est-ce un incendie criminel ? demanda Lyngh en faisant quelques pas vers les décombres.

— Oui, confirma Wisting, qui lui parla du déclenchement de l'alarme et de la voiture qu'ils avaient repérée grâce à la caméra embarquée dans le véhicule du vigile.

Le procureur général prit un air pensif.

— Il y a une chose dont j'aurais dû vous informer lors de notre entretien hier, dit-il en se tournant vers Wisting.

D'un signe de tête, Wisting suggéra qu'ils aillent s'asseoir à la table de jardin, sur la dalle du coin barbecue. Le procureur général tira une chaise et s'assit dos au soleil couchant.

— Nous recevons beaucoup de courrier au bureau, lança-t-il en guise d'introduction. Je ne parle pas de ce qui a trait aux affaires courantes, mais de personnes ayant eu une mauvaise expérience avec la police ou le ministère public. Qui estiment avoir été maltraitées et s'adressent à nous pour se plaindre, demander de l'aide, ou qui ne font tout simplement pas confiance à la police locale. Il y a aussi les coupeurs de cheveux en quatre et les complotistes. Des gens aux idées délirantes ou souffrant de troubles de la personnalité, qui nous servent des théories farfelues sur les affaires criminelles dont on parle dans les médias. Les lettres venant d'hôpitaux psychiatriques ne sont pas rares.

Wisting hocha la tête. Lui aussi recevait son lot de courriers d'illuminés qui voyaient dans des affaires tout à fait sérieuses des conspirations orchestrées par des alliances secrètes entre les élites de la société.

— Je lis tout, reprit le procureur général. Ceux qui indiquent leur nom reçoivent une réponse, du moins la première fois qu'ils nous écrivent. Tout est archivé, et nous avons un système efficace pour retrouver chaque lettre.

Il plongea la main dans la poche intérieure de sa veste et en tira une enveloppe kraft pliée en deux.

— C'est une copie, dit-il en tendant l'enveloppe à Wisting. J'ai l'original dans la voiture.

Wisting la prit et l'ouvrit. Elle contenait une feuille dactylographiée. Il s'agissait d'une lettre datée du 11 juin 2003, adressée au procureur général de Norvège Johan Olav Lyngh. Pas d'expéditeur. Elle se résumait à une ligne.

«Le ministre de la Santé Bernhard Clausen est impliqué dans l'affaire du lac Gjersjøen.»

— L'affaire du lac Gjersjøen? dit Wisting.

— Un garçon de vingt-deux ans a disparu dans les environs de ce lac en 2003, expliqua Lyngh. Simon Meier. Cela a été signalé le 31 mai parce qu'il n'était pas venu au travail depuis deux jours. Il vivait seul, il était parti pêcher.

— Le lac Gjersjøen..., répéta Wisting. Près d'Oppegård, n'est-ce pas? C'est le lieu de naissance de Clausen.

Le procureur général hocha la tête.

— Son matériel de pêche a été retrouvé au bord de l'eau, sur la rive est. Mais le garçon lui-même n'a jamais réapparu.

Lyngh se tut un moment.

— Il n'y avait aucune substance là-dedans, reprit-il en désignant d'un signe de tête la lettre que Wisting tenait entre les mains. Mais ça reste une information potentielle. Nous suivons des procédures pour ce genre de lettre anonyme. Elle a été transmise au bureau de police municipale concerné.

— Que s'est-il passé ensuite ?

— L'affaire a été classée en tant que noyade accidentelle, mais il existe une possibilité qu'il s'agisse d'autre chose. Une lettre similaire est arrivée six mois plus tard.

Lyngh fit un geste de la main pour indiquer qu'il avait aussi cette lettre dans la voiture.

— Comme elle provenait manifestement du même expéditeur, nous l'avons directement archivée, dit-il. Le contenu était le même, mais elle était accompagnée d'un article découpé dans le journal local à propos de la famille de la victime, qui n'était pas satisfaite des efforts fournis par la police. Selon elle, les recherches avaient été abandonnées de manière prématurée, et certains éléments faisaient qu'ils ne pourraient jamais apaiser leurs doutes.

— Pensez-vous qu'il puisse y avoir du vrai là-dedans ? demanda Wisting en relisant encore une fois la seule et unique ligne de texte que contenait la lettre.

— Ce sont en tout cas des faits que je voulais porter à votre connaissance, répondit Lyngh. J'ai tenté de réquisitionner le dossier pour vous, mais il n'est pas dans les archives.

— Ah non ?

— Il a été remis à la cellule des *cold cases*, expliqua le

procureur général. Ils l'examinent dans la perspective d'une éventuelle réouverture.

Wisting avait déjà travaillé avec la nouvelle unité de Kripos chargée d'enquêter sur d'anciennes affaires non élucidées.

— Qui dirige l'enquête ?

— Adrian Stiller.

— Je le connais, acquiesça Wisting.

— Est-ce quelqu'un que vous pourriez intégrer dans votre équipe ?

Le regard de Wisting se perdit à l'horizon.

— Très franchement, non, répondit-il. Pas si je veux garder la main sur l'enquête. Mais je peux probablement avoir accès au dossier autrement.

Le procureur général se leva. Wisting et Mortensen l'escortèrent jusqu'à sa voiture, garée sur un terre-plein un peu plus bas le long de la route. Johan Olav Lyngh ouvrit le coffre et en sortit un petit paquet enveloppé de papier gris.

— Les enveloppes et les lettres sont là, dit-il. Il n'a encore jamais été effectué de recherches d'empreintes digitales ou autres, mais ça vaut le coup d'essayer. J'aimerais bien savoir qui a écrit ces lettres, et pourquoi.

13

L'endroit où la caméra de la société de gardiennage avait filmé le véhicule alors qu'il démarrait était un renfoncement gravillonné en bordure de route où étaient réunies les boîtes aux lettres et les poubelles des propriétaires des chalets avoisinants.

Wisting gara la voiture et en descendit, suivi par Mortensen.

— On est à un peu plus de cinq cents mètres du chalet, dit-il. Cinq à six minutes à pied. Moins si on court.

— Quand il a reçu le message de l'alarme incendie, le vigile a dit qu'il serait sur place en quatre minutes environ, rappela Mortensen.

Wisting inspecta les alentours pour voir si un indice avait pu rester sur le gravier. Il trouva une canette de bière aplatie par une voiture, des emballages de chewing-gums, des mégots de cigarettes et des boîtes de tabac à priser vides. Rien qui semble récent.

Soudain, une voiture s'arrêta et une femme, la cinquantaine, en sortit en portant un sac-poubelle. Elle le jeta dans le conteneur avant de vérifier sa boîte aux lettres. Peu après, ce fut au tour d'une pile de prospectus d'atterrir dans le conteneur à papier, puis la femme se réinstalla au volant et reprit sa route.

Pris d'une inspiration, Wisting se dirigea vers la rangée de boîtes aux lettres et repéra celle sur laquelle figurait « B. Clausen ». Il ouvrit le couvercle et regarda à l'intérieur. Deux numéros de *Dagsavisen* et d'*Aftenposten* y étaient entassés, plus de la publicité. Pas de courrier personnel.

Quand il referma la boîte, son regard tomba sur celle d'à côté. « Arnfinn Wahlmann », indiquait l'étiquette décolorée par le soleil. « Chalet K622 ».

La boîte aux lettres de Clausen, elle, portait son adresse postale : « Hummerbakken 102 ».

— Quel est le numéro du chalet de Clausen ? demanda Wisting en se tournant vers Mortensen.

— Je ne sais pas. C'est l'ancienne numérotation, ça. Aujourd'hui, toutes les rues ont reçu un nom.

— Tu as ton PC avec toi ? demanda Wisting.

— Dans mon sac, acquiesça Mortensen.

— Tu peux nous remontrer les photos de la chambre du milieu ?

Ils montèrent en voiture et Mortensen ouvrit les photos prises la veille.

— À quoi tu penses exactement ?

— C'est toi qui as posé la question, répondit Wisting. Tu te demandais si Clausen avait un bateau.

— Oui, et ?

— Mets-nous les photos du lit superposé. Celles avec le jerrican.

Mortensen fit défiler les clichés jusqu'au meilleur et

zooma sur le réservoir rouge. On y voyait une grosse inscription au feutre indélébile noir : « K698 ».

— C'est un numéro de chalet, constata Mortensen.

— Est-ce que c'est celui de Clausen ?

— Ça doit être possible de le vérifier, répondit Mortensen en se connectant au système informatique de la police, d'où il avait accès au registre de propriété.

Wisting ressortit de la voiture et entreprit d'inspecter les boîtes aux lettres. Nombre d'entre elles étaient là depuis des années et portaient, en plus de l'autocollant au logo des journaux auxquels les propriétaires étaient abonnés, les anciens numéros de chalet.

— Là ! s'écria-t-il. K698. Gunnar Bjerke.

Mortensen était penché sur son ordinateur.

— C'est deux chalets plus haut sur la route, dit-il.

Wisting regarda à l'intérieur de la boîte aux lettres. Vide.

— Si ça se trouve, il est chez lui en ce moment, dit-il en retournant à la voiture.

Il s'installa au volant, fit demi-tour et repartit vers la zone des chalets.

Mortensen suivait la route, son PC sur les genoux.

— Ça devrait être le rouge là-bas, dit-il en tendant le bras à la sortie d'un virage.

Une Volvo était garée devant. Wisting se rangea derrière le véhicule. Sur la terrasse, un homme de son âge se leva de sa chaise et posa son livre.

— Gunnar Bjerke ? demanda Wisting en claquant la portière de la voiture.

— Non, Jan Vidar Bjerke, répondit l'homme. Gunnar est mon père. Pourquoi me demandez-vous ça ?

Ils s'approchèrent et lui expliquèrent qu'ils appartenaient à la police.

— Nous enquêtons sur l'incendie de la nuit dernière, dit Wisting.

L'homme hocha la tête.

— Ça m'a réveillé, dit-il. Vos collègues m'ont déjà interrogé. Avez-vous trouvé la cause de l'incendie ?

— Nous ne commencerons les investigations que demain matin, répondit Mortensen.

— Mais vous soupçonnez qu'il s'agit d'un acte criminel, dit l'homme en désignant de la tête la voiture de patrouille garée devant la rubalise.

— C'est une hypothèse sur laquelle nous devons en effet nous pencher, répondit Mortensen.

— Est-ce qu'il vous manque un jerrican d'essence, par hasard ? demanda Wisting.

L'homme les considéra avec étonnement.

— Pour bateau, ajouta Mortensen.

— Oui, en quelque sorte, répondit l'homme en s'asseyant. Mais ça fait déjà quelques années. J'en ai racheté un depuis.

— Qu'est-il arrivé à celui qui a disparu ?

L'homme haussa les épaules.

— Il a disparu, c'est tout, répondit-il.

— Du bateau ?

— Non, je le gardais ici.

Il leur montra une cabane de jardin dont la porte fermait à l'aide d'un simple loquet de bois.

— C'est sûrement des jeunes d'un chalet un peu plus loin qui l'ont pris, poursuivit-il. On a eu ce problème pendant un moment. Ils ont aussi emporté la cartouche de gaz du barbecue, mais nous ne l'avons pas signalé à la police.

Wisting lança un regard à Mortensen.

— Que voulez-vous dire par « On a eu ce problème pendant un moment » ? demanda-t-il.

— À la fin des vacances, quelques ados sont restés dans les chalets après le départ de leurs parents. Ils ont beaucoup fait la fête toute la semaine et joué comme des fous avec leur bateau. Ils ont piqué un bidon d'essence chez Jansen aussi.

Wisting se retourna pour regarder l'endroit que désignait Jan Vidar : un chalet de l'autre côté de la route. Les volets étaient fermés et le mobilier de jardin emballé dans des protections en plastique.

— Vous êtes sûr que c'étaient eux ? demanda-t-il.

— Non, mais c'était assez naturel d'en arriver à cette conclusion, étant donné qu'ils avaient besoin d'essence pour le bateau et que d'autres voisins ont eu le même problème.

— Quand était-ce ?

Jan Vidar Bjerke réfléchit.

— L'été d'il y a deux ans, conclut-il. Ou bien celui d'avant. Je doute que ça ait quoi que ce soit à voir avec l'incendie.

Wisting abandonna le sujet.

— Connaissiez-vous Clausen ? enchaîna-t-il.

— Nous nous disions bonjour, répondit l'autre. Mais je n'ai jamais voté pour lui. Ni pour son parti.

— Quand l'avez-vous vu pour la dernière fois ?

— Avant le week-end, je pense. Je lui ai fait signe depuis la terrasse quand il est passé en voiture.

— Avez-vous remarqué s'il avait eu de la visite ces derniers temps ?

— Je n'ai pas fait attention, mais il arrive que des hommes politiques connus viennent le voir.

Wisting posa la main sur la balustrade et commença à descendre les quelques marches de la terrasse.

— Merci pour votre aide, dit-il.

— Ce n'est pas grand-chose, répondit l'homme en souriant.

Wisting s'assit au volant, démarra et recula.

— Tu penses que c'est Clausen qui a pris son jerrican, n'est-ce pas ? dit Mortensen.

— En tout cas, il s'est retrouvé dans la chambre du milieu, répondit Wisting en jetant un coup d'œil dans le rétroviseur vers le chalet en cendres. Cette pièce a été transformée en un vrai catalyseur d'incendie.

Une branche griffa le côté de la carrosserie quand Wisting dut céder le passage à une voiture de patrouille arrivant en sens inverse. Probablement la relève du policier qui montait la garde.

— Les trous dans le mur, poursuivit Wisting, je ne pense pas que c'était prévu pour espionner, mais pour laisser passer l'air. Pour qu'un incendie prenne le mieux possible.

— C'est l'effet que ça aurait eu, oui, acquiesça Mortensen.

Wisting marqua un arrêt aux boîtes aux lettres.

— Le feu avait pour but de nettoyer toutes les traces laissées derrière Bernhard Clausen, poursuivit Wisting en regardant Mortensen. Tout était prêt pour faire disparaître ce qui se trouvait dans le chalet. Il ne manquait plus qu'une allumette.

— Dans ce cas, ça propulse cette enquête à un tout autre niveau, dit Mortensen.

Wisting hocha la tête.

— Prends ton téléphone, lui demanda-t-il.

Mortensen obéit.

— Tu as un chronomètre dessus, non ? demanda Wisting.

— Oui, pourquoi ?

— Je veux savoir combien de temps il faut pour aller d'ici au péage le plus proche.

Mortensen sourit et ouvrit la fonction chronomètre. Wisting mit la voiture en mouvement. Ce ne serait pas la première fois que l'auteur d'un méfait serait découvert grâce à un poste de péage automatique.

Ils effectuèrent les dix premières minutes du trajet vers Stavern en silence, puis empruntèrent la route de comté vers Larvik.

— Mais dans ce cas, qui est derrière ? demanda Mortensen. Le procureur général a consulté tous les services de renseignement, PST, E-tjenesten et NSM. Ils l'auraient quand même informé si c'étaient eux, non ? Et on nous aurait probablement signifié qu'on devait gentiment laisser tomber l'affaire.

— Sûrement, répondit Wisting. Si c'étaient bien eux derrière.

— Il y a d'autres services secrets ? Qui échappent au contrôle du procureur général de l'État ?

— Pas en Norvège, répondit Wisting.

— Oh putain…, dit doucement Mortensen.

Ils restèrent un moment coincés derrière une voiture tirant une remorque à chevaux avant que Wisting ne s'engage sur l'autoroute en direction d'Oslo. Au bout de quelques minutes, ils passèrent le poste de péage automatique à la frontière entre la municipalité de Larvik et celle de Sandefjord. Le signal lumineux passa au vert. Mortensen stoppa le chronomètre. Wisting se gara sur la bande d'arrêt d'urgence et enclencha les warnings.

— Vingt-quatre minutes et dix-sept secondes, annonça Mortensen.

Wisting regarda dans le rétroviseur. Près de vingt-cinq mille véhicules chaque jour franchissaient le péage. Les chauffeurs n'étaient pas pris en photo ; en revanche, chaque plaque d'immatriculation était enregistrée, ainsi que l'heure exacte de passage.

— Tu as l'heure à laquelle la camionnette a démarré ?

Mortensen prit son PC et ouvrit l'image de la camionnette grise.

— 5 h 24, lut-il. Il a dû passer ici vers 5 h 48. À cette heure de la journée, il n'y a pas beaucoup de trafic.

Wisting saisit son carnet de notes à la page de la nuit de l'incendie.

— Fais une avance rapide jusqu'à six heures, s'il te plaît.

Mortensen fit ce que Wisting lui demandait. À l'image, le chalet était en flammes, et les pompiers sur le point de déverser de l'eau.

— Qu'est-ce que tu cherches ?

Sans répondre, Wisting fixa l'écran jusqu'à ce qu'il se voie entrer dans le champ de la caméra et rester devant la voiture, les yeux rivés sur la caméra embarquée.

— Là ! s'exclama-t-il en se voyant lever la main, consulter sa montre et noter quelque chose dans son bloc-notes.

Mortensen mit la vidéo en pause. Le compteur indiquait six heures, cinq minutes et onze secondes. Wisting brandit le bloc-notes sur lequel il avait noté « 06:01:07 ».

— L'horloge de la caméra du tableau de bord avance d'un peu plus de quatre minutes, conclut-il. Nous recherchons donc une camionnette grise qui serait passée vers 5 h 44.

Mortensen hocha la tête et referma son PC.

— Je devrais pouvoir trouver ça avant demain, heure du déjeuner, dit-il.

14

Amalie s'était endormie avec la tétine dans la bouche. Line se leva du bord du lit, alla à la fenêtre et appuya son front contre la vitre. La nuit était sur le point de tomber et la fraîcheur de l'air qui s'infiltrait à l'intérieur par l'interstice du bas était perceptible.

Elle n'avait pas voulu l'admettre jusqu'ici, mais elle regrettait d'avoir quitté sa place de journaliste chez *VG*. Il avait fallu faire un choix entre raison et sentiments, et la raison avait gagné. Elle était seule à s'occuper d'Amalie, ce qui était difficile à combiner avec la vie trépidante d'une journaliste. Or elle sentait que son travail lui manquait. C'était la fortune trouvée chez Bernhard Clausen qui l'avait aidée à s'en rendre compte.

Certes, elle écrivait encore, mais elle aurait bien aimé que ce ne soit pas que des articles pour des magazines.

Un peu plus haut dans la rue, elle vit la voiture de son père qui se garait devant chez lui. Elle baissa le store, s'approcha de sa fille endormie et lui enleva la tétine de la bouche.

Amalie avait sa chambre à elle depuis le début de l'été, et son lit à barreaux avait été remplacé par un lit d'enfant ordinaire. Elle allait souvent rejoindre sa mère pendant la nuit. Line l'avait laissée dormir avec elle, bien que ce soit une mauvaise habitude dont il serait peut-être difficile de la sevrer, exactement comme la tétine.

Elle embrassa sa fille sur la joue, se glissa hors de la chambre et mit de la musique à bas volume avant de commencer à ranger les jouets dans le salon.

Soudain, son père apparut dans l'encadrement de la porte de la cuisine.

— J'ai frappé, dit-il à voix basse, montrant du doigt la porte d'entrée tout en regardant en direction de la chambre d'Amalie.

— Elle dort.

Il avait apporté son ordinateur portable et son iPad.

— On peut discuter un peu? demanda-t-il.

Line lui désigna le canapé.

— Il y a du nouveau?

Sans répondre, son père s'assit et afficha une photo sur son iPad. Line s'installa à côté de lui.

— Ça vient de la chambre du fils, expliqua-t-il.

La photo montrait le lit superposé et les boîtes en carton dans lesquelles était entreposé l'argent. Wisting zooma à l'aide de deux doigts sur une partie de l'image. Un jerrican d'essence.

— Il a été volé à un voisin il y a deux ans, expliqua-t-il à sa fille en lui montrant une photo du placard au fond duquel étaient stockées les bouteilles de propane et une étagère pleine de différents aérosols. Il y avait aussi des bidons d'essence sous le lit.

Il ouvrit ensuite une photo qui montrait les trous pratiqués dans le mur séparant les deux chambres, cachés par des affiches.

— La fenêtre était condamnée, mais de nouvelles bouches d'aération avaient été installées, poursuivit-il. Tout était prévu pour qu'un incendie se propage très vite.

— Donc, non seulement le feu a été déclenché, mais il a été soigneusement préparé, dit lentement Line. Vous en savez plus sur la camionnette du bord de la route ?

— Mortensen devrait recevoir une réponse de la part de la société qui gère les gares à péage demain, répondit Wisting en expliquant de quelle manière ils avaient réussi à déterminer un intervalle de passage.

Elle devinait qu'il y avait autre chose, mais qu'il ne savait pas par où commencer.

— As-tu une théorie sur toute cette affaire ? demanda-t-elle.

— Tout semble converger vers l'époque entre la mort de sa femme et celle de son fils, répondit-il. Et il y a un événement datant de cette période qui collerait peut-être.

Line, qui s'apprêtait à se lever du canapé pour aller leur chercher à boire, resta assise.

— Quoi donc ? demanda-t-elle.

— Un braquage à l'aéroport de Gardermoen en 2003. Il n'a jamais été élucidé, et le butin jamais retrouvé.

Line avait un vague souvenir de cet épisode.

— J'avais dix-neuf ans à l'époque, dit-elle pour s'excuser.

— Il s'agissait d'un transport de fonds par avion depuis la Suisse, destiné aux coffres-forts de la banque DNB et de la Poste à Oslo. Les braqueurs sont entrés par un portail de la clôture, ont pénétré sur la piste d'atterrissage, et pris l'avion d'assaut pendant le déchargement des fonds. Il y avait des euros, des dollars et des livres sterling.

Line dévisagea son père. Ce braquage était probablement une hypothèse à laquelle il pensait dès le premier jour mais que, pour une raison ou une autre, il n'avait pas voulu suggérer jusque-là.

— La police a-t-elle eu des soupçons concrets? demanda-t-elle.

— À l'époque, il existait toute une nébuleuse du vol à main armée ayant des liens avec la communauté des motards, mais il n'y a pas eu d'arrestations.

— Le fils, dit Line. Lennart Clausen.

— C'est une possibilité, acquiesça son père. Mais le montant ne correspond pas. Clausen avait chez lui plus de quatre-vingts millions au total. Le butin dont nous parlons ne dépassait pas soixante-dix millions et quelques. Par contre, il y a une autre affaire susceptible de nous intéresser en termes de timing.

Line replia les jambes sous elle sur le canapé.

— Aujourd'hui, le procureur général est passé sur les lieux de l'incendie pendant qu'on y était, Mortensen et moi. À l'été 2003, il a reçu une lettre anonyme mentionnant le nom de Bernhard Clausen.

Il lui tendit l'iPad avec une photo de la lettre.

— «Le ministre de la Santé Bernhard Clausen est impliqué dans l'affaire du lac Gjersjøen», lut-elle.

— Il s'agit d'un certain Simon Meier qui a disparu en allant pêcher, lui expliqua son père. Il a été vu pour la dernière fois dans l'après-midi du jeudi 29 mai 2003 au bord de ce lac. Le braquage a été commis le même après-midi.

Il fit défiler les photos pour lui montrer une lettre similaire, accompagnée d'une coupure de journal où figurait une photo de Simon Meier et d'un résumé des recherches infructueuses entreprises pour retrouver le jeune homme. Line lui prit l'iPad des mains et lut les premiers paragraphes de l'article. La disparition avait été traitée comme relevant peut-être d'un crime.

— Clausen a-t-il été entendu dans cette affaire ? demanda-t-elle.

— La lettre a été transférée à la police municipale locale, répondit son père, mais j'ignore complètement s'ils l'ont interrogé.

— Est-il possible de savoir qui a envoyé ces lettres ?

— Mortensen les examine pour voir s'il trouve de l'ADN ou des empreintes, mais je doute qu'il en tire quelque chose.

— Pourrait-il y avoir du vrai dans cette accusation ?

— Quand le procureur général l'a reçue, elle a été prise comme une énième dénonciation complotiste, mais là, il va falloir la considérer sous un jour nouveau.

Line relut la lettre.

— Ça ne vient pas d'un théoricien du complot, affirma-t-elle. J'en ai reçu des tonnes à *VG*. Ces gens-là sont du genre prolixe. Ils en mettent des pages et des pages, de préférence avec le roi, le Premier ministre et divers députés en copie. Non, c'est autre chose.

Elle lui rendit l'iPad.

— Il faut que nous récupérions les dossiers des deux affaires, dit-elle. Le braquage, et cette disparition.

Son père hocha la tête. Il avait probablement déjà demandé leur transfert.

— Il y a un hic, dit-il.

— Lequel ?

— Le dossier Meier n'est pas dans les archives. Il a été envoyé à la cellule des affaires non élucidées de Kripos pour évaluation de l'opportunité d'une réouverture d'enquête.

— La cellule des *cold cases* ?

— Il semblerait que ce ne soit qu'un examen de routine, mais si nous demandons un prêt, ça va déclencher une pluie de questions. Or nous travaillons sur une affaire trop confidentielle pour ça.

— Qu'est-ce qu'on fait, alors ?

— Je me disais que tu pouvais peut-être t'en occuper, répondit Wisting. Faire semblant de préparer un article reprenant les détails de cette disparition et contacter la cellule des *cold cases* pour y avoir accès. Tu connais déjà l'enquêteur en charge du dossier.

— Adrian Stiller ?

Wisting acquiesça. Un an auparavant, Adrian Stiller avait entamé une collaboration avec *VG* dans le cadre de la réouverture d'une vieille affaire de kidnapping. Line avait réalisé un podcast et une série d'articles sur la question. Il lui avait fallu du temps avant de comprendre que Stiller avait une tactique secrète : utiliser les médias pour provoquer des réactions chez le coupable.

— Cette fois, les rôles seraient inversés, fit remarquer son père. C'est toi qui pourrais lui cacher ton jeu.

Line aimait l'idée. La perspective d'une enquête journalistique aussi. Une disparition oubliée, un mystère, un crime non résolu : tout ce qui l'attirait. Et puis, le lien avec Bernhard

Clausen promettait de dévoiler des aspects de l'affaire qui n'avaient jamais été examinés auparavant.

— J'appellerai Stiller demain, décida-t-elle. Et toi, tu vas te débrouiller pour mettre la main sur le dossier du braquage.

Wisting se leva, pointa du doigt d'un air interrogateur la pièce où se trouvait Amalie. Line hocha la tête et resta assise pendant que son père se faufilait dans la chambre. Son regard se posa sur l'horloge murale surdimensionnée, à côté du téléviseur. Une pensée prit alors forme dans sa tête.

— Elle dort, dit son père en ressortant.

— As-tu bien converti le montant du braquage par rapport aux taux de change de l'époque ? demanda-t-elle.

Son père ne comprenait pas ce qu'elle voulait dire.

— Tu as dit que l'horloge de la caméra embarquée dans la voiture du vigile n'était pas à l'heure, expliqua Line. Que vous aviez dû faire un calcul pour avoir la bonne heure de passage au péage.

— De toute façon, nous devons quand même garder une bonne marge, répondit son père. Et puis, ce n'est pas sûr que la voiture soit partie par là.

— Je parle du montant du vol, répondit Line. L'as-tu bien calculé selon les taux de change de 2003 ? La couronne norvégienne a perdu de la valeur depuis.

Son père la regarda un moment et s'assit à nouveau.

— Le dollar valait six couronnes de moins, dit-il en levant les yeux de son iPad. Et l'euro était à six.

Il prit son carnet de notes et se lança dans des calculs.

— Tu as raison, dit-il en levant les yeux sur elle. Ça fait une différence de près de dix millions. Ça pourrait être l'argent du braquage.

15

Le ciel s'était couvert pendant la nuit, et au matin, il s'était mis à pleuvoir. Assis à la table de la cuisine, Wisting feuilletait le livre d'or de Clausen couvrant la période 2000 à 2006.

L'homme politique avait passé une grande partie de ses étés dans son chalet. Bon nombre de choses qui s'étaient produites dans sa vie durant cette période n'étaient pas mentionnées dans le livre : son portefeuille de ministre de la Santé, la maladie suivie du décès de sa femme, l'accident mortel de son fils, son éloignement de la vie politique avant de revenir en tant que ministre des Affaires étrangères. Pourtant, la liste des visiteurs du chalet était longue. Beaucoup d'entre eux, alors inconnus, étaient par la suite devenus des personnalités centrales de la vie politique norvégienne.

En 2003, le premier été après la mort de Lisa Clausen, les témoignages du livre d'or se firent plus rares, leur ton était différent. Début juin, toute une clique de vétérans du parti s'était réunie le temps d'un week-end pour prêter main-forte à Clausen, qui voulait entreprendre des travaux. Le livre décrivait comment ils avaient repeint le chalet et terminé l'aménagement de la nouvelle terrasse. Ensuite, la fréquence des visites s'était de nouveau intensifiée.

En entendant une voiture s'arrêter dehors, Wisting alla voir à la fenêtre. C'était Mortensen. La pluie avait forci, la gouttière gargouillait. Line arrivait à pied de chez elle, abritée sous un parapluie. Elle fit les derniers mètres jusqu'à la maison en courant. Wisting descendit leur ouvrir.

Ils s'assirent tous les deux à la table de la cuisine et Mortensen plaça son PC devant lui.

— Line et moi avons découvert quelque chose hier, dit Wisting en tendant une tasse de café à son collègue.

— Quoi donc?

Wisting s'assit.

— Ça m'a empêché de dormir, dit-il en posant son iPad sur la table. En faisant des recherches sur une vieille affaire, je suis tombé là-dessus.

Il leur passa une archive du journal télévisé du soir du 29 mai 2003. Les images montraient la police scientifique et technique inspectant le tarmac sous la queue d'un avion SwissAir pendant qu'une journaliste décrivait la précision militaire avec laquelle une attaque de transport de fonds avait été commise. Elle expliquait que les auteurs du méfait s'étaient enfuis en emportant une somme considérable en devises étrangères. Leurs traces s'arrêtaient à un portail de la clôture, à l'extrémité nord de la piste d'atterrissage.

— Si on se fonde sur les années d'impression des billets et le taux de change de l'époque, le montant pourrait correspondre, expliqua Wisting. Le dossier de l'enquête devrait arriver par coursier dans la journée.

Mortensen se renfonça en arrière sur sa chaise et réfléchit un moment.

— Décidément, dans cette affaire, les théories partent dans toutes les directions, dit-il. Cette piste est peut-être la plus concrète que nous ayons jusqu'ici, mais c'est complètement illogique. Qu'est-ce qu'un parlementaire norvégien important aurait à voir avec un braquage ?

— Ça pourrait être cohérent avec un détail que m'a raconté Edel Holt, intervint Line. Durant toutes les années où elle a travaillé pour Clausen, elle n'a remarqué que trois périodes où quelque chose semblait lui peser et affecter sa vie quotidienne. Une première quand sa femme est morte, une deuxième quand il a perdu son fils, et une troisième qu'elle n'était en mesure de relier à aucun événement particulier, mais qui se situait chronologiquement entre les deux autres. C'est à peu près à cette époque aussi que le braquage a été commis et que Simon Meier a disparu.

Wisting prit son iPad.

— La nouvelle du braquage a été diffusée le jour où Simon Meier a été vu pour la dernière fois, dit-il.

Puis il expliqua à Mortensen comment il comptait se servir de Line pour avoir accès au dossier sur la disparition du jeune homme.

— J'ai rendez-vous avec Adrian Stiller dans son bureau à midi, précisa Line.

— Comment a-t-il réagi ? demanda Wisting.

— Il m'a semblé sceptique, mais je pense que c'est surtout parce qu'à son avis il n'y a pas grand-chose à tirer de cette affaire. Il n'était pas très optimiste.

Une rafale de vent envoya de la pluie contre la vitre.

Mortensen but une gorgée de café et posa doucement sa tasse sur la table.

— Pendant que j'étais en route, j'ai reçu un coup de fil du service des empreintes digitales, annonça-t-il, les yeux rivés sur la liste des nouveaux messages dans sa boîte de réception. Ils ont identifié deux nouvelles traces sur les cartons, mais ça ne fait qu'embrouiller encore plus l'affaire.

Wisting rapprocha sa chaise de la table.

— De qui s'agit-il ?

— Les deux sont de la même personne, répondit Mortensen. Un certain Finn Petter Jahrmann.

Ce nom ne disait rien à Wisting.

— Il a écopé de deux condamnations pour abus sexuel sur des petits garçons, reprit Mortensen en tournant l'écran de son ordinateur vers Wisting et Line.

La photo du fichier de la police montrait un homme mince, entre trente et quarante ans.

— Il n'a pas trop la tête d'un braqueur, commenta Line.

Wisting attira l'ordinateur à lui, lut que la première condamnation datait de 2005, la seconde de 2013.

— Il purge sa peine à Skien, dit Mortensen.

— D'où vient-il ? demanda Line.

Mortensen consulta les informations du fichier central de police.

— De Kolbotn, répondit-il. Comme Bernhard Clausen.

— Très bien, dit Wisting. Il va falloir que j'aille lui parler.

Et, comme il l'aurait fait au commissariat, il se leva pour indiquer que la réunion matinale était terminée.

16

Avant de monter en voiture et de se rendre à Oslo, Line avait lu ce qu'elle avait trouvé sur Simon Meier dans les archives. Son histoire se résumait à peu de chose ; c'était un garçon tranquille qui passait le plus clair de son temps seul. Après le lycée, il avait commencé à travailler dans une quincaillerie et emménagé dans un petit studio. Il aimait pêcher. Dans une interview, son père racontait que le fiston tenait ça de lui. Une photo de famille montrait un garçon mince et dégingandé tenant un grand brochet dans les mains.

La nouvelle cellule d'investigation dédiée aux *cold cases* avait suscité l'engouement du public. L'un de ses enquêteurs les plus connus était Adrian Stiller, et Line avait contribué à établir sa notoriété en réalisant un podcast et des articles au sujet de l'enlèvement de Nadia Krogh, dans les années 1980[*]. Une fois l'affaire résolue, elle avait tenté, sans succès, de convaincre Stiller d'accepter une interview fleuve.

La principale fonction de cette cellule était de passer en

---

[*] Voir *Le code de Katharina*, Gallimard, 2021.

revue les vieux dossiers criminels non résolus pour déterminer si les techniques modernes désormais à disposition étaient susceptibles d'y apporter de nouvelles réponses, mais également d'évaluer si un regard neuf sur les faits pourrait faire émerger des hypothèses inédites.

Adrian Stiller, manches retroussées, accueillit Line avec un large sourire.

— Pas de dictaphone aujourd'hui ? fit-il remarquer.

À l'époque où elle travaillait sur le podcast au sujet de l'enlèvement de Nadia Krogh, elle avait enregistré presque tout ce qu'elle faisait.

— Pas encore, répondit-elle en souriant.

Ils prirent l'ascenseur jusqu'au sixième étage, puis Stiller la conduisit jusqu'à une petite salle de réunion dans laquelle était préparée, sur la table, une pile de documents dans une chemise vert clair pleine à craquer maintenue par un élastique.

— L'affaire du lac Gjersjøen, dit-il, en invitant Line à s'asseoir d'un geste de la main.

Elle tira une chaise.

— Y a-t-il une raison particulière pour que vous vous repenchiez sur ce cas ? demanda-t-elle en s'asseyant.

— Il n'est pas résolu, répondit Stiller en souriant.

Il s'assit à côté d'elle et dit :

— Pour nous, c'est une raison suffisante.

— Je veux dire, avez-vous reçu un tuyau récemment ? Y a-t-il de nouveaux éléments qui rendent l'affaire intéressante à vos yeux ?

Avant de répondre qu'il s'agissait d'une procédure de routine, Stiller hésita un peu – assez longtemps pour que Line se demande s'il lui cachait quelque chose.

— Tous les cas où un cadavre n'a pas été retrouvé passent tôt ou tard entre nos mains, ajouta-t-il. Cette fois, c'est au tour de Simon Meier.

— Qu'est-ce que vous faites, alors ?

— Il y a deux procédures parallèles, expliqua Stiller. D'une part, nous passons en revue les traces biologiques, pour voir si certaines pourraient être mieux exploitées avec des technologies nouvelles. De l'autre, nous analysons la stratégie appliquée pendant l'enquête afin de déterminer si elle présente des erreurs ou des lacunes.

Line considéra la pile de documents.

— Et alors ? Avez-vous trouvé quelque chose ?

— La plus grosse erreur est que cette histoire ait été baptisée « affaire du lac Gjersjøen ».

— Comment ça ?

— Le Gjersjøen fait presque trois kilomètres carrés et, par endroits, plus de soixante mètres de profondeur. Il regorge de perches, de brochets, d'écrevisses et d'anguilles, mais il n'est pas certain qu'il regorge de solutions au mystère qui nous occupe.

Stiller se leva, se dirigea vers un plan de travail et rapporta à table une cafetière et des tasses.

— C'est toujours la faiblesse des affaires non résolues, poursuivit-il. On s'accroche à une seule théorie très tôt dans l'enquête.

Line regretta de ne pas avoir apporté son matériel d'enregistrement. Les réflexions d'Adrian Stiller sur cette disparition oubliée de tous auraient fait un bon podcast. Elle prit son bloc-notes et écrivit tout de même quelques phrases.

— Donc, vous ne croyez pas que Simon Meier se soit noyé ? demanda-t-elle.

— Le travail d'un enquêteur n'est pas de *croire*, répondit Stiller en leur versant du café. Quoi qu'il en soit, rien dans cette affaire n'indique une noyade.

— Il était pourtant parti pêcher, lui rappela Line.

— Faux, répondit Adrian Stiller. Il rentrait chez lui après avoir pêché.

Stiller prit le dossier et en tira une carte agrandie. Le nom précis de l'endroit était Eistern. Une petite route menait à un espace ouvert jouxtant une station de pompage désaffectée. De là, un sentier traversait la forêt jusqu'à un promontoire, où la carte indiquait : « lieu de pêche ». Deux photos étaient collées sur la carte. La première montrait un vélo attaché à la gouttière de l'ancienne station de pompage, l'autre du matériel de pêche abandonné sur le sentier. Des flèches indiquaient l'emplacement précis où les photos avaient été prises.

— Il y a vingt mètres jusqu'au lac, dit Stiller en montrant du doigt le sentier qui partait du lieu de pêche. Il n'a pas pu simplement tomber à l'eau. Il a dû se passer autre chose.

La carte était agrafée à des feuilles cartonnées rigides sur lesquelles étaient collées des photos, un peu comme dans un vieil album de famille. Les premières étaient des gros plans des objets découverts sur le sentier. La prise : trois poissons dans un sac en plastique. Les déchirures et les trous dans le sac témoignaient que des oiseaux ou des animaux s'y étaient attaqués. On aurait dit qu'à l'origine le poisson se trouvait dans la besace de pêche, mais qu'il en avait été arraché avec une partie des hameçons et des leurres. La canne à pêche gisait dans l'herbe, quasiment parallèle au chemin.

— Comme s'il l'avait soigneusement posée là, commenta Line. Pourtant, les photos donnent une autre impression.

Stiller porta sa tasse à ses lèvres. Line montra la besace et le contenu à moitié étalé autour et dit :

— On dirait qu'il a simplement jeté son sac par terre, mais que des animaux sont passés par là et qu'ils en ont extirpé le contenu.

— Vous avez l'œil, répondit Stiller en hochant la tête.

Line continua à tourner les pages. L'espace gravillonné devant la station de pompage semblait plus grand sur la carte que sur les photos.

— Et les relevés ? demanda-t-elle.

— Divers objets ont été récoltés, répondit Stiller. Mégots de cigarettes, bouteilles vides et préservatifs usagés. Cela en dit long sur ce à quoi servait cet endroit.

— Simon Meier a peut-être vu quelque chose qu'il n'aurait pas dû voir, dit Line.

— Si vous voulez écrire un article là-dessus, il est important pour moi que nous soyons d'accord sur ce qui fait partie de mon discours officiel et ce qui reste du *off*. De manière tout à fait officieuse, donc, je peux vous dire que l'hypothèse que Simon Meier ait été témoin d'un rapport sexuel extraconjugal est bien plus probable que celle de la noyade.

— Des analyses ADN ont été effectuées ? demanda Line en prenant deux ou trois documents dans la pile.

— Quelques-unes, oui, répondit Stiller. Relativement tardivement dans l'enquête, en 2003. Il s'agit de trois préservatifs, tous utilisés par le même individu. Sur l'un d'entre eux, on a aussi trouvé des poils pubiens, ce qui a révélé le profil de l'autre partenaire. Des chromosomes XY.

Line regarda Stiller d'un air interrogatif.

— Les deux échantillons présentaient des chromosomes sexuels masculins, expliqua-t-il. C'était un couple gay.

Line nota l'information, mais pour elle, ce n'était pas très intéressant. Ce dont le jeune homme avait été témoin était probablement tout autre chose.

— Avez-vous l'ADN de Simon Meier ? demanda-t-elle.

— Les enquêteurs ont été suffisamment prévoyants pour en prélever, répondit Stiller. Ils en ont trouvé chez lui sur son rasoir électrique.

L'enquêteur de Kripos se leva.

— Et vous, qu'est-ce qui vous intéresse là-dedans ?

— Un peu la même chose que vous, répondit Line. Le fait que l'affaire ne soit pas résolue. D'ailleurs, moi non plus je ne pense pas qu'il soit tombé à l'eau et se soit noyé. Cela signifie qu'il y a une réponse. Quelque part, quelqu'un sait quelque chose.

— Et que s'est-il passé, d'après vous ?

— Il a été enlevé.

— Avez-vous obtenu des informations dont la police ne disposerait pas ? demanda-t-il en jetant un coup d'œil sur la pile de documents.

— Pour le moment, je n'ai eu accès qu'à la couverture médiatique de l'époque et aux témoignages des personnes qui se sont exprimées à ce moment-là.

— Aucune source particulière ne vous a mise sur une nouvelle piste ?

Line ne savait pas trop quoi répondre.

— D'après mon expérience, quand on commence à fouiller, il y a toujours quelque chose qui réapparaît à la surface, répondit-elle. Pour l'instant, je voudrais juste évaluer s'il y a de la matière pour un journaliste.

Stiller se dirigea vers la porte.

— Comme je vous l'ai dit au téléphone, je ne peux pas vous laisser le dossier. En revanche, vous pouvez le consulter ici, conclut-il, la main sur la poignée de porte. Si, en fin de compte, vous sortez un article parce que vous découvrez un élément important, j'aurai besoin de le savoir.

Il s'immobilisa et la dévisagea un instant, comme pour évaluer si elle avait déjà trouvé un indice.

— Il y a du café dans la cafetière, ajouta-t-il avant de la laisser seule.

17

Les murs de la prison étaient hauts, épais et imposants. La pluie donnait au béton gris une teinte plus foncée que d'habitude.

Au portail, Wisting appuya sur le bouton de l'interphone et montra son badge de police à la caméra. On mit du temps à lui répondre. Il expliqua la raison de sa visite et on lui demanda d'attendre que quelqu'un vienne le chercher.

Un gardien apparut, lui fit passer les contrôles dans le sas d'entrée, puis le conduisit jusqu'au bâtiment principal, où il fut contraint de laisser son téléphone portable avant d'être autorisé à aller plus loin.

Finn Petter Jahrmann l'attendait, assis à une table de la salle de visite. Il s'était fait pousser une moustache clairsemée mais, à part ça, il était le même qu'en photo.

— Qu'est-ce que vous voulez ? lança-t-il.

Wisting s'assit et prit le temps d'expliquer qui il était. Le regard de l'homme en face de lui papillonna, à croire qu'il avait sur la conscience encore plus de méfaits que ceux qu'il était en train de purger, et craignait que Wisting ne soit venu lui annoncer que son passé l'avait rattrapé.

— Nous ne nous connaissons pas, poursuivit Wisting. Je n'ai aucune idée de pourquoi vous êtes là, mais ce n'est pas pour ça que je suis venu.

L'homme bougea un peu ; il sembla avoir trouvé une position plus confortable. Wisting avait compris très tôt que la qualité la plus importante d'un enquêteur était sa capacité à communiquer, à discuter avec les gens et à considérer chacun comme un individu à part entière. Son travail de policier ne lui donnait pas le droit de juger les autres. Au contraire, il devait s'efforcer d'être un homme ouvert d'esprit, même si ses positions personnelles vis-à-vis de certaines formes de criminalité reflétaient fatalement ses opinions.

— Je me demandais si vous pouviez me dire comment vous avez connu Bernhard Clausen, dit-il.

— L'homme politique ?

— Oui.

— Il est mort, non ? demanda Jahrmann. J'ai vu ça à la télé.

— Il a eu une crise cardiaque, confirma Wisting.

— Et qu'est-ce que j'ai à voir avec ça ?

— Rien. Vous le connaissiez ?

— Pas vraiment.

— Qu'est-ce que ça signifie ?

— On vient du même endroit, mais je n'ai jamais affaire avec lui. Je l'ai juste vu deux ou trois fois au magasin, rien d'autre. Tout le monde sait qui il est.

— Et son fils ? Vous avez à peu près le même âge que lui.

— On était au même niveau dans la même école, acquiesça Jahrmann. Lui aussi il est mort.

— Vous le connaissiez ?

— Tout le monde connaissait Lennart, mais on ne traînait pas ensemble.
— Avec qui il traînait, alors ?
— Ceux qui s'intéressaient aux mêmes choses que lui.
— Un gang ?
— Pas vraiment, mais ils avaient des motos et tout ça.
— Si je voulais parler à ceux qui connaissaient le mieux Lennart Clausen, à qui je devrais m'adresser, du coup ?
Jahrmann répondit sans l'ombre d'une hésitation.
— Rita Salvesen. Elle a eu un gosse de lui, même si c'était après son accident de moto.
Wisting hocha la tête. Ce nom figurait déjà dans son bloc-notes.
— Vous étiez en contact avec lui ou avec son père à cette époque ?
Jahrmann fit non de la tête.
— Lennart et ses copains allaient toujours à Oslo, expliqua-t-il. On ne les voyait pas beaucoup à Kolbotn.
Wisting passa les dix minutes suivantes à faire décrire à Jahrmann l'entourage de Lennart Clausen. Certains noms semblaient revenir plus souvent que d'autres. Tommy, Roger et Aksel.
— Y avait-il un Daniel dans la bande ? demanda Wisting.
Jahrmann répéta le nom, mais finit par secouer la tête.
Wisting commençait à douter qu'il tirerait quoi que ce soit de la conversation. Un ancien collègue, il avait oublié qui, lui avait dit un jour que, dans une enquête ou un interrogatoire, il fallait mettre la bonne clef dans la bonne serrure, chacune étant unique. Or, après avoir lui-même acquis plus d'expérience, il trouvait que la métaphore était fausse. En

réalité, il y avait plusieurs serrures et plusieurs clefs, mais quand une serrure ne voulait plus s'ouvrir, il fallait changer de clef.

— Est-ce que vous connaissiez Simon Meier ? demanda-t-il pour tester un nouvel angle.

— Le Pêcheur ?

Wisting hocha la tête, supposant que c'était un surnom de notoriété publique.

— Cette conversation commence à devenir un peu spéciale, fit remarquer Jahrmann. Vous me posez beaucoup de questions sur des morts.

— Vous le connaissiez ?

— Pas plus que Lennart. Nous venions du même endroit et on est allés à la même école.

— Est-ce que Lennart et Simon se connaissaient ?

— De vue, oui, c'est sûr.

— Et Bernhard et Simon ?

Jahrmann haussa les épaules. Wisting comprit qu'il devait arrêter là avant que l'autre ne commence à lui poser des questions à son tour. Pourtant, il avait l'impression qu'il aurait dû tirer sur un fil, reprendre quelque chose qui avait été dit pendant la conversation. Mais quoi ?

— J'ai répondu à toutes vos questions, dit Jahrmann. Pourquoi vous êtes là, exactement ?

Wisting pressa le bouton d'appel et indiqua qu'ils avaient terminé. Le plus simple aurait été de demander directement à Jahrmann de quelle manière ses empreintes digitales avaient fini sur les deux cartons.

— À cause de Bernhard Clausen, dit-il en se levant. Êtes-vous déjà allé dans son chalet ?

Finn Petter Jahrmann secoua la tête et se mit à rire.

— Qu'est-ce que je serais allé faire là-bas ? Je ne savais même pas qu'il en avait un.

On entendit des pas dans le couloir, et un cliquetis de clefs.

Une clef, une serrure.

Une pièce du puzzle se mit en place dans la tête de Wisting.

— Vous avez dit que vous aviez croisé Bernhard Clausen au magasin ? demanda Wisting.

Jahrmann acquiesça. La porte s'ouvrit et le surveillant se planta sur le seuil.

— Terminé ? demanda-t-il.

— Presque, dit Wisting.

Il se tourna à nouveau vers Jahrmann.

— Quel magasin ?

— Le Coop Mega.

— Parce que vous y avez fait des achats ou parce que vous y avez travaillé ?

— J'y ai travaillé. Clausen venait de temps en temps faire ses courses.

Wisting se demanda comment il allait formuler sa question.

— Est-ce que vous vous rappelez l'avoir croisé au magasin pour une autre raison que des achats ?

— Une autre raison que des achats ? Qu'est-ce que ça aurait bien pu être ?

— Parfois, les gens viennent demander des cartons vides, par exemple, dit Wisting.

— Ça fait plus de dix ans que je ne travaille plus là-bas, protesta Jahrmann. Je ne me rappelle plus...

Il s'interrompit un instant et reprit :

— Mais si, en fait, se souvint-il tout à coup. Quand sa femme est morte, il est venu demander quelques cartons. C'était sûrement pour emballer ses affaires.

— Et vous lui en avez donné ?

— Oui.

Wisting sourit et se tourna à nouveau vers le surveillant pénitentiaire.

— Là, c'est bon, dit-il.

Le surveillant hocha la tête et expliqua à Jahrmann qu'il devrait attendre là pendant qu'il faisait sortir Wisting.

Il y eut encore des cliquetis de clefs ; cette fois, Wisting songea que la bonne métaphore pour une enquête n'était pas une serrure, mais un puzzle. C'est juste que parfois on avait tout simplement trop de pièces. Parce que certaines venaient d'un autre jeu.

18

L'enquêteur qui avait dirigé l'affaire Simon Meier s'appelait Ulf Lande. Line nota son nom, ainsi que celui du substitut du procureur en charge du dossier, avant de parcourir les rapports préliminaires. C'était le frère de Simon Meier qui avait signalé sa disparition, après s'être lancé à sa recherche de sa propre initiative et avoir retrouvé son vélo et son équipement de pêche à côté du lac.

Le signalement était daté du 31 mai 2003. Au lieu de l'écrire, Line prit une photo avec son téléphone. C'était surtout pour un usage personnel, car elle trouvait que le formulaire, qui indiquait taille, poids, couleur de la peau, longueur des cheveux et autres caractéristiques du disparu, pourrait éventuellement faire une belle illustration d'article.

L'opération de recherche s'était d'abord concentrée sur le lac : plongeurs, examen de la surface ainsi que de la rive. Puis une battue avait été menée dans la forêt. Finalement, l'affaire avait changé de nature et était devenue une procédure d'enquête.

Line avait l'habitude de lire de vieux rapports d'affaires criminelles. En gros, les enquêteurs les construisaient toujours de la même manière. Dans celui-ci, il y avait un sous-dossier pour tout ce qui concernait Simon Meier en tant que personne, un autre pour le lieu et les divers relevés effectués sur place, et un troisième pour les interrogatoires, qu'ils se soient déroulés dans les locaux de la police municipale d'Oppegård, au domicile des témoins potentiels, ou que la personne sollicitée ait répondu aux questions par téléphone. Tous ceux ayant fait une déposition figuraient dans une liste distincte comportant un renvoi à un numéro de document. Le nom de Bernhard Clausen n'était pas répertorié.

À première vue, les interrogatoires avaient été répartis entre trois policiers municipaux et consistaient en ce qu'ils appelaient une «explication libre», c'est-à-dire que, dans un premier temps, on laissait la personne entendue s'exprimer sans l'interrompre. Elle avait pour consigne de décrire ses propres mouvements et ce qu'elle avait pu remarquer. Pour qu'un détail soit noté dans le rapport, il devait sortir de l'ordinaire : un individu inconnu, une voiture qu'on n'avait jamais vue dans le coin. Le banal n'était pas consigné. À la fin de l'entretien, les enquêteurs posaient des questions précises. Chaque déposition influençait l'interrogatoire suivant. Lorsqu'un témoin avait remarqué un homme avec un chien, un joggeur ou une voiture, on demandait aux personnes suivantes si elles avaient fait la même observation.

Bernhard Clausen n'était mentionné nulle part, mais Line savait qu'on n'avait interrogé personne à ce sujet.

L'élément le plus concret semblait être une voiture noire vue sur la route menant à la station de pompage, mais la femme ayant rapporté l'information n'avait rien pu dire de plus sur le type de véhicule – sans compter qu'elle n'était certaine ni du jour, ni de l'heure. On avait recherché le chauffeur, mais celui-ci était resté introuvable.

À la fin de la pile se trouvait une chemise à part portant une inscription manuscrite : « Tuyaux & indices divers ». Chacun avait reçu un numéro en fonction de la date à laquelle il était arrivé ; à part cela, ces informations ne semblaient pas répondre à un classement plus précis.

Line les passa soigneusement en revue, une par une. La plupart avaient été communiquées par téléphone au cours de la première semaine et consignées dans des formulaires. Elle reconnut certains noms qui figuraient déjà dans les dépositions.

Tout à la fin du dossier se trouvaient également des copies des listes d'élèves de l'école que Simon Meier avait fréquentée. Elles dataient de presque dix ans avant sa disparition et aucune note ne précisait pourquoi elles avaient été incluses dans le dossier. Elles avaient peut-être aidé à recenser des jeunes du même âge susceptibles de savoir quelque chose. En plus de la classe de Simon et des classes du même niveau figuraient les élèves de terminale de l'année précédente et de l'année suivante. Lennart Clausen en faisait partie. Line prit les listes en photo avant de poursuivre sa lecture.

La plupart des renseignements communiqués par le public étaient des observations faites aux alentours de l'endroit où Simon Meier avait disparu. Plusieurs provenaient de personnes qui l'avaient vu avec son vélo et sa canne à pêche. À part cela, il s'agissait de voitures et de promeneurs remarqués dans les parages. Plusieurs avaient signalé un joggeur et un homme promenant un petit chien. Ensuite, le dossier contenait des déclarations de gens qui pensaient avoir vu Simon Meier en vie ailleurs en Norvège, des conseils de complotistes dont le cœur de la théorie était l'eau potable, et une longue lettre manuscrite d'une voyante qui révélait que Simon Meier avait été enterré sous du gravier. La lettre anonyme mentionnant Bernhard Clausen comme l'auteur des faits aurait dû y figurer aussi, mais il n'y en avait aucune trace.

Line parcourut une nouvelle fois tout le dossier pour s'en assurer et s'arrêta sur un rapport faisant suite à la lettre de la voyante. Après l'avoir reçue, la police avait décidé de fouiller trois gravières de la région avec des chiens renifleurs, ce qui révélait un manque de pistes criant. Line prit une photo de la lettre et du rapport décrivant la fouille assistée par les chiens. Les médiums étaient très populaires auprès des lecteurs et, si elle écrivait un papier, elle ne manquerait pas de consacrer quelques paragraphes à cette voyante.

Le joggeur et l'homme promenant son chiot avaient été identifiés et interrogés. L'homme au chiot avait indiqué le tracé de sa promenade, mais n'avait rien à signaler. Line nota tout de même son nom. Ça pourrait constituer un angle alternatif pour un éventuel article. Qui sait, peut-être le chien était-il encore en vie, songea-t-elle, en se disant que l'animal aurait pu illustrer le temps qui passe.

Adrian Stiller revint au bout d'une heure.

— Alors, êtes-vous plus avancée ?

Line fit non de la tête.

— Tout est là ? demanda-t-elle.

— C'est tout ce que nous avons reçu, oui, acquiesça Stiller. Pourquoi ? Il manque quelque chose ?

— Je m'attendais juste à ce qu'il y ait plus de... de tuyaux envoyés par le public.

Stiller s'assit.

— C'est parfois un problème dans les affaires qui datent un peu, dit-il. De prétendus renseignements traînent un peu à droite, à gauche, et tout n'est pas correctement rassemblé lorsque l'affaire est classée. Certains renseignements sont vérifiés sans qu'on prenne la peine de rédiger un rapport dessus, tandis que d'autres sont jugés sans intérêt par la personne qui les reçoit et ne vont jamais plus loin.

— Ça ressemble pas mal à une rédaction de journal, remarqua Line en souriant.

— C'est particulièrement vrai dans un cas comme celui-ci où, dès le départ, on a pensé qu'il s'agissait d'une noyade accidentelle, expliqua Stiller. De nos jours, nous appliquons un meilleur système de traitement des informations.

— Avez-vous parlé à Ulf Lande ? demanda Line. Celui qui a mené l'enquête à l'époque ?

— Uniquement de manière formelle. Nous ne discuterons pas de l'affaire elle-même tant que nous n'aurons pas terminé l'examen du dossier.

— Donc, il pourrait avoir des informations qui ne sont pas ici ?

— Si c'est le cas, j'imagine qu'il s'agira surtout des hypothèses à partir desquelles ils ont travaillé et de leurs délibérations internes, répondit Stiller. Le genre de choses sur lesquelles on ne fait pas de rapport, mais qu'on peut lire entre les lignes.

Line remit tous les papiers en pile et passa l'élastique autour.

— Que faut-il pour résoudre cette affaire, d'après vous ? demanda-t-elle.
— Un renseignement, répondit Stiller. Le bon renseignement.

19

Adrian Stiller s'approcha de la fenêtre et regarda en bas. Line Wisting venait de monter en voiture, elle sortait en marche arrière d'une place de parking réservée aux visiteurs.

Elle sait quelque chose, pensa-t-il. Elle avait cherché parmi les vieux papiers un document qu'elle n'avait pas trouvé.

Il retourna dans son bureau et visionna les images enregistrées par la caméra de surveillance de la salle de réunion. Line avait pris en photo certains rapports préliminaires ainsi que les documents sur l'indice fourni par la voyante. Visiblement, la partie du dossier la plus intéressante à ses yeux était celle des renseignements communiqués à la police. Elle l'avait feuilletée à plusieurs reprises, comme si elle voulait être sûre que rien ne lui ait échappé.

Stiller feuilleta les documents à son tour. Relire de vieux dossiers et voir quelles marques le temps leur avait imprimées était toujours intéressant. Dans une enquête, de même que dans une vieille maison, pouvaient apparaître des fissures sur ce qu'on avait cru être une structure solide – surtout si les fondations étaient mauvaises, comme dans cette affaire-ci, où l'on ne savait pas s'il s'agissait d'un accident ou d'un crime.

Il prit son téléphone et appela l'enquêteur en chef de l'époque.

— Il y a du nouveau ? demanda Ulf Lande.

— Je viens à peine de commencer à me pencher sur le dossier, répondit Stiller. Mais je me demande si j'ai vraiment tout. Il me manque le dossier zéro.

Dans les plus grosses affaires, il y avait toujours des documents administratifs ne présentant aucun intérêt direct pour l'enquête et que l'on rassemblait dans un dossier à part.

— Possible, répondit Ulf Lande. Ça vous intéresse ?

— Je voudrais au moins savoir ce qu'il y a dedans.

— Je vais voir avec les archives ce que nous avons, lui assura Lande.

Stiller le remercia.

— Sinon, j'ai eu la visite d'une journaliste intéressée par l'affaire, reprit-il. Elle vous contactera probablement vous aussi.

— Ah oui ?

Stiller regarda la vidéo qui tournait toujours sur son écran.

— Line Wisting, dit-il. Je la connais un peu d'une affaire précédente. Elle est méticuleuse. Ça pourrait être bien d'attirer l'attention des médias, ça amène souvent de nouveaux renseignements.

Ulf Lande n'avait pas l'air tout à fait d'accord. Lorsqu'on rouvrait d'anciennes enquêtes non résolues dont ils avaient eu la charge, les enquêteurs réagissaient souvent de deux manières. Certains étaient vraiment reconnaissants qu'on donne une nouvelle chance à l'affaire ; d'autres le prenaient comme un rappel de leur échec, une critique de leur travail. Ulf Lande appartenait à la catégorie des vexés qui ne consentaient à transmettre le dossier qu'à contrecœur. Ça n'allait pas lui plaire si un autre que lui trouvait la solution.

Ils mirent fin à la conversation et Adrian Stiller resta quelques instants les yeux rivés sur l'écran ; c'était le moment où il revenait dans la salle de réunion après y avoir laissé Line Wisting seule. Depuis qu'il travaillait à rouvrir de vieilles enquêtes, pas une seule fois il n'avait vu les criminels se repentir ou vouloir soulager leur conscience. Personne ne s'était jamais dénoncé, n'avait jamais avoué son crime. L'auteur d'un méfait devait toujours être traqué.

Stiller monta le son de l'enregistrement et s'entendit dire que ce qu'il fallait pour sortir de l'ornière une vieille enquête embourbée, c'était un renseignement décisif. Et si c'était un tel renseignement qui motivait l'intérêt soudain que Line Wisting manifestait pour l'affaire ?

Pendant qu'il réfléchissait, l'écran devint noir.

Cela l'agaçait qu'elle sache quelque chose qu'il ignorait.

20

Lorsqu'il récupéra son téléphone au poste de garde principal, Wisting avait eu deux appels en absence. Tous les deux du même numéro. À l'instant où il quittait l'enceinte de la prison, le téléphone sonna à nouveau. Il attendit d'être dans la voiture pour répondre.

— Jonas Hildre, de *Dagbladet*. Nous nous sommes parlé hier.

— En effet, acquiesça Wisting, qui s'en voulait de ne pas avoir enregistré le numéro.

— Y a-t-il du nouveau dans l'affaire Bernhard Clausen ? demanda le journaliste.

— Non.

— J'ai discuté avec quelqu'un selon qui la police est passée au chalet récupérer plusieurs objets avant qu'il soit réduit en cendres, poursuivit Hildre. De quoi s'agissait-il ?

Wisting tourna la clef de contact.

— De la gestion des biens du défunt, répondit-il, tout en sachant que le journaliste ne s'avouerait pas vaincu par cette réponse.

— C'est-à-dire ? Qu'est-ce qui a été emporté exactement ?

— Entre autres choses, de la nourriture qui restait, dit Wisting se mettant en marche. Ça commençait à sentir mauvais.

Le téléphone se connecta au kit mains libres de la voiture.

— Comme je vous l'ai dit, c'est la substitut du procureur Christine Thiis qui est chargée de l'instruction du dossier, ajouta-t-il. C'est elle qui assure la communication avec la presse dans cette affaire.

— Avez-vous parlé à la direction du parti ? poursuivit le journaliste.

Les essuie-glaces balayèrent le pare-brise. Il était couvert d'une pellicule de graisse et de saleté qui gênait la visibilité.

— Nous sommes en contact avec Walter Krom, répondit Wisting.

— Quel genre de contact ?

— D'ordre purement pratique. Il avait été désigné personne contact par Clausen.

— Donc, vous n'avez rien sorti du chalet qui lui aurait été remis, à lui ou à d'autres membres du parti ?

— Non.

— En êtes-vous sûr ?

— J'étais là-bas moi-même, dit Wisting, surpris par le ton brusque qu'il avait adopté. D'autres questions ?

— Pas cette fois, dit le journaliste.

Et il mit fin à la conversation.

Wisting enregistra le numéro et se rendit au commissariat pour voir si le dossier sur l'affaire du braquage était arrivé.

Rien.

Il le demanda à l'accueil, et auprès de Bjørg Karin, la

secrétaire en chef, mais dut se résoudre à admettre qu'il était trop tôt.

Christine Thiis était à son bureau. Elle avait une nouvelle coupe courte. En s'asseyant, Wisting se fit la remarque que ça lui allait bien.

— Pour Bernhard Clausen, dit-elle en attrapant une pile de documents dans sa corbeille, j'ai lu les rapports sur l'incendie, mais j'ai l'impression que tout n'y est pas mentionné.

— Mortensen est sur place en ce moment avec des collègues, répondit Wisting.

Christine Thiis sourit.

— Je faisais plutôt allusion à ce que tu fabriquais là-bas en pleine nuit. Nils Hammer m'a dit que tu avais été désigné pour diriger un projet secret de haut niveau.

Wisting hocha la tête.

— C'est au sujet du décès de Bernhard Clausen ?

— Pas directement.

Christine Thiis savait qu'elle ne devait pas insister.

— C'est aussi bien que je ne sache rien, dit-elle.

— Si, il y a *une* chose que tu dois savoir, dit Wisting. La veille de l'incendie, avec Mortensen, on est allés dans son chalet et on a emporté des cartons. Un voisin a dû nous remarquer et le raconter à un journaliste de *Dagbladet*.

Christine Thiis se cala contre le dossier de la chaise.

— Il s'agissait juste de s'occuper des biens du défunt, poursuivit Wisting. Ça n'a pas de rapport direct avec l'affaire de l'incendie que tu instruis, donc si ce journaliste te pose des questions, tu n'es pas censée lui répondre.

— Je vois, acquiesça Christine. Il semblerait qu'il s'agisse d'un incendie criminel. C'est lié au projet sur lequel tu travailles ?

— Il y a des raisons de le croire, répondit Wisting. Nous allons enquêter dessus en suivant la procédure habituelle, en parallèle avec ma mission. Tu seras informée en permanence des progrès.

Christine Thiis hocha la tête.

— Je suis sûre que tu sauras gérer ça, dit-elle.

Wisting se leva.

— Merci, dit-il.

Il laissa la porte ouverte en partant.

Sur le chemin de son bureau, il croisa Mortensen portant une boîte en carton sous le bras. L'odeur âcre de la fumée s'était incrustée dans ses vêtements.

— Tu as fini ?

Mortensen secoua la tête.

— Non. Les autres en ont encore pour quelques heures, mais voilà probablement la chose la plus intéressante que nous trouverons aujourd'hui.

Il tendit la boîte ouverte devant Wisting. Dedans, une serrure couverte de suie.

— C'est celle de la porte d'entrée, expliqua Mortensen. Elle est ouverte.

— Celui qui est venu avait donc la clef.

— Et le code de l'alarme. Sauf qu'il a été changé lorsque le secrétaire du parti est venu dimanche. Les trois tentatives avec l'ancien ont déclenché l'alerte.

— Tu as des nouvelles de la société de péage ?

— J'allais justement lire mes mails, répondit Mortensen en repartant vers son bureau.

Wisting lui emboîta le pas et lui raconta la conversation avec Jahrmann à la prison, Clausen à qui il avait donné des cartons au magasin.

— Au moins, c'est une explication logique, commenta Mortensen.

Wisting regarda l'écran d'ordinateur par-dessus l'épaule de Mortensen. Le message de la société de péage était arrivé depuis une demi-heure. Mortensen ouvrit la pièce jointe. Tous les passages étaient répertoriés dans un fichier Excel indiquant la plaque d'immatriculation et l'heure exacte. Mortensen allait devoir copier chaque numéro de plaque dans le fichier des immatriculations des voitures particulières pour trouver à quel type de véhicule il correspondait.

Wisting tira une chaise et s'assit.

— Je pense qu'on la tient, dit Mortensen à la quatrième tentative. Une Peugeot Partner, à 5 h 43. Il a conduit un peu plus vite que nous, mais ça pourrait correspondre.

Wisting vit à l'écran que la voiture était immatriculée au nom d'Aksel Skavhaug, trente-sept ans, résidant à Oslo.

Mortensen vérifia rapidement les autres voitures passées au péage dans le créneau horaire, mais c'était la seule correspondant au type filmé par la dashcam de la société de gardiennage.

— Regarde s'il est fiché, demanda Wisting.

Mortensen fit un copié-collé du numéro d'identité d'Aksel Skavhaug dans le système, qui interrogea les différents registres de police.

— Deux condamnations, lut-il. Les deux fois pour stupéfiants. Rien ces derniers temps.

Il cliqua sur un lien et fit apparaître une photo. Elle datait de quelques années. Aksel Skavhaug était un homme blond et barbu, au visage fin.

— Regarde s'il est lié à d'autres affaires, demanda Wisting. Vandalisme ou incendie.

Mortensen parcourut le fichier des affaires pénales. Celui-ci détaillait tous les problèmes dans lesquels il avait été impliqué : pas seulement ceux pour lesquels il avait été reconnu coupable, mais également les affaires classées dans lesquelles il n'avait été que soupçonné, plus celles où il avait le statut de partie lésée ou de témoin.

— Il n'y a que des histoires d'infraction routière, dit Mortensen.

— Attends ! s'écria Wisting en pointant le doigt sur l'écran.

L'une des affaires remontait à 2003. Mortensen cliqua sur les détails. L'événement avait été classé dans la catégorie « accidents de la circulation ayant entraîné la mort ». Aksel Skavhaug avait comparu en tant que témoin. L'accidenté ayant trouvé la mort était Lennart Clausen.

21

Wisting était allongé par terre avec Amalie, qui essayait d'assembler un puzzle de dix pièces représentant différents animaux de la ferme. Elle semblait plus intéressée par la forme des pièces que par les images et refusait catégoriquement toute aide de son grand-père.

Line, assise à la table de la cuisine, feuilletait l'un des livres d'or.

— On dirait qu'ils étaient amis pendant leur enfance, dit-elle. Il y a même une photo de lui, là.

Les genoux de Wisting craquèrent quand il se leva pour venir voir. Line poussa le livre d'or vers lui sur la table. Elle en était arrivée à l'été 1988. Trois clichés de Polaroid collés sur une page. L'un représentait quatre adultes attablés ; Wisting reconnut parmi eux Bernhard Clausen. Le deuxième était un garçon torse nu, une mèche claire sur le front, montrant un crabe vert au photographe. Sur le dernier, trois enfants d'une dizaine d'années assis sur un ponton, tenant chacun une ligne.

Sous la photo, en légende : « Lennart, Tone et Aksel ». Le garçon au crabe était donc Lennart. Il ressortait du reste du texte que la famille Skavhaug avait passé trois jours au chalet.

— Tone doit être la sœur d'Aksel, dit Line en continuant à tourner les pages.

— Ils habitaient dans la même rue à Kolbotn, dit Wisting.

— Papi! s'écria triomphalement Amalie.

Elle venait d'insérer une nouvelle pièce du puzzle. Wisting alla la rejoindre et rapprocha discrètement la tête d'une vache de la bonne place.

L'enquête sur l'incendie du chalet était officiellement ouverte. Avant de quitter le commissariat, Wisting avait rassemblé toutes les informations dont il disposait et les avait présentées à Christine Thiis. Elle était d'accord avec lui : les éléments suffisaient à mettre Aksel Skavhaug en examen pour incendie criminel. En temps ordinaire, il aurait envoyé des collègues d'Oslo procéder à l'arrestation et lui amener l'individu jusqu'à Larvik, mais la première rencontre entre un suspect et la police était importante. La réaction d'Aksel Skavhaug lorsqu'on l'informerait de la raison de sa mise en examen pourrait se révéler cruciale pour la suite. Ils étaient donc convenus qu'une patrouille d'Oslo les rejoindrait, lui et Mortensen, à Lambertseter, à la périphérie d'Oslo, mais resterait en retrait lors de l'arrestation proprement dite.

— Il était aussi là l'été suivant, dit Line.

Elle s'assit par terre avec Wisting et Amalie et montra à son père une autre photo : deux garçons allongés côte à côte sur un lit superposé, tenant chacun leur magazine de BD, un saladier de chips posé entre eux. Aksel levait les yeux vers le photographe. Sous la photo, Lisa Clausen avait écrit une ou deux phrases à propos d'un jour de pluie.

— C'est la chambre du milieu, commenta Wisting. Là où l'argent était stocké.

— Aurait-il pu le savoir? demanda Line. C'est pour ça qu'il aurait mis le feu au chalet?

Wisting regarda sa montre. Il allait bientôt devoir partir.

— Ça n'aurait aucun sens, affirma-t-il.

Amalie introduisit la tête de la vache au bon emplacement. Wisting l'applaudit.

— Là, nous sommes en 1989, dit Line en tournant les pages du livre d'or. En 2003, ils avaient respectivement vingt-cinq et vingt-six ans. Ils peuvent avoir participé au braquage.

— Dans ce cas, pourquoi l'argent serait-il resté au chalet toutes ces années? objecta Wisting. Qu'est-ce que Skavhaug aurait eu à gagner à y mettre le feu maintenant?

— Vous avez inspecté le reste de la pièce et du chalet pendant que vous étiez là-bas?

— Pas à fond. Nous avons emporté l'argent, mais le chalet a brûlé avant que nous ayons le temps de fouiller davantage.

— Tu crois qu'il y avait autre chose sur place?

— À quoi tu penses?

— Je ne sais pas, quelque chose qui ne devait pas tomber aux mains de n'importe qui, ou qu'Aksel Skavhaug aurait eu intérêt à faire disparaître dans l'incendie.

Wisting y réfléchit, tout en observant Amalie qui s'interrogeait sur la façon d'introduire l'avant-dernière pièce.

— Nous n'avons aucune indication allant dans ce sens, dit-il. Pas encore, du moins.

Il y eut un petit claquement de bois quand Amalie réussit.

— As-tu eu des nouvelles de ce journaliste de *Dagbladet*? demanda Line.

— Oui, il m'a appelé cet après-midi. J'ai l'impression qu'il n'y a pas que l'incendie qui l'intéresse. Il avait parlé à quelqu'un qui avait vu la police sortir des choses du chalet.

Il devina à la tête de sa fille qu'elle n'appréciait pas que quelqu'un d'autre ait commencé à creuser la question.

— Qu'est-ce que tu lui as dit?

— J'ai confirmé que nous étions venus dans le cadre de la gestion des biens du défunt, rien de plus.

Amalie termina le puzzle. Wisting l'applaudit encore une fois.

— Tu seras détective! dit-il en la chatouillant.

— Ça, je ne suis pas sûre, soupira Line. Aujourd'hui, quand je suis allée la chercher chez Sofie, elle a essayé d'embarquer un des jouets de Maja.

— Un enfant de deux ans ne sait pas ce qu'est la propriété privée. Ni qu'il faut demander avant d'emprunter, répondit Wisting pour l'apaiser.

— Dans deux semaines, elle entre à la crèche, dit Line. Peut-être qu'elle apprendra ça là-bas.

Elle commença à rassembler ses affaires.

— Je vais proposer à *VG* de faire un papier sur la disparition de Simon Meier, dit-elle. Il le mérite.

— Tu as assez d'éléments?

— Ça vaut la peine d'essayer. De toute manière, ça peut

faire un bon article. En plus, ça nous permettra d'entamer une vérification d'alibis. Puisque le braquage et la disparition ont eu lieu le même jour, si je fais un reportage, on aura une excuse pour demander aux gens où ils se trouvaient ce jour-là.

Wisting hocha la tête. Line prit Amalie par la main.

— Tu pourrais la garder quelques heures demain, pendant que je serai partie ? demanda-t-elle.

— Je ne sais pas ce qui nous attend demain, répondit Wisting. Il va peut-être se passer quelque chose.

— Ce serait seulement jusqu'en début d'après-midi. Le matin, Sofie emmène Maja à la visite médicale des trois ans, et moi j'ai déjà rendez-vous avec l'enquêteur en chef dans l'affaire de la disparition de Meier. Ensuite, je compte essayer de retrouver la trace du troisième motard de la nuit où Lennart est mort.

— Tommy Pleym, dit Wisting en hochant la tête. Dans ce cas, Amalie restera ici avec moi.

22

La camionnette grise était garée en face de l'immeuble. Wisting passa devant une première fois, puis une seconde fois au ralenti, et jeta un regard oblique vers l'appartement, au deuxième étage. Une femme fumait une cigarette sur le balcon vitré. Selon les informations du fichier central de la police, Aksel Skavhaug vivait avec sa compagne et deux garçons âgés de douze et quatorze ans.

Wisting gara sa voiture et en descendit. Le temps était à l'orage. La patrouille de la police d'Oslo était déjà en poste à l'intersection la plus proche. Il leva la main pour les saluer. Ils répondirent par un bref appel de phares.

— On dirait une voiture d'artisan, commenta Mortensen en désignant d'un signe de tête la camionnette grise.

Wisting y jeta un rapide coup d'œil. L'habitacle était sale, jonché de bouteilles vides et de vieux papiers.

La femme sur le balcon lança le mégot de sa cigarette dans l'herbe sans remarquer leur présence.

Wisting et Mortensen traversèrent la rue. Le nom qu'ils cherchaient figurait bien sur l'interphone à l'entrée. Ils attendirent quelques minutes pour voir s'ils pourraient se glisser

derrière quelqu'un dans la cage d'escalier, puis Wisting, haussant les épaules, appuya sur la sonnette.
Il fallut un certain temps avant qu'un homme ne réponde. Wisting donna son nom.
— Je viens voir Aksel Skavhaug, ajouta-t-il.
La serrure émit un bourdonnement et Mortensen ouvrit. Ils entendirent une porte grincer dans les étages. Quand ils parvinrent au bon palier, Aksel Skavhaug les attendait sur le seuil.
Wisting brandit son badge de service.
— Nous sommes de la police, dit-il.
Aussitôt, une certaine inquiétude se peignit sur le visage de l'homme.
— Ah bon, dit-il.
Wisting indiqua l'appartement et demanda :
— On pourrait discuter chez vous ?
Ils entrèrent dans le salon. La compagne de Skavhaug était assise sur le canapé, les enfants n'étaient pas là.
— C'est la police, dit Skavhaug à la femme.
Celle-ci saisit la télécommande, éteignit la télévision et regarda autour d'elle d'un air un peu paniqué, comme s'il y avait des choses à cacher dans la pièce.
Wisting et Mortensen restèrent debout. Wisting présenta à Skavhaug une copie de sa mise en examen.
— C'est à propos de l'incendie du chalet de Bernhard Clausen, expliqua-t-il.
— Qu'est-ce que vous voulez dire ?
— Que c'est vous qui y avez mis le feu. Veuillez nous suivre.
Skavhaug lut les papiers signés de la main de la substitut

du procureur, visiblement dans le seul but de gagner du temps.
Puis il lâcha :
— C'est lui qui m'a demandé.
Wisting lança un regard à Mortensen.
— Comment ça ?
— Bernhard Clausen. C'est lui qui voulait que je le fasse.
— Vous êtes au courant qu'il est mort ? demanda Wisting.
— Oui, mais ça fait longtemps. Trois ans, quelque chose comme ça.
Wisting désigna une table, suggérant qu'ils s'assoient. Il n'y avait aucune raison qu'ils attendent d'être dans une salle d'interrogatoire pour écouter ce qu'Aksel Skavhaug avait à raconter. Wisting posa son téléphone sur la table, enclencha le mode enregistrement, et demanda à Skavhaug de répéter ce qu'il venait de dire.
— Il m'a appelé, reprit celui-ci. Il m'a demandé si je pouvais venir le voir à son chalet, à Stavern. Il avait un petit boulot pour moi. J'ai cru qu'il voulait que je lui répare un truc ou un autre, et sincèrement, je n'avais pas envie. Ça allait me prendre beaucoup de temps rien que d'y aller en voiture, mais il a dit qu'il paierait pour tout.
Wisting sortit son bloc-notes.
— Je le connaissais d'avant, reprit Skavhaug. Quand on était petits, on était copains, son fils et moi. J'ai passé beaucoup de temps dans leur chalet l'été pendant mon enfance. Et aussi dans leur maison, à Kolbotn.
— Et alors ? Vous êtes allé le voir ? demanda Wisting pour faire avancer la conversation.
Skavhaug hocha la tête.

— Il n'était pas du tout en forme, poursuivit-il. Il venait de sortir de l'hôpital. Un infarctus. C'est sûrement pour ça qu'il avait commencé à y penser.

— Penser à quoi ?

— Qu'il ne voulait pas que n'importe qui fouine dans ses affaires après sa mort. Voilà pourquoi il m'a demandé de le faire.

Wisting commençait à comprendre ce qu'Aksel Skavhaug essayait d'expliquer.

— Il voulait que je brûle tout dès que j'apprendrais sa mort, dit Skavhaug en se levant. J'ai une lettre pour le prouver.

Il se dirigea vers le tiroir d'une commode, y fouilla quelques instants avant de poser une feuille devant Wisting.

— Il m'a écrit ça au cas où j'aurais des ennuis.

Un texte simple était tapé à la machine : « Je soussigné, Bernhard Clausen, certifie qu'il en va de ma seule et unique volonté que mon chalet sis sur Hummerbakken, à Stavern, soit brûlé après ma mort, de sorte que tous mes papiers personnels soient détruits. J'ai engagé Aksel Skavhaug dans ce but, et il ne devra pas être tenu pour pénalement responsable de cet incendie. »

Sous la signature, une note avait été ajoutée à la main : « Le code de l'alarme est 0105. »

— J'ai aussi la clef, ajouta Skavhaug. Elle est dans la voiture.

Wisting lança un regard en direction de la partenaire de Skavhaug. Elle semblait au courant de l'histoire.

— Il ne pouvait pas se débarrasser de ça lui-même ? demanda Mortensen. Tout jeter dans la cheminée ou quelque chose de ce genre ?

Aksel Skavhaug secoua énergiquement la tête. Il avait probablement fait la même objection à l'époque.

— Il travaillait sur un livre, expliqua-t-il. Ses Mémoires. Son bureau était plein de papiers. Il en avait besoin tant qu'il travaillait sur son bouquin, mais si jamais il mourait brutalement, il ne voulait pas que d'autres mettent le nez dedans.

— Alors vous avez accepté, sans vous poser plus de questions que ça?

— Le chalet était assuré, donc de toute façon Lena va recevoir un gros dédommagement de la part de l'assurance.

— Sa petite-fille, vous voulez dire? demanda Wisting.

— Oui, la fille de Lennart, acquiesça l'autre. C'est la seule héritière. Clausen m'a dit qu'avec l'argent de l'assurance il y aurait plus qu'assez pour construire un chalet neuf et moderne. En plus, elle aura la maison, et l'argent qui reste à la banque.

— Justement, cette maison, il ne vous a pas ordonné d'y mettre le feu? demanda Mortensen.

— Non, c'est au chalet qu'il gardait tous ses documents personnels.

— Qu'est-ce qu'il vous a donné en échange? demanda Wisting.

— Cent mille à l'avance. Il avait préparé l'argent. Si je ne voulais pas le faire, il allait demander à quelqu'un d'autre.

— En couronnes norvégiennes?

Aksel Skavhaug eut l'air décontenancé par la question, mais hocha la tête.

— Il y avait cent mille couronnes en plus à un endroit dont on avait convenu, que je pourrais prendre une fois le boulot accompli.

Wisting se cala contre le dossier de sa chaise.

— Racontez-nous ce que vous avez fait, ordonna-t-il.

— C'est-à-dire ?

— Quand vous êtes allé au chalet en pleine nuit, dit Wisting. De manière aussi détaillée que possible.

Aksel Skavhaug se leva, s'approcha de sa compagne et prit un paquet de cigarettes posé sur la table devant elle.

— Ils l'ont annoncé aux infos dimanche, dit-il en prenant une cigarette. Qu'il était mort.

Il tira une bouffée avant de continuer :

— Je suis allé à Stavern dans la nuit de lundi à mardi et je suis entré dans le chalet, mais le code que j'avais était faux.

Il désigna la feuille portant la déclaration de Bernhard Clausen.

— À part ça, tout était comme prévu. Le bidon d'essence en évidence, et le reste du paiement là où il me l'avait dit. Je n'avais plus qu'à répandre l'essence et à jeter une allumette. Une fois sûr que le feu avait pris, je suis retourné en courant à la voiture.

— Où était le reste de l'argent ? demanda Mortensen.

Skavhaug fit tomber les cendres de sa cigarette dans une tasse.

— Dans une enveloppe, scotchée sous une étagère du placard. Il m'a montré où quand j'y suis allé il y a trois ans.

— Dans la chambre du fils ? demanda Wisting.

— Pardon ?

— L'enveloppe était-elle cachée dans l'ancienne chambre de Lennart ? C'est dans celle-là que vous avez mis le feu ?

— Non, dans celle d'à côté, corrigea Skavhaug. C'était ça notre accord. La pièce à côté.

Wisting reprit son téléphone. Les aveux étaient enregistrés. Il voulait bien croire que l'incendie avait été déclenché sur ordre de Bernhard Clausen, mais l'excuse de protéger ses papiers personnels était une feinte de la part du politicien. C'est l'argent dont il voulait être certain de se débarrasser.

— Et maintenant, qu'est-ce qui se passe ? demanda Skavhaug.

Wisting considéra l'homme en face de lui. Il semblait assez naïf pour croire que la lettre de Bernhard Clausen l'affranchissait de toute responsabilité pénale, et Wisting n'avait pas envie d'être celui qui l'informerait qu'il s'était rendu coupable de complicité de fraude à l'assurance et que, par ailleurs, provoquer délibérément un incendie était un acte répréhensible. Le seul fait d'abuser des moyens de la police et des pompiers pouvait valoir six mois de prison. Skavhaug passerait devant le tribunal, mais il n'y avait plus de raison de l'arrêter.

— Vous avez un avocat ? demanda Wisting.

Aksel Skavhaug hocha la tête.

— Appelez-le, suggéra Wisting, avant d'arrêter l'enregistrement.

Il remit le téléphone dans sa poche, mais resta assis.

— J'ai cru comprendre que vous étiez avec Lennart quand il est mort, dit-il. Dans l'accident de moto.

Skavhaug prit une profonde inspiration.

— C'était vraiment terrible, dit-il en écrasant la cigarette avant de souffler la fumée.

— Qui d'autre était là ? demanda Wisting.

— Il y avait moi, Lennart et Tommy. Tommy Pleym.

— Qu'est-ce que vous faisiez en pleine nuit à l'autre bout de la ville ? demanda Wisting.

Aksel Skavhaug le considéra un moment, comme s'il ne comprenait pas la question.

— Vous veniez d'où ? Et vous alliez où ? insista Wisting.

— Nulle part, répondit Skavhaug. On était juste sortis rouler.

— Vous n'aviez pas de travail ? Vous ne suiviez pas d'études ?

— Je travaillais un peu pour mon père quand il avait besoin d'aide.

— Et les deux autres ?

— Je ne sais pas, je ne me souviens pas. Lennart ne faisait pas grand-chose depuis la mort de sa mère. En principe, il vivait avec Bernhard mais, si on regarde bien, il était plutôt seul, vu que son vieux avait l'appartement de fonction à Oslo. On a passé beaucoup de temps à Kolbotn. Parfois c'était l'inverse, Lennart empruntait l'appartement pendant que Bernhard vivait dans la maison. On n'est pas très loin d'Oslo, mais il avait quand même droit à un appartement dans le centre.

— Avez-vous gardé contact avec Tommy ?

— Pas trop. Il a gagné au loto pas longtemps après, presque six millions. Il s'est mis à investir dans des actions, ce genre de trucs, et il a changé.

Mortensen prit la parole.

— Qui y avait-il d'autre dans votre gang ?

— On n'était pas un gang, protesta Skavhaug, qui donna tout de même quelques noms.

— Lennart avait une petite amie, n'est-ce pas ?

— Rita Salvesen. Elle a eu un enfant de lui après sa mort. C'était franchement tragique, cette histoire.

Wisting se leva. Il voulait utiliser la tactique de Line : dévier la conversation vers le braquage sans en parler directement.

— Quel âge aviez-vous alors ? demanda-t-il.

— Vingt-cinq.

— Vous connaissiez le garçon qui a disparu au bord du lac ?

— Vous pensez à Simon Meier ?

Wisting hocha la tête.

— On était dans la même école, mais on n'était pas copains. Il restait seul.

— Vous avez participé aux recherches ?

— Il n'y a pas eu grand-chose, répondit Skavhaug. Ils ont utilisé des plongeurs et des bateaux, mais ils ne l'ont jamais retrouvé. Pourquoi ?

Wisting feignit un petit sourire d'excuse.

— Désolé, dit-il. Ma fille est journaliste. Elle prépare un reportage sur sa disparition et on en a parlé aujourd'hui. Elle cherche quelqu'un du même âge qui pourrait lui raconter comment c'était de grandir à Kolbotn à cette époque et ce qu'il pense de sa disparition.

— Je ne vais pas pouvoir l'aider.

La porte d'entrée s'ouvrit, et deux garçons enlevèrent leurs chaussures en chahutant.

— Nous avons terminé, dit Wisting.

23

Pour le troisième jour consécutif, Wisting avait convoqué sa petite équipe à une réunion matinale à la table de sa cuisine. Line tenait Amalie sur ses genoux. L'affaire était en train de se resserrer autour du braquage à l'aéroport. Ils émirent diverses théories en vrac. Mortensen pensait que non seulement Lennart Clausen était mouillé dans cette histoire, mais son père aussi.

— Il couvrait son fils, lança-t-il.
— Ce serait quand même inouï, objecta Line.
— Tu crois que Clausen était directement impliqué ?

Line secoua la tête.

— Non, mais à mon avis, c'est autre chose qu'une question d'argent.
— C'est toujours une question d'argent, rétorqua Mortensen.
— Il y a quelque chose *en plus* de l'argent, alors, précisa Line.

Mortensen se tourna vers Wisting.

— Il faut que nous ayons accès à l'enquête sur le braquage.

Personne n'a été officiellement inculpé, mais il doit y avoir beaucoup de renseignements dans le dossier.

Le téléphone de Wisting se mit à vibrer sur la table. Il tourna l'écran vers Line pour lui montrer que c'était encore le journaliste de *Dagbladet*.

— Réponds ! l'encouragea Line en déposant Amalie par terre. Dis-lui que quelqu'un a avoué avoir mis le feu au chalet.

Wisting mit le téléphone sur haut-parleur.

— C'est au sujet de Bernhard Clausen, lança aussitôt le journaliste.

— Je m'en doutais, rétorqua Wisting.

— Il y a du nouveau ?

— Nous avons mis un individu en examen pour incendie criminel. Il a reconnu les faits.

Ils entendirent les doigts de Jonas Hildre tapoter sur son clavier à l'autre bout du fil.

— Pouvez-vous me donner son âge et préciser d'où il vient ?

— La trentaine, originaire de l'Østlandet.

— Quel était le motif de son acte ?

Wisting, embarrassé, regarda Mortensen.

— Il a donné un motif personnel, lâcha-t-il.

— Qu'est-ce que cela signifie ?

— Je ne peux pas m'étendre là-dessus, répondit Wisting.

Line lui fit signe qu'il était temps de mettre fin à la conversation, car on entendait le journaliste fouiller dans ses papiers.

— Hier, vous avez déclaré avoir jeté de la nourriture qui

était restée dans le chalet, mais selon ma source il s'agissait de plusieurs gros cartons. Il y avait donc autre chose.

— Je vous le répète, c'est en rapport avec la gestion des biens laissés par le défunt. Je ne peux rien vous communiquer de plus.

— Donc, vous refusez de me dire ce qu'il y avait dans les cartons ?

Wisting s'abstint de répondre.

— Le bruit court qu'à son chalet Bernhard Clausen écrivait un livre dans lequel il critiquait la politique de son propre parti, poursuivit le journaliste.

De sa main libre, Wisting serra sa tasse de café posée sur la table et marmonna :

— Je n'ai pas connaissance de ce détail.

— Donc vous pouvez me confirmer que ce n'est pas ça que vous avez emporté ?

— Oui.

— Et son ordinateur ?

— Rien à voir.

Line lui fit encore une fois signe d'en rester là.

— Une dernière chose, dit le journaliste. Vous êtes allé voir Georg Himle et Walter Krom au siège du parti mardi. Quel était l'objet de votre entretien ?

Line roula des yeux et prit son propre téléphone.

— Des détails pratiques, répondit Wisting. Clausen n'avait pas d'héritiers. Enfin, si, il existe un héritier en ligne directe, ajouta-t-il, connaissant la prudence dont les journalistes faisaient preuve avant de mentionner des enfants dans leurs articles. Sa petite-fille. Mais son père, le fils de

Clausen, est mort avant la naissance de l'enfant, et la mère ne voulait avoir aucun rapport avec lui.

— Je vois, répondit le journaliste.

— J'ai un autre coup de fil, dit Wisting en voyant le nom de Line clignoter à l'écran. Si vous avez d'autres questions, rappelez-moi plus tard.

— Comptez sur moi, lui assura Hildre.

Wisting raccrocha.

— Il doit avoir une source dans le milieu politique, dit Line. Quelqu'un avec un poste central au parti travailliste et qui vous a vus là-bas. Tu aurais dû écourter.

— Skavhaug aussi a mentionné que Clausen travaillait sur un livre, dit Mortensen. Je pensais que c'était un truc que Clausen lui avait fait croire pour le persuader de mettre le feu au chalet, mais il y avait peut-être du vrai là-dedans.

— Dans ce cas, j'aimerais bien le lire, ce livre, conclut Wisting.

Son téléphone sonna à nouveau. Cette fois, c'était un numéro qu'il n'avait pas enregistré. Il hésita, mais finit par répondre.

L'interlocuteur se présenta :

— Audun Thule, de la police de Romerike.

La voix était à la fois bourrue et pleine d'autorité.

— Je vois que vous avez demandé à ce qu'on vous transfère un dossier sur lequel j'ai travaillé.

C'était une conversation que Wisting avait espéré éviter. Audun Thule avait dirigé l'enquête sur le braquage des fonds en provenance de Suisse. Wisting avait adressé la demande de prêt directement au secrétariat, dans l'espoir qu'ils le récupéreraient aux archives sans que quiconque ayant été impliqué dans l'enquête l'apprenne.

— Je suis ravi que vous m'appeliez, dit-il.

— J'ai travaillé sur cette affaire pendant près de deux ans, reprit Thule. Je vous contacte pour savoir si vous avez une raison précise de la rouvrir aujourd'hui.

Wisting comprenait sa démarche. Il avait encore lui aussi des dossiers dans lesquels il avait investi beaucoup de temps et d'efforts sans que cela débouche sur aucun résultat. Si quelqu'un d'une autre circonscription de police demandait tout à coup à les voir, jamais il ne les céderait sans savoir pourquoi.

— Je suis en ce moment sur un cas qui implique une grosse somme d'argent en devises étrangères. Pour l'instant, nous n'avons pas été en mesure de tracer sa provenance, et je voulais étudier de plus près la possibilité qu'il s'agisse du butin du braquage.

— Combien y a-t-il ? demanda Thule.

— Un montant assez important, répondit Wisting. En dollars, euros et livres sterling d'avant 2004.

— Où est-ce que vous avez trouvé ça ?

— C'est un peu compliqué, répondit Wisting en jetant un coup d'œil à Mortensen et à Line.

Il était temps d'élargir leur équipe.

— Auriez-vous la possibilité de prendre le dossier et de venir ici ? demanda-t-il. Je pense que ce que nous avons trouvé va vous intéresser.

— Ça fait des années que j'attends une invitation de ce genre, répondit Thule. Je peux être chez vous dans trois heures.

24

Personne ne la connaissant à la réception, Line dut taper son nom sur un écran et indiquer qui elle venait voir.

Officiellement, sa dernière journée de travail à *VG* datait de six mois auparavant, mais, dans les faits, elle était juste passée d'un congé parental au statut d'ancienne employée. Pendant ses dix-huit mois de congé, la rédaction avait été restructurée, des collègues avaient changé de poste, certains étaient partis, de nouvelles têtes étaient arrivées. Personne n'avait proposé d'aller prendre une bière ou d'organiser quelque chose pour marquer son départ.

Le rédacteur en chef des actualités était toujours Knut Sandersen. Line attendit devant la barrière de sécurité qu'il vienne la chercher.

Quand elle avait commencé à travailler pour *VG*, sept ans plus tôt, elle pensait que son avenir était là. Qu'elle était arrivée pour rester. C'était l'époque où elle n'avait à s'occuper que d'elle-même. Aujourd'hui, la vie avait changé, et elle essayait encore de se convaincre qu'elle avait fait le bon choix. Qu'elle aimait piloter elle-même ses journées et être son propre patron.

Sandersen l'accueillit en la prenant dans ses bras.

— Tu es gentil d'avoir accepté de me voir, dit Line.

— C'est normal, enfin, répondit Sandersen en lui ouvrant les barrières et en la faisant pénétrer dans l'ascenseur.

Elle avait signé un certain nombre de unes et reçu à deux reprises le prix SKUP, qui récompensait des journalistes d'investigation.

Sandersen regarda sa montre deux fois dans l'ascenseur. Line comprit qu'elle n'avait pas beaucoup de temps devant elle.

— J'ai commencé à me pencher sur une vieille affaire de disparition, dit-elle en s'asseyant sur la chaise des visiteurs dans le bureau vitré.

— Quelle affaire ? demanda le rédacteur en chef, qui inclina son fauteuil afin de mieux dévisager Line.

— Une que tout le monde a oubliée. Simon Meier. Disparu au lac Gjersjøen en 2003.

— Tu as du nouveau ?

— Peut-être.

Sandersen pencha la tête sur le côté.

— La cellule des *cold cases* a rouvert le dossier, ajouta-t-elle.

— C'est une procédure de routine, objecta Sandersen en consultant de nouveau sa montre. Ils examinent tous les cas de disparition jamais résolus. Qu'est-ce que celui-ci a de spécial ?

— Ça pourrait être une bourde de la police, expliqua

Line, qui lui répéta ce qu'Adrian Stiller, de Kripos, avait dit à propos de l'affaire qui n'aurait jamais dû être baptisée d'après le lac.

— Les bourdes de la police sont légion, objecta Sandersen. En général, c'est bien pour ça que les crimes restent un mystère.

— Il y a aussi des indices communiqués par le public qui n'ont jamais été réellement pris en compte, poursuivit Line. Pour l'instant, je n'ai pas beaucoup de détails sur lesquels m'appuyer, mais j'aimerais bien me présenter de manière officielle quand je commence à parler aux gens, qu'ils sachent que c'est bien un reportage pour *VG*.

— Tu arrives un peu tard, dit Sandersen en redressant le dossier de son fauteuil. Nous avons investi beaucoup de moyens dans une autre disparition jamais résolue. Avec podcast, articles et vidéos, la totale. Tu connais le principe.

— Quelle affaire ?

— Une un peu similaire à la tienne. Quasiment aucun écho à l'époque où ça s'est produit, et tout le monde l'a oubliée aujourd'hui. On a une source qui prétend savoir ce qui s'est passé et où se trouve le corps. On commencera probablement à publier la semaine prochaine.

Line comprit ce que cela signifiait : Sandersen ne voulait pas avoir deux projets concurrents en parallèle. Elle se demanda si elle devrait lui montrer la lettre anonyme sur Bernhard Clausen, mais décida que ce serait une erreur.

— N'hésite pas à revenir dans six mois, trancha Sandersen. Ou si tu tombes sur du concret.

Line se leva. Ç'aurait été plus facile si elle avait eu le

soutien de la rédaction, mais au fond, ce n'était pas indispensable. Elle n'était pas dépendante de *VG*.

— Merci quand même d'avoir pris le temps de me recevoir, conclut-elle, en lui assurant qu'elle trouverait la sortie toute seule.

25

La pluie de la veille avait disparu. La température avait baissé, mais il faisait encore assez bon pour s'asseoir dehors. Wisting avait installé Amalie avec l'iPad sur le canapé de la terrasse, au milieu d'une ribambelle de coussins. Son petit visage laissait paraître une concentration profonde. De temps à autre, son jeu émettait des sons.

Audun Thule avait appelé une heure plus tôt pour indiquer qu'il était en route et demander où les retrouver exactement. Wisting avait donné son adresse personnelle et expliqué qu'il ne se trouvait pas au travail mais chez lui, où il gardait sa petite-fille.

Il ouvrit son bloc-notes à une page blanche et entama une chronologie resserrée autour de quelques jours à la fin du mois de mai 2003. Au milieu de la ligne, il dessina un point rouge et écrivit « 29.05.2003 14 h 40 ». C'étaient la date et l'heure du braquage à l'aéroport. Un peu plus loin à droite, il fit une marque au crayon gris et écrivit « SM – env. 17 h ». L'heure à laquelle Simon Meier avait été vu pour la dernière fois.

Mortensen était assis devant la même chronologie en

version électronique. Il s'était fait envoyer l'agenda contenant les réunions politiques de Clausen durant l'année 2003. Il correspondait point par point à l'almanach qu'ils avaient pris dans le bureau à son domicile, mais en plus complet. Le jeudi 29 mai, Clausen avait eu une réunion au ministère à neuf heures puis une autre, à dix heures, dans les locaux de l'Agence régionale de santé de la Norvège du Sud, place Einar Gerhardsen. À midi, il avait suivi un briefing de l'Association norvégienne de pédiatrie sur des mesures visant à réduire le temps d'attente en pédopsychiatrie et, à treize heures, une brève réunion avec des représentants de la direction générale de l'Association dentaire norvégienne sur la prise en charge de la santé bucco-dentaire. À quatorze heures trente, nouvelle réunion, cette fois avec le Comité de biotechnologie.

— Il a annulé tous ses rendez-vous du lendemain, observa Mortensen en montrant à l'écran une photo de l'ordre du jour du vendredi 30 mai.

Certains avaient été reportés à une nouvelle date, et apparemment, la discussion avec la directrice de l'Institut de la santé publique au sujet des mesures à prendre contre la transmission de la légionellose s'était finalement tenue au téléphone.

— C'est quand même frappant, dit Mortensen.

Wisting consulta l'agenda personnel. Y étaient indiqués les mêmes rendez-vous, puis la mention « chalet » pour vendredi, samedi et dimanche.

— Il y a quelque chose dans le livre d'or ? demanda-t-il.

Mortensen feuilleta le carnet.

— Pas avant le week-end d'après, répondit-il. Là, il a beaucoup de visites.

Wisting vérifia l'agenda. Le week-end du 7 et 8 juin était annoté « chalet » et « week-end travaux ».

— Le livre d'or était utilisé par les visiteurs, fit remarquer Mortensen. Pas quand il était seul.

Il y eut un coup de sonnette. Wisting se leva et jeta un coup d'œil sur Amalie. Elle s'était endormie, l'iPad sur les genoux.

Audun Thule était un homme grand, à la moustache fournie et au nez épaté, vêtu d'un jean et d'un T-shirt blanc, son badge de service pendant à son cou. Il fit passer un épais bloc-notes dans sa main gauche pour saluer Wisting d'une poigne solide.

— Je n'étais jamais venu au domicile de collègues avant, fit-il remarquer.

Wisting sourit et regarda la voiture dans laquelle Thule était arrivé.

— Les documents sont dans le coffre, expliqua Thule. Huit classeurs. Nous pourrons les récupérer plus tard.

Ils traversèrent la maison et sortirent sur la terrasse, à l'arrière. Mortensen se leva pour saluer son collègue de Romerike pendant que Wisting allait chercher une autre tasse de café.

— Alors, racontez-moi. Qu'est-ce que c'est que ce cash que vous avez trouvé ? demanda Thule quand ils s'assirent.

Wisting jeta un coup d'œil à Amalie, qui dormait toujours, et dit :

— Ce n'est pas uniquement à cause d'elle que nous ne nous sommes pas donné rendez-vous au commissariat. J'ai été chargé d'une enquête spéciale placée directement sous le contrôle du procureur général de Norvège. Au boulot, personne n'est au courant.

Thule fronça les sourcils.

— Je n'ai jamais entendu parler d'une chose pareille.

— Pour moi aussi, c'est la première fois, convint Wisting. Et j'aimerais que vous intégriez mon équipe.

— Il faut d'abord que je sache de quoi il s'agit, dit Thule.

Wisting hocha la tête.

— Tout ce dont nous allons discuter est strictement confidentiel. Vous pouvez attendre de savoir de quoi il retourne avant de prendre votre décision, mais quelle qu'elle soit, vous n'êtes autorisé à répéter à personne ce que vous entendrez.

— Fort bien, répondit Thule sans hésitation.

Wisting se demandait par où commencer.

— Je vais d'abord vous montrer l'argent, dit-il en se levant.

Thule lui lança un regard, puis repoussa sa chaise en arrière et emboîta le pas à Wisting. Mortensen les suivit. Wisting déverrouilla la porte de la pièce du sous-sol et désactiva l'alarme.

— C'est là que vous le stockez ? s'étonna Thule.

Mortensen tira une paire de gants en latex de la boîte posée sur la table, les enfila, et alla chercher un carton. Wisting tendit la boîte de gants à Thule, qui s'équipa pendant que Mortensen ouvrait le carton et en sortait une liasse de dollars.

— Il y a neuf cartons en tout, dit-il en tendant la liasse à Thule.

— 5,3 millions de dollars, précisa Wisting, 2,8 millions de livres sterling et 3,1 millions d'euros.

— Je n'en reviens pas! Et vous gardez ça dans votre cave? s'écria Thule en secouant la tête. Vous êtes dingues?

— Nous avons calculé que le montant total correspondait à celui du braquage, dit Wisting. Environ soixante-dix millions au taux de change de la couronne de l'époque.

Audun Thule était toujours sous le choc.

— Ça me semble correct, marmonna-t-il. J'ai les sommes exactes dans le dossier.

Il fit le tour de la table et prit une liasse de dollars dans la boîte.

— Avez-vous arrêté quelqu'un? demanda-t-il.

— Non.

— Où les avez-vous trouvés?

Wisting lui parla du chalet de Bernhard Clausen.

— Son agenda lui donne un alibi pour ce qui est de l'heure du vol, dit Mortensen.

— De toute manière, il semble peu probable qu'un ministre en exercice soit impliqué dans une chose pareille.

— Il avait un fils qui est mort dans un accident de moto quatre mois plus tard, poursuivit Wisting. Nous enquêtons sur son entourage.

Thule remit l'argent en place et ôta ses gants.

— Si Clausen a été impliqué de quelque manière que ce soit dans le braquage, je ne comprends pas pourquoi le procureur général voudrait le protéger en ordonnant une enquête secrète, dit-il.

— S'il s'agit bien de ça, l'affaire sera déclassée, expliqua Wisting. Mais tant que nous ne le savons pas avec certitude, nous sommes obligés de rester discrets. Clausen a fait partie du gouvernement. Cette somme aurait pu influencer ses décisions politiques, et donc avoir une incidence sur les intérêts de la nation.

— Mais il ne semble pas avoir dépensé cet argent, commenta Thule. Il l'a juste conservé. Ça n'a aucun sens.

Wisting répondit qu'il était de son avis avant de lui parler d'Aksel Skavhaug, qui avait été payé en couronnes norvégiennes pour mettre le feu au chalet.

— Avez-vous trouvé des traces biologiques sur les billets ? demanda Thule.

Mortensen lui fit un compte rendu des recherches d'empreintes digitales.

— Nous attendons les résultats des tests ADN, dont certains sur une pièce de talkie-walkie qui se trouvait dans l'un des cartons, ajouta-t-il.

— Il y avait aussi une clef et un numéro de téléphone inscrit sur un bout de papier, expliqua Wisting. Qui pourrait correspondre à un dénommé Daniel. Est-ce que ça vous dit quelque chose ?

Thule secoua la tête.

— Pas dans l'immédiat, mais c'est à vérifier. Il y a près de cinq cents noms dans le dossier.

26

La vérification des informations au sujet de Tommy Pleym avait révélé qu'il vivait en couple et travaillait en tant que directeur des ventes dans une société de financement à quelques pâtés de maisons de la rédaction de *VG*. Line s'assit à une table de la boulangerie-café du sous-sol et l'appela.

— Auriez-vous quelques minutes à m'accorder ? demanda-t-elle après s'être présentée.

— Ça dépend de quoi il s'agit, répondit l'homme à l'autre bout du fil.

— Je travaille à un grand article sur le mystère qui entoure la disparition de Simon Meier. Vous vous en souvenez ?

— Oui.

— Ce que je cherche, c'est quelqu'un du même âge que lui et qui aurait grandi au même endroit, juste pour recueillir quelques mots sur l'impression que sa disparition a provoquée et ce qu'il en pense aujourd'hui.

— Si c'est ça, vous devriez vous adresser à quelqu'un d'autre. Quelqu'un qui le connaissait mieux que moi.

— J'ai justement de vieilles listes d'élèves de l'époque.

Pensez-vous que vous pourriez m'aider à choisir quelqu'un là-dedans ?

Tommy Pleym hésita.

— Je n'ai plus aucun contact avec personne.

— Je me trouve actuellement à la rédaction de *VG*, continua Line. Je vous ai appelé quand j'ai vu que l'entreprise pour laquelle vous travaillez est à Grensen. Je peux y être dans cinq minutes. On pourrait regarder les listes ensemble.

— J'ai une réunion dans une demi-heure, la prévint-il.

Line se leva et se mit en marche.

— Ça me suffit amplement, lui assura-t-elle.

— D'accord.

Elle raccrocha et remonta le trottoir en pressant le pas.

L'entrée des bureaux où travaillait Tommy Pleym se faisait par une cour intérieure. Une réceptionniste fit entrer Line via l'interphone. Elle monta trois étages. Tommy Pleym l'attendait à l'accueil. Il portait un pantalon de costume sombre et une chemise blanche aux manches remontées.

— C'est très gentil de prendre le temps de me recevoir.

— Comme je vous l'ai dit, je ne sais pas si je peux vous être utile, répondit Tommy Pleym en l'emmenant dans la salle de réunion la plus proche. Je me souviens de lui à cette époque, mais, comment dire ? on n'était pas copains. Et puis, l'accident s'est produit des années plus tard.

Line s'assit.

— Donc vous pensez qu'il s'agit d'un accident ?

— C'est ce qui s'est dit, en tout cas.

— Vous souvenez-vous de ce jour-là ?

— Ce dont je me souviens, c'est un hélicoptère volant à basse altitude au-dessus du lac, mais c'était déjà quelques jours après. Il a fallu du temps avant qu'on se rende compte qu'il avait disparu et qu'on lance des recherches.

— Vous habitiez à Kolbotn à cette époque ?

— J'avais un petit studio, acquiesça Tommy Pleym. Et un job dans la vente par téléphone.

— Donc, le jour de sa disparition, vous étiez au travail ?

— Probablement. On appelait surtout l'après-midi et le soir, à des horaires où les gens étaient chez eux.

— Qu'avez-vous pensé quand vous avez appris qu'il avait disparu ?

Tommy Pleym haussa les épaules.

— Je veux bien vous aider avec vos listes, mais je n'ai pas envie de me faire interviewer sur ce qui s'est passé ce jour-là.

— Désolée, murmura Line en lui présentant les copies des listes de classes.

Celle de Simon Meier figurait en premier.

— Malheureusement, je ne me souviens presque de personne, dit Tommy Pleym. J'avais un an de plus que lui. Mes copains à moi étaient un peu plus vieux.

Line passa à la feuille suivante. Lennart Clausen figurait en deuxième position. Elle avait barré son nom et fait une nouvelle photocopie pour donner l'impression que la liste était comme ça quand elle l'avait eue.

— Quelqu'un a été biffé, commenta-t-elle.

— Oui. Lennart, acquiesça Tommy Pleym. Il est mort.

— Comment est-il décédé ?

— Accident de la route.

— Vous étiez dans la même classe ?

Tommy Pleym hocha la tête, sans rien dire de plus. Il prit la pile de photocopies et passa les noms en revue. Line avait l'impression de déceler une certaine réticence en lui, comme s'il n'aimait pas qu'on lui rappelle l'époque de l'école.

— Je ne sais pas, dit-il en secouant la tête. La seule à laquelle je pense, c'est Ingeborg Skui.

Il posa le doigt sur un nom tout en bas d'une liste.

— Elle participait au journal de l'école. Elle était aussi déléguée de classe, poursuivit-il. Une fille bien, qui s'occupait de tout le monde. Si elle ne peut rien vous dire, elle pourra peut-être vous diriger vers une autre personne.

Et il lui rendit les listes.

— Merci beaucoup, dit Line, en prenant son temps pour ranger les papiers.

La conversation ne lui avait pas apporté les réponses qu'elle cherchait, et elle n'avait pas envie d'y mettre un terme si vite.

— Mais alors, deux garçons avec qui vous êtes allé à l'école sont décédés ? dit-elle.

— Oui. Simon Meier, et Lennart Clausen. Le fils de l'homme politique.

Line hocha la tête, comme si c'était une information nouvelle pour elle.

— Est-ce que Lennart et Simon se connaissaient ?

Tommy Pleym regarda sa montre et se leva.

— Ce qui est sûr, c'est qu'ils n'habitaient pas très loin l'un de l'autre, répondit-il en se dirigeant vers la porte.

Line cherchait un moyen de poursuivre la conversation.

— Êtes-vous resté en contact avec Lennart par la suite ? demanda-t-elle en se levant à son tour.

— On a continué à passer un peu de temps ensemble, oui, répondit-il.

— Et le jour où Simon Meier a disparu ? Vous étiez avec lui ?

— Je ne m'en souviens pas, répondit Tommy Pleym en souriant. Ça fait des années.

— Au temps pour moi, dit Line. J'avais envisagé d'écrire un reportage qui reposait sur le fait que l'affaire était restée dans la mémoire collective locale. Un peu comme tout le monde sait où il était quand il a appris la nouvelle des avions qui se sont écrasés sur le World Trade Center le 11 septembre, ou de la fusillade d'Utøya le 22 juillet.

Tommy Pleym lui ouvrit la porte.

— Dans ce cas, vous devrez trouver quelqu'un d'autre, dit-il.

Line le remercia pour leur entretien, même s'il ne lui avait pas apporté grand-chose. Tommy Pleym semblait vouloir se distancier au maximum de Lennart Clausen et de son passé. Peut-être l'accident de moto était-il un souvenir traumatisant sur lequel il ne voulait pas revenir ; néanmoins, étant donné la conversation qu'ils avaient eue, il aurait été normal de le mentionner.

En sortant dans la rue, Line se retourna et leva les yeux vers le troisième étage. Elle eut l'impression de voir une silhouette debout à la fenêtre, en train de l'observer.

27

Un train passa devant la fenêtre du bureau d'Ulf Lande. Depuis la disparition de Simon Meier, il avait changé de lieu de travail. Son bureau de la police municipale d'Oppegård avait fermé et il avait déménagé au deuxième étage du grand commissariat de la police nationale de Ski.

— Vous êtes de *VG* ? demanda-t-il.

— J'y étais avant, oui, répondit Line. Maintenant, je suis en free-lance, mais j'écris toujours pour eux.

— Il y a une autre journaliste qui s'est penchée sur l'affaire du lac Gjersjøen, il y a un petit moment.

— Qui ça ? demanda Line en sortant son bloc-notes et son dictaphone numérique.

— Elle travaillait pour *Goliat*, mais je ne me souviens pas de son nom.

Le magazine *Goliat* avait cessé de paraître quelques années plus tôt, mais Line devrait quand même pouvoir retrouver son identité. Si elle travaillait aujourd'hui pour un autre journal, elles pourraient peut-être mettre une collaboration sur pied.

— Quand était-ce ? demanda Line.

— J'étais encore dans les anciens bureaux. Il y a peut-être cinq ou six ans. Elle avait pris contact avec le frère de Simon Meier, mais je ne sais pas si ça avait donné des résultats.

— Kjell, dit Line. J'ai rendez-vous avec lui tout à l'heure.

— Il était notre personne contact dans la famille, ajouta Lande, mais ça fait des années que je ne lui ai pas parlé.

Un autre train passa, dans la direction opposée cette fois. Line attendit que le bruit s'estompe.

— Je peux enregistrer la conversation ? demanda-t-elle.

Ulf Lande hocha la tête. Line mit le dictaphone en marche. À strictement parler, c'était du matériel qui appartenait à *VG*. Ils le lui avaient prêté quand elle avait réalisé un podcast pour eux au sujet d'une autre affaire de disparition.

— À votre avis, qu'est-il arrivé à Simon Meier ? demanda-t-elle.

— Un accident. Je pense qu'il est au fond du lac, sous la vase.

— Ses affaires étaient à une certaine distance de l'eau, fit remarquer Line.

— Ça peut s'expliquer. Il a très bien pu les poser sur le chemin pour retourner chercher en courant quelque chose qu'il avait oublié au bord de l'eau.

— Quoi donc ? demanda Line. Il n'y avait rien à l'endroit où il pêchait.

Ulf Lande haussa les épaules.

— Je ne sais pas, du matériel de pêche assez petit pour entrer dans sa poche, ou peut-être un couteau qu'il rangeait dans un étui à la ceinture. Je pense que c'est à ce moment-là que l'accident s'est produit. C'est là qu'il est tombé à l'eau.

— Mais on a envoyé des plongeurs, n'est-ce pas ?

— C'était dans des conditions impossibles, expliqua Lande. Le fond est couvert de plus d'un demi-mètre d'argile et de boue. Au moindre mouvement, ça remontait, les plongeurs n'y voyaient rien.

— Mais… le corps n'aurait pas dû remonter à la surface au bout d'un moment ?

— C'est ce que nous espérions. Qui sait à quoi il a bien pu s'accrocher, ou si l'argile molle ne l'a pas aspiré au fond ? Le plus probable, c'est qu'il soit resté là-dedans jusqu'à ce que l'eau en fasse de la vase à son tour.

Line prit note pour plus tard : il fallait qu'elle interroge un des plongeurs.

— Qui a été envoyé à sa recherche ? demanda-t-elle.

— Les pompiers, répondit Lande. Le club de plongée du coin a fait une tentative lui aussi.

Line parcourut ses notes.

— Donc, c'est ça votre théorie ? résuma-t-elle. Une noyade accidentelle ?

— Aujourd'hui, on parle plutôt d'hypothèses, dit Lande en considérant l'environnement moderne dans lequel ils se trouvaient.

— Avez-vous testé d'autres hypothèses, alors ? demanda Line.

— Nous avons gardé toutes les options ouvertes, mais il n'y avait rien de tangible. Et puis, dans le cas d'un acte criminel, on avait du mal à imaginer le motif.

— Et si Simon Meier avait été témoin de quelque chose qu'il n'aurait pas dû voir ? demanda Line.

Ulf Lande sourit.

— Vous pensez aux préservatifs ?

À proprement parler, non, ce n'était pas ce qu'elle avait en tête.

— Par exemple, répondit-elle tout de même.

— On les a trouvés en fouillant le parking et les alentours. Ce qu'on cherchait, c'était une éventuelle scène de crime, mais nous avons fait chou blanc. Pas de branches cassées, pas de traces de sang, rien.

— Toutes les informations envoyées par le public ont-elles été exploitées ?

— Oui, lui assura Lande. On a même sondé une gravière parce qu'une voyante prétendait l'avoir vu enterré là.

— Avez-vous reçu des courriers dénonçant quelqu'un en particulier ?

— À quoi pensez-vous exactement ?

Line pensait à Bernhard Clausen, bien sûr.

— À des personnes qui vous auraient suggéré un coupable précis, expliqua-t-elle.

Ulf Lande secoua la tête.

— Comme je vous l'ai dit, l'hypothèse la plus crédible, c'est qu'il s'agit d'un accident.

— Combien de tuyaux et d'indices du public avez-vous recueillis au total ? demanda Line, même si elle connaissait la réponse.

— Une cinquantaine, répondit l'enquêteur. La plupart étaient de simples observations. Des gens qui pensaient l'avoir vu à Oslo ou ailleurs après sa disparition.

— Adrian Stiller, de Kripos, m'a expliqué qu'on pouvait facilement passer à côté de certains éléments d'une enquête, dit Line. Surtout dans les affaires où on pense déjà savoir ce qui s'est passé. Dans ces cas-là, on est tenté de considérer que les informations qu'on a reçues et qui partent dans d'autres directions n'ont aucun intérêt.

Elle vit que Lande n'appréciait pas particulièrement l'insinuation qu'il avait peut-être mal géré les investigations.

— C'est bien sûr un problème pour la personne en charge de l'enquête, dit-il. Surtout pour nous qui travaillons dans les circonscriptions des environs de la capitale. Beaucoup d'appels aboutissent là-bas, et ils ne nous sont pas tous transférés. Mais je pense pouvoir affirmer que s'il y avait eu quelque chose d'important, j'en aurais été informé.

— Comment considérez-vous le fait que la cellule des *cold cases* examine de nouveau l'affaire ?

— Je ne peux qu'en être reconnaissant, répondit Lande. Nous, nous n'avons pas les ressources pour en faire autant. Cela dit, je ne vois pas trop ce qu'ils pourraient entreprendre d'inédit. Je ne sais pas non plus très bien quel est votre objectif à vous, d'ailleurs.

Line sourit, prit le dictaphone et l'éteignit. Son objectif était de retrouver Simon Meier, mais elle n'en dit rien.

28

— Le premier message nous est parvenu à 14 h 40 via la ligne d'urgence, expliqua Audun Thule sans avoir à consulter ses notes. Les braqueurs ont débarqué sur l'aire de stationnement des appareils, devant le terminal, et se sont engagés sur la piste au moment où on déchargeait les fonds pour les transférer de l'avion à une fourgonnette blindée. Notre première patrouille a rejoint l'aéroport à 14 h 46, mais a eu des difficultés à localiser l'endroit où intervenir. C'est la police de l'aéroport qui est arrivée la première sur place, mais à ce moment-là, les braqueurs étaient déjà loin.

Amalie l'observait avec de grands yeux tout en mâchant une tranche de pain.

— Ils étaient deux, poursuivit Thule. En combinaisons de travail de couleur sombre, avec des cagoules et armés de mitraillettes. Ils conduisaient un Grand Voyager noir. Ils ont pénétré sur la piste en cisaillant le cadenas de l'un des portails de la clôture nord de l'aéroport.

Wisting hocha la tête. Tout ce que Thule venait de raconter avait déjà été relayé par les médias.

— Au départ, le centre de commandement s'est concentré

sur l'établissement de barrages sur les routes environnantes, dit Thule. À 15 h 07, nous avons été informés qu'un véhicule était en feu sur l'E16, juste à l'est de Kløfta. Un Grand Voyager. Ce qui incitait à penser que les types s'étaient enfuis à l'est, vers la Suède. Les équipes d'intervention ont été orientées dans cette direction et nous avons mis en place des barrages routiers aux frontières. Mais il s'est avéré que c'était une manœuvre de diversion. Ce n'est qu'une semaine plus tard qu'on a retrouvé la véritable voiture du braquage. Elle se consumait dans un atelier de soudure désaffecté de Sand, une petite ville à dix minutes au sud de l'aéroport. Nous avons trouvé un Grand Voyager carbonisé et une motocross au milieu des ruines. La voiture avait été volée à Hauketo six mois plus tôt, et les plaques d'immatriculation prises sur une voiture similaire, à Bjerkebanen. Celle utilisée pour la manœuvre de diversion avait été volée sur le parking derrière l'ancienne gare de dépôt Østbanehallen à Oslo.

Thule ouvrit son carnet pour la première fois.

— Nous avons resserré l'enquête sur la recherche d'une taupe, dit-il. Il y a forcément eu un employé de l'aéroport, de la société de surveillance ou de la compagnie aérienne, qui a renseigné les voleurs sur les procédures de routine et les arrivées.

— Avez-vous trouvé quelqu'un ?

— Non. C'était un travail de longue haleine. Nous avons fini par identifier quelques suspects, mais rien de concret.

— Qu'est-ce que vous avez comme informations ?

— Le braquage était extrêmement bien planifié, préparé depuis longtemps. Il a été exécuté avec une grande précision, expliqua Thule. En Norvège, les criminels capables de mener à bien une attaque pareille se comptent sur les doigts d'une main. Nous avons sollicité nos informateurs dans différents cercles, et un nom est remonté : Aleksander Kvamme.

Wisting le connaissait. Kvamme, qui disposait de nombreux contacts dans la mafia yougoslave, elle-même bien implantée en Suède, avait longtemps été une figure centrale du crime organisé de l'Østlandet. Il avait été inculpé de meurtre dans une affaire qui avait tout l'air d'une liquidation pure et simple avant d'être finalement relâché.

— Nous avons monté quelques accusations bidon contre lui, poursuivit Thule, entre autres dans une affaire de drogue, pour voir s'il manigançait quelque chose, mais tout ce qui en est ressorti, c'est un alibi. Au moment du braquage, il était en train de se faire tatouer un aigle sur le biceps.

— Fiable, l'alibi ?

— Seulement si on choisit de croire le tatoueur et le client suivant. On a trouvé un ticket de caisse avec la date et l'heure, mais c'est tout. En général, ce genre d'affaire a tendance à exploser une fois que l'argent est mis en circulation. Mais là, manifestement, ça ne s'est jamais produit. Notre théorie était que soit le butin avait été directement évacué du pays, soit il avait été mis au frais.

— Mis au frais ?

— Caché en lieu sûr en attendant que la police abandonne l'enquête.

— Et maintenant que vous savez que l'argent était peut-être chez Bernhard Clausen, qu'en pensez-vous ? demanda Wisting.

— Je ne sais pas quoi croire, répondit Thule. Je vais être

obligé de reprendre toute l'affaire en partant de cette donnée, mais je n'arrive pas à voir de connexion.

Wisting lui expliqua de manière plus détaillée les éléments qu'ils avaient sur le fils de Clausen et son entourage.

— J'ai l'impression que ces gars ne sont pas vraiment du niveau de ceux qui ont fait le coup.

— Il y a un autre point important, poursuivit Wisting.

Thule se redressa, l'air intéressé.

— Le jour du braquage, un garçon de vingt-deux ans originaire de Kolbotn a disparu. Simon Meier. Les médias ont baptisé ça « l'affaire du lac Gjersjøen ».

— Ça ne me dit rien, avoua Thule.

Wisting récupéra son iPad sur le canapé et ouvrit le dossier images.

— Un peu plus d'une semaine après la disparition du garçon, le procureur général de Norvège a reçu une lettre anonyme.

Il montra à Thule la lettre portant le court message : « Le ministre de la Santé Bernhard Clausen est impliqué dans l'affaire du lac Gjersjøen. »

— Il y a donc une connexion possible entre le braquage, la disparition de Meier et Bernhard Clausen, conclut Wisting en traçant des lignes imaginaires en l'air avec l'index.

Amalie se pencha en avant pour reprendre l'iPad. Wisting le lui rendit et l'installa à nouveau au milieu des coussins.

Audun Thule alla chercher dans sa voiture les cartons contenant les documents sur le braquage, que Mortensen l'aida à transporter. Entre-temps, Wisting appela le procureur général.

— Du nouveau ? demanda celui-ci.

— Nous avons une hypothèse sur la provenance de l'argent, répondit Wisting. Ce serait le braquage de Gardermoen de 2003.

Le silence se fit à l'autre bout du fil.

— La période et le montant correspondent, ajouta Wisting.

— Ça me paraît rationnel, répondit Lyngh. En même temps, ça n'a aucun sens que Clausen soit connecté à cette affaire.

— Le vol a été commis le même jour que la disparition de Simon Meier, poursuivit Wisting.

— Voyez-vous un lien précis ?

— Pas encore, mais j'ai besoin de votre influence.

— Ah oui ?

— Il faut que vous appeliez le commissaire de Romerike. Qu'il libère Audun Thule de son service et me le prête.

29

Des branches griffèrent le toit et l'aile de la voiture lorsque Line tourna pour s'engager sur une route de gravier envahie par la végétation. Elle avait eu du mal à la trouver mais, en principe, ça devait être celle que Simon Meier avait prise à vélo avec sa canne à pêche en 2003.

Elle roulait lentement. Au bout d'une centaine de mètres, l'ancienne station de pompage apparut. La maçonnerie était fissurée, les murs couverts de mousse, dissimulés par de hautes orties qui poussaient devant. Plusieurs carreaux de l'unique fenêtre à croisillons étaient brisés. La gouttière à laquelle Simon Meier avait attaché son vélo avait disparu.

Après avoir fait le tour de la station de pompage, Line se gara face à la route d'où elle était venue. Elle prit son appareil photo, descendit du véhicule, et resta un moment immobile pour s'imprégner de l'atmosphère du lieu. La forêt s'était étendue et avait mangé l'espace. De là où elle se tenait, elle ne pouvait pas voir le lac.

Elle trouva le chemin menant au lieu de pêche fréquenté par Simon Meier. L'aspect des racines des pins, lissées par les semelles ayant tassé la terre, laissait penser qu'il était assez fréquenté. Soit les animaux l'utilisaient, soit les gens venaient toujours pêcher ici. Peut-être les deux.

Le terrain ne tarda pas à s'ouvrir sur un promontoire au bord de l'eau. Une faible rafale de vent fit onduler la surface du lac.

La paroi rocheuse irrégulière qui surplombait l'eau était battue par les vagues, ce qui la rendait glissante. Il était sans aucun doute envisageable que l'on puisse faire un faux pas, se cogner la tête contre la roche en tombant et atterrir inconscient dans l'eau. Un vent de terre comme celui qui soufflait maintenant aurait pu pousser le corps vers le milieu du lac, où il se serait enfoncé dans les profondeurs.

On avait trouvé du sang de poisson à plusieurs endroits sur le promontoire, mais rien, ni cheveux ni sang humain pour soutenir la théorie selon laquelle Simon Meier aurait chuté. Cela dit, au bout de deux jours, il aurait pu être difficile de détecter encore des traces.

Dans les roseaux à la gauche de Line, un canard décolla avec des battements d'ailes rapides et survola le lac en rasant la surface. Dans son dos, Line eut l'impression d'entendre une voiture.

Elle recula de quelques pas sur le sentier et porta son appareil photo à son œil. La lumière du soleil tombait à l'oblique à travers le feuillage au-dessus d'elle. Elle braqua son objectif sur le promontoire où Simon Meier était venu pêcher, fit la mise au point sur une racine tordue du chemin et ajusta la profondeur de champ avant de prendre quelques clichés test. Le résultat était bon, laissant deviner une atmosphère dramatique.

Elle prit encore quelques photos avant de retourner à la

station de pompage. Une portière de voiture claqua et un homme muni d'une canne à pêche déboucha de derrière le bâtiment.

Ils se sourirent et échangèrent un signe de tête. L'homme semblait originaire d'Europe de l'Est. Line tenta malgré tout d'engager la conversation.

— Vous allez pêcher ? demanda-t-elle.

L'homme lui répondit dans un norvégien approximatif qu'il allait essayer d'attraper de quoi dîner, après quoi il disparut sur le sentier.

Line contourna la station de pompage jusqu'à l'endroit où l'homme s'était garé à l'ombre. Elle aurait voulu prendre la même photo, sous le même angle et avec le même cadrage que celle du dossier de police qui documentait l'emplacement du vélo abandonné, mais la voiture de l'homme bouchait la vue. Même avec ce petit détail, ça pouvait faire une illustration efficace si jamais elle finissait par écrire un papier.

D'ailleurs, réflexion faite, c'était la porte d'entrée de la station de pompage qui constituait le sujet le plus accrocheur. L'état de délabrement du bâtiment suggérait que quelque chose de sinistre s'y était produit. Line ajusta un peu ses réglages lumière avant de se déclarer satisfaite du résultat. Puis elle s'avança vers la porte. Des coulures de rouille maculaient le battant.

Elle était verrouillée, mais des marques déjà anciennes indiquaient que quelqu'un avait essayé de l'ouvrir. Le cadre était renforcé par un châssis en acier. La fenêtre, en mauvais état, était trop haute pour qu'on puisse regarder à l'intérieur, mais une vieille palette abandonnée contre le mur pouvait faire office d'échelle. Line grimpa dessus et, en équilibre, sur la pointe des pieds, jeta un coup d'œil par là où il manquait un carreau. À l'intérieur, le plancher était à un mètre au-dessous du niveau du sol. Au milieu de la pièce se tenait un énorme générateur avec des tuyaux qui partaient dans tous les sens. Au mur, des armoires, un vieux tableau de commande, et une porte donnant sur une autre pièce.

Elle resta un moment à observer les lieux avant de sauter à terre, de prendre son téléphone et de composer le numéro d'Ulf Lande.

— Désolée de vous déranger, dit-elle, mais je suis à la station de pompage désaffectée et je me demandais juste : l'avez-vous inspectée quand vous cherchiez Simon Meier ?

— Bien sûr, répondit l'enquêteur. Nos équipes y sont entrées.

Line jeta un coup d'œil à la porte.

— Et la trappe ? demanda-t-elle.

— J'y suis descendu en personne, répondit Lande.

Line le remercia et s'excusa encore une fois de l'avoir dérangé. Après avoir raccroché, elle se sentit gênée. La police avait examiné cette possibilité. Naturellement.

Il allait bientôt être treize heures. Line se demanda si elle devait passer un coup de fil à son père pour lui rappeler qu'il fallait nourrir Amalie, mais elle se ravisa, s'installa au volant et tapa plutôt sur le GPS l'adresse de Kjell Meier.

La voiture avançait cahin-caha sur la route étroite. Line suivit les instructions du GPS en direction de Langhus et se retrouva au bout d'une rangée de maisons mitoyennes grises.

Le frère de Simon Meier lui ouvrit et l'invita à entrer dans la cuisine. Sur la table, un classeur ouvert, rassemblant coupures de journaux et autres en rapport avec la disparition.

— Merci d'avoir bien voulu me rencontrer si vite, dit Line.

— C'est normal, voyons, répondit l'autre avec un signe de tête.

Il était différent de ce qu'elle avait imaginé. Kjell Meier était petit et rondelet alors que Simon était grand et maigre.

— J'ai discuté avec Ulf Lande ce matin, dit-elle.

— A-t-il pu vous en dire plus ? demanda Kjell Meier. Il y a du nouveau ?

— Non, mais il a mentionné une autre journaliste qui s'est penchée sur l'affaire il y a quelques années.

— Oui. Une femme opiniâtre et motivée, acquiesça Kjell Meier. Elle a enquêté longtemps et elle a découvert des erreurs commises par la police, mais rien n'a jamais été publié.

— Pourquoi ?

— Le magazine pour lequel elle travaillait a fait faillite. Je ne suis même pas sûr qu'elle ait été payée, alors qu'elle y a consacré des dizaines d'heures. Elle a tout passé au crible et entamé de nouvelles recherches. Des choses dont la police aurait dû se charger.

— Vous vous souvenez de son nom ?

— Henriette quelque chose, répondit Kjell Meier en parcourant le classeur. Je peux vous le retrouver.

Line hocha la tête et dit :

— J'aimerais bien lui parler.

Kjell Meier trouva ce qu'il cherchait dès les premières pages.

— Henriette Koppang, dit-il en poussant la page en question vers Line.

C'était un e-mail de remerciement faisant suite à une conversation téléphonique, dans lequel ils convenaient d'un rendez-vous.

— Elle était très active. Vous la connaissez ? demanda Meier.

Line secoua la tête et nota le numéro de téléphone indiqué. Elle reconnaissait son nom et se demanda si cette fille n'était pas passée par *Nettavisen*, mais elle n'en savait pas plus.

— Je travaille en free-lance et je ne suis envoyée par aucun journal, poursuivit Line. Je ne peux pas vous garantir que j'obtiendrai quoi que ce soit en version imprimée, mais étant donné que la cellule des *cold cases* de Kripos est en train de réexaminer l'affaire en ce moment, ça devrait intéresser plusieurs médias.

Kjell Meier hocha la tête.

— Je peux regarder ? demanda Line en tournant une page.

— Je vous en prie.

Le dossier semblait contenir l'intégralité de la couverture médiatique de l'affaire. Il y avait quelques entrefilets tirés de quotidiens nationaux comme *Dagbladet* et *Aftenposten*, mais à part cela, seule la presse locale semblait s'être préoccupée de l'affaire. En plus des coupures de presse étaient rassemblées des copies des échanges entre l'avocat de la famille et le substitut du procureur, dans lesquels les proches se plaignaient de la clôture de l'enquête ; pour finir, quelques documents juridiques émis à la suite de la déclaration de décès, prononcée trois ans après sa disparition.

— Vous avez engagé un avocat, remarqua Line en notant son nom.

— Nous avons dû le payer de notre poche.

Line continua à feuilleter le classeur, qui resta ouvert à une page montrant une photo de Simon.

— Je dois avouer que je ne pense plus très souvent à lui, dit son frère. Parfois, il s'écoule des jours ou des semaines. Mais j'aurais bien aimé savoir ce qui s'est passé et où il a disparu.

— Personnellement, qu'est-ce que vous en pensez ? demanda Line.

— J'ai tout imaginé, mais je ne crois pas qu'il soit au fond de l'eau. Je pense plutôt qu'il a été enlevé.

— Pourquoi aurait-on fait ça ?

— L'explication la plus pénible, à mon sens, serait un pervers ou un sadique qui l'aurait capturé, retenu prisonnier et qui aurait abusé de lui. Ce n'est pas très rationnel, mais ça arrive. Dans d'autres pays, en tout cas. À des filles. Cette idée m'a souvent empêché de dormir. Une autre explication, plus simple, serait un accident. Quelqu'un l'a écrasé en faisant marche arrière ou je ne sais pas quoi, et le coupable l'a embarqué et l'a jeté ailleurs pour se débarrasser de lui. Dans tous les cas, Simon s'est trouvé au mauvais endroit au mauvais moment.

Line nota. Les deux scénarios étaient à peine aussi probables que la théorie soutenue par la police.

— Avez-vous connaissance d'indices que les enquêteurs ignoreraient ? demanda-t-elle.

— Une voyante a pris contact avec nous, mais nous leur avons transmis l'info. Cette dame avait vu Simon enterré sous des pierres, dans du gravier. Ils ont fouillé l'usine de concassage de Vinterbro, mais « sous des pierres, dans du gravier », on ne peut pas dire que ce soit une description très précise.

— Avez-vous des souvenirs du jour où il a disparu ? demanda Line.

— C'était un jeudi, répondit Kjell Meier. Quelqu'un l'avait vu sur son vélo avec sa canne à pêche. Je ne lui ai pas parlé ce jour-là, mais le samedi, ils m'ont appelé de son boulot, ils voulaient le contacter. Alors je suis passé chez lui, et comme son vélo n'était pas là, j'ai supposé qu'il était parti pêcher. J'ai fait un saut à la station de pompage d'Eistern, où il allait souvent. J'ai trouvé le vélo et la canne à pêche sur le sentier. C'est là que j'ai compris qu'un truc clochait.

Line voulait revenir au jeudi. Le jour du braquage.

— Et vous, vous vous souvenez de ce que vous avez fait ce jour-là ?

Kjell Meier fit signe que non.

— Je ne me souviens que du samedi, répondit-il.

Line prit des notes pendant qu'il lui parlait de l'angoisse qu'il avait ressentie. De l'arrivée de la police, des plongeurs, de la Croix-Rouge qui avait prêté main-forte. Et puis l'incertitude, l'agitation, l'inquiétude.

Elle resta encore une heure, à poser des questions sur les amis de Simon et ses fréquentations, puis orienta la conversation sur ses anciens camarades de classe, dans l'espoir de parler de Lennart Clausen, mais son nom ne fut pas prononcé. Elle se prépara donc à partir.

— Vous connaissiez Bernhard Clausen ? demanda-t-elle en se levant. Il était du coin, je crois ?

Kjell Meier hocha la tête et répondit :

— Oui. Il est mort ce week-end. Pourquoi ?

— Je prépare aussi un article sur lui, expliqua Line en espérant que cela semblerait crédible. Il avait un fils de l'âge de Simon qui est décédé dans un accident de moto.

— Lennart, dit Kjell Meier. Nous avons grandi dans la même rue.

— Est-ce que lui et Simon étaient amis ?

— Quand ils étaient petits, oui. Simon allait parfois jouer chez lui.

Kjell Meier se leva à son tour et la raccompagna à la porte. Line le remercia pour leur entretien. Elle avait le sentiment d'avoir mis le doigt sur quelque chose, sans savoir vraiment quoi.

30

Juste avant midi, *Dagbladet* mit en ligne l'information selon laquelle un homme avait été inculpé pour l'incendie volontaire du chalet de Bernhard Clausen. Wisting constata avec satisfaction que son nom n'était pas mentionné dans l'article. C'est Christine Thiis qui allait recevoir les coups de téléphone de la presse.

Le ciel se couvrant, les trois enquêteurs réintégrèrent la cuisine. Wisting parcourut le dossier sur le braquage. D'habitude, quand il prenait connaissance de vieilles affaires, il trouvait facilement des trous ou des manquements dans l'enquête mais, pour le moment, il n'identifiait aucune erreur flagrante.

Thule, assis à côté de lui, feuilletait les photos du chalet de Bernhard Clausen.

— Il y a presque quelque chose d'artistique là-dedans, dit-il, les yeux posés sur l'image des cartons alignés sur le lit superposé de la chambre du milieu.

— Comment ça ?

— Le fait que l'argent soit resté là, année après année,

sans qu'il y touche, expliqua Thule. Un peu comme un collectionneur excentrique qui achète une œuvre d'art volée et l'accroche chez lui sans la montrer à personne.

Mortensen réfléchit à voix haute :

— Si son fils était impliqué dans le vol, Clausen a peut-être trouvé l'argent après sa mort et il n'a tout simplement pas su quoi en faire. Ç'aurait été un scandale, une honte pour lui, s'il avait été découvert.

— Mais il aurait pu s'en débarrasser, objecta Thule. Le brûler dans la cheminée ou l'enterrer. En le gardant, il prenait un gros risque.

La porte d'entrée s'ouvrit. Amalie leva les yeux de ses crayons.

— Maman arrive, lui dit Wisting.

Amalie courut à la rencontre de sa mère. Mortensen reçut un coup de téléphone et passa dans le salon. Line se présenta à Audun Thule avant de regarder le dessin que sa fille avait fait.

— Du nouveau ? demanda Wisting.

— Pas vraiment, répondit-elle.

Elle expliqua ce à quoi elle avait passé la journée.

— J'ai acheté une carte à la librairie, ajouta-t-elle en la dépliant sur la table de la cuisine.

Elle avait déjà marqué le lieu de pêche habituel de Simon Meier et la maison de Bernhard Clausen mais, avant qu'elle ait eu le temps d'en informer les autres, Mortensen revint du salon.

— J'ai eu une réponse pour l'ADN, dit-il. Ils ont trouvé un profil sur l'échantillon B-2.

— Le minijack, c'est ça ? demanda Wisting.

— La clef et le morceau de papier n'ont rien donné. Par contre, sur le câble, ils ont trouvé des traces qui correspondent à un profil ADN enregistré dans la base.

— Qui ça ?

— Oscar Tvedt, répondit Mortensen en s'asseyant devant son ordinateur.

Audun Thule poussa un juron.

— Le Capitaine, dit-il en attrapant un de ses classeurs.

— Qui est-ce ? demanda Wisting.

— Un ancien des forces spéciales, expliqua Thule. Il a fait partie du cercle d'Aleksander Kvamme jusqu'au règlement de comptes d'Alna.

— Jamais entendu parler de ça, commenta Wisting.

— Un incident isolé dans un quartier périphérique. Ça a été géré par la police d'Oslo, mais à l'époque nous recevions des copies de tout ce qui se passait d'un peu violent dans le milieu.

Il tourna les pages du classeur jusqu'à trouver ce qu'il cherchait.

— À ce moment-là, nous n'avons vu aucun lien entre les deux faits, mais ça pourrait être une découverte capitale. S'il y a son ADN sur une pièce de talkie-walkie trouvée dans l'argent du braquage, il peut y avoir participé.

— Qu'est-ce qui s'est passé à Alna ? demanda Line.

— Les secours ont reçu un appel pour un homme gravement blessé abandonné dans le parking où se trouve maintenant l'hôtel Radisson. C'était Oscar Tvedt, qui avait été passé à tabac. Ils ont classé ça comme règlement de comptes interne. C'est via le propre téléphone du Capitaine que les secours ont été contactés. Mais personne n'a jamais été inculpé.

— Qu'est-ce qu'Oscar Tvedt a dit ? demanda Wisting.

— Rien, répondit Thule. Il est resté inconscient pendant des semaines et s'est réveillé avec de graves lésions cérébrales. Entre autres, il a perdu la parole. Et il est paralysé.

— Où est-il maintenant ?

— Quand ce rapport a été rédigé, il suivait des soins de rééducation à l'hôpital d'Ullevål.

— Il va peut-être mieux ? fit remarquer Mortensen.

Audun Thule commença à remballer ses affaires.

— Je vais voir ce qu'il en est, dit-il. J'ai deux ou trois choses à régler au bureau, je serai de retour demain.

Mortensen se prépara lui aussi à partir. Wisting les raccompagna à la porte. Dehors, il faisait plus froid. L'automne était dans l'air.

31

— *VG* n'a pas voulu de mon sujet, annonça Line avant de raconter à son père son entretien avec le rédacteur en chef.

— C'est peut-être aussi bien, dit Wisting. C'est avant tout une enquête de police, pas une affaire médiatique. Tu te retrouverais dans un double rôle un peu délicat.

— J'ai fait miroiter au frère de Simon Meier que j'allais écrire quelque chose. Une autre journaliste a travaillé sur sa disparition il y a quelques années, mais elle n'a rien sorti.

— De toute manière, tu ne peux rien sortir toi non plus tant que l'enquête est en cours. Peut-être que *VG* sera intéressé plus tard, quand on en saura un peu plus sur ce qui s'est passé.

Line prit son appareil photo.

— Peut-être, répondit-elle en montrant à son père les photos du lac et de la station de pompage. Sinon, je le proposerai ailleurs.

Elle était persuadée qu'en réalité, Simon Meier s'insérait dans une histoire plus vaste, et c'était cette histoire-là qu'elle voulait raconter.

— Tu as quelqu'un pour t'occuper de la petite demain ? demanda son père.

— Oui, pourquoi ?

— J'aimerais que tu interroges de vieux amis de Bernhard Clausen, des gens qui étaient proches de lui au printemps et au début de l'été 2003.

Line leva les yeux sur son père. Quelque chose dans la manière dont il s'adressait à elle l'agaçait.

— C'est forcément pour demain ? Je pensais contacter la journaliste qui a enquêté sur la disparition de Meier.

— Ça fait presque une semaine que Clausen est mort. Les funérailles ont lieu lundi. Il faut que ce soit fait avant que tes questions n'attirent trop l'attention. Tu peux utiliser la même approche qu'avec son ancienne secrétaire.

Line soupira à la perspective de devoir revenir à des tâches de routine. C'était comme les figures imposées dans le sport. Sans compter qu'elle ne croyait pas obtenir de résultats.

Son père la regarda d'un air de réprimande qu'elle ne lui avait pas vu depuis son adolescence. Il n'avait rien besoin d'ajouter, le rappel était suffisamment clair : elle appartenait à une équipe qui enquêtait sous sa direction.

— Tu as une liste ? demanda-t-elle.

Wisting prit un des livres d'or du chalet.

— Plusieurs amis sont venus l'aider à réaliser des travaux d'aménagement le week-end d'après la disparition de Simon Meier, dit-il en lui tendant le livre à la bonne page. Essentiellement de vieux collègues du parti. Je veux que tu commences par Trygve Johnsrud.

— Le ministre des Finances ?

— Ils ont été élus au Parlement en même temps et sont

restés proches. En plus, il a un chalet tout près d'ici. Si tu as de la chance, il y sera ce week-end.

Line doutait qu'on lui accorde une entrevue.

— Je peux faire une tentative, dit-elle.

— Je vais appeler le secrétaire du parti pour te trouver son numéro de téléphone.

— Très bien.

Elle rassembla les affaires d'Amalie et rentra chez elle.

Le chat noir qui traînait dans leur jardin ces derniers jours était assis sur les marches du perron. Il ressemblait à Buster, celui que son père avait pris après être devenu veuf et qui, un jour, avait tout bonnement disparu.

— Miaou! s'écria Amalie.

Elle lâcha la main de sa mère et s'élança vers le chat. Celui-ci sauta au bas des marches, traversa le jardin et disparut derrière le coin de la maison. Amalie lui courut après. Line la suivit, juste à temps pour voir le chat disparaître sous la haie du voisin.

— Miaou! appela à nouveau Amalie.

Mais le chat était parti.

Line dut insister pour persuader Amalie de rentrer à l'intérieur. Elles passèrent les heures qui suivirent ensemble. Au moment du coucher, assise sur le bord du lit, Line lui téléchargea un e-book de Pettson et Picpus. Sa fille était un peu trop petite pour tout comprendre, mais trouva amusant de voir un chat se promener en pantalon rayé. Elles dessinèrent donc un chat, qu'elles accrochèrent au mur au-dessus de son lit.

Wisting avait envoyé un message à Line avec le numéro

de téléphone de Trygve Johnsrud. Elle essaya d'appeler, mais personne ne répondit.

Elle vérifia qu'Amalie dormait, se prépara une tasse de thé et descendit dans le bureau qu'elle s'était aménagé au sous-sol. Dans cette pièce dépourvue de fenêtre, la table de travail était disposée contre un mur couvert d'un panneau de liège. Elle l'avait déjà dégagé pour y accrocher les coupures de presse sur l'affaire du lac Gjersjøen, qui tapissaient à présent le côté gauche du panneau. À droite, elle avait entamé une carte des relations de Lennart Clausen. Autour de sa photo, placée au centre, elle avait disposé des post-it portant le nom des personnes ayant gravité autour de lui, plus ou moins près en fonction de l'intensité de la relation qu'elle leur attribuait. Les plus proches, en plus de sa petite amie, étaient ses copains d'enfance Aksel Skavhaug et Tommy Pleym.

Le bureau était également équipé d'un iMac grand écran. Tous ses documents étaient synchronisés de manière automatique, de sorte qu'elle pouvait commencer une tâche sur son MacBook et la reprendre au sous-sol. Restait que l'ordinateur de bureau était plus rapide et plus agréable pour travailler.

Elle tapa son mot de passe et lança une recherche sur Henriette Koppang. Plusieurs personnes portaient ce nom, mais une seule avait signé des articles sur des affaires criminelles. Ils dataient déjà de plusieurs années. Visiblement, Henriette Koppang avait été liée pendant un temps à *Nettavisen*, ainsi qu'à plusieurs sociétés de production de cinéma et de télévision. Ses profils sur les réseaux sociaux étant privés, ils fournissaient peu d'informations. Une photo montrait que c'était une femme blonde au visage rond.

Une voix vive et énergique répondit au téléphone.

Line se présenta et expliqua qu'elle travaillait en freelance.

— J'ai commencé à reprendre un cas de disparition, dit-elle. Simon Meier. Vous avez enquêté sur cette affaire il y a quelques années, je crois.

La voix à l'autre bout du fil changea de ton et se fit sérieuse.

— Il y a du nouveau ?

— Pas tellement, répondit Line. Kripos envisage de rouvrir l'affaire, mais c'est juste une procédure de routine. Moi, par contre, j'aimerais bien la remettre sous les projecteurs. Je ne suis pas si sûre qu'il s'agisse d'un accident.

Henriette Koppang partageait son point de vue.

— Il y a trop de questions restées sans réponse, dit-elle.

— Vous n'avez jamais rien publié là-dessus ?

— Non. Pour tout vous dire, j'ai vraiment mauvaise conscience, avoua Henriette Koppang. Je travaillais pour *Goliat* à l'époque, j'étais enceinte de presque cinq mois, et du jour au lendemain, ils n'ont plus eu d'argent pour me payer. Ensuite, ils ont été mis en liquidation et ils n'ont même pas couvert mes frais. Du coup, déjà très avancée dans ma grossesse, je me suis retrouvée sans emploi. Un vrai sac de nœuds. J'avais franchement autre chose à penser que de conclure mon enquête.

— Avez-vous découvert quelque chose ?

— Rien, à part que les raisons de la police pour classer l'affaire étaient bien minces.

On entendit des cris d'enfant derrière elle. Henriette Koppang couvrit le téléphone et dit qu'elle en avait pour une minute.

— À votre avis, que s'est-il passé ? demanda-t-elle à Line.

— D'après moi, il est probable que Simon Meier ait été victime d'un acte criminel.

— Qu'il ait été tué ?

— Eh bien, je suppose que, quelque part, c'est ce que je suis en train de dire, oui, répondit Line en pesant ses mots. Il a peut-être été témoin de quelque chose et on l'a tué afin qu'un autre crime reste secret.

— Quel genre de crime ?

— Bon, pas nécessairement un crime, d'accord. Mais peut-être qu'il a vu quelqu'un à un endroit où il n'était pas censé être, par exemple.

— Vous faites allusion au fait qu'il a disparu à un endroit où les gens se donnaient rendez-vous pour baiser ?

Line ne put s'empêcher de rire : Henriette n'avait pas la langue dans sa poche.

— Et vous ?

— Moi, en fait, je pense qu'il est peut-être vivant.

Line n'avait pas envisagé cette possibilité.

— Qu'est-ce qui vous fait croire ça ?

— Premièrement, il n'a jamais été retrouvé. D'habitude, tôt ou tard, le cadavre réapparaît. Mais il y a aussi d'autres éléments qui pointent dans cette direction.

Line songea aux appels que la police avait reçus. Certains avaient affirmé avoir vu Simon Meier à l'étranger.

— Sa mère venait du Chili, reprit Henriette Koppang. Il

parlait espagnol. C'est un bon point pour commencer une nouvelle vie ailleurs.

Il y eut encore un brouhaha de voix sur la ligne.

— Et si on prenait un café ensemble demain pour discuter un peu ? proposa Henriette Koppang.

— J'habite à Stavern, répondit Line.

— Aucun problème. Je peux venir. Comme je vous l'ai dit, j'ai mauvaise conscience à cause de cette histoire, ce serait bien que quelqu'un en fasse quelque chose.

Elles se donnèrent rendez-vous dans un café et raccrochèrent.

Line doutait que Simon Meier soit encore en vie mais devait admettre que, tout comme la police s'était enfermée dans la théorie de la noyade, elle-même s'était enfermée dans la théorie selon laquelle il avait été supprimé. Si jamais Simon Meier était vivant, cela signifiait qu'il avait rompu tous liens avec sa famille. Dans ce cas, il avait forcément fui quelque chose. Ou quelqu'un.

32

Wisting acheva la lecture du dossier du braquage juste avant minuit. Il n'avait fait que parcourir certains documents et en avait lu d'autres plusieurs fois. Il était d'accord avec Audun Thule : le vol avait été exécuté avec un professionnalisme rare.

Ces papiers témoignaient d'années entières consacrées à recueillir des informations sans que l'enquête ne décolle jamais. Plus de choses s'étaient produites en quelques jours que pendant toute la durée des investigations, puisqu'ils avaient probablement retrouvé l'intégralité du butin du braquage, ainsi que de nouvelles traces ADN.

Wisting se leva, passa dans le salon et entreprit de rassembler les jouets d'Amalie éparpillés au sol. Une des pièces du puzzle de la ferme avait terminé bien cachée sous le canapé.

Wisting resta un moment debout, la pièce de puzzle à la main, à réfléchir à la conversation qu'il avait eue avec Finn Petter Jahrmann à la prison de Skien. C'était une fausse piste. Une pièce de trop qui n'appartenait pas à son puzzle.

— La bonne clef dans la bonne serrure, marmonna-t-il.

Il ne se rappelait toujours pas qui, de ses anciens collègues, lui avait dit cela pour illustrer en quoi consistait une enquête, mais cette métaphore fit naître une autre pensée en lui.

Il retourna à la cuisine étudier la carte que Line avait étalée sur la table. Elle avait tracé une croix à Eistern, l'endroit à côté de l'ancienne station de pompage où Simon Meier avait l'habitude d'aller pêcher. La distance le séparant de l'aéroport était d'un peu plus de soixante kilomètres. Depuis l'E6, ça ne faisait qu'un tout petit détour… Ce qui ouvrait une hypothèse.

Wisting emporta cette hypothèse dans la salle de bains, où, pendant qu'il se brossait les dents, elle s'enracina en lui jusqu'à former une théorie qui promettait de ne pas le laisser en paix. Après s'être couché, il se tourna et se retourna dans son lit. Il savait par expérience qu'il lui faudrait des heures avant de réussir à chasser ses pensées et s'endormir enfin. Des heures de cogitation dont le seul résultat, au matin, serait un cruel manque de sommeil.

Au bout d'une demi-heure, il rejeta sa couette de côté et se leva. Il prit la carte de Line et les affaires dont il avait besoin, vérifia que l'alarme du sous-sol était bien activée, monta en voiture et fit marche arrière dans l'allée.

Dans le rétroviseur, il remarqua que la lumière venait de s'éteindre dans le salon de Line. Il s'engagea lentement sur la chaussée.

Sur l'autoroute, il dut s'arrêter pour faire le plein d'essence. Il était presque deux heures quand il chercha sur la carte de Line la sortie vers la station de pompage désaffectée.

Ses phares éclairèrent armoises et autres plantes qui poussaient au bord du fossé. La route était plus facile à trouver qu'il ne l'avait imaginé, mais elle ne semblait plus très fréquentée. Il s'y engagea ; de petits buissons et des touffes d'herbes raclèrent le châssis et les ailes de la voiture.

L'obscurité était totale. Wisting se pencha sur son siège, torse à demi plaqué au volant, pour être capable de repérer plus facilement les éventuels obstacles.

Au bout d'une centaine de mètres, l'étroite route déboucha sur un espace ouvert. Il avait été gravillonné autrefois, mais désormais des touffes jaunes perçaient çà et là. Par endroits, l'herbe était aplatie et on voyait des traces de pneus.

Wisting se gara et laissa le moteur tourner, phares braqués sur l'entrée de la station désaffectée. Des insectes entraient et sortaient sans cesse des cônes de lumière. Quelque part entre les arbres sombres passa un gros oiseau, peut-être une effraie ou un hibou.

Wisting se dirigea vers la porte, ce qui fit danser son ombre sur le mur de briques grises. Dans la poche, il avait le sachet plastique que Mortensen avait marqué « B-3 ». Il enfila des gants en latex, brisa le sceau du sachet et en sortit la clef qu'ils avaient trouvée au fond du dernier carton de billets. Puis il l'approcha de la serrure cylindrique de la vieille porte et l'enfonça à l'intérieur.

Elle résista et resta coincée à mi-chemin. Wisting la retira et répéta l'opération plusieurs fois. Ça coinçait toujours.

Il regagna la voiture, ouvrit le capot, sortit la jauge à huile et en fit tomber quelques gouttes sur la clef avant de revenir devant la porte. Cette fois, la clef entra plus facilement et il réussit à la tourner. Une bouffée d'air froid et humide lui frappa le visage lorsqu'il ouvrit le battant.

« Dans une enquête, il faut mettre la bonne clef dans la bonne serrure, chacune étant unique. »

Soudain, il se souvint : c'était Ove Dokken qui avait dit ça, le chef de la division chargée des enquêtes à l'époque où lui avait commencé dans la profession, en 1984.

Il resta un moment debout sans rien faire, à simplement réfléchir aux implications de cette découverte, mais s'abstint d'en tirer toute conclusion et alla plutôt chercher une lampe de poche dans la voiture.

À l'intérieur de la station de pompage, cinq marches, car la pièce était nivelée à environ un mètre au-dessous du sol. Le plâtre craqua sous ses pieds et les murs renvoyèrent son écho.

Au milieu de la pièce trônait un gros générateur. Des tuyaux sortaient du sol d'un côté et disparaissaient de l'autre dans le mur. Une deuxième porte, grande ouverte, donnait sur une deuxième pièce. Celle-ci était vide, mais au sol, il y avait une trappe, un peu comme celles de chargement sur les cargos. Les charnières grincèrent lorsque Wisting l'ouvrit. Il braqua la lumière de sa lampe de poche dans l'ouverture et balaya l'intérieur. L'espace, vide, mesurait environ deux mètres sur deux pour un mètre de profondeur. Il y avait des taches de moisissure noire sur les murs. Wisting s'apprêtait à la refermer lorsqu'il découvrit quelque chose : dans un coin, un cadenas avec sa clef. Il envisagea de sauter dans le trou pour aller le prendre, mais se ravisa et referma soigneusement la trappe. Elle était faite de telle manière qu'on pouvait la sceller en faisant glisser l'anneau d'un cadenas dans le trou prévu sur le côté du panneau, puis dans le trou du cadre en acier qui encerclait la trappe elle-même.

Wisting se redressa, certain de ce qu'il avait trouvé : l'endroit où le butin du braquage avait été mis au frais. Ce qui s'était passé ensuite, en revanche, il n'en savait toujours rien.

33

Pendant la nuit, un brouillard de mer gris avait gagné la terre ferme. Wisting avait croisé les premières bandes de brume vers quatre heures, à l'approche de Larvik. Maintenant, il y avait une telle purée de pois qu'il ne voyait même plus la maison de Line depuis chez lui.

Il se tenait près de la machine à café quand des phares percèrent le brouillard et s'arrêtèrent devant sa maison. Espen Mortensen.

Wisting sortit une deuxième tasse et descendit ouvrir.

— Mal dormi ? demanda son collègue en le dévisageant.

— Non, mais pas assez, répondit Wisting.

— Qu'est-ce que tu as fait ?

Le sachet contenant la clef de la station de pompage était posé au milieu de la table de la cuisine. Wisting le brandit et répondit :

— J'ai pris ça et je suis allé faire un tour.

Et il raconta à Mortensen où il s'était rendu pendant la nuit.

Mortensen s'assit.

— L'argent du braquage a donc été entreposé là…, murmura-t-il.

Wisting était parvenu à la même conclusion.

— Très probablement.

— Tu en as parlé à Audun Thule ?

— Pas encore. Il ne va pas tarder à arriver.

Mortensen prit une pile de papiers dans son dossier.

— Bien, dit-il. Moi aussi j'ai découvert quelque chose d'intéressant.

Il y eut du bruit en bas. Line venait d'entrer avec sa clef.

— As-tu eu Trygve Johnsrud au téléphone ? demanda Wisting.

— Bonjour à toi aussi, répondit Line.

Mortensen leva les yeux de ses papiers.

— Le ministre des Finances ? demanda-t-il.

— Il a rendu visite à Clausen au chalet juste après la disparition de Simon Meier, expliqua Wisting. Je voudrais savoir s'il a des choses à nous raconter sur cette période.

Il se tourna à nouveau vers Line.

— Alors ? Tu lui as parlé ?

— Tu le saurais.

— Mais vous avez rendez-vous ?

— J'ai essayé de l'appeler hier. Il n'a pas répondu.

— Essaie encore, dit Wisting.

Line lui adressa un sourire résigné.

— D'accord.

Wisting revint en arrière dans les pages de son bloc-notes. L'enquête ne progressait pas aussi rapidement qu'il l'aurait souhaité. Chaque tâche leur demandait du temps, et il en arrivait de nouvelles en permanence.

— Il faut aussi interroger la petite amie de Lennart Clausen, dit-il en cherchant son nom dans son bloc. Rita Salvesen. C'est la plus proche parente de Bernhard Clausen.

Il lança un regard à sa fille pour lui indiquer qu'il lui assignait également cette mission.

— Il est naturel qu'une journaliste essayant de dégager les facettes secrètes d'un homme politique veuille savoir comment il était en tant que grand-père.

— Je croyais qu'ils n'étaient pas en contact, fit remarquer Line.

— Elle était enceinte de Lennart Clausen au moment du braquage, dit Wisting. Donc, ils se connaissaient forcément.

— Elle vit en Espagne, intervint Mortensen. Depuis trois ans.

Il feuilleta ses propres notes et tendit à Line un papier avec une adresse et un numéro de téléphone.

— Tu disais que tu avais trouvé quelque chose d'intéressant ? reprit Wisting.

Mortensen hocha la tête.

— J'ai commencé à cartographier le cercle d'amis gravitant autour de Lennart Clausen pour le croiser avec les suspects du braquage. Aksel Skavhaug nous a donné des noms, rappela-t-il. L'un d'eux est très intéressant. Un type qui, en 2003, travaillait pour Menzies Aviation à Gardermoen.

Wisting se mit à chercher dans les documents de Thule pour retrouver le classeur récapitulant la tentative d'identification de la taupe à l'intérieur de l'aéroport.

— Il était employé à quoi, exactement ?

— Je ne sais pas très bien, mais Menzies Aviation, c'est la société qui s'occupe de la plupart des services au sol.

— Son nom ?
— Kim Werner Pollen.
Wisting parcourut un listing de l'index.
— Il a été interrogé, dit-il.
Il sortit le procès-verbal de l'interrogatoire d'un autre classeur.
— Il ne travaillait pas le jour du braquage.
Puis il leur résuma la suite :
— Salarié à temps partiel depuis huit mois. Employé au chargement et au déchargement d'avions et autres missions d'ordre technique pour différentes compagnies aériennes.
— On tient peut-être quelque chose, dit Mortensen.
— Qu'est-ce qu'il fait maintenant ? demanda Line.
— Il vit à Asker, il est gérant d'une station-service, expliqua Mortensen. Marié, deux enfants.
Line ouvrit son Mac.
— Quand est-il né ? demanda-t-elle.
— 1981. Pourquoi ?
— Ça veut dire qu'il a l'âge de Simon Meier, répondit-elle en ouvrant les listes d'élèves. Ils étaient dans la même classe. Je peux aller le voir.
On sonna à la porte ; Wisting descendit et fit entrer Audun Thule. Une fois installés tous les quatre à la table de la cuisine, ils récapitulèrent ce qui avait été dit avant son arrivée.
— Je n'arrive pas à raccrocher les wagons, déclara Thule. Nous avons l'ADN d'Oscar Tvedt sur les billets. Il était lié au milieu du grand banditisme. Ça ne cadre pas avec cette bande de jeunots de Kolbotn.

— Oui, mais c'est un point commun non négligeable, dit Wisting.

— Plus de quinze mille personnes travaillent à l'aéroport d'Oslo, leur rappela Thule. Ça pourrait être une simple coïncidence qu'une d'entre elles connaisse le fils de Bernhard Clausen.

— N'empêche, il y a trop d'éléments qui tournent autour de Kolbotn. On ne peut pas mettre ça sous le tapis, insista Wisting. Comment les braqueurs ont-ils obtenu la clef de la station de pompage ?

— Quand la police cherchait Simon Meier, elle est entrée là par effraction, fit remarquer Line. Le bâtiment doit appartenir à la municipalité, au service des eaux ou quelque chose comme ça. Peut-être qu'Ulf Lande en saurait plus.

— Tu peux regarder ça de plus près ? lui demanda Wisting.

Line hocha la tête et prit note. Wisting se tourna vers Audun Thule.

— Vous avez du nouveau sur Oscar Tvedt ?

— Il a habité chez sa mère, à Nordstrand, jusqu'à ce qu'elle meure cet été, expliqua Thule. Elle touchait une allocation pour s'occuper de lui. Maintenant, il vit dans une maison médicalisée au bord du lac d'Østensjø.

— Il peut parler ?

— Non.

Thule consulta ses notes et précisa :

— Son cerveau a subi des dégâts irréversibles ayant affecté ses fonctions cognitives. Il peut exprimer ce qu'il veut et ce qu'il ne veut pas, c'est tout.

— On a identifié des suspects dans le règlement de comptes d'Alna?

— Le plus précis que l'on sache, c'est que ça a été considéré comme un règlement de comptes interne.

— Interne? C'est-à-dire?

Audun Thule prit un dossier et en desserra l'élastique.

— Nous avons déjà parlé d'Aleksander Kvamme, répondit-il.

Il leur présenta la photo d'un homme musclé, tête rasée, au regard renfrogné.

— Jan Gudim, poursuivit-il avec la photo d'un homme aux cheveux bouclés. Leif Havang, Rudi Larsen, Jonas Stensby. Les principaux acteurs du milieu.

Les photos extraites des registres de la police montraient clairement que ces individus ne jouaient pas dans la même cour que Lennart Clausen et ses amis.

— Qui aurait pu être impliqué dans le braquage? demanda Mortensen.

— Pas Leif Havang. Il était trop instable, et l'est toujours. Ils n'auraient pas pris le risque de l'avoir avec eux. Tous les autres sont des candidats plausibles. Jan Gudim s'intéresse au sport automobile, c'est un chauffeur alerte. Jonas Stensby joue souvent les hommes de main, il aurait pu mettre le feu à la voiture leurre.

— On a vérifié leurs alibis à l'époque?

— Nous n'avons pas pu, mais nous avons surveillé leurs déplacements. Aucun d'entre eux n'est allé à l'étranger pendant les six mois qui ont suivi, et aucun d'entre eux n'a dépensé de grosse somme d'argent. C'est sur ça que nous nous sommes concentrés.

Line détailla la photo de Jonas Stensby. Par rapport aux autres, il semblait fluet et petit.

— Est-ce qu'il y avait quelqu'un du nom de Daniel dans ce gang ? demanda-t-elle.

Audun Thule secoua la tête.

— Vous pensez au numéro de téléphone que vous avez trouvé dans le carton ? dit-il. Votre père m'a déjà posé la question.

— Vous avez des données sur leurs téléphones de l'époque ? poursuivit-elle.

Thule se leva pour aller prendre un classeur dans un carton.

— Voilà la liste des communications passées via les antennes des environs de Gardermoen une heure avant et une heure après le braquage, dit-il. Je l'ai aussi sur une disquette, mais je ne l'ai pas emportée. Je vais demander à quelqu'un ayant encore un lecteur d'aller la récupérer et de me les transmettre.

Wisting se leva. Il commençait à entrevoir l'enchaînement possible des événements. Il réfléchit à voix haute :

— Le butin du braquage a été mis au frais à l'ancienne station de pompage, dit-il en se dirigeant vers le plan de travail de la cuisine. À peu près au même moment et même endroit, Simon Meier disparaît. Ce que nous savons, c'est que les voleurs n'ont jamais pu profiter de l'argent. Serait-il possible qu'ils aient mis ça sur le dos d'Oscar Tvedt ? Que son rôle ait été de stocker le pactole, mais que, à cause des opérations de recherche de Simon Meier, l'endroit qu'il avait choisi n'était plus sûr du tout ?

— Quelqu'un qui participait à la battue aurait pu trouver l'argent, suggéra Mortensen.

Wisting regarda sa fille.

— On a des listes des participants à la battue ? lui demanda-t-il.

— Je n'ai rien vu de tel dans le dossier, répondit-elle. Lande m'a dit qu'ils avaient forcé l'entrée de la station de pompage, mais il ne m'a pas précisé qui.

— Est-ce qu'on sait si le fils de Clausen ou un de ses camarades ont participé aux recherches ? demanda Thule.

— D'après Aksel Skavhaug, non, répondit Wisting.

— De toute façon, c'est une hypothèse un peu tirée par les cheveux, protesta Line. La battue a été organisée depuis le parking devant la station de pompage. Si quelqu'un avait trouvé les billets et les avait emportés, il aurait été remarqué. Le plus probable, c'est qu'ils ont disparu en même temps que Simon Meier.

Wisting dut lui donner raison.

— C'est juste que l'argent n'a pas vraiment disparu, dit-il. Pour une raison ou une autre, il a atterri chez Bernhard Clausen.

34

L'enveloppe qui arriva de la circonscription de police de Follo était épaisse. Adrian Stiller l'ouvrit et en étala le contenu sur son bureau.

La chemise portait le nom de Simon Meier, un numéro de dossier et une note indiquant comment enregistrer les frais juridiques. Les papiers traitant du même thème étaient reliés par un trombone, sans autre forme de classement. La première liasse était une plainte : un représentant du comité de parents d'élèves de l'école d'Østli se plaignait que la porte de l'ancienne station de pompage d'Eistern soit restée ouverte après l'opération de fouille menée par la police avant l'été et que cela puisse constituer un danger pour les enfants jouant dans les parages. Était incluse une réponse dans laquelle la police renvoyait au service des eaux et de l'assainissement.

Les documents suivants étaient une copie du rapport final de la Croix-Rouge, assortie en pièce jointe d'un listing des bénévoles ayant participé à la battue et des dépenses pour lesquelles ils demandaient un remboursement à la municipalité ou au Centre de commandement des actions de secourisme.

Puis venait la correspondance avec l'avocat de la famille de Simon Meier et une copie de la déclaration judiciaire de décès.

Presque à la fin, deux feuilles agrafées ensemble. La première portait la signature du procureur général de Norvège : « Transféré à la police municipale d'Oppegård. » L'autre était une lettre ne comportant qu'une seule ligne : « Le ministre de la Santé Bernhard Clausen est impliqué dans l'affaire du lac Gjersjøen. »

Sur la feuille, un post-it décoloré mentionnant uniquement : « Arnt Eikanger ». Stiller reconnut ce nom. Il figurait dans le dossier principal. C'était probablement lui qui avait été chargé de donner suite à la lettre anonyme.

— Bernhard Clausen, dit Stiller à voix haute.

Il eut un déclic. Un peu comme quand la roue dentée d'un engrenage met en mouvement la roue voisine. Car Stiller, en bon enquêteur, ne croyait pas aux coïncidences. L'expérience lui avait enseigné qu'en règle générale, un événement était forcément déclenché par un autre.

Il aimait la sensation qu'il éprouvait en mettant au jour des connexions jusque-là tenues dans l'ombre. Il vérifia grâce à une rapide recherche en ligne ce qu'il avait en tête, et trouva une mention de la mort de Bernhard Clausen et de l'incendie de son chalet à Stavern.

Line Wisting avait un plan. Elle en savait plus que lui.

35

Le soleil était de retour et faisait s'évaporer l'eau avec laquelle le propriétaire avait nettoyé le trottoir du café Den Gylne Freden avant son ouverture. Il y avait de la place libre en terrasse, mais Line entra, posa ses affaires sur une table du fond et retourna au comptoir acheter un café latte. À la seconde où elle s'asseyait, son téléphone bipa. Henriette Koppang l'avertissait qu'elle aurait un quart d'heure de retard.

Line but une gorgée de mousse de lait et retrouva le numéro de téléphone de Trygve Johnsrud, qui avait siégé au sein du même gouvernement que Bernhard Clausen. Ces derniers jours, elle avait découvert un autre aspect de la personnalité de son père et fait l'expérience de ce que c'était que de l'avoir comme chef. En tant que journaliste, elle travaillait globalement en solo, même si elle avait l'habitude de se voir assigner des tâches ou de devoir faire des rapports aux rédacteurs en chef. Là, c'était différent. L'autorité que son père exerçait sur elle, en contrôlant tout jusque dans les moindres détails, l'agaçait sérieusement. Il n'était pas aussi directif avec les autres membres de l'équipe.

À l'autre bout du fil, Trygve Johnsrud décrocha. Line se présenta et lui demanda s'il voulait bien lui accorder une heure de son temps pour parler de Bernhard Clausen.

— Pas avant les funérailles, répondit l'ancien ministre des Finances. Je suis en France, je rentre dimanche.

— Donc ce serait pour la semaine prochaine ?

— Sur quoi voulez-vous faire un article ?

— Je voudrais l'orienter sur la campagne électorale, répondit Line, en inventant au fur et à mesure qu'elle parlait. Pourquoi les idéaux traditionnels du parti travailliste, tels que Clausen et vous les incarnez, sont importants aujourd'hui.

— À quoi pensez-vous exactement ? demanda Johnsrud.

On aurait dit qu'il la testait.

Line s'entendit répondre :

— Qu'un État providence fort et une politique de redistribution, dans la ligne de ce que prône la social-démocratie, sont essentiels afin de préserver dans le futur la société norvégienne telle que nous la connaissons.

— Que diriez-vous de mercredi ? proposa Johnsrud.

— Mercredi, c'est très bien, répondit Line. Si, en plus, vous êtes à votre chalet de Kjerringvik, ce serait parfait.

— Je peux y être. Venez à dix heures.

Line le remercia et but une grande gorgée de café tout en entrant le rendez-vous dans son calendrier. Son père serait probablement mécontent de devoir attendre encore cinq jours, mais, de toute manière, elle ne croyait pas qu'une conversation avec l'ancien camarade de parti de Clausen mènerait à grand-chose.

Il lui restait encore un peu de temps avant qu'Henriette Koppang arrive. Line chercha le numéro d'Ulf Lande.

L'enquêteur en chef répondit presque immédiatement.

— Désolée, je vous appelle tout le temps, dit Line. Je devrais faire une liste de questions au lieu de vous déranger chaque fois.

— Pas de problème, lui assura Ulf Lande.

— C'est au sujet de l'ancienne station de pompage, expliqua-t-elle. Vous avez dit que vous aviez forcé la porte pour entrer. Savez-vous qui s'en est chargé exactement ?

— Quelqu'un d'une des patrouilles présentes.

— Mais vous ne savez pas qui ?

— Si vous voulez un nom précis, je ne l'ai pas. Je n'étais pas là moi-même. Pas à ce moment-là. Pourquoi ça ?

— J'essaie juste d'envisager l'affaire sous différents points de vue. C'est une technique de journaliste pour rédiger un article. Il n'y avait rien là-dessus dans le dossier.

— Je vois, dit Lande. La composition des patrouilles et ce genre de détails, ça ne figure que dans les listings administratifs.

— C'est-à-dire ?

— Que ce sont des informations qu'on ne met pas dans le dossier principal.

— Mais qui sont tout de même documentées ? demanda Line.

— Dans une certaine mesure, oui, répondit Lande. On les met dans ce qu'on appelle le dossier zéro.

— Je pourrais les voir ?

— En temps normal, ça ne serait pas un problème, mais je viens de tout envoyer à Kripos.

— Donc c'est Adrian Stiller qui a la partie purement administrative du dossier ?

Ulf Lande répondit par l'affirmative.

— Autre chose : savez-vous à qui appartient la station de pompage ? reprit Line. Qui a la clef ?

— J'imagine que c'est le service des eaux et de l'assainissement, dit Lande. C'est écrit dans les documents que j'ai envoyés à Stiller. Puisque nous avons été obligés de casser la porte, nous avons reçu la facture.

— Il serait normal que la personne qui s'en est chargée soit mentionnée quelque part dans ces papiers, n'est-ce pas ?

— Si ça a occasionné des dépenses pour la police, un rapport a été rédigé, c'est certain, confirma Lande. Mais il n'a pas été joint au dossier principal.

Line le remercia pour son aide. Elle hésitait à appeler Adrian Stiller lorsqu'elle entendit la porte du café s'ouvrir. Henriette Koppang, sur le seuil, la cherchait du regard. Line la reconnut grâce à la photo qu'elle avait trouvée en ligne ; elle lui fit signe. Henriette s'approcha et s'assit à sa table.

— Tu prends quelque chose ? demanda Line. On se tutoie, non ?

— Oui ! La même chose que toi, répondit Henriette en souriant.

Line alla lui prendre un café latte et apporta deux verres d'eau par la même occasion.

— J'ai vu que tu avais travaillé pour *VG* ? lui demanda Henriette une fois Line attablée.

— Pendant presque cinq ans, oui. Jusqu'à ce que je tombe enceinte, expliqua Line. J'ai signé une rupture conventionnelle il y a six mois. Maintenant, je suis en free-lance, essentiellement pour des magazines.

— Tu as sorti pas mal de choses en cinq ans. Sur de grosses affaires.

— C'est surtout de la chance, dit Line. Je me suis retrouvée au bon endroit au bon moment, et avec les bonnes personnes.

— Moi, j'avais de très grandes ambitions quand j'ai commencé dans le domaine, dit Henriette. Mais je n'étais pas la seule. Il y a de plus en plus de gens capables, et de moins en moins de places.

— Tu travailles toujours comme journaliste ?

— J'ai gardé un pied dedans, mais je n'ai pas de poste. En ce moment, *Insider* m'a engagée pour faire des recherches, j'utilise mes anciens contacts.

— Tiens ! Je regarde, dit Line en souriant.

Insider était une série documentaire dans laquelle les cameramen étaient autorisés à filmer divers milieux criminels de l'intérieur.

— Tout a changé quand je suis tombée enceinte et que j'ai eu Josefine, reprit Henriette. Je n'avais pas d'emploi fixe, et je ne pouvais pas travailler autant qu'avant. Dans ces cas-là, même si tu as toujours fait du bon boulot, tu dégringoles vite en queue de peloton.

Quand elle avait eu Amalie, Line était mieux lotie ; néanmoins, elle avait l'impression de partager une sorte de destin commun avec sa collègue.

— Tu l'élèves seule ? demanda-t-elle.

Henriette Koppang fit la grimace.

— Pas vraiment, répondit-elle en faisant un geste de la main comme si elle voulait balayer cette pensée. Disons simplement que c'est compliqué. Et toi ?

— C'est compliqué aussi, répondit Line en souriant. Mais je vis seule.

Henriette Koppang but une gorgée de café.

— Tu travailles à domicile ou tu as un bureau quelque part ? demanda-t-elle.

— J'ai un bureau chez moi, au sous-sol, répondit Line.

— Et qu'est-ce que tu as trouvé sur Simon Meier ?

— Pas grand-chose, répondit Line. Mais assez pour mettre en doute les conclusions de la police.

Henriette était du même avis.

— J'ai discuté avec un biologiste à propos de la nature des dépôts au fond du lac, dit-elle. Il a été catégorique : impossible qu'un cadavre s'enfonce dans la vase, à moins qu'il ne soit lesté. J'ai encore son nom quelque part, je peux te le donner si tu veux.

— Ulf Lande pensait que le corps aurait pu s'accrocher à quelque chose, dit Line.

— Ils avaient un sonar pour les recherches, objecta Henriette. S'il y avait eu quelqu'un au fond, ils l'auraient vu à l'image.

Line n'avait fait que parcourir rapidement les documents concernant les recherches au sonar, mais Henriette, elle, avait des arguments de poids pour affirmer que les conclusions sur lesquelles la police s'était appuyée pour abandonner l'affaire étaient fausses.

— C'est le genre de choses qu'on faisait chez *Goliat*, expliqua Henriette. On décortiquait des investigations en cours et on présentait les erreurs ou les omissions dans le travail de la police. Il y avait de quoi s'occuper. Parfois, on faisait de nouvelles découvertes, ou on proposait des théories alternatives sur ce qui s'était passé.

— Tu m'as dit qu'à ton avis Simon Meier était à l'étranger ?

— En Espagne, acquiesça Henriette. La police a reçu deux signalements indépendants l'un de l'autre qui disaient l'avoir vu à Marbella.

— Ce qui impliquerait qu'il avait un plan, dit Line. Et qu'il voulait partir.

— Ce qui est sûr, c'est qu'il a quitté une vie de merde, dit Henriette. Le harcèlement à l'école, un boulot de vendeur pourri et mal payé. Pas d'amis, pas de petite copine, pas d'avenir.

Elle but une gorgée de café et reprit :

— J'ai discuté avec deux ou trois de ses anciens camarades de classe. Avec sa famille aussi, les liens étaient plutôt distendus. Son père était violent et sa mère avait des problèmes psychologiques.

— Donc tu penses qu'il a mis les voiles ?

— La police n'a jamais vérifié les listes de passagers. Ni les avions, ni les bateaux, argumenta Henriette Koppang. En plus, le pont de l'Øresund venait d'ouvrir. Tu peux aller à Marbella en voiture en trente-six heures sans te faire stopper par personne en route. Même si on vit dans un monde de traçage de données et de surveillance numérique, ça reste possible de disparaître et de recommencer ta vie, si c'est ce que tu veux vraiment.

— Mais ça demande quand même un minimum d'organisation, dit Line. Et il aurait eu besoin d'argent.

— Tu as raison, acquiesça Henriette. La plupart des gens

qui ont une vie aussi morne et solitaire jouent au loto en espérant des jours meilleurs, mais peut-être qu'il s'est passé un truc, que d'un coup il a eu beaucoup d'argent entre les mains, et que c'est pour ça qu'il s'est fait la malle.

Line se tortilla sur sa chaise. Henriette Koppang venait de lui présenter une théorie potentiellement très proche de ce qui s'était passé en réalité, mais présentant néanmoins une faiblesse : jamais Simon Meier n'avait eu l'argent en sa possession.

— Et comment ça aurait pu se produire ? demanda-t-elle à Henriette plutôt que de lui livrer son opinion.

— Peut-être qu'il a trouvé une cache d'argent ou de drogue ? suggéra Henriette, sans paraître se soucier le moins du monde du manque de fondements de sa thèse. Je suis partie à sa recherche, tu sais, poursuivit-elle.

— Tu es allée en Espagne ?!

— Mon copain a un appartement à Málaga et on a quelques amis là-bas, dit Henriette. N'oublie pas que deux tuyaux envoyés à la police allaient dans le même sens. Les autres prétendaient qu'il avait été aperçu à Oslo. Quelqu'un a dit l'avoir vu à la gare de Copenhague, mais à Marbella, *deux* personnes. Deux personnes qui ne se connaissaient pas. Si on prend en compte le fait qu'il y a plus de dix mille villes en Europe, ça rend la chose intéressante d'un point de vue statistique. Sauf que la police n'a jamais donné suite.

— As-tu trouvé quelque chose sur place ?

— J'ai discuté avec ceux qui affirmaient l'avoir vu. Ils étaient assez sûrs d'eux, mais ça n'a rien donné. Simon Meier a peut-être poursuivi son voyage, changé d'apparence ou quelque chose.

Line croyait très peu à la théorie de l'Espagne. En revanche, pousser une de ses prémisses plus loin l'intéressait beaucoup.

— Admettons qu'il ait obtenu de l'argent grâce à de la drogue ou à n'importe quoi d'illégal, dit-elle. Quelqu'un d'autre aurait pu flairer la chose, récupérer l'argent et se débarrasser de lui, non ?

Henriette Koppang réfléchit un moment.

— N'importe quoi d'illégal ? répéta-t-elle. À quoi tu penses ?

Line ne voulait pas parler du braquage – du moins pas encore.

— Un chantage, par exemple, suggéra-t-elle, tout en imaginant ce qui aurait pu se passer à la station de pompage désaffectée.

— Tu suspectes quelqu'un ? voulut savoir Henriette.

Dans le scénario que Line envisageait, il s'agissait de Lennart Clausen, mais il était trop tôt pour parler de lui.

— Je travaille dessus, se contenta-t-elle de répondre.

Les yeux d'Henriette se mirent à briller.

— Tu as un indice, dit-elle. Il y a du nouveau, sinon tu ne dirais pas ça !

Line sentait son pouls s'accélérer ; elle fut incapable de cacher qu'Henriette Koppang avait vu juste.

— Je ne sais pas encore, dit-elle. Si ça se trouve, ce n'est rien du tout.

— Qu'est-ce que tu sais ? demanda Henriette. Est-ce que je peux t'aider ?

Line se renfonça un peu sur sa chaise. Elle s'était prise de sympathie pour cette femme qui avait le même âge qu'elle.

— Peut-être, répondit-elle. Tu disais que tu travaillais pour *Insider* ?

— Tu crois que ça pourrait être un truc pour eux ?

Line n'y avait pas pensé, mais c'était évidemment une possibilité. Possibilité dont Sandersen, de *VG*, ne serait pas ravi.

— Tu as mentionné que tu avais des contacts qui leur étaient utiles, enchaîna Line.

— Ça date de quand je travaillais pour *Goliat*, acquiesça Henriette. Je couvrais tous les gros événements pour eux, mais nous avions aussi une série de portraits de criminels célèbres, qui dessinait une image un peu plus nuancée que ce que prétendait la police. Ces contacts sont peut-être ce que j'ai obtenu de plus précieux en travaillant pour ce magazine.

Line se demanda si elle devait jouer encore une carte. Le fait que le braquage se soit produit le même jour que la disparition de Simon Meier n'était pas un secret, juste une coïncidence qui n'avait pas été prise en compte auparavant. En parler ne mettrait pas en danger la mission que son père avait reçue du procureur général.

— As-tu écrit quelque chose sur le braquage de Gardermoen de 2003 ? demanda-t-elle.

Henriette Koppang resta un moment bouche bée avant d'éclater de rire.

— Merde alors ! dit-elle en baissant la voix. Tu crois qu'il y a un lien ?

— La seule chose que je sais, c'est que le vol a été commis le même jour.

— Mais c'est complètement dingue ! s'exclama Henriette.

— Tu aurais des informateurs susceptibles de savoir quelque chose ? demanda Line.
— En tout cas, je sais à qui poser la question.
— Il faut rester très discrètes, avertit Line. Il faut absolument que tout ça reste entre toi et moi.
Elle regrettait déjà d'avoir partagé ces informations sans l'aval de son père mais, d'un autre côté, cela pouvait faire progresser l'enquête.
— Je connais bien ce petit jeu, lui assura Henriette. Tu as des noms ? Des tuyaux sur les auteurs du braquage ?
Line secoua la tête. Ça, pour l'instant, elle ne voulait pas le révéler.
— Tout ce que je sais, c'est que personne n'a été arrêté et que le butin n'a jamais été retrouvé.
— Ça pourrait devenir énorme, conclut Henriette.
Line était du même avis.
— Garde ça pour toi en attendant.

36

La cuisine ne suffisait plus. Ils avaient accumulé trop de paperasse. Mortensen avait donné un coup de main à Wisting pour tout descendre au sous-sol, où l'argent était toujours entreposé dans les cartons le long du mur. On aurait pu croire que Wisting était en train de préparer son déménagement mais, à y regarder de plus près, la pièce prenait de plus en plus des allures de centre de commandement en ébullition.

Ils avaient installé la table et les chaises de jardin au milieu. Un mur avait été dégagé et servait désormais de tableau d'affichage. Tous les dossiers du braquage étaient à disposition sur une table. Dans un coin, Audun Thule s'était aménagé un espace de travail et avait relié son ordinateur portable au réseau de la police. Mortensen lui tournait le dos, absorbé par des résultats d'analyses de laboratoire.

Le téléphone portable de Wisting sonna. C'était un numéro qu'il avait enregistré à la suite d'une enquête précédente : Adrian Stiller.

Il hésitait à répondre. Stiller était en train de réexaminer l'affaire de la disparition de Simon Meier, mais il était comme tous ses collègues des services de renseignement : il cherchait juste à récupérer des informations, il n'en partageait jamais.

— Tu ne réponds pas ? demanda Mortensen.

— Si, grogna Wisting en balayant l'écran du doigt.

Stiller alla droit au but.

— Quel est le lien entre Bernhard Clausen et Simon Meier ?

Wisting changea le téléphone d'oreille. Il aurait pu ignorer la question. Aucune enquête officielle n'étant en cours, il n'était pas obligé de répondre. Il choisit pourtant d'être aussi direct que Stiller.

— C'est ce que je cherche, dit-il. Vous avez quelque chose pour moi ?

— Ça dépend, répondit Stiller. Le dossier Meier a été transféré à la cellule des *cold cases* pour une nouvelle évaluation, mais vous le savez probablement déjà. Est-ce que Bernhard Clausen peut avoir un lien avec ça ?

— Qu'est-ce qui vous le fait penser ?

— Il est mentionné dans un tuyau reçu par la police, expliqua Stiller.

— J'ai probablement lu le même, dit Wisting. Initialement envoyé au procureur général de Norvège.

Adrian Stiller confirma qu'il s'agissait bien de la même chose.

— Pourrait-il y avoir du vrai là-dedans ? demanda-t-il.

— Nous enquêtons sur d'autres questions concernant Clausen, répondit Wisting. Ce détail a resurgi et nous a amenés à l'examiner en contexte.

— Resurgi ? répéta Stiller. Comment une lettre anonyme

concernant une affaire de disparition datant d'il y a plus de dix ans pourrait-elle resurgir toute seule ? Sur quoi enquêtez-vous exactement ?

Wisting n'avait aucune réponse à lui offrir.

— Bernhard Clausen est mort, insista Stiller. C'est sur ça que vous bossez ?

— Je ne peux pas en parler au téléphone, répondit Wisting en balayant la pièce du regard.

Mortensen s'était tourné vers lui et écoutait la conversation.

— Je n'ai qu'à venir, proposa Stiller.

Wisting ne voyait pas d'autre solution que d'incorporer Adrian Stiller à l'équipe.

— Je pense en effet que c'est la meilleure solution, répondit-il. Quand pouvez-vous être là ?

— Je dois d'abord régler une ou deux choses. Demain ? C'est samedi. Vous comptez travailler ce week-end ?

— Demain, c'est bien. Vous pouvez venir directement chez moi.

— J'y serai à dix heures, conclut Stiller. J'imagine que Line sera également là ?

Il avait lâché cette dernière remarque d'un ton sarcastique.

— Elle y sera, oui, répondit Wisting avant de raccrocher.

Mortensen se leva de son siège.

— Adrian Stiller, précisa Wisting. De la cellule des affaires criminelles non élucidées.

— Tu l'intègres à l'équipe ?

— La lettre anonyme mentionnant Bernhard Clausen a réapparu dans le dossier Meier, dit Wisting pour se justifier.

— De toute manière, nous allons être obligés de l'impliquer, annonça Mortensen. J'ai reçu les résultats d'analyses de cette lettre.

Thule se retourna sur sa chaise.

— Il y a plusieurs empreintes, mais aucune n'a été identifiée, précisa Mortensen. Nous pouvons aller recueillir celles des employés au bureau du procureur général pour les exclure, mais de toute façon, l'expéditeur n'est pas dans les fichiers de la police.

— J'ai l'impression qu'il y a un « mais » dans l'histoire, dit Thule.

— L'enveloppe, répondit Mortensen. Elle a été décachetée avec un coupe-papier, mais fermée en léchant la colle sur le rebord.

— Donc, il y a de la salive, dit Thule. Et de l'ADN ?

— On a un profil, oui, acquiesça Mortensen. Qui a matché dans le fichier.

Wisting, pris d'impatience, scruta l'écran de l'ordinateur par-dessus l'épaule de Mortensen. Il n'avait pas compté tirer d'indices de la lettre, mais une piste s'ouvrait.

— Qui ça ? demanda-t-il.

— Je n'ai pas de nom, mais la correspondance est plus qu'intéressante. Elle vient du fichier des anonymes.

Le fichier des empreintes génétiques anonymes contenait les profils ADN relevés lors d'enquêtes non résolues et que l'on n'avait pu associer à aucune identité précise.

— Le rédacteur de la lettre est l'homme du préservatif de l'affaire du lac Gjersjøen, lâcha Mortensen.

Audun Thule était perdu.

— Sur le parking de l'ancienne station de pompage où

Simon Meier a disparu, on a retrouvé des préservatifs usagés et des poils pubiens masculins, expliqua Wisting.

— Ça fait sens, commenta Thule.

— Ce type était sur les lieux, dit Wisting. Il a vu quelque chose.

37

En ce vendredi après-midi, le trafic sortait par à-coups de la capitale. Adrian Stiller, les mains sur le volant, pensait à Line Wisting. Il n'arrivait pas très bien à saisir son rôle. Son père s'était-il servi d'elle en la lui envoyant pour avoir accès à l'affaire du lac Gjersjøen, ou cherchait-elle réellement à écrire un article sur un *cold case* ? Auquel cas, ça devait être son père qui lui avait passé le tuyau sur Simon Meier. Quoi qu'il en soit, ça mélangeait allègrement la famille et le boulot, ce qui, d'ordinaire, n'était pas le style de Wisting.

Stiller baissa les yeux sur la feuille posée sur le siège à côté de lui, celle qui accusait Bernhard Clausen d'être impliqué dans l'affaire. Il avait compris pourquoi le nom d'Arnt Eikanger figurait sur le post-it jaune collé dessus. Non seulement Eikanger travaillait dans la police municipale d'Oppegård quand Simon Meier avait disparu, mais il était aussi engagé en politique. Il avait siégé au conseil municipal ainsi que dans son comité exécutif, et avait été adjoint au maire sous étiquette travailliste pendant la période 2003-2007. L'enquêteur en chef avait dû penser que ce serait pratique que ce soit lui qui contacte Bernhard Clausen.

Arnt Eikanger vivait à Myrvoll, près du lac Gjersjøen, à quelques kilomètres seulement du lieu où Simon Meier avait l'habitude d'aller pêcher. Avec la circulation qu'il y avait, le trajet prendrait deux fois plus de temps.

Quand le bureau de la police municipale où il travaillait avait été fermé, Eikanger avait quitté son job pour se consacrer entièrement à la politique. Aux élections parlementaires qui auraient lieu à l'automne, il était quatrième sur la liste des candidats travaillistes du comté. Stiller ne l'avait pas prévenu de sa venue, or Eikanger était probablement un homme occupé. Ce déplacement pouvait s'avérer une pure perte de temps. Mais Stiller aimait parler aux gens sans qu'ils aient eu l'occasion de se préparer.

Il trouva la maison et s'engagea sur une allée pavée.

Les policiers devaient faire preuve de modération dans l'affichage de leurs convictions politiques, songea-t-il en sortant de la voiture. La crédibilité des forces de l'ordre et la confiance que leur accordait la population reposaient sur leur neutralité.

Arnt Eikanger était chez lui. C'était un homme aux cheveux gris, portant des lunettes. Il resta debout dans l'embrasure de la porte pendant que Stiller se présentait.

— J'espère que je ne vous dérange pas, dit celui-ci, mais comme j'étais dans le coin, je me suis dit que j'allais passer voir si vous étiez chez vous. Nous avons repris l'affaire du lac Gjersjøen et nous vérifions quelques détails.

— Ah bon, répondit l'ancien policier municipal. Dans ce cas, entrez.

Ils s'assirent à la table de la cuisine.

— Il y a du nouveau ? demanda Eikanger. Meier a été retrouvé ?

Stiller fit signe que non.

— Rien, répondit-il. En revanche, il y a pas mal de questions restées dans le flou.

— C'est Ulf Lande qui a dirigé l'enquête, souligna Eikanger. Moi, j'ai plutôt écopé de la responsabilité des opérations et de l'organisation des recherches. Ulf travaille toujours dans la police, au commissariat de Ski.

Stiller, bien préparé, sortit d'un dossier la lettre accusant Clausen.

— J'ai appelé Ulf Lande, dit-il, mais il n'a pas su répondre à toutes mes interrogations. Ce qui avait été fait de ça, par exemple.

Il posa la lettre sur la table de la cuisine. Eikanger remonta ses lunettes sur son nez, lut le court texte plusieurs fois, prit le post-it portant son nom avant de le recoller à sa place.

— Ça a été vérifié, répondit-il.

— Comment ça ?

— J'ai parlé à Bernhard Clausen.

— Vous le connaissiez ?

Arnt Eikanger hocha la tête.

— De longue date.

— Par le biais du parti travailliste ?

Il y avait un soupçon d'accusation dans la voix de Stiller.

— Beaucoup de policiers font de la politique, répondit Eikanger. C'est bien naturel, étant donné leur mission. Tout ce qui ne fonctionne pas dans une société finit tôt ou tard par arriver au commissariat, et avoir une expérience au sein des forces de l'ordre est très précieux pour exercer dans la politique. Pour moi, le but a toujours été le même : contribuer à créer une société meilleure et plus sûre. J'ai quitté la police il y a quelques années, et je pense sincèrement que je pourrai avoir un plus grand impact si j'entre au Parlement.

Sa réponse était rodée. À croire qu'il avait déjà reçu des critiques à cet égard auparavant. Stiller s'abstint de tout commentaire.

— Il n'y a aucun compte rendu sur votre conversation avec Clausen, souligna-t-il plutôt.

— Il n'y avait rien à écrire, répondit Eikanger.

— Que voulez-vous dire ? demanda Stiller, essayant de ne pas adopter un ton trop brutal. Si vous l'avez interrogé, vous avez forcément rédigé un rapport sur ce qu'il vous a expliqué, non ?

Arnt Eikanger repoussa la lettre sur la table.

— Il n'avait rien à déclarer, dit-il. Il ne savait rien.

Stiller ne toucha pas à la feuille.

— Et c'est ça que vous appelez l'innocenter dans l'affaire ? demanda-t-il. Vous parlez à quelqu'un de nommément accusé dans une lettre à la police, et quand cette personne vous dit qu'elle ne sait rien, vous vous en contentez ?

— Écoutez ! lança Eikanger, visiblement énervé. Je connaissais Bernhard Clausen personnellement. Je vais à ses funérailles lundi. Rien n'indique qu'il ait eu quoi que ce soit à voir avec Meier. Il n'y avait aucune raison de le suspecter dans cette affaire sur la base d'une simple dénonciation anonyme. Il avait assez de problèmes comme ça à ce moment-là.

— Quel genre de problèmes ?

— Il venait de perdre sa femme et avait de gros soucis avec son fils.

— Lui avez-vous demandé où il se trouvait le jour où Simon Meier a disparu ?

— Il avait eu une longue journée de réunions et il a dormi dans son appartement de fonction à Oslo. Il y a passé toute la semaine et n'est rentré à Kolbotn que le week-end. Ou bien il était à son chalet à Stavern.

— Avez-vous vérifié ses affirmations ?

— Je n'ai vu aucune raison de le faire. Rien ne laissait penser que quoi que ce soit de répréhensible ait été commis.

— Et du coup, vous n'avez même pas rédigé de rapport ?

— J'ai fait un compte rendu à Ulf Lande.

— Oral ?

— Je lui ai dit ce que j'avais fait. L'a-t-il consigné quelque part ou pas, je n'en sais rien. Si cette lettre n'était pas arrivée par le biais du procureur général, nous l'aurions probablement ignorée. Nous enquêtions sur une noyade.

— Pour quelle raison pensez-vous que quelqu'un a alerté le procureur général à son sujet, alors ?

Arnt Eikanger haussa les épaules.

— Beaucoup de gens ont envie de nuire à leurs adversaires politiques, dit-il.

Adrian Stiller reprit le papier à en-tête posé sur la table.

— Le motif était politique, donc, dit-il.

— Oui. Clausen pensait que c'était un simple malentendu, répondit Eikanger.

— Quel genre de malentendu ?

— Quand il avait besoin de réfléchir, il allait parfois se promener dans la forêt autour du lac Gjersjøen. Après la mort de Lisa, il l'a fait plus souvent que d'habitude. Il aimait être seul. Avoir la paix. Il lui est également arrivé de se garer à côté de la station de pompage. Il pensait que quelqu'un avait pu le voir là-bas et confondre les jours.

— Confondre les jours ? Comment ça ? Quand est-il allé là-bas ?

— Un autre jour.

— Mais vous venez de dire qu'il a passé toute la semaine à Oslo. Quand est-il allé au lac Gjersjøen en voiture ?

— Je ne sais pas.

— Attendez une minute, dit Stiller. Bernhard Clausen avoue de lui-même un lien avec le lieu du crime, mais ça non plus, vous n'avez pas fait de rapport dessus ? Et vous n'avez pas poussé plus loin les investigations ?

Une ride profonde marqua le front d'Arnt Eikanger.

— Il n'y a pas de lieu du crime, souligna-t-il d'une voix sourde. L'affaire a été classée comme noyade accidentelle.

Il se leva.

— Vous comptez vraiment consacrer du temps à ça ? reprit-il. Bernhard Clausen est mort. Si votre intention est de salir sa mémoire, ce sera sans moi.

Stiller se leva à son tour. La conversation était visiblement terminée. Il était certain que William Wisting ne manquerait pas de la trouver intéressante.

— Bonne chance pour les élections ! lança-t-il.

Et il se dirigea vers la porte.

38

À dix-neuf heures, la maison était vide. Wisting activa l'alarme, ferma le sous-sol à clef et monta dans la cuisine. Il avait des saucisses au frigo. Il en plongea trois dans une casserole d'eau et mit la plaque à chauffer au maximum.
Son téléphone sonna dans sa poche. Il le prit et, voyant que c'était Line, alla à la fenêtre jeter un coup d'œil à sa maison avant de répondre.
— Tu as vu *Dagbladet*? demanda-t-elle.
Wisting chercha son iPad du regard.
— Non, répondit-il.
— Ils parlent du livre auquel Clausen travaillait.
L'iPad était posé sur la table du salon. Wisting s'assit et trouva l'article en question.
«Un manuscrit posthume disparu sans laisser de traces», disait le titre.
Wisting lut, tout en gardant le téléphone contre son oreille.
L'ancien ministre des Finances Trygve Johnsrud y confirmait que, avant de mourir, Bernhard Clausen travaillait à un livre sur sa carrière au parti travailliste. Ils en avaient

discuté, entre autres sujets, alors que Johnsrud lui avait rendu visite dans son chalet trois semaines plus tôt. L'ancien ministre n'avait pas souhaité détailler le contenu du manuscrit mais, d'après ce que le journal avait pu apprendre, ce serait un livre controversé. Il relatait des occasions où Bernhard Clausen s'était démarqué de la ligne officielle du parti, défendant une vision politique plus libérale, se faisant le porte-parole d'une plus grande liberté économique et individuelle.

— La police est accusée d'être aux petits soins envers la direction du parti. De les avoir aidés à mettre la main sur le manuscrit. Enfin, on peut l'interpréter de cette façon.

Wisting trouva les paragraphes dont elle parlait. La substitut du procureur, Christine Thiis, attestait que, peu de temps après sa mort, la police avait emporté plusieurs cartons contenant les effets personnels de Clausen, sans pour autant ni confirmer, ni infirmer qu'il s'y trouvait un manuscrit, ou que le matériel saisi comprenait l'ordinateur de Clausen. Cela signifiait que le manuscrit pouvait avoir été perdu dans les flammes, résumait le journal.

— Krom, dit Wisting. Le secrétaire du parti. Il est allé au chalet dimanche vérifier que portes et fenêtres étaient bien fermées. Du moins, c'est ce qu'il prétend. C'est comme ça qu'il a découvert l'argent, mais il cherchait le manuscrit, évidemment.

— Donc ils se le sont approprié ?

— En tout cas, ils voulaient mettre la main dessus avant tout le monde, dit Wisting.

— Qu'est-ce que tu comptes faire ?

Wisting s'apprêtait à répondre quand un bruit en provenance de la cuisine attira son attention.

— Les saucisses!

Il se précipita vers la cuisinière. L'eau avait débordé et crépitait sur la plaque de cuisson. Il ôta la casserole, s'excusa auprès de Line.

— Tu peux dîner avec nous si tu veux, dit Line. J'ai des lasagnes au four.

Dans la casserole, les saucisses avaient éclaté.

— Ça ira, merci, lui assura Wisting.

— Peux-tu passer quand même une fois qu'Amalie sera couchée, alors? Il se pourrait que j'aie des informations en provenance du milieu des braqueurs.

— D'accord, promit Wisting.

Il laissa les saucisses dans la casserole et appela Christine Thiis.

— Tu as lu l'article de *Dagbladet* sur Bernhard Clausen? demanda-t-il.

— Pas encore. Mais j'imagine que j'apparais sous un mauvais jour et que le service public est accusé d'agir pour le compte de la direction du parti travailliste.

— Désolé, dit Wisting. Je n'étais pas du tout au courant de cette histoire de manuscrit. Nous n'avons rien pris de ce genre dans le chalet. J'enquête sur quelque chose de complètement différent.

— J'ai envie de te demander ce que c'est, mais je m'abstiendrai.

— Tu seras l'une des premières à l'apprendre, promit Wisting.

Il raccrocha et trouva le numéro de Walter Krom. Il ne

pensait pas que Clausen ait écrit quoi que ce soit qui puisse l'aider dans son enquête, mais la manière dont le secrétaire du parti avait agi lui déplaisait fortement.

— Le manuscrit, dit Wisting dès que Krom eut décroché. Je veux que vous me l'envoyiez.

Krom était assez malin pour ne pas prétendre qu'il ne l'avait pas.

— Je l'ai parcouru, répondit-il. Il n'y a rien dedans qui pourrait expliquer d'où vient l'argent.

— C'est toute la vie de Clausen qui nous intéresse. S'il a écrit quelque chose qui ressemble à des Mémoires, j'aimerais bien les lire et me faire ma propre opinion.

— Nous considérons le manuscrit comme une affaire interne, objecta Krom.

— Eh bien moi, non, rétorqua Wisting. C'est plutôt une affaire pour la police, puisque vous vous êtes introduit dans le chalet et que vous l'avez embarqué. Si vous me l'envoyez par coursier, je l'aurai demain dans la journée.

Krom était à court d'arguments.

— Avez-vous découvert quelque chose ? demanda-t-il.

— Nous savons d'où provient l'argent, répondit Wisting. Le moment venu, vous pourrez lire ce qu'il en est dans le journal.

Sur ce, il raccrocha.

Il ouvrit le tiroir de la cuisine, prit une fourchette et repêcha les trois saucisses, qu'il déposa dans une assiette. Puis il les mangea avec de la moutarde.

Line avait mis un peu de lasagnes de côté pour son père. À son arrivée, elle les déposa dans le micro-ondes.

— Elle dort ? demanda-t-il en regardant en direction de la chambre d'Amalie.

— Elle a sombré instantanément, répondit Line en souriant. As-tu demandé à quelqu'un le manuscrit de Bernhard Clausen ?

Wisting tira une chaise et accrocha sa veste au dossier.

— Je l'aurai demain, répondit-il en s'asseyant.

Le micro-ondes émit un signal. Line en sortit l'assiette, ajouta de la salade et la posa devant son père.

— J'ai eu un entretien intéressant aujourd'hui, dit-elle.

Et elle lui parla d'Henriette Koppang.

— Elle a essayé d'écrire un article sur Simon Meier il y a quelques années. Finalement, ça n'a rien donné, mais elle en est arrivée à une théorie selon laquelle il avait fui en Espagne.

Wisting attaqua les lasagnes.

— Sur quoi s'appuie-t-elle pour dire ça ?

Line mit de l'eau à chauffer pour le thé.

— Eh bien, deux signalements ont été faits à la police par des personnes qui pensaient l'avoir vu là-bas. Mais la théorie d'Henriette est qu'il avait trouvé un dépôt de drogue ou d'argent, pris le fric, et mis les voiles.

— Elle n'est peut-être pas loin de la vérité.

Line hésitait à raconter la suite. Ça n'allait pas plaire à son père qu'elle ait parlé à la journaliste du lien avec le braquage.

— C'est aussi mon avis, dit-elle. Je lui ai fait remarquer que le braquage à Gardermoen s'était produit le même jour que la disparition de Simon Meier.

Son père posa sa fourchette.

— Ce n'est pas une information secrète non plus, reprit Line.
— Tu la connais, cette Henriette ?
— Non.
— Tu as vérifié ses références ?
— Elle est documentaliste pour *Insider*, expliqua Line.
— L'émission télé ?
— C'est bien ça le truc. Elle a des contacts dans le milieu du crime. Elle connaît des gens susceptibles de savoir quelque chose.
— Mais tu ne peux pas lui faire confiance ! s'exclama son père.

Line éleva la voix.

— C'est *toi* qui dois me faire confiance ! dit-elle. Ça peut nous faire avancer, plutôt que de passer notre temps à interroger d'anciens camarades de parti de Clausen. C'est une professionnelle, elle sait comment gérer les indics.

Son père se tut.

— Elle ne leur parlera pas du lien avec l'affaire du lac Gjersjøen, reprit Line. Elle va juste tâter le terrain en prétendant qu'*Insider* serait intéressé pour tourner une émission sur le braquage.

Son père sembla un peu rassuré.

— Tu n'as rien dit à propos de Bernhard Clausen ?

Line le regarda d'un air consterné et secoua la tête.

— Il faut que tu me fasses confiance et que tu me laisses une marge de manœuvre, lança-t-elle. Tu ne contrôles pas à ce point ce que font les autres.

— Les autres sont des enquêteurs expérimentés, objecta Wisting.

— C'est toi qui as voulu m'avoir dans l'équipe, lui rappela Line. Tu dois me laisser faire les choses à ma manière.

— Désolé. C'est juste que je ne voudrais pas que tu fasses de faux pas.

L'eau du thé bouillait. Line la versa dans une tasse et la laissa refroidir un peu tout en remplissant la passoire à thé.

— Tu en veux ? demanda-t-elle.

Son père secoua la tête.

— Au fait, sait-on s'il y avait le montant intégral du vol dans le chalet de Clausen ?

— Audun Thule a vérifié ça aujourd'hui. Il manque l'équivalent de quelques milliers de couronnes dans chaque devise, ce qui pourrait très bien être imputé à une erreur de comptage. Ou alors, les braqueurs ont prélevé un peu de cash avant de mettre l'argent au frais.

Line s'assit. Ils gardèrent le silence.

— Adrian Stiller a appelé aujourd'hui, reprit son père au bout d'un moment.

— Qu'est-ce qu'il voulait ?

— Il était tombé sur une dénonciation de Bernhard Clausen envoyée à la police dans l'affaire du lac Gjersjøen. C'est la police municipale qui lui a transmis le document.

— Qu'est-ce que tu lui as dit ?

— Au départ, son coup de fil était plutôt un tir à l'aveugle, mais il avait vu juste, et je ne pouvais pas l'envoyer balader. Il vient ici demain.

— Donc, il rejoint l'équipe ?

— Nous avons besoin d'un accès complet au dossier Meier.

Line soupira. Elle aurait dû se douter que cela pouvait se produire. N'empêche, ça ne lui plaisait pas.

— Il va deviner quel était mon rôle, comprendre pourquoi je suis allée le voir.

— Je pense qu'il avait déjà des soupçons. Et après ? Tu n'as rien fait de mal. En fait, il est bien possible qu'il apprécie.

Line dut avouer qu'elle était de cet avis, elle aussi. La dernière fois qu'elle avait eu affaire à lui, Adrian Stiller avait agi dans son dos. L'enquête était un jeu de stratégie dans lequel il montait les acteurs les uns contre les autres, tenait ses cartes bien serrées contre sa poitrine et ne jouait pas toujours fair-play.

Soudain, un son aigu et étouffé retentit. Line, sa tasse de thé à la main, s'approcha de la fenêtre et regarda dehors, sans parvenir à localiser la source du bruit.

— Nous avons aussi établi une correspondance ADN aujourd'hui, reprit son père.

Line se tourna vers lui.

— L'expéditeur de la lettre anonyme sur Clausen est le même que l'homme au préservatif du lac Gjersjøen.

— Et tu ne me dis ça que maintenant ? lui reprocha Line. Ça renforce la crédibilité de cette lettre. Celui qui l'a écrite se trouvait sur place !

On entendit un signal sonore indiquant l'arrivée d'un message. Line consulta son portable et dit :

— Rien. C'est ton téléphone.

Au moment où son père le sortait de la poche de sa veste, posée sur le dossier de la chaise, un deuxième message arriva.

— L'alarme ! s'exclama-t-il en se précipitant vers la porte.

Il fallut quelques secondes à Line pour comprendre de quoi il parlait. Elle s'élança après son père et le rattrapa à mi-chemin dans la côte qui menait à sa maison. La sirène hurlait.

— Attends ici ! lui ordonna Wisting.

Line l'ignora et le suivit jusqu'à la porte.

Il tenait déjà la clef à la main. Il entra, prit une autre clef, et ouvrit la porte du sous-sol.

Line alluma la lumière. Tout semblait normal. Wisting neutralisa l'alarme avant d'examiner la pièce de plus près. Les cartons du butin étaient intacts.

— Fausse alerte, constata-t-il.

— Quelque chose a quand même dû la déclencher, dit Line, en cherchant du regard autour d'eux.

Son père était resté debout, son téléphone à la main.

— Il y a une caméra sur le détecteur, dit-il. Je viens de recevoir les images.

Line se posta à côté de lui et regarda les photos envoyées par le système de sécurité. Il y avait deux détecteurs, un de chaque côté de la pièce. Celui ayant déclenché l'alarme couvrait le poste de travail d'Audun Thule et le long mur dépourvu de fenêtres.

— C'était peut-être une souris ou quelque chose comme ça, dit Wisting.

Line s'approcha du mur transformé en tableau d'affichage. Audun Thule y avait fixé les photos des suspects du braquage.

— C'est lui, dit-elle en ramassant la photo de Jan Gudim.

Elle s'était détachée du mur et était tombée par terre. Voilà le mouvement qui avait réveillé le système.

— Eh bien au moins, on sait qu'elle fonctionne, dit Wisting.

Son téléphone sonna.

— Mortensen, expliqua-t-il à Line. Il reçoit les notifications lui aussi.

Il décrocha et rassura son collègue.

Line raccrocha la photo de Jan Gudim avec celles des autres. Il avait des yeux perçants, enfoncés, et une puissante mâchoire. Il semblait avoir subi une fracture du nez dans le passé.

Elle prit son téléphone et photographia toute la série des bandits.

— Tu n'as vraiment pas d'autre endroit où garder ces cartons ? demanda-t-elle.

Son père s'était assis.

— Nous trouverons une solution ce week-end, dit-il. De toute manière, ce n'est plus une question d'argent maintenant.

Line ouvrit son application de moniteur bébé et constata qu'Amalie dormait.

— Qu'est-ce que tu veux dire ? demanda-t-elle.

— Qu'il s'agit plutôt de découvrir ce qui est arrivé à Simon Meier.

— Peut-être qu'on l'a tenu pour responsable de quelque chose qu'il n'avait pas fait, suggéra Line. Peut-être qu'ils ont cru qu'il s'était enfui avec le butin ?

Elle resta un moment debout à examiner les photos accrochées au mur, à réfléchir à sa nouvelle théorie. Elle n'arrivait pas à raccorder entre eux tous les éléments du puzzle, mais elle était d'accord avec son père : s'ils découvraient ce qui était arrivé à Simon Meier, ils découvriraient probablement les réponses à tout le reste.

39

Lorsque Adrian Stiller arriva chez Wisting, les autres étaient déjà rassemblés au sous-sol. Il s'immobilisa sur le seuil et détailla la pièce.

— C'est ici que vous travaillez ? demanda-t-il, attardant son regard sur Line avant de se tourner vers Wisting.

Celui-ci acquiesça :

— Il s'agit d'une enquête confidentielle. J'ai mis sur pied une équipe spéciale. Line en fait partie.

Line, assise avec Amalie sur les genoux, salua l'enquêteur de Kripos d'un petit signe de la main.

Stiller et Mortensen s'étaient déjà rencontrés. Audun Thule se présenta en tant qu'enquêteur de la circonscription de Romerike.

— Romerike ? répéta Stiller, sans obtenir d'explication plus substantielle.

Wisting lui indiqua une chaise. Stiller s'assit et posa son bloc-notes sur la table.

— Qu'est-ce que vous avez exactement sur Bernhard Clausen ? demanda-t-il.

— Nous travaillons sur mandat du procureur général de

Norvège, annonça Wisting en s'asseyant en face de lui. Vous ne pouvez rien transmettre de ce qui se dit ici à Kripos.

— Compris, acquiesça Stiller.

Wisting fit signe à Mortensen, qui alla choisir un des cartons de billets – des dollars –, prit un couteau et entreprit de déchirer les scellés.

— Quand Clausen est mort, il a laissé environ quatre-vingts millions de couronnes en devises étrangères, expliqua Wisting.

Stiller se leva pour aller voir le contenu du carton que Mortensen avait ouvert.

— Il les gardait dans son chalet, précisa Mortensen, avant d'expliquer à Stiller comment l'argent avait été découvert.

Celui-ci jeta un coup d'œil aux boîtes alignées le long du mur.

— Et vous gardez ça ici? demanda-t-il. Le procureur général est au courant?

Wisting hocha la tête.

— Une discrétion extrême est de mise, car il aurait pu être question de puissances étrangères ayant tenté d'influencer la politique norvégienne. Mais l'enquête nous a conduits dans une autre direction, ajouta-t-il en faisant un signe de tête à Audun Thule.

— Le jeudi 29 mai 2003, un convoi de devises en provenance de Suisse a été dérobé à l'aéroport de Gardermoen, dit-il. Le montant total était d'environ quatre-vingts millions de couronnes.

— Le 29 mai, répéta Stiller. Le jour de la disparition de Simon Meier.

— Parmi les billets du chalet de Clausen, il y avait la clef de la station de pompage désaffectée du lac Gjersjøen, poursuivit Wisting. Nous pensons que le butin du braquage y a été stocké et qu'il existe un lien avec la disparition de Meier.

Stiller alla se rasseoir.

— Vous avez trouvé la clef de la station de pompage dans l'argent du braquage ?

Wisting lui raconta comment, l'avant-veille, il s'était rendu à Kolbotn en pleine nuit pour essayer la clef dans la serrure.

Stiller lança un regard en direction de Line.

— Cela signifie que nous pourrions avoir trouvé une scène de crime, déclara-t-il.

Wisting se tourna vers sa fille.

— Les équipes de la battue ont forcé la porte de la station de pompage pour voir si Simon Meier se trouvait à l'intérieur, expliqua-t-elle, mais la police scientifique n'y a jamais mis les pieds.

Stiller hocha la tête.

— Ils ont inspecté le parking devant la station de pompage et le sentier menant vers l'endroit où il avait l'habitude de pêcher sans relever aucun signe de violence. Quoi qu'il soit arrivé à Simon Meier, il est fort probable que ça se soit produit à l'intérieur.

Wisting se tourna vers Mortensen.

— On a encore une chance d'y trouver des indices exploitables ?

— Le bâtiment était vide et il est resté fermé depuis, fit remarquer Line.

— On pourrait trouver au moins des traces de sang, oui. S'il y en a eu, répondit Mortensen.

Stiller se mit à tapoter son stylo contre son bloc-notes.
— Vous avez l'équipement nécessaire ? demanda-t-il.
— Dans la voiture, répondit Mortensen. On peut y aller tout à l'heure.
Adrian Stiller nota quelque chose et mordilla son stylo.
— La question reste de savoir comment l'argent a fini chez Bernhard Clausen, dit-il.
— C'est le mystère que le procureur général nous a chargés de résoudre, répondit Wisting. Mais pour ça, nous devrons probablement élucider d'abord l'affaire du braquage, et celle du lac Gjersjøen.
— Qu'est-ce que vous avez comme éléments sur lesquels on pourrait s'appuyer dans l'affaire du braquage ? demanda Stiller.
— À strictement parler, rien de spécial, dit Thule, avant de faire à Stiller un bref résumé de l'affaire.
— Les voleurs étaient équipés de talkies-walkies, poursuivit Wisting. On a aussi trouvé une prise minijack dans le butin. Le profil ADN prélevé dessus correspond à Oscar Tvedt, connu dans le milieu du grand banditisme d'Oslo.
Stiller haussa les sourcils. Thule prit la photo de Tvedt fixée au mur et la lui tendit.
— Il a été tabassé deux semaines après le braquage au cours d'un règlement de comptes interne, dit-il avant de décrire plus en détail son état de santé. Il ne peut pas nous aider.
— Il y avait aussi un morceau de papier dans une liasse de billets où figurait un numéro de téléphone que nous n'avons pas été en mesure d'identifier, ajouta Mortensen.
Wisting enchaîna en expliquant l'incendie du chalet de

Bernhard Clausen et le décès de son fils dans un accident de moto. C'était plaisant de mettre ses idées au clair pour résumer le dossier à l'intention d'un nouveau membre de l'équipe. Il termina en indiquant que l'ADN sur l'enveloppe contenant la lettre anonyme dénonçant Clausen était le même que celui de l'homme qui avait jeté un préservatif usagé devant la station de pompage.

Stiller était resté assis à écouter, un avant-bras reposant sagement de chaque côté de son bloc-notes, sans rien écrire.

— Vous avez une stratégie pour la suite de l'enquête ?

— Le plus important est d'examiner les correspondances entre les deux affaires, répondit Wisting. Rechercher des points de croisement et trouver des informations supplémentaires.

Stiller acquiesça.

— La lettre anonyme n'a jamais été prise au sérieux, déclara-t-il. C'est un agent de la police municipale engagé dans la politique locale qui a été chargé de parler à Clausen. Arnt Eikanger. Il est maintenant quatrième sur la liste des candidats du parti travailliste d'Akershus, il est quasiment assuré d'obtenir un siège au Parlement. Je l'ai interrogé hier. Il s'est porté personnellement garant de Clausen.

Mortensen se leva pour aller chercher un des livres d'or du chalet.

— Je connais ce nom, dit-il en tournant les pages du carnet. Un habitué du chalet. La dernière fois qu'il y est allé, c'était il y a deux semaines. Clausen et lui étaient proches, je crois.

— Il y a un moyen de déterminer qui est l'auteur de la

lettre? demanda Thule. Ce serait un témoin clef. Ce qu'il a vu pourrait être absolument crucial pour nous.

— Ça doit être un gay qui habite dans le voisinage du lac, répondit Mortensen. Il cache probablement son orientation sexuelle. Voilà pourquoi il a envoyé une lettre anonyme. Sinon, il aurait eu du mal à expliquer ce qu'il faisait sur place.

Amalie, qui jusque-là dessinait, commença à s'agiter; Line la posa par terre. Wisting lisait sur le visage de sa fille qu'elle était en pleine réflexion.

— Il aurait très bien pu envoyer la lettre à la police municipale, dit-elle. Au lieu de ça, il l'a envoyée au procureur général.

Wisting attendit qu'elle continue.

— C'est peut-être parce qu'il ne faisait pas confiance à la police locale, étant donné qu'un agent de la même famille politique que Bernhard Clausen y travaillait. L'adresser au procureur général lui garantissait qu'elle fasse l'objet d'un suivi.

— Bonne remarque, dit Stiller. Nous avons probablement déjà son nom dans le dossier.

Wisting, comprenant le raisonnement de Stiller, enchaîna :

— Si ça se trouve, il a été reçu par Arnt Eikanger, mais il a estimé qu'il ne pouvait pas lui parler de Bernhard Clausen.

— Ou pire, dit Stiller. Il en a parlé, mais sa déposition n'a pas été prise, et il a compris qu'elle ne mènerait à rien.

— Commençons par là, dit Wisting. Dressons une liste de tous les témoins interrogés par Arnt Eikanger ou ayant été en contact avec lui d'une manière ou d'une autre.

Il se tourna vers Stiller.

— Vous avez apporté le dossier ?

— Ici, dit Stiller en sortant une clé USB de la poche de sa chemise. Tout a été scanné et OCRisé. Il est possible de faire des recherches dans tout le texte.

— Je peux m'en charger, dit Line en tendant la main.

Stiller hésita un instant avant de lui lancer la clé USB.

— Le dossier zéro est dessus aussi ? demanda-t-elle.

— Tout est là, lui assura-t-il.

Puis il se tourna vers Mortensen.

— On y va ?

40

Le coursier envoyé par le siège du parti arriva juste avant midi. Wisting signa le reçu et ouvrit le paquet. Il contenait l'ordinateur portable de Bernhard Clausen ainsi qu'une liasse de feuilles.

Wisting posa l'ordinateur sur le poste de travail de Mortensen pour que celui-ci puisse l'examiner à son retour, et emporta le manuscrit qu'il comptait lire dans un fauteuil.

Le calme régnait dans la maison : Line était rentrée chez elle travailler sur l'affaire Meier, en emmenant Amalie, tandis qu'Audun Thule continuait à mettre à jour les informations sur les individus potentiellement en lien avec le braquage.

Le manuscrit, manifestement inachevé, comportait un peu plus de deux cent cinquante pages dans sa mise en forme actuelle, avec un interlignage relativement grand.

Il était resté sans titre, mais portait en exergue une citation de Jean-Paul Sartre à propos de l'homme condamné à être libre.

« Je prends la liberté », lisait-on à la page suivante, citation, cette fois, de l'écrivain norvégien Jens Bjørneboe. « C'est là que réside le secret de son essence. La liberté, on la prend. Personne ne nous la donne. »

Si le texte était écrit de manière personnelle, il ne contenait en revanche rien sur la vie privée de Clausen, se cantonnant à des thèmes politiques d'actualité. Tout du long, son leitmotiv était que sa vision des choses avait changé avec le temps. Au fur et à mesure de la lecture, il devenait clair que Clausen avait en réalité une position néolibérale et nourrissait une méfiance croissante envers la social-démocratie. Cela formait un contraste frappant avec la manière dont il apparaissait dans les médias et avec l'image que Georg Himle avait dépeinte de lui : un précieux représentant de la véritable social-démocratie.

Ce qui avait fait virer Clausen à droite n'était pas développé, mais le manuscrit était surprenant et ne manquerait pas de faire du bruit s'il était mis sous presse.

Wisting se leva, s'étira un peu les jambes et fit un résumé à l'intention de Thule.

— Il écrit, entre autres, que nous avons besoin de plus de gens riches. Afin de maintenir la prospérité et l'État providence, il voudrait supprimer l'impôt sur la fortune. L'augmentation du capital privé permettrait d'atteindre le plein-emploi.

— C'est peut-être comme ça qu'on se met à penser quand on a quatre-vingts millions dans son chalet, répondit Thule.

Wisting sourit et retourna au manuscrit. Sur le principe, il lui fallait donner raison à Walter Krom : il n'y avait là rien d'important pour leur enquête. Cela dit, il y avait aussi du vrai dans le commentaire de Thule. Quelque chose avait poussé Bernhard Clausen à changer radicalement de position sur l'échiquier politique, et cela semblait s'être produit après qu'il avait mis la main sur l'argent.

41

Stiller se gara à côté de la voiture de fonction de Mortensen et descendit du véhicule. Jusqu'ici, il n'avait vu l'ancienne station de pompage qu'en photo.

Le passage des saisons n'avait fait qu'accentuer le délabrement extérieur du bâtiment. Quelques petits carreaux de l'unique fenêtre étaient cassés ; restait à espérer que les éléments n'avaient pas fait trop de ravages à l'intérieur.

Stiller claqua la portière. Le vent bruissait dans le feuillage, les oiseaux gazouillaient.

Mortensen, qui s'était glissé dans la combinaison blanche de rigueur, lança à Stiller une paire de surchaussures.

Celui-ci les enfila et suivit Mortensen jusqu'au seuil. La clef était dans une enveloppe. Mortensen l'en sortit en commentant l'étourderie de Wisting, qui l'avait badigeonnée d'huile moteur sans penser aux traces ADN que des examens supplémentaires auraient peut-être révélées.

La clef entra facilement dans la serrure, mais les charnières protestèrent lorsque Mortensen ouvrit la porte. Stiller patienta pendant que Mortensen installait un projecteur monté sur trépied qu'il brancha sur une prise dans sa voiture.

À l'intérieur, la majeure partie de l'espace était occupée par des tuyaux, des valves et de grandes roues crantées. Stiller remarqua des traces de pas dans la poussière et la saleté qui jonchaient le sol, probablement laissées par Wisting. Les empreintes se dirigeaient vers une porte donnant sur une deuxième pièce, puis vers une trappe en acier ménagée dans le sol en béton.

Mortensen resta un moment debout à côté du projecteur, comme s'il voulait se laisser envahir par l'atmosphère du lieu.

— Que recherchez-vous ? demanda Stiller.

Mortensen ne répondit pas immédiatement et s'avança un peu dans la pièce.

— Ça risque d'être difficile, répondit-il sans expliquer ce qu'il entendait par là.

Il retourna à la voiture, d'où il revint en portant une bâche et un rouleau de ruban adhésif.

— Nous devons condamner la fenêtre, dit-il en tendant à Stiller un coin de la bâche.

Il la saisit et la maintint en place pendant que Mortensen la fixait pour ne plus laisser entrer aucune lumière du jour.

Travailler sur des affaires classées faisait que Stiller, en pratique, se rendait rarement sur les scènes de crime. En règle générale, il lisait plutôt des rapports d'analyses, feuilletait des dossiers de photos ou regardait de vieilles bandes-vidéo. Il savait néanmoins comment procédaient les techniciens pour trouver des traces de sang, même des années après, même quand il avait séché, qu'on l'avait lessivé ou qu'on avait peint par-dessus. Le processus en lui-même était simple : on utilisait un mélange chimique qui brillait dans l'obscurité quand il entrait en contact avec le sang. Si jamais ils en trouvaient ici, une analyse ADN pourrait confirmer s'il appartenait ou non à Simon Meier.

Mortensen alla chercher un spray dans sa voiture.

— Essayons, dit-il.

Ils pénétrèrent tous les deux à l'intérieur. Mortensen mit ses lunettes de protection, s'accroupit et agita le spray avant de vaporiser une fine brume qui se déposa sur le sol et les tuyaux avoisinants.

— Bien, dit-il en se relevant. Éteignez la lumière.

Stiller débrancha le câble du projecteur, et la pièce se retrouva plongée dans le noir. Dans la zone pulvérisée, plusieurs taches se mirent à briller d'un bleu fluorescent.

Stiller était impressionné par l'efficacité et la simplicité de la technique.

— C'est bien ce que je craignais, dit Mortensen.

— Quelque chose ne va pas ? demanda Stiller en rallumant le projecteur.

— Le luminol réagit au fer contenu dans les globules rouges, expliqua Mortensen. Du coup, il est aussi sensible à la rouille. Ça fait des faux positifs.

Il détailla les alentours. Les traces étaient innombrables.

— Qu'est-ce qu'on fait, alors ?

— Je dois prélever des échantillons partout et les faire analyser, répondit Mortensen. Ça va prendre du temps. À la fois la collecte, et les analyses.

— Je vois, dit Stiller. Pouvez-vous vous en occuper tout seul ? J'ai quelque chose à faire.

Mortensen hocha la tête. Stiller le remercia d'un geste de la main et s'éloigna. Des branches éraflèrent les flancs de sa voiture quand il remonta le chemin de terre. Ayant rejoint la route principale, il tourna à gauche.

Lorsque Line Wisting l'avait contacté, Stiller s'apprêtait à classer de nouveau l'affaire du lac Gjersjøen sans demander à rouvrir l'enquête. Il avait parcouru la totalité du dossier sans rien trouver de tangible sur quoi s'appuyer. Il arrivait souvent qu'un réexamen soit déclenché par des traces biologiques conservées assez longtemps pour que des techniques modernes puissent en extraire de nouvelles informations. Le dossier ne comportait rien de tel, mais ce n'était peut-être qu'une question de temps : les relevés de Mortensen pouvaient s'avérer fructueux.

Il vérifia l'heure, et accéléra.

La deuxième possibilité pour rouvrir un *cold case*, c'était que quelqu'un qui savait quelque chose se mette à parler. Stiller avait toujours dit que, pour résoudre un dossier bloqué, il fallait que la bonne langue se délie. Mais qu'en était-il lorsque la bonne langue se déliait face à la mauvaise personne ? Face à quelqu'un qui ne voulait pas écouter ?

Le trajet entre le lac Gjersjøen et Ski prenait un quart d'heure. Il se gara sous un panneau «Arrêt et stationnement interdits» et jeta un coup d'œil par la vitre latérale en direction de l'entrée du centre commercial. Plusieurs partis politiques y avaient monté un stand de campagne électorale et distribuaient des prospectus aux passants. Arnt Eikanger, vêtu d'un T-shirt rouge, discutait avec une femme âgée.

Stiller attendit qu'il ait terminé avant de sortir de sa voiture et de se diriger vers lui. En l'apercevant, Eikanger eut l'air mal à l'aise. Il offrit une rose rouge à un homme de son âge et essaya d'entamer une conversation, mais l'homme poursuivit son chemin.

Stiller accepta une rose proposée par un militant et se posta devant Eikanger.

— Encore vous, dit Eikanger en hochant la tête.

— J'ai une autre question, dit Stiller.

— Ici ? demanda Eikanger. Je suis assez occupé.

— *Une* question, répéta Stiller. Ça devrait aller vite.

Sans attendre, il enchaîna :

— Vous avez interrogé dix-neuf hommes à propos de l'affaire du lac Gjersjøen, lança-t-il. L'un d'entre eux a-t-il mentionné Bernhard Clausen ?

— Vous n'avez pas lu le dossier ? demanda Eikanger.

— Je sais ce qu'il y a dans le dossier, rétorqua Stiller. Ce que je vous ai demandé, c'est si l'une des personnes auditionnées avait mentionné Bernhard Clausen.

Arnt Eikanger ouvrit la bouche.

— Réfléchissez bien, le prévint Stiller. J'ai l'intention de leur poser la même question. À tous. Un par un.

Eikanger referma la bouche et sourit à une passante.

— Ça fait des années maintenant, dit-il. Je ne m'en souviens plus.

La réponse favorite des menteurs.

— Vous et Bernhard Clausen étiez proches, insista Stiller. Des amis. Et vous voudriez me faire croire que vous ne vous souvenez pas si son nom a été évoqué lors d'un interrogatoire ?

— Vous avez dit que vous aviez *une* question, répondit Eikanger. Vous avez eu votre réponse.

— Vegard Skottemyr, dit Stiller. C'est lui que j'irai voir en premier.

Eikanger lui tourna le dos et recommença à distribuer ses brochures électorales. Stiller retourna à sa voiture. Il avait une liste des dix-neuf hommes entendus par Eikanger. À strictement parler, rien n'indiquait que l'auteur de la lettre anonyme soit l'un d'entre eux, mais la réaction d'Eikanger avait renforcé Stiller dans cette idée.

Initialement, les noms étaient classés par ordre alphabétique, mais Stiller les avait tapés un par un dans le registre d'état civil. Il avait déplacé les hommes mariés avec enfants en fin de liste et remonté les célibataires sans personne à charge de quelques crans. Cette méthode de tri présentait des faiblesses : lui-même appartenait à la catégorie célibataires, par exemple. Et puisque l'homme qu'ils cherchaient taisait probablement ses inclinations sexuelles, il était tout à fait susceptible de figurer plus bas dans la liste.

Toujours est-il que le premier nom était celui de Vegard Skottemyr. Il correspondait bien au profil que l'on pouvait imaginer à l'expéditeur d'une dénonciation anonyme. Quarante-quatre ans, conseiller clientèle pour la banque DNB, célibataire, pas d'enfants. L'historique de ses adresses laissait penser qu'il n'avait jamais habité avec personne. Il avait trois sœurs aînées. Son père était pasteur dans Frikirken, l'Église évangélique luthérienne libre de Norvège.

Stiller mit le contact et s'engagea dans la circulation. Vegard Skottemyr habitait à une demi-heure de là.

42

Line était installée devant son ordinateur, au sous-sol. Elle aurait dû aller au parc avec Amalie mais, pour l'instant, sa fille semblait se satisfaire de jouer sur l'iPad assise par terre.

Le dossier qu'Adrian Stiller lui avait donné était volumineux et, par moments, la machine moulinait un peu, mais au final il était infiniment plus facile de manœuvrer dans cette version électronique plutôt que dans une grosse pile de papiers.

Elle entra «Clausen» dans le champ de recherche et fut surprise d'obtenir deux résultats. Le premier était en fait Lennart, dans les listes de classes de l'école que Simon Meier et lui avaient fréquentée. Le second venait du dossier zéro et n'était autre que la lettre adressée au procureur général dorénavant incluse au reste.

Il y avait quatre-vingt-sept résultats pour Eikanger. La plupart correspondaient à des interrogatoires de routine de personnes qui se trouvaient dans la zone du lac le jour de la disparition de Simon Meier et s'étaient signalées à la police après appel à témoins dans les médias. C'était Eikanger qui, entre autres, avait interrogé l'homme promenant son chien.

Son nom apparaissait deux fois dans chaque document; une première dans l'en-tête, en tant que fonctionnaire ayant mené l'interrogatoire, puis à la fin, à côté de sa signature.

En tout, il avait auditionné dix-neuf hommes et onze femmes.

Line créa un document récapitulatif. L'auteur de la lettre anonyme étant de sexe masculin, il fallait se concentrer sur les hommes. Elle avait pensé lire leurs dépositions de A à Z, mais l'existence de la fonction recherche lui donna une idée. Elle entra le numéro de téléphone trouvé sur le papier dissimulé parmi les billets de banque. Aucun résultat. Puis elle tapa « Daniel » et obtint cinq résultats, dont le chef de l'équipe de la Croix-Rouge réquisitionnée dans le cadre de l'opération de recherche. Ni lui ni ses homonymes ne semblaient intéressants.

Avant de se mettre à lire les comptes rendus d'interrogatoire, elle voulait prendre connaissance des documents administratifs qui ne figuraient pas dans le dossier la première fois qu'elle y avait eu accès.

Stiller les avait rassemblés dans un sous-dossier. Elle en reconnut la plupart pour les avoir vus chez le frère de Simon Meier. Il y avait la correspondance entre l'avocat et la police, ainsi qu'une copie de la déclaration judiciaire de décès. Le nom d'Arnt Eikanger apparaissait également, dans le rapport au sujet de la porte de la station de pompage. C'était lui qui l'avait forcée pendant la battue pour retrouver Simon Meier. Aucun dommage n'avait été infligé à la serrure en elle-même, en revanche, au cadre et au battant de la porte, oui. Les dégâts avaient été réparés et le service municipal approprié informé. Trois mois plus tard, des parents d'élèves de l'école la plus proche avaient envoyé une lettre à la police pour signaler que la porte était restée ouverte, ce qui constituait un danger. Arnt Eikanger les avait renvoyés à son rapport original et avait ajouté qu'un employé du service des eaux et de l'assainissement s'était déjà déplacé, que la porte avait été réparée et verrouillée à nouveau. La plainte des parents était donc rejetée, sur un ton plutôt arrogant.

Amalie s'approcha et agrippa le bord du bureau.

— Tu veux sortir ? lui demanda Line.

Amalie hocha la tête.

— Maman finit juste de lire quelque chose, dit Line en chargeant la page suivante.

Il s'agissait d'une copie d'une lettre de la municipalité d'Oppegård adressée à l'école d'Østli, dans laquelle ils la remerciaient d'avoir attiré leur attention sur la dangerosité de la station de pompage désaffectée et l'informaient qu'ils avaient pris des mesures pour sécuriser le bâtiment.

Amalie se mit à tripoter une agrafeuse posée sur le bureau. Line la lui prit des mains et caressa la tête de sa fille.

— D'accord, dit-elle en parcourant rapidement le reste du document. On s'habille et on va se promener.

Elle s'apprêtait à se lever lorsque quelque chose à l'écran la retint, un détail sur le point de lui échapper. Un nom. La lettre de la municipalité avait été rédigée par le chef du service des eaux et de l'assainissement, Roger Gudim.

Gudim n'était pas un nom inconnu.

Elle se remémora les photos des suspects du braquage accrochées au mur dans le sous-sol de la maison de son père. D'une manière ou d'une autre, ils avaient réussi à obtenir la clef de la station de pompage désaffectée.

Parmi eux, Jan Gudim. Il pouvait y avoir un lien de parenté.

Amalie la tira par la manche.

— Maman.

— Oui, ma chérie, répondit Line en se détournant de l'écran. On y va.

Elle aida Amalie à mettre ses chaussures et prit leurs casques de vélo.

Quand elles sortirent, le chat noir était allongé par terre devant la voiture. Les voyant, il bondit sur ses pattes et fila vers la rue. Amalie le suivit.

Line s'élança à la poursuite de sa fille et la rattrapa avant qu'elle parvienne sur la chaussée.

— Il pourrait y avoir des voitures !

— Miaou ! répondit Amalie en montrant la rue.

— Pour l'instant, on va au parc, déclara Line en lui enfilant son casque.

Amalie n'ayant personne de son âge habitant dans leur rue, elles allaient souvent à vélo à l'aire de jeux de Vardeveien, où il y avait parfois des enfants qu'elles connaissaient.

Son père avait accès au registre d'état civil, songea Line tout en pédalant. En quelques clics, il pourrait trouver si le chef du service des eaux et de l'assainissement d'Oppegård était ou non de la famille de l'un des braqueurs présumés. Auquel cas s'esquisserait une image encore plus claire de la façon dont les choses s'étaient produites.

Il n'y avait personne au parc. Amalie courut vers le toboggan, y grimpa et s'élança. Puis elle passa à la balançoire. Line lui donna de l'élan et Amalie poussa un cri de joie.

Tout à coup, son téléphone sonna. Henriette Koppang. Line décrocha et se dirigea vers une table de pique-nique.
— Tu travailles ? demanda Henriette.
— Je suis au parc avec Amalie, répondit Line. As-tu découvert quelque chose ?
— J'ai eu deux ou trois conversations intéressantes, répondit Henriette. Tu seras chez toi demain ?
— Oui.
— On pourrait se retrouver au même café que la dernière fois pour que je te raconte ?
Line regarda en direction de la balançoire et dit :
— Il va falloir que je vienne avec Amalie.
— J'emmène Josefine, ça sera sympa.
— Qu'est-ce que tu as découvert ? demanda Line.
— Il paraît que les braqueurs se sont fait braquer, répondit Henriette. On leur a piqué leur butin.
— Et on sait qui a fait le coup, au départ ? demanda Line, qui aurait bien voulu proposer les noms qu'elle avait.
— On en parlera demain, suggéra Henriette. Je vois un indic ce soir.
Amalie poussa un cri : sa balançoire n'allait plus assez vite.
— D'accord, répondit Line. Midi ?
— C'est très bien.
Line rangea son téléphone dans sa poche, retourna à la balançoire et donna de la vitesse à Amalie.
Un père de famille arriva, accompagné de ses deux petits garçons qui se mirent à jouer dans le bac à sable. Amalie voulut descendre de la balançoire pour les rejoindre. Line retourna s'asseoir sur le banc et regarda sa fille qui, dans un

premier temps, se contenta d'observer un peu les deux autres avant de leur emprunter timidement une pelle.

Line avait déjà croisé le père des garçons. Il avait trois ou quatre ans de moins qu'elle et habitait à proximité. Il s'assit de l'autre côté de la table de pique-nique.

— On est sortis s'aérer un peu, dit-il en souriant.

Line sourit à son tour.

— Quel âge a-t-elle ? demanda l'homme avec un signe de tête en direction du bac à sable.

— Elle vient d'avoir deux ans, répondit Line. Et les vôtres ?

— Trois et quatre.

Amalie s'approcha de Line.

— Boi ! dit-elle.

— Je n'ai rien apporté à boire, lui répondit Line en se levant. Viens, on va voir grand-père. Il va te donner du sirop.

Amalie n'avait pas l'air ravi, mais ne protesta pas lorsque Line lui remit le casque de vélo sur la tête.

En s'engageant dans l'allée menant à la porte d'entrée de la maison de son père, Line constata que les voitures de Mortensen et de Thule n'étaient plus là. Elle descendit de vélo et fit le tour par l'arrière, jusqu'à la terrasse. Celle-ci semblait bien vide maintenant que table et chaises de jardin avaient été descendues au sous-sol. Il ne restait plus qu'un canapé.

La porte-fenêtre étant fermée, Line demanda à Amalie de frapper au carreau.

Wisting apparut et leur ouvrit.

— Tu as eu de la visite ? demanda-t-il.

— De la visite ?

— Un homme vient de partir de chez toi. Je l'ai vu par la fenêtre de la cuisine.

— Nous n'étions pas à la maison. Nous sommes parties faire une balade à vélo, mais Amalie a soif.

— J'ai du sirop, répondit Wisting en souriant.

Amalie le rejoignit dans la cuisine. Line lui emboîta le pas et scruta par la fenêtre en direction de chez elle. Elle ne savait pas qui aurait pu venir la voir.

— Je ne sais pas, j'ai eu l'impression qu'il sortait de chez toi, en tout cas, reprit son père en prenant trois verres dans un placard.

Il fit boire une gorgée à Amalie avant de la laisser emporter son verre avec précaution sur la terrasse.

Line s'assit sur le seuil tandis que son père prenait place sur le canapé extérieur et invitait Amalie à le rejoindre.

— Je crois que je sais comment les voleurs ont obtenu la clef de la station de pompage, lança Line. Le chef du service des eaux et de l'assainissement s'appelle Roger Gudim.

— Comme Jan.

— Tu peux vérifier s'ils sont de la même famille?

Son père se leva et alla chercher son iPad. Il lui fallut un peu de temps pour accéder au bon registre, mais une fois connecté, il eut vite la réponse.

— Père et fils, confirma-t-il en se levant. Thule a monté un dossier sur lui.

Il disparut un instant et revint avec une chemise à couverture plastique transparente sur laquelle était inscrit au marqueur noir : « Jan Gudim ».

Il en sortit la feuille du dessus et la parcourut.

— Plusieurs condamnations, lut-il. On dirait qu'il est en prison.

— Pour quelle raison ?

— Trafic de drogue et port d'armes illicite. Peine de huit ans, il en a purgé deux. Aleksander Kvamme a été mis en examen dans la même affaire, mais aucune accusation n'a été déposée contre lui.

Il tendit les papiers à Line. Les documents n'étaient pas très détaillés, mais mentionnaient la saisie de vingt kilos d'amphétamines au total. Deux hommes avaient été condamnés dans la même affaire à des peines de prison plus courtes.

Wisting prit Amalie, qui commençait à ronchonner, sur ses genoux.

— Nous sommes sur la bonne voie, déclara-t-il. On s'approche.

— Henriette Koppang m'a appelée. Elle a rendez-vous avec un informateur ce soir. Dans le milieu, on dit que les braqueurs se sont fait braquer. Elle vient me voir demain.

— Garde ça pour toi, répondit vivement son père avec un signe de tête en direction du dossier sur Jan Gudim.

Line se leva, rendit le dossier à son père et reprit Amalie.

— Naturellement, répondit-elle.

Amalie enfouit la tête dans le cou de sa mère. Line lui caressa les cheveux.

— On va y aller, nous, dit-elle. C'est l'heure de manger.

Wisting eut droit à un câlin de la part de chacune, puis Line partit, Amalie dans un bras, poussant son vélo de l'autre. À mi-chemin, elle déposa sa fille à terre.

Amalie monta les marches du perron pendant que Line garait le vélo.

— Attends une minute, dit-elle à sa fille en cherchant ses clefs.

Mais Amalie était déjà à l'intérieur.

Line fixa la porte ouverte.

— Stop ! lança-t-elle d'une voix sévère.

Amalie resta plantée dans le couloir.

— Attends-moi ici, dit Line en passant devant sa fille avant de s'engager à l'intérieur de la maison.

Elle avait peut-être oublié de fermer à clef, c'était déjà arrivé, mais puisque son père avait mentionné un homme sortant de chez elle pendant leur tour à vélo, elle était en alerte.

Elle traversa la cuisine et passa au salon. Amalie la suivit.

— Attends-moi ici, répéta Line.

Elle vérifia les chambres et le sous-sol pour être sûre qu'il n'y avait personne. Puis elle revint dans le couloir verrouiller la porte d'entrée, prit Amalie dans ses bras, la cala sur sa hanche et fit le tour des pièces pour voir si quelque chose avait bougé. À première vue, rien. L'ordinateur portable était sur la table de la cuisine à l'endroit où elle l'avait laissé. Son sac à main, suspendu au dossier d'une chaise. Son portefeuille à sa place. Pourtant, elle ne parvenait pas à se débarrasser de l'impression que quelqu'un avait pénétré chez elle.

Les fenêtres des chambres avaient été laissées entrouvertes pour aérer. Elles étaient vieilles, de celles que l'on peut ouvrir de l'extérieur à l'aide d'un bâton, ou quelque chose de semblable, en décrochant le loquet de sécurité en haut du cadre.

Line entra dans sa chambre. La fenêtre donnait sur l'arrière du jardin, sans vis-à-vis avec les voisins. Sur le rebord étaient posées une photo de sa mère et une sculpture en verre en forme de licorne. Elles ne semblaient pas avoir été déplacées et il n'y avait aucune trace de doigts, aucun signe indiquant que quelqu'un était entré en grimpant par là. Néanmoins, il était tout à fait possible de le faire puis de ressortir discrètement par la porte d'entrée.

Amalie se débattit dans les bras de sa mère. Elle voulait descendre. Line la posa à terre, alla fermer la fenêtre et chassa ses doutes de son esprit.

43

Vegard Skottemyr avait quitté Kolbotn en 2004 ; trois autres adresses étaient répertoriées à son nom après cette date. La dernière correspondait à un appartement dans une maison mitoyenne moderne, dans une impasse de Lørenskog. Adrian Stiller freina, passa devant au ralenti et se gara au bout de la voie. Avant de descendre de voiture, il parcourut la déposition que Skottemyr avait effectuée en 2003. Plusieurs personnes avaient remarqué un joggeur habillé aux couleurs bleu et blanc de l'équipe sportive du coin. Après la parution de cette information dans les journaux locaux, Vegard Skottemyr avait pris contact avec la police municipale. Dans l'après-midi du jeudi 29 mai 2003, il avait fait un détour par rapport à son parcours habituel et descendu quelques mètres sur le chemin menant à la station de pompage désaffectée pour se soulager la vessie. Il n'avait rien remarqué de particulier ni croisé personne, mais il était fort possible que des conducteurs passant sur la route principale l'aient vu, lui.

Stiller glissa les papiers dans un dossier séparé, le prit à la main et se dirigea vers l'appartement. Il n'y avait qu'un seul nom sur la boîte aux lettres et un seul nom sur la sonnette, qu'il entendit bourdonner à l'intérieur lorsqu'il appuya sur le bouton.

Un homme en survêtement, le T-shirt trempé de sueur, ouvrit la porte. Stiller lui présenta son badge de police.

— Je travaille sur des dossiers criminels non résolus, expliqua-t-il. J'aimerais vous parler de la disparition de Simon Meier aux abords du lac Gjersjøen en 2003.

— Là, maintenant ?

— Si ça vous convient, répondit Stiller. Ça ne devrait pas prendre longtemps.

L'homme recula d'un pas pour laisser entrer Stiller.

— Il y a du nouveau ? demanda Skottemyr.

— Je procède plutôt à un réexamen de routine, expliqua Stiller. Nous contactons tous ceux qui ont déposé un témoignage à l'époque. Il s'agit surtout de vérifier l'exactitude des éléments dont nous disposons. Il se peut que des renseignements donnés par les témoins n'aient pas été examinés à fond par la police. Ou que certaines personnes mènent une vie différente de celle qu'elles avaient à l'époque, et se sentent aujourd'hui plus libres de parler qu'en 2003.

Vegard Skottemyr fit signe à Stiller de s'asseoir à la table de la cuisine et remplit une bouteille d'eau avant de s'installer à son tour.

— Vous vivez seul ? demanda Stiller en sortant le procès-verbal de son interrogatoire.

L'autre hocha la tête.

— Vous souvenez-vous de ce que vous avez déclaré à l'époque ? demanda Stiller.

— En gros, oui, dit Skottemyr. J'avais l'habitude de passer

pas loin de la station de pompage en faisant mon jogging. J'ai fait quelques pas sur le chemin pour pisser.

Stiller hocha la tête et lui tendit les documents.

— Vous voudriez bien relire ? demanda-t-il.

Skottemyr prit les feuilles et les parcourut en diagonale. La déposition tenait en une page et demie dactylographiée. Skottemyr y précisait quels vêtements il portait, à quelle heure il était parti de chez lui, son itinéraire, et à quelle heure il était rentré. À l'époque, il vivait dans un appartement en sous-sol dépendant de la maison de ses parents. Ils pouvaient confirmer l'heure à laquelle il avait été de retour à la maison.

— Connaissiez-vous l'homme qui vous a interrogé à l'époque ? demanda Stiller. Arnt Eikanger ?

— Je savais qui il était, oui. Tout le monde connaissait plus ou moins les policiers municipaux. Il fait de la politique maintenant.

— Tout à fait, dit Stiller en souriant. Vous avez voté pour lui ?

Skottemyr lui rendit son sourire.

— Ce n'est pas le parti que je préfère.

— Lui avez-vous indiqué quelque chose de plus qui ne figurerait pas dans la déposition ? demanda Stiller.

Vegard Skottemyr but une gorgée d'eau directement à la bouteille avant de secouer la tête.

— Je ne pense pas.

— Vous êtes-vous rappelé par la suite quelque chose que vous auriez dû communiquer à la police ?

— Il n'y avait pas grand-chose à dire, répondit Skottemyr en rendant sa déposition à Stiller.

Celui-ci hésita. Il était convaincu que l'homme en face

de lui était l'auteur de la lettre anonyme, et il avait cru qu'il serait facile de lui faire aborder le sujet. Il fallait qu'il se montre plus direct dans ses questions.

— Savez-vous qui est Bernhard Clausen ? demanda-t-il.

— Bien sûr.

— L'avez-vous vu ce jour-là ?

Skottemyr jeta un coup d'œil sur le compte rendu d'interrogatoire.

— J'ai expliqué ce que j'ai vu et ce que je n'ai pas vu, répondit-il.

Stiller envisagea une seconde de lui poser des questions sur son orientation sexuelle, mais se ravisa.

— Ce que nous faisons également, lorsque nous révisons ce genre de dossier, c'est de demander à toutes les personnes impliquées de nous soumettre un échantillon ADN, lança-t-il finalement.

— Je ne suis pas vraiment impliqué, protesta Skottemyr.

Stiller sourit et sortit un kit de prélèvement.

— Vous étiez à proximité de l'endroit où Simon Meier a disparu, dit-il. En conséquence, nous aimerions un échantillon de référence pour vous. Les techniques dont nous disposons aujourd'hui rendent cela plus utile que ça ne l'était hier. Êtes-vous d'accord ?

— Je ne vois pas trop l'intérêt, répondit l'autre.

— Il s'agit plutôt de vous disculper, expliqua Stiller en sortant l'écouvillon. C'est vite fait. Il suffit de mettre ce bâtonnet dans votre bouche pour l'humidifier.

Vegard Skottemyr prit le bâtonnet et suivit les instructions de Stiller, qui scella aussitôt l'échantillon et se leva.

— Avez-vous quoi que ce soit à ajouter avant que je m'en aille ? demanda-t-il.

Skottemyr se leva lentement de sa chaise. Stiller eut l'impression que l'homme voulait lui poser une question ou dire quelque chose, mais en définitive, il se contenta de secouer la tête.

44

Juste avant six heures du matin, Amalie arriva tout ensommeillée dans la chambre de Line et grimpa dans son lit. Line fut incapable de se rendormir. Son Mac était resté posé à côté d'elle sur la couette. Elle le rapprocha pour l'ouvrir et, en position allongée, termina la lecture des dépositions prises par Arnt Eikanger. Elles étaient toutes relativement similaires, tant dans la forme que dans le contenu. Les témoins y expliquaient ce qu'ils avaient vu et décrivaient leurs déplacements. Celui qui s'était trouvé le plus proche du lieu de la disparition supposée était un joggeur du nom de Vegard Skottemyr qui, juste avant dix-neuf heures, avait parcouru quinze ou vingt mètres sur le sentier menant à la station de pompage pour se vider la vessie. À la fin de sa déposition, il indiquait vivre au sous-sol de la maison de ses parents et que ceux-ci pourraient confirmer l'heure de son retour. On en déduisait qu'il vivait seul.

D'après les détails de son état civil mentionnés en haut du formulaire, il était né en 1971. Line calcula qu'il avait donc trente-deux ans lorsque Simon Meier avait disparu.

Tous ces éléments le plaçaient en tête dans la liste des auteurs possibles de la lettre anonyme.

À huit heures, Amalie donna des signes d'éveil. Elles se levèrent et prirent leur petit déjeuner ensemble. Pendant les heures qui suivirent, Line essaya de s'atteler à quelques tâches domestiques, mais Amalie était toujours dans ses jambes. Line essaya de la laisser jouer seule dans sa chambre, l'incita à trouver de quoi s'occuper, mais sa fille, prenant un air rebelle, se jeta par terre en poussant des cris et en battant des jambes. Au début, quand Amalie faisait des crises de colère, Line haussait le ton, mais elle savait désormais qu'il fallait juste laisser l'accès de rage se tarir de lui-même. Elle avait commencé à écrire un article sur la « période du non » dans lequel elle tentait de mettre en avant les côtés positifs d'avoir un enfant qui savait ce qu'il voulait – sans réussir à le terminer.

Son agitation croissait à mesure que l'heure du rendez-vous avec Henriette Koppang approchait. Elle ne doutait pas qu'Henriette aurait des informations pertinentes à lui transmettre, mais elle aurait aimé discuter elle-même avec les indics, poser ses propres questions et obtenir des réponses à ce qui l'intéressait vraiment. C'était pour ça qu'elle était douée – sans compter qu'elle aimait avoir le contrôle de la situation.

Onze heures approchaient ; Amalie l'aida à préparer leurs affaires. Elles prirent du sirop à l'eau dans des bouteilles, un paquet de biscuits et deux bananes. Avant de partir, Line vérifia que les fenêtres étaient correctement fermées et la porte d'entrée verrouillée. Puis elle installa Amalie sur le siège enfant et poussa le vélo à la main jusqu'en haut de la rue, en passant devant la maison de son père. De là, il n'y avait presque plus que de la descente jusqu'à Stavern.

Elles étaient en avance et Line pédala donc jusqu'au port, où elles s'assirent sur un banc et partagèrent le paquet de biscuits avec les cygnes. Pendant qu'elles remballaient leurs affaires pour aller retrouver Henriette au café, Line reçut un SMS de sa part indiquant qu'elle aurait un quart d'heure de retard. Elle répondit par un simple «OK» et profita de ce répit pour déambuler, vélo à la main, dans les rues du centre.

Au café, Amalie eut droit à un smoothie tandis que Line commandait un latte au comptoir. Elles s'assirent à la même table que la fois précédente.

Ce n'est qu'au bout de vingt minutes qu'Henriette arriva, accompagnée d'une petite fille aux cheveux noirs.

— Désolée pour le retard.

— Aucun problème, répondit Line.

Elle se leva et prit Henriette dans ses bras quelques secondes pour lui dire bonjour.

— Je vous présente Josefine.

Josefine les salua poliment tandis qu'Amalie se détourna et grimpa sur les genoux de Line, cachant son visage dans le cou de sa mère.

Henriette retourna au comptoir prendre quelque chose à boire.

— Alors, tu l'as vu ? demanda Line une fois Henriette de retour.

— Oui, mais je n'ai pas appris autant que j'espérais. Enfin bon, je m'y attendais. Des renseignements pareils, ça vient au compte-gouttes.

Line hocha la tête. Elle aussi avait travaillé en étroite

collaboration avec des cercles criminels, elle savait que cela pouvait tourner au jeu de patience.

— Donc, comme je te le disais, reprit Henriette à voix basse, après le braquage, l'argent a été caché dans ce qui était censé être un endroit sûr, mais quand ils ont voulu le récupérer, il n'était plus là.

— Est-ce que ta source sait où se trouvait la cachette ?

— Seulement que c'était en périphérie immédiate d'Oslo.

— Elle sait qui était impliqué dans le braquage ?

— J'ai eu l'impression que oui, mais le mec ne m'a pas donné de noms. Quand j'ai posé la question, il a changé de sujet.

Amalie se mit à pleurnicher et à se tordre sur les genoux de Line. Elle tendit le bras pour attraper sa tétine car elle savait que Line l'avait dans la poche.

— Il y a des suspects pour le vol du butin ? demanda Line, qui laissa sa fille prendre sa tétine.

Henriette hocha la tête et but une gorgée de café.

— Je n'ai pas eu de noms, mais il ne semblerait pas que Simon Meier ait été dans le coup. Il a plutôt été question d'un type qui s'est tué à moto quelques mois après le braquage. D'après la rumeur, il aurait caché l'argent ailleurs, et le fric y serait encore.

Line repoussa Amalie. Ça pouvait en effet être aussi simple que ça : Lennart Clausen avait pris l'argent et l'avait caché dans le chalet familial. À sa mort, son père en avait « hérité ».

— Et Simon Meier ? demanda-t-elle. Où est-ce qu'il entre en jeu ?

— Aucune idée. Je ne pouvais pas commencer à poser

des questions là-dessus, il aurait compris qu'on savait quelque chose.

Line acquiesça.

— Mais si Simon Meier a eu un lien avec cette affaire, les braqueurs de l'aéroport ont dû se dire la même chose, dit-elle. À partir du moment où l'argent était caché près du lieu où il a disparu, ça a dû les inquiéter. Je veux dire, tout à coup, la police organise une grosse opération de recherche près de leur cachette... Ça a forcément déclenché des spéculations entre eux pour savoir où était passé l'argent.

— Sûrement, répondit Henriette, qui n'avait rien à ajouter.

Line était déçue du peu de résultat qu'avait donné la réunion avec l'informateur.

— Il n'a rien dit d'autre ? demanda-t-elle.

Henriette secoua la tête.

— Pas cette fois.

— Mais tu crois qu'il en sait plus ?

— En tout cas, il va enquêter pour nous. Tendre l'oreille. Mais ça peut prendre du temps. Ce sont des gens dangereux, il doit y aller prudemment.

Amalie s'était calmée ; elle descendit des genoux de Line, la tétine dans la bouche. Line suggéra qu'elle accompagne Josefine dans le coin enfants au fond du café. Au début, Amalie refusa catégoriquement, puis elle se laissa convaincre.

— Ah, la période du non, dit Henriette en souriant quand elles furent seules. Josefine aussi est passée par là.

— Tu connais d'autres personnes à qui tu pourrais parler ? demanda Line. Quelqu'un qui pourrait en savoir plus ? On a besoin de noms.

Henriette reçut un SMS. Elle saisit son téléphone pour le lire.

— Ce qui aurait fait un sacré scoop, ç'aurait été qu'on découvre où est passé l'argent, dit-elle en tapant une réponse. Tu as ton Mac avec toi ?

— Oui, pourquoi ?

— Il n'a pas pu y avoir tant d'accidents de moto mortels que ça en 2003, poursuivit Henriette. J'ai essayé de regarder un peu en ligne hier, mais je ne suis pas arrivée très loin.

Line attrapa son sac à dos et sortit son Mac. Elle connaissait la réponse, mais c'était trop compliqué de commencer à tout expliquer à Henriette maintenant. Il valait mieux qu'elle la laisse dans le flou sur tout ce qui concernait Lennart Clausen et son père.

— Qu'est-ce que je cherche ? demanda-t-elle après avoir ouvert une session.

Henriette reposa son téléphone.

— « Accident mortel », « moto », « 2003 », suggéra-t-elle.

Elles trouvèrent onze accidents au total. Trois d'entre eux s'étaient produits avant le braquage. Line copia-colla les mots clefs des huit autres dans un document récapitulatif, où elles les classèrent selon leur degré de vraisemblance. Les accidents qui s'étaient produits dans la Norvège du Nord se virent déplacés au bas de la liste, tandis que ceux de la région d'Oslo remontèrent de quelques crans. Au bout du compte, l'accident de Lennart Clausen à Bærum dans la nuit du 30 septembre 2003 termina à la troisième place.

— Un jeune de vingt-cinq ans, fit remarquer Henriette. Je me demande si on ne devrait pas le mettre en tête.

Les accidents numéro un et deux étaient respectivement

un jeune homme de dix-huit ans sur une 125 cm³ et un couple de quinquagénaires.

Line sélectionna le texte sur Lennart Clausen, le coupa, puis le copia en haut de la liste.

— Nous devons essayer de découvrir qui sont ces gens, dit-elle pour jouer le jeu.

— Envoie-moi la liste, dit Henriette. Je connais quelqu'un dans la police à qui je peux demander.

— Moi aussi je peux demander à quelqu'un, répondit Line, qui s'abstint de dévoiler la profession de son père.

D'ailleurs, c'était presque étrange qu'Henriette ne s'en soit pas rendu compte elle-même quand elle avait cherché qui était Line et quels articles elle avait publiés dans *VG*.

— Je peux m'en charger, répéta Henriette.

— Très bien.

Visiblement, il y avait de l'agitation dans le coin enfants. Amalie devait être contrariée car elle se mit à pleurnicher.

— Elle commence à être fatiguée, dit Line en se levant.

Elle alla chercher Amalie et l'assit sur ses genoux.

— Quand vas-tu revoir ta source ? demanda-t-elle à Henriette.

— Il appellera s'il a quelque chose pour moi.

— Nous avons besoin d'informations sur le braquage, déclara Line. Des noms.

Henriette était d'accord sur ce point. Elles discutèrent ensuite du lien qui pouvait exister avec Simon Meier.

— La seule hypothèse que je puisse imaginer, c'est que Simon et le type à moto se soient associés pour piquer l'argent, dit Henriette. Si ça se trouve, ils se le sont partagé.

Simon est parti en Espagne avec sa part, et le mec à moto est mort.

Line avait passé les derniers jours à essayer de trouver des points communs entre Simon Meier et Lennart Clausen, mais jusqu'ici, la seule chose qui les reliait était qu'ils avaient grandi dans la même rue.

— Donc, tu penses toujours qu'il pourrait être en Espagne ? dit Line en rangeant le Mac dans son sac.

— En tout cas, je pense que si on le retrouvait, on aurait la réponse à toutes nos questions. Si on retrouvait l'argent aussi, conclut Henriette avec un sourire.

Line lui rendit son sourire, gênée de ne pouvoir lui confier tout ce qu'elle savait. Il serait difficile d'écrire un article à quatre mains une fois qu'Henriette aurait découvert que Line lui avait dissimulé des informations cruciales.

Henriette la dévisagea.

— À quoi tu penses ? demanda-t-elle. Tu as une théorie sur l'endroit où est passé l'argent ? Il y a quelque chose que tu ne m'as pas dit ?

Line gagna quelques secondes de réflexion en faisant semblant de s'occuper d'Amalie.

— Je pense au rédac' chef de *VG*, répondit-elle enfin en riant pour évacuer la dernière question d'Henriette. Il ne voulait pas de mon idée d'article. Enfin, pas avant que je l'écrive.

Henriette s'esclaffa.

— Je te garantis qu'il va tirer la tronche, dit-elle.

45

Mortensen orienta l'écran de son ordinateur portable vers les autres.

— Je crois que ça, c'est du sang, dit-il en leur montrant, sur le rebord en acier de la pompe, une zone de couleur plus foncée que le reste.

— Ça réagit au luminol. J'ai préparé un échantillon à analyser.

Il cliqua pour passer à la photo suivante, qui montrait le même détail, mais en le situant dans une vue d'ensemble de la pièce. L'endroit où Mortensen pensait avoir trouvé du sang était marqué d'une flèche. Il y en avait une autre, sous la première, désignant le sol.

— J'ai pris un échantillon là aussi, dit Mortensen, le doigt sur l'écran. Si c'est effectivement du sang, ça pourra nous renseigner sur ce qui s'est vraiment déroulé.

Essayant d'interpréter ce qu'il voyait, Wisting émit une hypothèse :

— Sa tête a heurté le rebord en acier et il s'est écroulé au sol.

Mortensen acquiesça.

— Mais ça aurait aussi pu être un accident ou la conséquence d'une dispute, ajouta-t-il. On se bouscule un peu, on se pousse...

— Et l'issue est fatale, conclut Stiller.

— C'est tout à fait possible, dit Mortensen. Reste que ce n'est pas nécessairement du sang, et que ça n'a pas forcément de rapport avec notre affaire.

— As-tu trouvé autre chose ? lui demanda Wisting.

Mortensen leur montra une photo du cadenas et de la clef trouvés au fond de la petite pièce à laquelle on accédait par la trappe.

— Il est possible qu'on ait des empreintes digitales dessus. Je vais les envoyer au labo de Kripos.

Wisting était content de ne pas y avoir touché, en fin de compte.

— Line aussi a trouvé quelque chose d'intéressant au sujet de la station de pompage, dit-il.

Et il expliqua que la personne ayant eu la clef d'origine en sa possession n'était autre que Roger Gudim, le père de Jan, en sa qualité de directeur du service des eaux et de l'assainissement.

— Ils s'en sont sûrement servis pendant des années comme cache de drogue, dit Thule.

Stiller était du même avis.

— Oui, mais c'est bien mince comme chef d'accusation, fit-il remarquer.

— A-t-on vérifié l'alibi de Gudim le jour du braquage ? demanda Wisting.

— On s'est contentés de localiser son téléphone. Il était chez lui.

— C'est-à-dire ? demanda Mortensen. Où habitait-il à l'époque ?

— À Kolbotn.

— On le convoque pour un interrogatoire ?

— Inutile. Il n'a jamais avoué quoi que ce soit, ni voulu collaborer avec la police.

Wisting leva les yeux sur les photos des suspects du braquage.

— On pense que c'est Gudim qui conduisait ? demanda-t-il.

— C'est sûr et certain, acquiesça Thule. C'est un passionné de sport automobile.

— Donc, ce serait Jan Gudim et Aleksander Kvamme ?

— Toutes nos informations tendent à désigner Kvamme comme le cerveau de l'opération, oui, répondit Thule. Et tout indique aussi qu'Oscar Tvedt y a participé et a été tenu pour responsable de la disparition de l'argent.

Stiller se leva, se dirigea vers le tableau d'affichage et détacha la photo de Jan Gudim.

— Nous ne ferons pas de nouvelle percée avec des méthodes traditionnelles, dit-il. Si nous voulons tirer quelque chose de ces gars-là, il faut changer d'approche et penser tactique.

Wisting se cala sur sa chaise. Manifestement, Stiller avait un plan.

— Au lieu d'attaquer Gudim avec des preuves bancales, utilisons ce que nous savons pour obtenir de nouveaux éléments, reprit-il. Nous devons faire sortir du bois ceux avec qui il a fait le coup.

— Comment on fait ? demanda Thule.

— On utilise ce qu'on a et ce qu'on sait, répondit Stiller.

Il remit la photo de Gudim en place avant de saisir un des cartons du butin et de le poser sur la table.

— L'argent, assena-t-il.

Les trois autres attendirent la suite. Stiller se tourna vers Audun Thule.

— La mère d'Oscar Tvedt est décédée il y a quelques mois, c'est bien ça ?

Thule hocha la tête.

— On va voir Gudim en prison et on lui montre une photo d'un carton en disant qu'il a été trouvé chez la mère de Tvedt après sa mort. Qu'il y avait aussi la clef de la station de pompage parmi les billets, et des traces ADN de son petit copain.

Wisting aimait l'idée. Elle ne manquerait pas de provoquer une réaction et, là où se trouvait Jan Gudim en ce moment, ils pouvaient contrôler l'intégralité de ses communications. Tous les appels téléphoniques entrant et sortant de la prison étaient sur écoute, et chaque visite pouvait être surveillée.

Stiller avait même anticipé quelques coups.

— On s'arrange pour lui donner l'impression que l'interrogatoire d'Oscar Tvedt a été fructueux, poursuivit-il. En passant, on mentionne dans quelle maison de repos il se trouve et on précise qu'il est prêt à nous parler. Ça devrait suffire pour que les autres braqueurs lui rendent une petite visite, histoire de s'assurer qu'il ne balance rien.

Audun Thule se pencha en avant sur la table.

— Vous voulez infiltrer la maison médicalisée où il se trouve ?

— Je veux l'équiper de caméras et de micros et attendre à côté de lui dans un fauteuil roulant, la bave au menton, quand quelqu'un viendra «lui apporter des chocolats», répondit Stiller en souriant.

— Il va falloir demander l'autorisation en haut lieu, fit remarquer Mortensen.

— Je m'en occupe, promit Wisting.

C'était une opération complexe, mais le potentiel de réussite était grand. Le procureur général serait sûrement du même avis.

Ils discutèrent des détails jusqu'à l'arrivée de Line et d'Amalie. Wisting résuma brièvement pour sa fille le plan de Stiller.

— La journaliste que j'ai vue, Henriette Koppang, a un informateur dans le cercle qui gravite autour des braqueurs, leur dit-elle, avant de leur répéter ce qui s'était dit : le butin avait été dérobé par un homme décédé par la suite dans un accident de moto.

— Lennart Clausen, donc, dit Wisting.

— Ça semble probable, acquiesça Stiller.

— Vous savez qui est sa source ? demanda Thule.

— Non, mais quand elle travaillait pour *Goliat*, elle a réalisé une série de grands portraits de criminels. C'est probablement un d'entre eux. Je dois aller à Oslo demain discuter avec Kim Werner Pollen, l'employé de l'aéroport qui était dans la même classe que Simon Meier quand ils étaient jeunes. Je pensais m'arrêter en même temps à la Bibliothèque nationale pour lire les interviews de *Goliat*. Je connais quelqu'un sur place qui pourrait me les trouver. Il y a peut-être des noms intéressants pour nous dedans.

Amalie n'était pas contente. Elle tira impatiemment sur la manche de sa mère.

— Nous allons devoir rentrer à la maison, soupira Line en prenant sa fille dans ses bras.

Wisting la raccompagna à la porte.

— Combien a coûté ton alarme antivol ? demanda-t-elle en installant Amalie dans le siège enfant à l'arrière du vélo.

— Je n'ai pas encore reçu la facture, répondit Wisting.

— Je crois que j'en veux une aussi. J'ai une vieille maison, les fenêtres sont faciles à crocheter.

— Je peux appeler Olve et lui demander un devis.

— Ça ne t'embête pas ?

Wisting secoua la tête et la regarda s'éloigner vers sa maison en poussant son vélo.

46

Dans la maison, l'air était chaud et étouffant. Line ferma à clef derrière elle, mais alla ouvrir la porte de la terrasse du salon et la fenêtre de la chambre d'Amalie. Puis elle passa dans la cuisine beurrer quelques tranches de pain pour sa fille.

— Maman?

Line se retourna. Amalie s'approchait, tenant dans ses bras le chat noir du jardin. L'animal se laissait faire.

— Fais attention! s'écria Line, craignant que ce traitement téméraire ne lui vaille morsures ou griffures.

La petite colla sa joue contre la fourrure ébouriffée. Le chat resta tranquille encore un moment avant de commencer à se débattre. Il se libéra d'un coup de reins, atterrit sur ses quatre pattes et s'enfuit.

Amalie poussa un cri, mais elle était avant tout surprise. Les griffes du félin avaient laissé deux égratignures sur le dos de la main. Line lui donna sa tétine, l'emmena dans la salle de bains, nettoya les plaies et lui posa un pansement.

Après le goûter, Amalie fut prête à dormir. Elle faisait encore la sieste en milieu de journée, et à peine allongée sur son petit lit, elle enfonça la tête dans l'oreiller. Line baissa les stores.

— Miaou, dit Amalie sous la couette.

Line se pencha sur elle et lui caressa les cheveux. Amalie désigna le mur.

— Miaou, répéta-t-elle en mâchouillant la tétine.

Line avait compris ce qu'elle voulait dire : le dessin qu'elles avaient fait ensemble quelques jours plus tôt avait disparu. Ne restait plus qu'un petit trou dans le mur à l'endroit où elle avait enfoncé la punaise.

— Mais oui, c'est vrai, où est passé le minou ? dit Line, avant de vérifier si le dessin n'avait pas pu glisser entre le lit et le mur.

Il n'était pas là. Amalie n'avait aucune explication à lui fournir et perdit vite tout intérêt pour la question. Elle tourna la tête sur le côté et choisit un bout bien doux de la housse de couette à frotter contre son visage.

Line emporta le panier de linge sale dans la buanderie. Dans l'une des poches, elle trouva un crayon rouge que sa fille avait dû ramasser dans le coin enfants du café pendant sa discussion avec Henriette.

Poussant un soupir, elle fourra les vêtements dans la machine à laver, lança un programme, puis descendit au sous-sol. Avant de s'asseoir à son bureau, elle examina le tableau d'affichage. Il était divisé en deux : à gauche, elle avait accroché des photos et des extraits de journaux de l'affaire du lac ; le côté droit était consacré à Lennart Clausen et à son entourage. Pour le moment, elle n'avait pas réussi à établir de connexion claire entre les deux parties du tableau.

Elle n'avait toujours pas discuté non plus avec Rita Salvesen, la mère de l'enfant que Lennart Clausen n'avait pas connue. Line avait réfléchi à la meilleure manière de l'aborder. Cette fille vivant en Espagne, il faudrait la contacter par téléphone ; or, elle trouverait forcément ça étrange que Line l'appelle pour parler de Simon Meier. Elle avait donc échafaudé un plan sur la façon dont elle pourrait entamer une conversation qui paraîtrait naturelle.

Il y eut de nombreuses sonneries avant que ça décroche, et à l'autre bout du fil, une voix claire et joyeuse confirma qu'elle était bien Rita Salvesen.

Line se présenta.

— Je travaille comme journaliste, mais je n'appelle pas pour vous interviewer, expliqua-t-elle. Je me demandais juste si vous saviez que Bernhard Clausen était mort ?

Il y eut un silence.

— Je l'ai vu dans les journaux, oui, finit par répondre Rita Salvesen. Mais personne ne m'en a avertie.

— Vous êtes l'unique héritière, poursuivit Line. Enfin, votre fille.

Nouveau silence.

— Pourquoi vous m'appelez, en fait ?

— J'ai écrit un article sur Clausen, expliqua Line. Sur sa vie. C'est comme ça que j'ai découvert, pour vous et Lennart. Il paraît qu'il a tout légué par testament au parti travailliste et qu'il n'a pas d'héritiers, que vous avez renoncé à toute succession.

Pour autant que Line sache, il n'y avait aucun testament ; c'était un petit mensonge innocent pour lancer la conversation. En outre, rien ne disait que la petite-fille de Clausen ne serait pas destinée à toucher quelque chose une fois la succession ouverte.

— Ce n'est pas vrai, répondit Rita Salvesen, clairement secouée. C'est juste que je ne voyais aucune raison de rester en contact avec lui après la mort de Lennart, étant donné que lui et son père se parlaient à peine.

— C'est bien ce à quoi je m'attendais, dit Line. Voilà pourquoi je vous appelle. Je voulais m'assurer que vous ne soyez pas lésée.

— Qu'est-ce que je dois faire ? demanda Rita.

— Vous n'avez qu'à vous rapprocher du tribunal de son lieu de résidence, ils vous conseilleront. Mais peut-être le plus simple serait que vous preniez un avocat.

— Avez-vous quelqu'un à me recommander ?

Il se trouvait que Line avait écrit un article sur le règlement des successions ; elle lui donna le nom de l'avocat qu'elle avait consulté pour le préparer.

— Pourquoi Lennart et son père ne se parlaient plus ? demanda-t-elle.

— Bernhard était égoïste, il ne s'intéressait qu'à la politique, répondit Rita. Il préférait aider les autres plutôt que sa famille.

On aurait dit qu'elle répétait les mots de Lennart.

— C'est-à-dire ?

— Sa femme, par exemple. Elle est morte d'un cancer. Il existait des médicaments qui auraient pu la sauver, mais il trouvait que lui en donner aurait été un manque de solidarité.

— Un manque de solidarité ?

— J'imagine qu'il pensait surtout à sa carrière, à ce que

les gens auraient dit si, en tant que ministre de la Santé, il avait changé les règles rien que pour soigner sa femme.

— Et vous ? Vous ne lui avez jamais adressé la parole ?

— Pas du vivant de Lennart. Mais nous n'étions pas ensemble depuis longtemps quand il est mort. Par contre, son père est venu nous voir quand Lena a eu un an.

Line eut l'impression que Rita voulait ajouter quelque chose.

— Pour quoi faire ? demanda Line, histoire de relancer la discussion.

— Moi aussi je me suis posé la question, répondit Rita. Il m'a donné une carte de visite avec son numéro direct et il m'a dit que si jamais on avait besoin de quoi que ce soit, je n'avais qu'à le contacter. Je l'ai appelé il y a quelques années, avant qu'on déménage en Espagne, et je lui ai demandé si on pouvait lui emprunter un peu d'argent. Il a répondu que ce n'était pas ce qu'il avait voulu dire.

— Qu'est-ce qu'il avait voulu dire, alors ?

— Il parlait de si jamais on tombait gravement malade, des choses comme ça. À croire qu'il était médecin.

— Avez-vous hérité de quelque chose de la part de Lennart ? demanda Line pour avancer vers la question qui l'intéressait vraiment.

— Non. Il est mort avant la naissance de Lena.

— Était-il riche ?

Rita Salvesen eut un petit rire.

— Il n'avait pas d'emploi fixe, dit-elle. Son père lui donnait un peu d'argent, j'imagine.

— Mais il avait acheté une moto, non ?

— Je crois qu'il avait fait un emprunt.

— Donc vous n'aviez pas l'impression qu'il roulait sur l'or ?
— Non.
Line changea de sujet de peur que Rita Salvesen ne commence à se demander où elle voulait en venir.
— Tout à fait autre chose, dit-elle. Vous êtes de Kolbotn, n'est-ce pas ?
— Oui.
— Je vais écrire un article sur une affaire de disparition, dit Line. Simon Meier. Vous vous souvenez de lui ?
— Celui qui s'est noyé ?
— Il s'est volatilisé à côté du lac Gjersjøen, oui, répondit Line. J'ai discuté avec plusieurs personnes ayant grandi avec lui pour essayer de savoir comment ils avaient vécu le fait que quelqu'un de leur génération disparaisse.
— Vous voulez me poser des questions sur lui ?
— J'ai parlé à Tommy Pleym, entre autres.
— Tommy…
Rita s'esclaffa en prononçant son nom.
— J'imagine qu'il n'en avait rien à faire, non ?
— Il ne se souvenait pas de grand-chose, admit Line.
— Moi non plus.
— Et du jour en question, vous vous en souvenez ?
— Oui, ils ont fait tourner des hélicoptères et tout le bazar, mais c'est tout ce que je me rappelle.
— Ça, c'est quand il a été porté disparu, expliqua Line. Ça faisait déjà deux jours qu'on n'avait plus de nouvelles.
— Je me souviens juste de l'hélicoptère. Mais Lennart connaissait Simon, lui.
Line s'assit et attrapa un stylo.

— Ah bon ?
— Ils jouaient souvent tous les deux quand ils étaient petits, ils allaient ensemble à l'école. Simon habitait dans la même rue que Lennart, quelques maisons plus loin seulement, mais il était un peu bizarre. Je ne crois pas que lui et Lennart soient restés en contact après la fin de l'école.

Cela correspondait à ce que le frère de Simon Meier avait dit.

— Comment Lennart a-t-il réagi quand Simon Meier a disparu ?
— Je ne sais pas s'il a réagi d'une façon particulière, il m'a juste raconté qu'il le connaissait.
— C'était longtemps après ?
— Je pense que c'était au moment où c'est paru dans le journal, quand tout le monde en parlait.
— Comment s'est-il comporté ?
— Qu'est-ce que vous voulez dire ?

Line réfléchit un moment, mais parvint à la conclusion que le plus simple était de poser directement la question :

— A-t-il dit ou fait quelque chose qui aurait pu laisser penser qu'il savait ce qui était arrivé ?

Rita ne répondit pas à la question.

— Non, mais il s'est noyé, n'est-ce pas ? C'est ce que tout le monde a dit.

Line comprit qu'elle n'obtiendrait rien de plus et s'apprêta à mettre fin à l'appel.

— Je ne sais pas. Certaines personnes prétendent l'avoir vu en Espagne, dit-elle d'un ton qu'elle voulait désinvolte.
— Moi, en tout cas, je ne l'ai jamais croisé, répondit Rita.

Line n'avait plus de questions. Elle raccrocha et se pencha

en arrière sur sa chaise. Elle n'était pas parvenue très loin dans l'analyse de la relation entre Simon Meier et Lennart Clausen, mais c'était tout de même suffisant pour relier les deux côtés de son tableau d'affichage.

47

Jan Gudim était incarcéré à la prison de Halden. Ils partirent à neuf heures pour être sûrs d'arriver avant midi. Wisting était au volant, Thule à côté de lui, et Stiller sur la banquette arrière. Ils se rendirent d'abord à Horten, d'où ils prirent le ferry pour traverser le fjord d'Oslo, et rejoignirent ensuite l'autoroute, qu'ils suivirent jusqu'à la ville de Halden, toute proche de la frontière avec la Suède.

La prison était située au sommet d'une colline boisée. De la bruyère roussie poussait au pied du mur d'enceinte lisse. À la lisière de la forêt, certains pins étaient nus, noirs, sans plus aucune épine, comme attaqués par un parasite.

Halden était l'un des centres de détention les plus modernes du pays, conçu pour pouvoir mener un suivi poussé des détenus pendant leur incarcération. Éducation, formation professionnelle et de nombreuses activités culturelles et de loisirs étaient les outils censés réduire les récidives et contribuer à un retour à une vie éloignée des milieux criminels à la fin de leur peine. Mais les bonnes impressions sur cette philosophie de l'emprisonnement que les médias s'étaient empressés de véhiculer ne correspondaient plus vraiment à la réalité : des années de coupes budgétaires de toutes sortes faisaient que les détenus passaient de plus en plus de temps enfermés.

Les trois enquêteurs se garèrent en bordure du vaste parking et s'avancèrent jusqu'au portail. Sous les caméras, Wisting sonna, donna leurs trois noms et expliqua qu'ils avaient rendez-vous avec le directeur de la prison.

À l'intérieur, deux surveillants pénitentiaires étaient postés de l'autre côté d'un portique de sécurité. Wisting prit un plateau en plastique en haut de la pile, y vida ses poches et le poussa en direction d'un des gardiens. L'autre lui fit signe de passer dans le détecteur de métaux. La machine n'eut aucune réaction, mais Wisting subit tout de même une fouille à corps.

Thule et Stiller eurent droit au même contrôle, puis ils furent escortés tous les trois jusqu'au bâtiment administratif, où ils durent remettre leurs téléphones portables.

— J'ai besoin du mien, dit Stiller. J'ai une affaire en cours.

Le gardien posté derrière la vitre de plexiglas protesta contre cette violation de la procédure habituelle, mais il n'avait aucun argument à opposer.

Le directeur, dont le nom, « E. Kallmann », était indiqué sur une petite plaque noire attachée au-dessus de sa poche poitrine gauche, les reçut dans la pièce réservée à la police dans le cadre des interrogatoires. Ils le mirent au courant de l'affaire sans trop entrer dans les détails et lui présentèrent les documents attestant qu'ils étaient autorisés à écouter les conversations de Jan Gudim.

— Comment ça se passe ? demanda Wisting. D'où appelle-t-il ?

— De la salle de garde de son unité.
— De quel téléphone ? Pouvez-vous nous montrer ?
— Gudim est dans l'unité C, il va falloir sortir et y aller à pied.

Wisting approuva d'un bref hochement de tête.

Kallmann les conduisit dehors, puis, à travers un petit bois, jusqu'à un bâtiment indépendant en retrait du complexe.

Chaque activité au sein de la prison avait lieu dans un endroit distinct. Kallmann leur expliqua que l'idée, derrière cette organisation, était de créer du rythme dans la vie quotidienne des prisonniers, qui devaient se déplacer entre les lieux d'habitation, ceux dédiés au travail et ceux dédiés aux loisirs, et ainsi avoir une relation au temps et au lieu.

— Peut-il nous voir ? demanda Thule en scrutant le bâtiment de deux étages.

Le directeur de la prison secoua la tête.

— Son unité de logement se trouve à l'arrière, dit-il.

Ils passèrent une série de portes fermant à clef et remontèrent plusieurs couloirs gris tapissés d'un lino qui couinait sous les chaussures. Des coups contre du métal et du béton, puis un cri assourdi par les portes verrouillées et les angles des couloirs leur parvinrent depuis une autre section.

Le directeur s'arrêta enfin devant une cabine et pointa l'index sur un téléphone sans fil posé dans sa base.

— Ils peuvent soit appeler d'ici, soit emporter le téléphone avec eux dans leur cellule.

— Et quand vous écoutez les conversations, demanda Stiller, comment ça fonctionne ?

— On utilise le combiné supplémentaire de la salle de

garde. C'est là que la connexion est établie, répondit le directeur.

Et, d'un signe de tête, il leur indiqua la pièce d'à côté, munie de parois vitrées donnant sur les espaces communs. Un gardien était assis face à un ordinateur, le combiné posé sur la table à côté de lui.

Les trois enquêteurs échangèrent un regard.

— Ça ne va pas nous convenir, conclut Thule.

— Y a-t-il un autre endroit d'où on pourrait l'écouter ? demanda Wisting.

Le directeur de la prison secoua la tête.

— De toute façon, son prochain temps de téléphone n'est pas avant demain soir, dit-il.

— Il n'a aucune possibilité d'appeler en cas d'urgence ? Kallmann sourit.

— Vous êtes dans une prison, dit-il. Il peut appeler son avocat ou les instances publiques, mais ça, ce sont des conversations auxquelles nous n'avons pas accès.

— J'ai besoin du numéro, lança Stiller en montrant la cabine du doigt.

Le directeur de prison hocha la tête. Il pénétra dans la salle de garde, échangea quelques mots avec le surveillant de service et en ressortit muni du numéro noté sur un bout de papier.

Stiller saisit son téléphone portable, ce qui fit sourciller Kallmann, mais il lui donna tout de même le papier sans faire de commentaires. Stiller composa le numéro. Quelques secondes plus tard, le téléphone sonnait dans la cabine.

— Parfait, dit Stiller. Il nous faut juste la garantie que c'est bien ce téléphone qu'il va utiliser, et que ni son gardien référent ni personne d'autre ne le laissera emprunter son bureau.

— Je vais en toucher un mot à mes hommes, lui assura Kallmann.

Puis il les conduisit hors du bâtiment. En revenant vers le complexe administratif, Stiller appela Kripos afin d'établir une surveillance téléphonique officielle.

— Ça sera opérationnel dans la demi-heure, dit-il après avoir raccroché.

C'étaient Stiller et Thule qui allaient mener l'interrogatoire. Wisting, quant à lui, suivrait le déroulement sur un moniteur depuis la salle de contrôle d'à côté, mais il pourrait aussi les observer directement à travers un miroir sans tain. Il entendrait tout ce qui se disait, mais pas Stiller et Thule. On leur expliqua comment contacter le premier surveillant quand ils auraient terminé, et ils passèrent quelques minutes à mettre le matériel vidéo en marche avant de signaler au personnel qu'on pouvait leur amener Gudim.

Wisting alla s'installer dans la pièce adjacente.

Stiller prépara une page vierge de son carnet. Thule avait apporté un dossier rassemblant ses notes. Ils avaient établi un plan précis, mais ils étaient également prêts à improviser, à prendre la température et suivre la direction que prendrait l'interrogatoire, quitte à laisser de côté tout ce qu'ils avaient préparé.

Il s'écoula près de dix minutes avant que la porte ne s'ouvre. Un gardien leur adressa un signe de tête et fit un pas à l'intérieur pour vérifier que tout était en règle avant de s'effacer et de laisser entrer Gudim.

L'homme était grand, large d'épaules, les angles du visage particulièrement saillants.

Stiller et Thule se levèrent et déclinèrent leurs noms sans lui tendre la main.

Gudim, avec une souplesse de chat, s'approcha de la chaise vacante et attendit que le surveillant ait quitté la pièce avant de s'asseoir.

— Je n'ai rien à vous dire, lâcha-t-il en posant les avant-bras devant lui sur la table.

Une réplique d'ouverture classique que Wisting avait entendue des centaines de fois.

— C'est pas grave, répliqua Stiller. On peut se charger de la conversation, du moment que vous nous écoutez.

L'homme ne dit rien.

— Je travaille dans l'unité des *cold cases* de Kripos, reprit Stiller. Audun Thule est directeur d'enquête dans la circonscription de police de Romerike. En 2003, il a dirigé les investigations sur le braquage de Gardermoen.

Ce n'était pas facile à affirmer de manière catégorique par écran interposé, mais il sembla à Wisting qu'un muscle venait de tressaillir sur le visage de Gudim.

— L'affaire a été rouverte parce qu'une partie du butin a été retrouvée, lança Thule.

Il sortit une photo de son dossier et la posa sur la table. La veille au soir, ils avaient eu accès à l'appartement de la mère d'Oscar Tvedt, resté vide depuis sa mort. Ils avaient placé un des cartons au fond d'une armoire et pris des photos.

— Dedans, il y avait six cent cinquante mille livres sterling, dit Stiller.

— Nous avons aussi trouvé ça, enchaîna Thule en

présentant l'image, authentique celle-là, du minijack. Il s'agit d'une pièce de talkie-walkie. On a trouvé l'ADN d'Oscar Tvedt dessus.
Et il présenta le rapport du fichier ADN.
— Vous le connaissez, dit Stiller. Vous avez été arrêtés ensemble en 2002. Entre autres.
À partir d'ici, ils avaient envisagé deux scénarios. Soit Gudim mettait fin sur-le-champ à la conversation et demandait à parler à son avocat, soit il leur servait une excuse.
Il se racla la gorge.
— Oscar a été radio dans le bataillon du Telemark, répondit-il. Ce genre de matos, ça l'intéressait. Il rachetait des trucs cassés pour les réparer et les revendre après les avoir bidouillés. Il est bien possible qu'il l'ait eu entre les mains, mais ça ne veut pas forcément dire qu'il a braqué l'avion.
— La photo a été prise au domicile d'Else Tvedt, répliqua Thule en montrant l'argent. La mère d'Oscar. Elle est morte il y a quelques mois.
Wisting aimait bien les répliques soigneusement répétées de ses collègues. La photo avait en effet été prise au domicile d'Else Tvedt ; ainsi, ils étaient couverts si jamais, à un moment, ils avaient besoin de produire l'enregistrement de l'interrogatoire.
À l'écran, Wisting vit Gudim se détourner, comme s'il regrettait de s'être ouvert aux deux enquêteurs.
— En plus de l'argent, nous avons trouvé autre chose d'intéressant, poursuivit Stiller.
Et il sortit la photo de la clef. Ils étaient tombés d'accord pour ne pas dire qu'ils avaient découvert à quoi elle correspondait car de toute manière, aux yeux de Gudim, la photo

seule suffirait à lui faire comprendre que la situation était grave.

— Avez-vous été en contact avec Oscar Tvedt dernièrement ? demanda Thule.

Le but de cette question était de donner l'impression qu'Oscar Tvedt était assez rétabli pour pouvoir mener une conversation.

— En ce moment, il vit à la maison de repos d'Abildsø, près du lac d'Østensjø, ajouta Stiller. Il est toujours en fauteuil roulant, mais il va bien.

— Nous voyons son avocat mercredi, déclara Thule en commençant à remballer ses papiers.

Ce n'était pas un mensonge : Thule avait effectivement rendez-vous avec Frida Strand, la tutrice légale d'Oscar Tvedt.

Stiller se leva et se dirigea vers l'interphone accroché au mur.

— Vous ne voulez toujours pas nous parler ? demanda-t-il.

Gudim ne lâcha pas un mot.

Stiller appuya sur le bouton et indiqua qu'ils avaient terminé. Puis il retourna à la table et y posa sa carte de visite.

— Vous savez comment ça fonctionne, dit-il. Le premier qui parle a un deal.

La porte s'ouvrit et un gardien entra. Stiller et Thule attendirent un moment, dans l'expectative, avant d'emboîter le pas au gardien et de laisser Jan Gudim seul dans la pièce.

Wisting se tourna vers la porte. Stiller et Thule le rejoignirent et s'avancèrent jusqu'au miroir sans tain.

— Il a de quoi ruminer maintenant, conclut Thule.

Gudim, toujours assis, avait renversé la tête en arrière et fixait le plafond. Puis il se pencha lentement en avant, balaya la table du plat de la main et ramena à lui la carte de visite de Stiller. Il la regarda, la tourna et la retourna longuement, et la fourra dans sa poche.

Les trois enquêteurs attendirent dans la salle de contrôle qu'on vienne chercher Gudim pour le ramener dans sa section et qu'on les reconduise quant à eux vers la sortie.

En récupérant son téléphone, Wisting vérifia s'il avait des messages. Deux appels en absence, mais rien d'urgent. Alors qu'il déverrouillait la dernière porte, la radio du garde qui les escortait crépita.

Il répondit.

— Tu es toujours avec les policiers ? demanda son collègue dans l'appareil.

— Oui.

— Juste un petit message pour eux de la part du directeur : « Il vient de demander à appeler son avocat. » Ils comprendront.

L'officier regarda Wisting.

Celui-ci hocha la tête.

Les choses étaient en marche.

48

Line gara sa voiture sous l'abri des pompes à essence en suivant le marquage au sol et relut ce qu'elle savait sur Kim Werner Pollen. Il avait été dans la même classe que Simon Meier à l'école primaire et au collège. Après le lycée, il avait eu plusieurs emplois, dont celui de bagagiste à l'aéroport de Gardermoen. Aujourd'hui, il était gérant de sa propre station-service.

L'une des pompes était condamnée, un homme était en train de la démonter. Il semblait y avoir eu un départ d'incendie dans la poubelle attenante.

Line attendit qu'il y ait moins de clients pour enclencher son dictaphone, le mettre dans son sac et descendre de voiture. N'ayant pas trouvé le numéro de téléphone de Kim Werner Pollen, elle avait appelé celui de la station-service. Un employé avait décroché et lui avait dit que le patron serait au bureau aujourd'hui.

Derrière le comptoir, une fille aux cheveux longs retournait des saucisses sur un gril.

— Je suis venue voir Kim Werner Pollen, dit Line.

— C'est par là, répondit la fille en pointant sa pince à

saucisses vers un couloir au bout du comptoir. Dernière porte à gauche.

Line suivit les instructions et tomba sur un homme plutôt enrobé, en T-shirt, assis à son bureau.

— Bonjour, dit-elle en frappant à l'encadrement de la porte. Kim Werner Pollen ?

L'homme leva les yeux. Il avait une éraflure relativement fraîche sur la joue.

— C'est moi, répondit-il.

Line lui expliqua qui elle était.

— J'essaie de savoir ce qui est arrivé à un de vos camarades de classe, dit-elle. Simon Meier.

— Alors vous devriez prendre des cours, lança l'homme derrière son bureau.

Line le fixa, interloquée.

— Des cours de plongée. Simon Meier est au fond du lac Gjersjøen.

Line fit quelques pas en direction de la chaise réservée aux visiteurs.

— J'écris un article sur sa disparition, poursuivit-elle.

— Vous ne devriez pas, coupa Kim Werner Pollen avant qu'elle ait eu le temps d'ajouter quoi que ce soit. Tout ce que vous réussirez à faire, c'est raviver de vieilles blessures et créer de faux espoirs. Ça vendra peut-être quelques journaux, ça vous permettra peut-être de vous mettre en avant et d'être félicitée par votre patron, mais la famille et les amis de Simon, ça ne va pas les aider, eux.

Ça ressemblait à une tirade apprise par cœur. À croire que Pollen avait répété ses arguments devant la glace, qu'il s'attendait à la visite de Line et s'était préparé à l'envoyer balader avec des commentaires méprisants.

— Vous étiez amis ? demanda-t-elle.

— Nous étions dans la même classe.

Line resta debout.

— J'ai lu tout le dossier de l'enquête, dit-elle, et ça m'a donné l'impression qu'en fait il n'avait pas vraiment d'amis.

Kim Werner Pollen pencha la tête de côté.

— Et vous allez écrire ça ?

— J'essaie de trouver différents angles d'approche, et je suis à la recherche de quelqu'un qui pourrait me raconter ce dont il se souvient du jour où Simon Meier a disparu.

Son interlocuteur croisa les bras devant sa poitrine.

— Vous vous en souvenez ? insista Line.

Kim Werner Pollen sourit d'un air condescendant et secoua la tête. Décidément, aucune des personnes à qui Line avait parlé n'avait gardé en mémoire le jour de la disparition de ce garçon.

— Ça s'est passé le même jour que le braquage à Gardermoen, reprit-elle. Vous travailliez là-bas à l'époque, je crois ?

C'était une question soigneusement réfléchie. Line voulait qu'elle semble fortuite, simplement destinée à lui rafraîchir la mémoire, mais ce qu'elle cherchait à voir, c'était sa réaction quand elle mentionnerait le braquage. Kim Werner Pollen ouvrit la bouche et resta quelques secondes ainsi, stupéfait, à cligner vivement des yeux, avant de pâlir.

— Je n'étais pas au travail ce jour-là, finit-il par répondre en se levant. Mais je suis assez occupé, là…

— Oui, désolée, répondit Line en se tournant à moitié vers la porte. Il y a eu le feu dans une poubelle, c'est ça ?

— Mmh. Ce n'est pas grave, dit Pollen en faisant le tour du bureau. Un mégot ou je ne sais pas quoi.
— Vous vous êtes servi des caméras de surveillance ?
— Hein ?
— Des caméras de surveillance, répéta Line. Pour savoir ce qui s'est passé.
— Elles sont en panne, expliqua Pollen en portant la main à la croûte de sang encore fraîche qui s'était formée sur sa joue.

Son langage corporel indiquait clairement qu'il s'apprêtait à sortir du bureau. Line le précéda vers la porte avec l'impression d'être poussée dehors.

— Ça aurait pu être bien pire, dit-elle.

Pollen la suivit jusqu'à la boutique.

— Ça aurait pu, répondit-il avant de se planter derrière le comptoir.

Une partie de la croûte venait de sauter sous ses ongles, et un peu de sang coulait sur sa joue.

— Heureusement, cette fois, ça s'est bien terminé.

Line se demanda si elle devait acheter quelque chose pour essayer de mentionner, en passant, le nom de Lennart Clausen, mais le ton de Kim Werner Pollen était passé d'aigre et sarcastique à franchement hostile. Elle marmonna un « merci », sortit, et jeta un coup d'œil à la caméra de surveillance la plus proche. Puis elle monta en voiture et éteignit son dictaphone.

Le braquage était à l'évidence un sujet que Kim Werner Pollen ne souhaitait pas aborder. En 2003, il faisait partie de l'équipe au sol et aurait très bien pu être la taupe dont les braqueurs avaient besoin comme source d'informations internes.

Elle mit le contact et prit la direction d'Oslo. En conduisant, elle rembobina et réécouta toute la conversation à la station-service. Elle l'écouta deux fois, et cela ne fit que renforcer l'impression qu'elle avait eue sur place : Kim Werner Pollen semblait déjà savoir ce qu'il allait lui dire, comme si quelqu'un l'avait averti qu'elle était susceptible de venir le voir. L'avertissement en question avait peut-être été musclé, d'ailleurs, songea-t-elle en repensant à l'éraflure encore fraîche sur la joue du gérant.

Elle se demanda si elle devait appeler son père, mais elle avait peur d'exagérer l'importance de la réaction de Pollen. Elle avait beau avoir consacré tout son temps à étudier l'affaire ces derniers jours, elle ne voyait pas qui aurait pu faire pression sur lui. Peut-être avait-il juste passé une mauvaise journée : il s'était blessé, et en plus, il avait failli y avoir un incendie à la station-service. C'était plus que suffisant pour mettre quelqu'un de mauvaise humeur. Et puis, son père avait d'autres chats à fouetter en ce moment.

49

Juste après avoir traversé la rivière Glomma, Wisting quitta l'E6 et s'arrêta dans une station-service. Il fit le plein pendant que Stiller appelait ses collègues de Kripos pour écouter la conversation entre Jan Gudim et son avocat. Il connecta son téléphone au kit mains libres de la voiture afin que tous les trois puissent entendre.

— Ici Harnes.
— C'est Gudim.
— Ça faisait longtemps.
— Il faut que vous veniez me voir.
— Il est arrivé quelque chose ?
— Faut que je vous parle.
— Je peux venir jeudi.
— Vous devez mettre vos fesses dans votre voiture *maintenant*.

Il y eut un silence.
— Ça va être difficile, dit l'avocat au bout d'un moment.
Ils entendaient le souffle de Gudim. L'avocat se racla la gorge.

— Vous ne voulez pas me dire ce qui se passe ? Juste en quelques mots ?
— Aujourd'hui, j'ai eu la visite de deux enquêteurs. Un de la cellule des *cold cases* de Kripos.
— Je vois, murmura l'avocat d'une voix circonspecte.
— L'autre a dirigé l'enquête sur le braquage de Gardermoen en 2003.
Nouveau silence.
— Ils avaient des documents ?
— Des photos et des analyses ADN, mais pas de mise en examen, si c'est à ça que vous pensez. Par contre, j'ai l'impression que ce n'est qu'une question de temps.
L'avocat prit une grande inspiration.
— Il vaudrait mieux que je vienne, en effet. Je me mets en route dans une demi-heure maximum.
— Bien.
C'était la fin de la conversation.
— C'est à peu près ce qu'on avait prévu, commenta Wisting. Il ne dit rien de compromettant au téléphone, même à son avocat.
— Je connais Harnes, dit Stiller. Gudim va se servir de lui pour faire passer des messages hors de prison.
— Il veut prévenir les autres braqueurs, acquiesça Thule. Pour qu'ils aillent s'assurer qu'Oscar Tvedt ne balance rien.
Wisting ouvrit la portière de la voiture.
— Il me faut une saucisse avant de continuer, dit-il.

50

Ne trouvant aucune place libre autour de la Bibliothèque nationale, Line finit par laisser sa voiture plus loin, dans le quartier de Vika. En remontant vers la bibliothèque, elle appela Sofie pour voir comment les choses se passaient avec Amalie.
— On vient de manger, lui dit Sofie.
D'un coup, Line se rendit compte qu'elle avait faim.
— Désolée de te mettre à contribution comme ça, dit-elle, mais finalement, j'ai beaucoup plus de travail que prévu.
— C'est positif, non ? demanda Sofie. Tu factures à l'heure, je crois ?
— Oui, oui, répondit Line. Et puis heureusement, la semaine prochaine, Amalie commence la crèche.
— Oui, mais c'est juste la semaine d'adaptation, lui dit Sofie. Elle n'ira que deux ou trois heures, tu ne pourras pas te rendre à Oslo tous les jours. Parfois, ils t'appellent pour que tu viennes la chercher dans le quart d'heure.
— Je sais, répondit Line en montant les marches du bâtiment centenaire. Mais je devrais bien avancer cette semaine.
Les portes du grand bâtiment s'ouvrirent devant elle. Elle

remercia encore une fois Sofie pour sa disponibilité et pénétra à l'intérieur. À l'époque où elle travaillait pour *VG*, elle était venue plusieurs fois ici et les bibliothécaires l'avaient aidée à trouver ce dont elle avait besoin. La plupart des documents étaient en magasin et il fallait les commander. Elle savait que si elle appelait avant neuf heures, ce qu'elle cherchait serait prêt pour midi. La pile de magazines l'attendait déjà dans la salle de lecture. *Goliat* avait sorti vingt-sept numéros avant de disparaître. Ils étaient tous là, par ordre chronologique.
Elle en fit deux piles à peu près égales et commença à les feuilleter. Assez rapidement, Line trouva le nom d'Henriette dans un reportage sur Krimvakta, la section des affaires criminelles, dans le district d'Oslo. Dans le numéro suivant, Henriette avait signé un article sur le métier de videur, ainsi qu'un reportage sur les criminels norvégiens implantés en Espagne. Un autre numéro proposait une série de portraits de gangsters célèbres. Le premier était consacré au chef des Hells Angels de Norvège. Puis venait un trafiquant d'alcool notoire qui racontait son histoire. Ensuite, c'était un chef de gang condamné pour meurtre. Les photos, la mise en page et le contenu des chapôs donnaient envie à Line de tout lire, mais ce n'était pas ce qu'elle cherchait.
Elle continua à tourner les pages et tomba sur l'interview d'un homme qui préférait cacher son identité et posait de dos pour le photographe. Il était également anonymisé dans le texte, mais Henriette Koppang avait pris soin de citer la description qu'en faisait la police, à savoir qu'il était «l'un des plus puissants acteurs de la pègre norvégienne». Il avait été acquitté du meurtre d'un chef de gang pakistanais et,

récemment, le procureur général d'Oslo avait retiré l'acte d'accusation contre lui dans une grosse affaire de trafic de drogue. Le reportage expliquait de quelle manière il s'était retrouvé englué dans un réseau d'amis évoluant en dehors du cadre de la loi mais que, quoi qu'en dise la police, il n'avait jamais rien fait de répréhensible lui-même. Cet homme avait tout à fait le profil de l'informateur secret d'Henriette.

L'affaire de meurtre pour laquelle il avait été acquitté était narrée en détail et illustrée avec des images d'archives. Au fur et à mesure qu'elle lisait, Line sentait l'inquiétude la gagner. Elle sortit son Mac de son sac et ouvrit le dossier contenant les informations qu'Audun Thule avait rassemblées sur les auteurs supposés du braquage. La date du meurtre du chef de gang indiquée dans l'interview concordait avec celle de l'homicide dont Aleksander Kvamme avait finalement été acquitté. Quant à l'inculpation de trafic de drogue retirée, elle correspondait à celle dont Jan Gudim avait finalement été reconnu coupable.

L'inquiétude qu'éprouvait Line fit place à une véritable panique qui lui paralysa les sens.

Il était fort probable que l'informateur d'Henriette et le cerveau présumé du braquage soient une seule et même personne. Si ça se trouvait, la source qu'Henriette avait recrutée n'était autre qu'Aleksander Kvamme. Line fut prise d'un frisson en comprenant ce que cela signifiait.

Elle était soulagée d'avoir caché certaines informations à sa collègue. Il était peu probable qu'elle se mette vraiment dans le pétrin, mais cela compliquait tout de même l'affaire. Henriette pouvait être en danger.

Au lieu d'utiliser la photocopieuse, Line prit les articles en photo avec son téléphone et se dépêcha de sortir du bâtiment. En chemin vers l'endroit où elle avait laissé sa voiture, elle appela Henriette. Ça sonnait dans le vide.

Elle remonta la bandoulière de son sac sur son épaule et commença à lui écrire un SMS pour lui demander de la rappeler. Tout à coup, elle sentit qu'on la poussait dans le dos, elle fut projetée en avant, et son téléphone lui échappa des mains. Quelqu'un tirait sur la bandoulière. Elle poussa un cri, agrippa son sac et tenta de le ramener à elle. Un homme vêtu de noir, casque de moto sur la tête, leva le poing et la frappa à la tempe. Elle chancela, mais ne desserra pas son étreinte. L'homme frappa encore, plus fort. Cette fois, le coup envoya Line à terre. L'agresseur lui donna un coup de pied dans le ventre. Lâchant prise, elle entoura sa tête de ses bras pour se protéger. L'homme lui arracha le sac et se mit à courir. Lorsque Line rouvrit les yeux, il s'engageait dans une rue latérale. Il sortit le Mac, jeta le sac, et enfourcha une moto derrière un acolyte qui l'attendait. Line se releva. La plaque d'immatriculation était tordue de manière à cacher le numéro, et la moto disparut dans un rugissement.

Line regarda autour d'elle. Personne ne semblait avoir vu ce qui s'était passé – ou, si c'était le cas, les témoins s'en fichaient.

Elle ramassa son téléphone, traversa la rue, récupéra son sac à main et ses affaires éparpillées autour. Ce n'est qu'une fois assise au volant de sa voiture qu'elle sentit le contrecoup physique de l'agression lui tomber dessus. Elle se mit à trembler de tout son corps, à hoqueter et à chercher son souffle. Au bout d'un moment, elle réussit à reprendre ses esprits.

Son agresseur n'avait pas choisi sa cible au hasard. Il voulait juste son ordinateur, car il n'avait pas touché à son portefeuille ni au reste de ses affaires.

Son Mac contenait l'intégralité des informations qu'elle avait recueillies sur Simon Meier et les Clausen père et fils, photos, notes, fiches de renseignements, sans compter les rapports qu'elle avait écrits pour son père. Tout étant également stocké sur un cloud, elle n'avait rien perdu – d'ailleurs, elle avait aussi tous ses dossiers chez elle sur son ordinateur de bureau –, mais plus elle y pensait, plus elle était persuadée que le but de son agresseur était de savoir ce qu'elle savait. Et qu'il s'agissait des mêmes personnes que celles qui avaient menacé Kim Werner Pollen à la station-service pour qu'il se taise. Heureusement, son ordinateur était protégé par un mot de passe, il ne serait donc pas facile de l'ouvrir. Mais une fois le mot de passe trouvé ou le système craqué, une bonne partie de l'enquête en cours serait accessible. La seule chose sur laquelle elle n'avait aucun élément concret, c'était l'argent. Nulle part elle ne mentionnait qu'il avait été retrouvé, nulle part elle ne disait où il était à présent.

Elle examina son téléphone. L'écran était fissuré et la coque abîmée, mais elle pouvait encore s'en servir. Elle aurait dû appeler la police, mais choisit le numéro de son père.

51

Il était quinze heures trente lorsque Wisting se gara devant la maison de repos d'Abildsø, en périphérie d'Oslo. Quelque part sur l'E6, ils avaient probablement croisé l'avocat Harnes en route pour la prison de Halden.

Le bâtiment dans lequel résidait Oscar Tvedt ne différait pas beaucoup des autres aux alentours, mais de grandes zones extérieures dégagées, adaptées aux utilisateurs de fauteuils roulants, lui donnaient un air champêtre.

La directrice les attendait dans son bureau. Elle était accompagnée de l'infirmière en chef et d'une avocate déléguée par la commune, assise le dos bien droit, l'air inflexible, des cascades de boucles blondes tombant sur ses épaules.

C'est Stiller qui dirigea la conversation.

— Je vous remercie d'avoir accepté de nous recevoir si vite, dit-il en guise d'introduction. Comme je vous l'ai expliqué au téléphone, l'un de vos patients est gravement menacé.

— De qui s'agit-il ? demanda la directrice.

— Nous avons reçu cette information dans le cadre d'une vaste affaire sur laquelle nous enquêtons en ce moment. Je sais que vous êtes déjà tenues au secret professionnel au sujet des patients, mais il est particulièrement important que personne ne soit au courant de notre présence.

Les trois femmes acquiescèrent.

— L'homme en question est Oscar Tvedt, reprit Stiller.

L'infirmière en chef eut du mal à retenir une petite exclamation d'étonnement.

— Mais il est dans un état quasiment végétatif depuis au moins dix ans, protesta-t-elle.

— Nous le savons, répondit Stiller, mais cela ne change rien à la situation. Je ne peux pas entrer dans les détails, mais les informations dont nous disposons font que nous devons prendre des mesures de précaution.

— C'est-à-dire ?

— Nous allons placer ici deux policiers en civil jusqu'à ce que la menace soit écartée.

L'avocate se pencha en avant.

— Ne serait-il pas plus approprié de transférer le patient vers un endroit plus sûr ? demanda-t-elle en remontant ses lunettes.

— Nous pensons que ce serait disproportionné, et immérité pour Oscar Tvedt. C'est ici qu'il habite, ici qu'il reçoit le suivi médical quotidien dont il a besoin.

— Et le personnel et les autres patients ? Y avez-vous pensé ? demanda la directrice. Beaucoup de nos pensionnaires sont des personnes âgées souffrant de démence. Tout écart par rapport à leur routine pourrait les déranger.

— Cela a été pris en compte, lui assura Stiller. Nous tablons sur un retour à la normale dans quelques jours.

Wisting sentit son téléphone vibrer dans sa poche. Il l'en tira. C'était Line. Elle attendrait.

— Et comment allez-vous mettre cette surveillance en place, concrètement ? voulut savoir l'infirmière. Nous recevons des visiteurs tous les jours.

— Nos hommes se déguiseront en visiteurs eux aussi, expliqua Stiller. Et nous équiperons la chambre d'Oscar Tvedt avec des caméras, pour avoir un enregistrement des faits au cas où quelque chose se produirait.

— Vous comptez filmer nos employés pendant qu'ils viennent effectuer des soins dans sa chambre ? s'exclama l'infirmière en chef.

Stiller la regarda droit dans les yeux.

— C'est un problème ?

Il n'eut aucune réponse.

— Nous organiserons des tours de garde, poursuivit-il. Je serai de retour en personne dès demain matin.

L'avocate de la commune leva la main.

— Attendez une minute, lança-t-elle. J'ai l'impression que vous comptez vous servir de ce patient comme une sorte d'appât. Avons-nous des garanties que personne ne sera blessé si jamais les auteurs des menaces viennent jusqu'ici ?

Wisting la dévisagea. Cette femme était vive, se dit-il. Elle devrait utiliser son diplôme de droit ailleurs que dans une petite mairie.

— Je ne peux rien garantir si nous ne mettons pas de mesures en place, répondit Stiller. Mais comme je vous l'ai dit, il s'agirait d'un laps de temps très court, jusqu'à ce que la situation soit réglée.

Line appela de nouveau. Wisting s'excusa et sortit dans le couloir pour répondre.

— C'est moi, dit Line.

Wisting perçut aussitôt le désespoir dans la voix de sa fille.

— Il s'est passé quelque chose ? demanda-t-il.

— Quelqu'un m'a volé mon Mac.

— Comment c'est arrivé ?

— Dans la rue, en sortant de la Bibliothèque nationale. Un type avec un casque et des gants a surgi derrière moi, il m'a arraché mon sac, pris mon Mac, et il s'est enfui à moto.

— Tu es blessée ?

— Quelques égratignures, expliqua Line, qui attendit un peu avant de poursuivre, je ne pense pas que ce soit un hasard. Je pense que c'est lié à l'enquête.

— Tu as appelé la police ?

— Je devrais ?

— C'est un vol, Line. Il faut le signaler.

— D'accord.

— Tu es où, là ?

— Dans ma voiture, trois rues au-dessous de la Bibliothèque nationale.

— Moi aussi je suis à Oslo, dit Wisting. J'arrive.

Ils raccrochèrent. Wisting rejoignit les autres et dit :

— Il faut qu'on y aille.

Thule et Stiller se levèrent.

— De toute façon, nous avions terminé, répondit Stiller en hochant la tête.

Il consulta sa montre et dit à la directrice :

— Nos hommes seront ici dans une heure.

Aucune des trois femmes n'avait de commentaire à ajouter.

— Qu'est-ce qui se passe ? demanda Thule une fois la porte refermée derrière eux.

— Line a été agressée, expliqua Wisting. Quelqu'un lui a volé son ordi portable. Elle est à côté de la Bibliothèque nationale.

Il pressa le pas et monta en voiture. Stiller le guida par le chemin le plus court à travers la ville pendant qu'il leur racontait le peu qu'il savait. À leur arrivée, un véhicule de patrouille était garé derrière la voiture de Line et un agent, muni d'un bloc-notes et d'un dictaphone, prenait sa déposition. Une femme en uniforme examinait la chaussée.

Wisting glissa son badge autour de son cou avant de descendre de voiture. Thule et Stiller firent de même.

Le policier qui prenait la déposition semblait avoir terminé. Il remit le dictaphone dans sa poche et se tourna pour leur faire face. Ses yeux s'arrêtèrent sur les trois badges.

— Je pense que nous avons la situation sous contrôle, dit-il, une légère surprise dans la voix.

— Je l'espère, répondit Stiller, tendant son badge en avant pour que l'agent puisse mieux le voir. Adrian Stiller, de Kripos. Elle est avec nous.

— Ce sont vos collègues ? demanda le policier à Line en se tournant vers elle.

Line secoua la tête. Wisting s'approcha d'elle, la prit par les épaules et l'attira à lui.

— Elle travaille comme consultante spéciale pour nous, précisa Stiller. Elle était de service lorsqu'elle a été agressée.

La policière qui avait examiné le lieu de l'infraction s'approcha d'eux.

— Je vous suggère de prendre contact avec Krimvakta

pour récupérer tous les enregistrements de vidéosurveillance qui existent dans un rayon de deux cents mètres, lança Stiller. Il y a forcément une caméra qui a filmé la moto.

— C'est lié à une affaire sur laquelle vous travaillez ? demanda le policier.

— Nous ne pouvons pas l'exclure, répondit Stiller.

— Les vols de sac à main, ce n'est pas spécialement rare, fit remarquer la policière.

— En effet, mais là, c'est un cas atypique, rétorqua Stiller. Vous, vous pensez aux petits vieux qui se font dépouiller en sortant de la banque. Là, c'est différent.

Il fouilla dans sa poche intérieure.

— Voici ma carte, dit-il en la tendant au policier. J'aimerais bien être prévenu si vous retrouvez la moto.

Le policier prit la carte de visite et dit :

— Bien. Nous, nous avons terminé ici.

Stiller se tourna vers Line.

— Thule et moi, nous prenons votre voiture, dit-il. Vous, montez avec votre père.

Line, visiblement reconnaissante, lui remit les clefs. Wisting appréciait le dynamisme et l'initiative dont Stiller faisait preuve, mais il se tut.

— Il n'y a pas forcément de lien direct avec notre affaire, déclara Thule, mais nous devons en tenir compte. Ça change la donne. L'enjeu grossit.

Stiller était du même avis.

— L'enjeu grossit, d'accord. Mais c'est encore nous qui décidons des règles, conclut-il.

52

Les chaises raclèrent le sol quand ils s'assirent dans leur Q.G. improvisé chez Wisting. Line était en bout de table. Elle commençait à avoir mal à la tête et sentait que le côté gauche de son visage était enflé à l'endroit où elle avait reçu les coups de poing.

Espen Mortensen les avait rejoints. Il était surpris.

— Mais comment ont-ils fait pour te retrouver ? demanda-t-il.

— Je pense que quelqu'un m'a suivie depuis la station-service, répondit Line.

Elle leur raconta son entrevue avec Kim Werner Pollen et conclut :

— À mon avis, c'est lui, la taupe de l'aéroport.

— Comment auraient-ils pu savoir que tu travaillais sur cette enquête ?

Line avait mis à profit le trajet en voiture depuis Oslo pour imaginer différents scénarios.

— Soit quelqu'un que j'ai interrogé est directement impliqué dans le braquage, soit Henriette Koppang a parlé de moi à sa source.

Elle avait transmis à son père les photos du portrait d'Aleksander Kvamme dans *Goliat*, et les leur montra sur son iPad.

— Mais alors, elle aussi est en danger, fit remarquer Thule. Vous l'avez eue au téléphone aujourd'hui ?

Line secoua la tête.

— J'étais en train d'essayer de l'appeler quand je me suis fait agresser.

— Essayez encore une fois, dit Stiller.

Line prit son téléphone. Ça sonnait, mais personne ne décrocha.

— Et elle ne vous rappelle pas, même en voyant votre appel en absence ? demanda Stiller. Ça fait plus de deux heures maintenant.

Line écrivit un court message demandant à Henriette de lui faire signe.

— Elle est peut-être occupée, dit-elle.

Mais elle se sentait inquiète.

— Jusqu'à quel point je peux la mettre au courant quand je l'aurai au téléphone ?

— Nous sommes obligés de l'avertir du danger, répondit son père. Tu peux la prévenir que, d'après ce qu'une source policière t'a indiqué, Aleksander Kvamme a été fortement suspecté à l'époque de l'enquête sur le braquage.

— Oui, ce n'est pas un problème, acquiesça Thule. À qui d'autre avez-vous parlé du vol ?

— Personne, répondit Line. Je n'ai parlé que de Simon Meier.

Mortensen se cala contre le dossier de sa chaise et essaya de résumer la situation.

— Donc, si l'agression a quelque chose à voir avec l'enquête, on ne sait pas si ça concerne celle du braquage ou celle sur la disparition ?

— Les deux sont liées, souligna Thule.

— Et à qui avez-vous parlé de l'affaire de la disparition ? demanda Stiller.

Line avait dressé une liste. Elle n'était pas longue. À part Henriette, il y avait Kjell Meier, le frère de Simon, et Ulf Lande, qui avait dirigé l'enquête initiale.

— Les deux seules personnes étrangères à l'affaire, c'est Tommy Pleym et Kim Werner Pollen, dit-elle.

— Je vais regarder leur cas de plus près, dit Thule.

Le téléphone de Stiller sonna. Il se leva et sortit.

— Vous avez aussi discuté de Bernhard Clausen avec quelques personnes, non ? reprit Mortensen.

— Seulement avec des gens du parti. Edel Holt et Guttorm Hellevik. Et puis j'ai rendez-vous avec Trygve Johnsrud mercredi.

Audun Thule se leva.

— Il faut que je rentre à mon hôtel, dit-il. Au bout du compte, ce qui s'est passé est positif pour l'enquête. Ces gens ont fait profil bas pendant des années, croyant que l'affaire du braquage et celle de la disparition étaient oubliées. Mais maintenant qu'on commence à donner des coups de pied dans la fourmilière, ils s'affolent, ils vont enfin mettre le nez dehors. C'est bon pour nous. Les types de ce genre sont toujours plus faciles à attraper quand ils sont en mouvement.

Stiller, qui avait terminé son appel téléphonique, revint dans la pièce.

— C'était la prison de Halden, expliqua-t-il. L'avocat

Harnes s'est présenté là-bas à quatre heures moins le quart. Il vient de partir.

Thule regarda sa montre.

— Presque trois heures, commenta-t-il. Ils en avaient, des choses à se dire.

Le téléphone de Stiller sonna à nouveau. Cette fois, il décrocha sans sortir de la pièce, répondit par de brefs «oui» et «parfait», et raccrocha.

— Nos hommes sont en place à la maison de repos. Et les caméras sans fil installées. On peut les suivre d'ici si on veut.

— Il faut que j'aille chercher Amalie, dit Line en se levant de sa chaise.

Son père lui proposa d'y aller à sa place.

— Ça ira, merci, lui assura-t-elle.

Stiller lui rendit les clefs de sa voiture. En sortant, elle passa aux toilettes et s'examina dans le miroir. Autour de l'œil gauche, sa peau était bleue, presque noire.

Quand elle arriva, Sofie et les filles étaient dans le jardin. Amalie courut vers elle et se jeta à son cou. Line la prit dans ses bras.

— Qu'est-ce qu'il t'est arrivé? demanda Sofie.

Il aurait été trop compliqué de lui expliquer l'agression.

— J'ai trébuché, se contenta-t-elle de répondre. J'ai fait tomber mon téléphone en même temps, l'écran est cassé.

Amalie se dégagea et leva les yeux sur sa mère.

— Ça va bien, la rassura Line en l'embrassant sur la joue.

— Tu es allée aux urgences? demanda Sofie. Tu pourrais avoir une commotion cérébrale.

— Ce n'est pas aussi horrible que ça en a l'air, dit Line

en souriant. Je crois que je vais juste rentrer à la maison me reposer.

Sofie la suivit jusqu'à la voiture.

— Tu veux que je la prenne demain aussi ? demanda-t-elle.

— Ce n'est pas la peine, répondit Line en installant Amalie sur le siège enfant. Demain, je ne vais nulle part.

Pendant qu'elle se garait devant la maison, elle vit le chat noir assis sur les marches du perron, occupé à sa toilette. Amalie courut vers lui, mais le chat prit peur, bondit et disparut.

En déverrouillant la porte, Line songea qu'elle aurait dû rappeler à son père de contacter la société de gardiennage pour elle. À la lumière de ce qui s'était passé après sa visite à la Bibliothèque nationale, l'hypothèse qu'un intrus s'était introduit chez elle devenait encore plus probable. Ça semblait même presque logique, si la motivation de l'homme était de voir dans son jeu.

Pour dîner, elle leur prépara à toutes les deux un smoothie au yaourt et aux fruits. Ensuite, elle donna son bain à Amalie, la coucha et lui lut une histoire avant qu'elle s'endorme.

En s'installant devant son Mac de bureau au sous-sol, Line se dit que son assurance couvrirait probablement le vol. Elle se connecta à son espace personnel sur le site de son assurance, mais il lui fallait une attestation signée par la police ainsi que les spécifications exactes de l'ordinateur volé.

Il existait aussi, dans son Mac, une fonctionnalité qui permettait de le géolocaliser, mais pour cela, il fallait qu'il soit connecté à Internet. Elle vérifia, au cas où. Rien.

Puis elle lut la presse en ligne. Les funérailles de Bernhard

Clausen étaient abondamment couvertes, avec des photos des politiciens célèbres et des anciens ministres qui y avaient assisté. Jonas Hildre s'y était rendu pour *Dagbladet*. Après son reportage, des liens renvoyaient à d'autres articles d'actualité à son sujet, dont celui sur l'incendie du chalet et le livre auquel Clausen travaillait. Il y avait aussi une interview d'Arnt Eikanger, l'agent de police municipale devenu politicien à plein temps. Il présentait Bernhard Clausen comme son mentor politique et évoquait leur amitié. L'interview était illustrée par des photos de Clausen en chemise à carreaux, en train de couper du bois. D'autres collègues du parti, également interviewés, prétendaient qu'Eikanger avait comblé la place vide laissée par Bernhard Clausen en tant qu'élu terre à terre incarnant la vraie social-démocratie. En conclusion, le journaliste se demandait s'il ne serait pas le prochain ministre de la Justice, dans l'éventualité où le parti travailliste remporterait les élections quatre semaines plus tard.

Line n'avait pas encore décidé pour qui elle allait voter, mais elle n'aimait pas l'idée de voir Arnt Eikanger intégrer le gouvernement.

53

Line se réveilla en entendant Amalie pleurer. Sur la table de chevet, son réveil indiquait un peu plus de cinq heures. Elle attendit que sa fille vienne à petits pas la retrouver mais, ne la voyant pas arriver, elle repoussa sa couette et alla vérifier ce qui se passait dans sa chambre.

La petite était assise dans son lit.

— Le monsieur ! dit-elle en tendant les bras vers sa mère.

Line la prit contre elle.

— C'était un mauvais rêve, ma chérie, lui dit-elle pour la rassurer en lui tendant sa tétine.

Amalie enfouit la tête dans le cou de sa mère. Line la porta jusqu'à son lit à elle. Elle sentait le petit cœur battre dans sa poitrine fluette.

Elle alluma la lampe de chevet et se lova tout contre sa fille. Amalie bredouilla quelques mots, sa tétine dans la bouche. Line lui caressa les cheveux jusqu'à ce qu'elle se taise et recommence à respirer calmement.

Quant à elle, elle ne se rendormit pas. Elle entendit le moteur du réfrigérateur se mettre en marche. Puis, quelque part, une voiture démarrer et s'éloigner. Sa tête lui faisait mal. Elle se leva à nouveau, alla chercher un cachet et retourna au lit. Ce n'est que lorsque les premières lueurs du jour commencèrent à filtrer par les côtés du store qu'elle sombra dans le sommeil.

Quand elle se réveilla, il était presque huit heures et demie. Son mal de tête avait disparu. Amalie était déjà réveillée. Elle était allée chercher des poupées dans sa chambre et jouait gaiement.

— On doit se dépêcher, lui dit Line.

La réunion commençait à neuf heures chez son père.

Elle laissa Amalie continuer à jouer avec ses poupées pendant le petit déjeuner, puis passa dans la salle de bains avant de revenir s'occuper de sa fille.

— On va voir papi ? lui demanda-t-elle quand elles furent prêtes.

— Papi ! s'écria Amalie avec enthousiasme.

Quand Line ouvrit la porte, une feuille de papier tomba au sol. Quelqu'un avait dû la coincer dans la fente entre le battant et le cadre.

Line sentit une pointe de malaise l'envahir. Elle ramassa la feuille et la déplia. C'était le dessin du matou noir qu'elle avait fait avec sa fille, celui qu'elles avaient punaisé au mur de sa chambre. En bas de la feuille était écrit, en lettres maladroites : *La curiosité a tué le chat.*

Line inspecta les alentours. Le message ne pouvait que se comprendre comme une mise en garde.

Amalie la tira par la manche.

— Maman !

La porte était sur le point de se refermer toute seule.

— Attends, répondit Line.

Voulant rentrer chercher un sac en plastique pour y mettre le dessin et en préserver les éventuelles empreintes digitales, elle se retourna vers la maison, et c'est là qu'elle le vit. Le chat noir était pendu par le cou à une corde attachée à la poignée de la porte, babines retroussées, dents apparentes, grimaçant. Un liquide visqueux s'était écoulé de sa gueule ouverte et gouttait sur les marches.

L'estomac de Line se noua sous l'effet d'un mélange de dégoût et de frayeur. Elle fit volte-face.

— Maman, répéta sa fille.

Elle ne semblait pas avoir remarqué le chat mort.

— Oui, on y va, dit Line, poussant Amalie devant elle dans la rue, sans fermer ni verrouiller derrière elles.

54

Wisting se figea sur le seuil.
— Qu'est-ce qui se passe ? demanda-t-il.
Line regarda par-dessus son épaule.
— Il y a un chat crevé accroché à ma porte, répondit-elle en cherchant son souffle.
Wisting s'écarta pour laisser entrer sa fille et sa petite-fille.
— Qu'est-ce que tu dis ? s'exclama-t-il en refermant derrière elles.
Line lui tendit le dessin d'enfant avec la légende «La curiosité a tué le chat». Une traduction littérale du proverbe anglais «*Curiosity killed the cat*».
— C'est celui avec lequel Amalie jouait ces derniers temps, expliqua Line. Quelqu'un l'a étranglé.
Espen Mortensen et Audun Thule les rejoignirent, et Wisting leur montra le dessin.
— Donc, l'attaque d'hier n'était pas fortuite, déclara Thule. Ils voulaient vraiment savoir ce que vous aviez découvert. Et maintenant, ils ont peur que vous creusiez encore plus.
— J'ai quitté la maison illico, dit Line. C'est encore ouvert. Le chat est toujours accroché à la poignée.

— Mortensen va s'en charger, dit Wisting.

Mortensen hocha la tête et sortit de la pièce.

— Tu as eu la société de gardiennage au téléphone ? demanda Line. Il me faut cette alarme. Le dessin était accroché au mur dans la chambre d'Amalie. Quelqu'un est entré chez moi. Dans la chambre de ma fille.

Dehors, ils entendirent la camionnette banalisée de Mortensen démarrer. Wisting posa soigneusement le dessin pour ne pas polluer les éventuelles traces ADN et digitales.

— Je vais les appeler, lui assura-t-il. En attendant, je pense qu'Amalie et toi devriez rester chez moi.

Line ne protesta pas.

Wisting prit sa petite-fille dans ses bras.

— Montons, dit-il en verrouillant le sous-sol.

— Quand est-ce que le dessin a disparu ? demanda Thule.

— Probablement samedi, répondit Line. Pendant qu'Amalie et moi étions au parc. Quand je suis rentrée, la porte n'était pas fermée à clef.

Elle se tourna vers son père.

— Tu as dit que tu avais vu un homme sortir de mon jardin, non ?

Wisting hocha la tête. Il avait remarqué un individu derrière la voiture de Line, garée dans l'allée. Une fois parvenu sur le trottoir, il avait descendu la rue. Il était habillé avec des vêtements de couleur sombre, mais c'était tout ce que Wisting pouvait affirmer.

— Dans ce cas, c'était avant que vous interrogiez Kim Werner Pollen, n'est-ce pas ? demanda Thule.

— Oui.

— J'ai fait quelques vérifications sur Tommy Pleym,

poursuivit Thule. Ça ne peut pas être lui, il est hospitalisé depuis dimanche.

— Pour quelle raison ?

— Je ne sais pas encore, répondit Thule. Je l'ai repéré dans une entrée de la main courante du district d'Oslo. C'était codé comme « victime de coups et blessures », mais je n'ai pas encore joint l'enquêteur en charge des faits.

— Il faut que je parle à Henriette, se rappela Line tout à coup. Elle pourrait être encore plus en danger que moi.

Elle prit son téléphone.

— Ne dis rien qui puisse l'inquiéter inutilement, lui conseilla Wisting.

— Elle ne répond pas.

— Tu pourrais vérifier dans le système informatique s'il ne lui est rien arrivé ?

Ils s'assirent à la table de la cuisine. Wisting prit son iPad et se connecta à la page de recherche.

— Henriette Koppang, lui rappela Line.

Wisting tapa son nom et limita la recherche aux sept derniers jours. Aucun résultat.

— Il n'y a personne d'autre que tu puisses appeler ? demanda-t-il. Quelqu'un qui la connaisse ?

Line secoua la tête.

— Je dois pouvoir trouver ses parents, proposa Wisting en ouvrant le registre d'état civil.

Trois personnes différentes portaient ce nom.

— Sa fille s'appelle Josefine, précisa Line. Elle a cinq ans.

Wisting repéra la bonne Henriette Koppang. Sa mère était morte, et son père répertorié comme ayant émigré à l'étranger.

— Regarde qui est le père de Josefine, alors, dit Line. Je crois qu'ils vivent ensemble.

Au même moment, son téléphone sonna.

— C'est elle, dit Line.

Elle décrocha et mit le téléphone sur haut-parleur.

— Salut, dit Henriette. J'ai vu que tu avais essayé d'appeler. Désolée, on a été très occupés à la maison.

— Il s'est passé quelque chose ?

— On dirait bien qu'on s'est acheté une nouvelle voiture, dit Henriette. Ni moi ni mon portefeuille n'étions prêts pour ça.

Wisting fit monter Amalie sur ses genoux et la laissa s'emparer de l'iPad.

— À part ça, j'ai parlé au gars que je connais dans la police, poursuivit Henriette.

— Et ?

— Je pense avoir découvert qui a pu récupérer l'argent. C'est le type décédé dans l'accident de moto, Lennart Clausen. Le fils du politicien Bernhard Clausen.

Wisting se pencha en avant. Line lui lança un regard, hésitante sur la manière dont elle devait réagir.

— Celui qui vient de mourir ? demanda-t-elle.

— Oui, répondit Henriette.

Wisting saisit un stylo et une feuille et écrivit « Aleksander Kvamme » pour rappeler à sa fille ce dont ils étaient convenus.

— Moi aussi j'ai parlé à quelqu'un de la police, dit Line. Il travaille dans le renseignement. Il m'a dit que le cerveau du braquage était probablement un certain Aleksander Kvamme.

Henriette Koppang répéta le nom.

— Tu le connais ? demanda Line.
— Je sais qui c'est, oui, répondit Henriette. Je l'ai interviewé pour *Goliat*, mais je ne pense pas que ce soit la bonne personne. J'ai eu l'impression qu'il aimait bien se vanter, et évidemment, la police est tombée dans le panneau. Une fois, ils étaient persuadés qu'il avait tué un Pakistanais. Mais la plupart des poursuites contre lui ont été abandonnées.
— Tu lui as parlé récemment ? Tu as mentionné Simon Meier ?
— Non, mais je devrais peut-être. Si ton flic le dit, il pourrait y avoir du vrai là-dedans.
— À mon avis, tu devrais t'abstenir tant qu'on n'en sait pas un peu plus, dit Line. Je trouve qu'on devrait se concentrer sur Lennart Clausen.
— Je suis d'accord avec toi, dit Henriette. Il faut en apprendre plus sur lui. S'il a piqué l'argent tout seul, il a dû le cacher dans un endroit sûr. Il faut qu'on trouve quelqu'un qui aurait une idée d'où il a pu le mettre.
— Je peux essayer de retrouver ses anciens amis, proposa Line. Et toi, tu peux continuer à interroger le milieu.
— Parfait, dit Henriette. Comment ça va, sinon ?
Wisting vit sa fille hésiter un moment.
— Bien, répondit-elle. Très bien.
— Super. À plus tard, alors !
La conversation était terminée.
— Je pense qu'on devrait interroger Tommy Pleym en priorité, dit Wisting. Et découvrir pourquoi il s'est fait passer à tabac justement maintenant.
— J'ai fait quelques recherches sur Kim Werner Pollen,

intervint Thule. Le départ d'incendie dans sa station-service n'a été signalé ni à la police, ni à sa compagnie d'assurances.

— C'est louche, dit Wisting.

— J'ai encore trouvé autre chose, poursuivit Thule. D'après le registre des véhicules motorisés, en 2002, il a acheté une moto à Jan Gudim. Donc, les deux se connaissent. C'est sûrement lui, la taupe qu'on n'a jamais trouvée en 2003.

Wisting se demanda combien d'heures Thule avait passées à éplucher les bases de données pour établir ce lien. L'affaire commençait enfin à se dénouer. La taupe, c'était toujours le maillon faible.

55

Le soleil traversait les stores de la chambre et un rayon oblique tombait sur le visage d'Oscar Tvedt, ce qui ne paraissait pas le déranger.

Stiller s'approcha de la fenêtre et ajusta la position des lattes. Oscar Tvedt cligna des yeux et un gargouillis sortit de sa bouche déformée. Selon l'infirmière en chef, c'était tout ce dont il était capable. Il était gravement diminué, à la fois physiquement et intellectuellement, et, malgré les séances de physiothérapie et autres méthodes de réhabilitation, il s'enfonçait dans un état de plus en plus végétatif. Il pouvait ouvrir les yeux et respirer sans assistance artificielle, mais n'avait plus l'usage de ses cordes vocales et ne réagissait que très rarement à ce qui se passait autour de lui. On aurait dit une poupée : les yeux ouverts, fixes, le regard vide.

Stiller avait envie de dire quelque chose, d'expliquer la raison de sa présence.

— Je suis enquêteur de police, dit-il d'une voix forte, comme s'il s'adressait à un vieil homme.

Le visage de Tvedt resta impassible, mais qui sait si,

quelque part dans les dédales de sa cervelle endommagée, ce que disait Stiller n'était pas compris ?

— Nous avons retrouvé le butin du braquage à l'aéroport de Gardermoen, poursuivit-il. En totalité. L'équivalent de plus de quatre-vingts millions de couronnes en valeur actuelle.

Entendant un nouveau gargouillis, Stiller s'approcha du lit. Oscar Tvedt était allongé, les bras le long du corps. La peau de ses paumes semblait sèche, ses ongles étaient longs.

— C'était un coup parfait. Sauf que l'argent s'est volatilisé.

Stiller se pencha sur le patient.

— Et je crois que c'est vous qui en avez fait les frais, dit-il. Les autres sont tombés d'accord : le plus probable était que c'était vous qui aviez planqué l'argent. Ils avaient besoin d'un bouc émissaire. De quelqu'un à accuser pour faire passer leur colère.

On ne détectait aucune réaction sur le visage d'Oscar Tvedt. Il semblait parfaitement tranquille, comme s'il était en train de se reposer.

— Les médecins prétendent que vous n'êtes plus en état de rien, poursuivit Stiller. Qu'à cause des lésions cérébrales qu'on vous a infligées, il ne vous reste plus que des capacités d'apprentissage, de mémoire et de compréhension limitées. Mais à mon avis, s'il y a *un* truc sur lequel vous avez cogité quand même, c'est l'argent. Hein ? Qu'est-il arrivé au fric ?

Stiller alla chercher une chaise de l'autre côté de la pièce et l'approcha du lit. Une fois assis, il se rendit compte qu'Oscar Tvedt avait fermé les yeux.

— Très bien, dit-il. Moi non plus, je ne sais pas ce qui

s'est passé. À vrai dire, ça ne m'intéresse pas tant que ça. En revanche, ça a coûté la vie à Simon Meier. Voilà pourquoi je suis ici. Voilà pourquoi je veux découvrir la vérité.

Un crépitement se fit entendre dans l'oreillette de Stiller et le policier en planque à l'entrée lui chuchota :

— Deux hommes en bleu de travail viennent d'entrer. Des vraies baraques. Ils ont un logo «Ventilation Flex» sur leur veste. Et un grand sac. Je les suis.

Stiller se leva et scruta les trois caméras qui surveillaient discrètement la pièce, songeant que tout ce qu'il venait de dire avait été enregistré.

— Reçu, répondit-il, remettant la chaise en place avant de sortir de la chambre.

Un peu plus loin dans le couloir, sur une table, étaient disposées une cafetière et des tasses. Stiller s'assit, sortit son téléphone, se connecta aux caméras de la chambre d'Oscar Tvedt et mit un écouteur dans son oreille.

Les hommes en bleu de travail apparurent au bout du couloir. Ils frappèrent à la porte la plus proche et entrèrent sans attendre de réponse. Il n'y avait probablement personne à l'intérieur : les autres patients étaient en meilleure condition et on les incitait à participer à diverses activités. Pourtant, il fallut quasiment deux minutes aux deux hommes avant de ressortir. L'un tenait une tablette entre les mains, l'autre portait le sac. Stiller ne les connaissait ni l'un, ni l'autre.

Ils frappèrent à la porte d'en face et entrèrent. Y restèrent deux minutes, en ressortirent. L'opération se répéta chambre après chambre pendant qu'ils progressaient dans leur inspection.

Puis vint le tour d'Oscar Tvedt. Ils frappèrent et entrèrent à l'intérieur. Stiller bondit.

— Rejoignez-moi tout de suite, lança-t-il dans son micro.

L'homme en planque apparut au bout du couloir. Stiller se dirigea vers la porte et prit une seconde pour ajuster la position de l'arme dissimulée à l'intérieur de sa veste. Puis il se concentra sur le son et l'image de son téléphone.

— Il y a quelqu'un dans celle-là, dit l'homme au sac.

— Il dort, répondit l'autre.

— Allez, on se dépêche.

Le premier homme tira de son sac un instrument de mesure en forme d'entonnoir qu'il leva vers le plafond et plaqua contre la grille de ventilation.

— 872, dit-il en lisant un nombre sur l'écran de son appareil.

L'autre semblait prendre des notes.

Le premier lut plusieurs valeurs. Stiller porta son poignet à la bouche et souffla dans son micro :

— Ils prennent des mesures de l'air ambiant.

Dans le couloir, le policier en civil leva le pouce pour indiquer qu'il avait bien reçu le message et retourna à son poste.

Le duo de techniciens ressortit et passa dans la pièce voisine. Stiller se servit une tasse de café. Il s'apprêtait à en avaler une gorgée lorsque son téléphone sonna. Il but, puis décrocha.

— Ici maître Einar Harnes. Je représente Jan Gudim. J'ai cru comprendre que vous et un de vos collègues aviez interrogé mon client hier au centre de détention de Halden.

— Plus exactement, nous avons eu une petite conversation avec lui, en effet.

— Justement, il aimerait reprendre le fil de cette conversation.

— Qu'est-ce que ça signifie ?

— Que mon client souhaite s'expliquer au sujet du braquage, dit l'avocat. Pourrions-nous fixer un rendez-vous ? Aujourd'hui, si c'est possible. Il est prêt à parler.

56

Wisting posa le téléphone sur la table et se tourna vers Thule.
— Jan Gudim veut bien s'expliquer, dit-il.
Audun Thule croisa les bras derrière la tête et se cala contre le dossier de sa chaise.
— Voilà un revirement inattendu.
— Qu'est-ce que ça veut dire ? demanda Line.
— Que le plan de Stiller n'a pas marché, répondit Wisting. C'est l'avocat qui nous contacte au lieu des autres braqueurs.
Il pivota vers Thule.
— Vous avez été un peu trop convaincants avec lui, tous les deux.
— Je prends ses aveux quand il voudra, répondit Thule en souriant.
— Vous croyez vraiment qu'il va avouer ? demanda Line.
Thule haussa les épaules.
— Pourquoi est-ce qu'il voudrait nous parler, sinon ?
— Stiller a pris rendez-vous à dix-sept heures, dit Wisting. Si ça se trouve, cette affaire sera résolue d'ici ce soir.

— Dans ce cas, on devrait se mettre en route, dit Thule. Un inspecteur d'Oslo est censé interroger Tommy Pleym à quatorze heures à l'hôpital d'Ullevål. Il nous a autorisés à l'accompagner. Ensuite, on pourra passer chercher Stiller avant d'aller à Halden.

Wisting se tourna vers sa fille.

— Ce qui veut dire que tu resteras seule, dit-il. Est-ce que ça ira ?

— Du moment que vous me tenez au courant de ce que vous apprenez, oui.

Wisting balaya du regard le sous-sol converti en salle de réunion.

— Tu préfères rester ici ou monter ?

— Monter, répondit Line. Tu peux fermer ici. Par contre, j'ai besoin de mon Mac. Il est chez moi.

— Allons le chercher ensemble.

Ils emmenèrent Amalie avec eux.

Mortensen avait déposé le chat mort dans une boîte. À leur arrivée, il était en train de laver la porte.

— J'ai reçu une réponse de Kripos, annonça-t-il en se redressant. Il y avait bien du sang dans la station de pompage.

— Et de l'ADN ? demanda Wisting.

— C'est la prochaine étape.

Line et Amalie entrèrent dans la maison préparer affaires de toilette, vêtements et ce dont elles avaient besoin pour quelques jours. Mortensen alla prendre un objet qu'il avait laissé sur le siège passager de sa camionnette.

— J'ai trouvé ça sur sa voiture, dit-il à Wisting en brandissant un sachet transparent contenant un objet de plastique noir de la taille d'une boîte d'allumettes.

— C'est un traceur GPS à fixation magnétique, expliqua-t-il. Il était installé dans le passage de roue.

— Un mouchard…, dit pensivement Wisting.

— Oui. Quelqu'un suivait ses moindres mouvements, dit Mortensen. C'est du matériel de pro.

Line ressortit avec ses affaires. Ils lui expliquèrent ce que Mortensen avait trouvé. Elle prit le sachet et examina le traceur de près.

— La question, maintenant, c'est de savoir ce qu'on en fait, dit Mortensen. Si je le désactive, l'espion comprendra qu'on l'a trouvé.

— On n'a qu'à le laisser ici, dit Line en jetant le sachet dans le couloir avant de verrouiller la porte derrière elle.

Wisting empoigna le plus gros sac.

— Tu es sûre que ça ira si on te laisse seule ? demanda-t-il.

— Ça ira, lui assura Line.

— Je peux demander à une patrouille de passer ici toutes les heures.

— Ce n'est pas la peine.

Wisting les prit dans ses bras chacune leur tour, Amalie et elle, puis il monta en voiture avec Thule.

Sur l'autoroute, le trafic était fluide en direction de la capitale. Au moment où ils passaient Tønsberg, le téléphone de Wisting sonna.

— Christine Thiis, lut-il sur l'écran du tableau de bord de son kit mains libres. C'est la substitut du procureur chargée de l'instruction de l'incendie du chalet, expliqua-t-il à Thule avant de décrocher.

— Tu m'as manqué, dit-elle.

— Tu es sur haut-parleur, répondit Wisting d'un ton enjoué. Je suis avec un collègue de Romerike. Audun Thule.
— Bonjour, dit Audun.
Christine Thiis rit.
— Tu nous manques à tous, en fait, dit-elle. Tu en sais plus sur le temps que va durer ton projet ?
— Non, mais je pense que nous nous approchons de la fin.
— Bien. J'appelle à propos de l'incendie du chalet de Bernhard Clausen. J'ai cru comprendre que, d'une manière ou d'une autre, ça avait des ramifications avec ce sur quoi tu travailles actuellement.
Wisting ne répondit rien, attendant la suite.
— J'ai donc pensé que ça pourrait t'intéresser de savoir qu'Aksel Skavhaug a disparu, reprit Christine Thiis.
— Qu'est-ce que tu veux dire par « disparu » ?
— Il a avoué avoir mis le feu au chalet, c'est d'accord, j'ai ton rapport sur la conversation que vous avez eue chez lui. Mais il était quand même censé venir au commissariat aujourd'hui pour un interrogatoire en bonne et due forme. Or il ne s'est pas présenté. J'ai pensé que je ferais bien de te relayer l'information, et que tu avais peut-être une idée de l'endroit où il se trouve.
— As-tu essayé de l'appeler ?
— Il ne répond pas au téléphone.
— Il vit avec sa compagne et deux enfants, précisa Wisting.
— Oui, nous avons parlé à sa compagne. Elle nous a dit qu'il était parti hier pour un petit boulot. Il l'a prévenue qu'il rentrerait peut-être tard, mais il n'est pas rentré du tout.

— Quel genre de petit boulot ?
— Poser un nouveau toit sur un chalet dans l'Østfold. Nous sommes en train d'essayer de déterminer chez qui ça pourrait être.
— Très bien, dit Wisting avant de lui expliquer qu'ils étaient en route pour Oslo, mais traverseraient le comté d'Østfold sur le chemin de Halden plus tard dans l'après-midi. Appelle-moi s'il y a du nouveau.
Puis il mit fin à la conversation et regarda Thule.
— Line agressée, Tommy Pleym passé à tabac, Aksel Skavhaug disparu. Ça fait beaucoup. Je n'aime pas ça.
Ils poursuivirent leur route en silence. À mesure qu'ils approchaient d'Oslo, champs et bois de chaque côté de la route furent remplacés par des bâtiments industriels et commerciaux. Wisting sortit à la rocade qui conduisait vers le complexe de l'hôpital d'Ullevål.
Un enquêteur en civil les accueillit devant le service où se trouvait Tommy Pleym. Il était inspecteur principal, spécialisé dans les délits de violence à Oslo, et s'appelait Wibe.
— Ils ne l'ont pas raté, déclara-t-il. Deux fractures du crâne et une perforation du poumon.
— Qu'est-ce qu'on sait ? demanda Wisting.
— C'est un chauffeur de taxi qui l'a trouvé, expliqua Wibe. Il l'a vu sortir en rampant d'un ancien bâtiment industriel en cours de rénovation dans le centre. Nous avons identifié le lieu du délit. Plutôt sanglant.
— Des témoins ? Des indices ?
L'inspecteur secoua la tête avant d'ouvrir la porte et de les précéder à l'intérieur.
— La patrouille a discuté avec lui en attendant l'ambulance,

mais ils n'ont rien réussi à en tirer à part que c'étaient deux hommes cagoulés.

— Cagoulés ? répéta Thule. Donc l'agression était préméditée ?

Wibe s'arrêta devant une porte numérotée.

— Si ce n'était pas le cas, je ne pense pas que vous vous seriez déplacés, fit-il remarquer. Je ne sais pas sur quel genre d'affaire vous travaillez, mais pour moi ça ressemble à un règlement de comptes. Votre petit copain a visiblement contrarié les mauvaises personnes. Je doute qu'on obtienne quoi que ce soit de lui.

— Nous verrons, dit Wisting.

Wibe poussa la porte. Tommy Pleym était dans une chambre individuelle. Sa tête était bandée et il avait le bras gauche dans le plâtre. Il était également blessé au nez. Il les regarda entre ses paupières collées.

L'enquêteur d'Oslo fit les présentations.

— Pouvez-vous me dire ce qui s'est passé ? demanda-t-il.

— Ils m'ont emmené, murmura Pleym.

— Qui ça ? demanda Wibe.

La réponse fut hachée, ralentie par le brouillard des analgésiques.

— Je... Je sais pas... Des inconnus...

Il souleva son bras plâtré avant de le laisser retomber.

— ... cagoulés, poursuivit-il. Ils m'ont... emmené... dans leur voiture.

Tommy Pleym déglutit et tourna légèrement la tête de côté pour regarder autour de lui. Audun Thule attrapa un verre et lui mit la paille dans la bouche.

— Ils voulaient qu'on parle de Lennart.

Wisting fit un pas en avant.

— Lennart Clausen ? demanda-t-il.

Wibe dévisagea Wisting. Tommy Pleym hocha la tête.

— Ça fait longtemps qu'il est mort, poursuivit-il.

— On sait, acquiesça Wisting. Dans l'accident de moto. Vous étiez présents, Aksel Skavhaug et vous.

L'étonnement se lut sur le visage meurtri et bleu de Tommy Pleym, qui ne comprenait visiblement pas d'où Wisting tenait cette information.

— Qu'est-ce qu'ils ont dit sur Lennart ? voulut savoir Thule.

— Qu'il leur avait piqué de l'argent… et que j'étais complice.

Tommy Pleym fit une grimace de douleur.

— Je ne sais pas de quel argent ils parlaient… Ils se sont garés dans une arrière-cour. M'ont emmené dans un immeuble… pour me faire parler. Mais je ne savais rien.

Wisting avait sa petite idée sur ce qui s'était passé. L'amie journaliste de Line avait commencé à poser des questions dans le milieu. La rumeur qu'elle avait remise au goût du jour concernait le produit d'un casse entreposé quelque part et volé par un type décédé dans un accident de moto, l'argent se trouvant toujours à l'endroit où il l'avait caché. Puisque Tommy Pleym avait été l'un des plus proches amis de Lennart Clausen, il était naturel de s'attaquer à lui.

— Le loto…, dit-il.

— Oui, vous avez gagné au loto, c'est ça ? demanda Wisting.

Tommy Pleym acquiesça.

— Mon argent… Ils croyaient… qu'il était à eux…

Wisting hocha la tête. Il avait compris la logique derrière l'agression de Tommy Pleym.

— Il y a une journaliste…, bégaya Tommy Pleym, une journaliste qui m'a rendu visite avant le week-end… Elle aussi, elle m'a posé des questions sur Lennart. Et sur Simon Meier.

Line, se dit Wisting.

— Je n'ai pas parlé de Lennart depuis des années… Et là, deux fois la même semaine…

— Qui est Simon Meier ? demanda Wibe.

Personne ne lui répondit, car la conversation fut interrompue par l'arrivée d'une infirmière.

— Excusez-moi, dit-elle. Vous en avez encore pour longtemps ? Nous attendons pour une IRM.

Wibe lança un regard interrogateur à Wisting. Celui-ci fit signe que non.

— Nous pourrons reprendre le reste une autre fois, conclut l'enquêteur d'Oslo.

Les trois policiers se retrouvèrent seuls dans la chambre pendant qu'on emmenait Tommy Pleym.

— J'espère que vous avez tiré de cet entretien plus de choses que moi, lança Wibe.

— En un sens, oui, répondit Wisting.

— Et ça vous dérangerait de me dire de quoi il retourne ?

— D'un malentendu, répondit Wisting. Nous allons essayer de tirer ça au clair. En attendant, vous pouvez mettre l'affaire en stand-by.

57

Lorsque Wisting se gara devant la maison de repos, Stiller les attendait dehors.

— Une pure perte de temps, dit-il en lançant un regard vers le bâtiment derrière lui avant de prendre place sur la banquette.

— On a encore du monde sur place ? demanda Thule.

Stiller répondit par l'affirmative.

— Nous sommes toujours dans le flou, déclara-t-il. Nous ne savons pas ce que Jan Gudim a l'intention de nous raconter, ni avec qui d'autre il est en contact.

Wisting était du même avis. Il lui fit un compte rendu de leur entretien à l'hôpital avec Tommy Pleym. Son téléphone sonna lorsqu'il s'engagea sur l'E6. Christine Thiis.

— Alors, vous l'avez trouvé ? demanda Wisting.

— Non. Par contre, nous avons retrouvé la trace de son téléphone. À Son, au milieu d'une zone où sont bâtis des chalets. Ça concorde avec ce que sa compagne nous a dit.

Ils passèrent un panneau annonçant la sortie vers Vinterbro.

— Ça tombe bien, dit Wisting, on est à vingt minutes.

— Je peux aussi envoyer une patrouille, proposa Christine Thiis.

Wisting vérifia l'heure. Ils avaient encore largement le temps avant leur rendez-vous au centre de détention de Halden.

— On s'en occupe, dit-il. Envoie-moi la position exacte.

Et il raccrocha.

— C'était pour quoi ? demanda Stiller.

— Aksel Skavhaug, expliqua Wisting. Celui qui a mis le feu au chalet. Il ne s'est pas présenté à son interrogatoire aujourd'hui, personne n'arrive à le joindre.

Il reçut un message lui indiquant la localisation du téléphone de Skavhaug.

— Vous pouvez entrer ça dans le GPS ? demanda-t-il à Thule en lui tendant son téléphone.

Thule tapa les coordonnées exactes, et l'appareil les guida vers le fjord d'Oslo.

— Encore trois cents mètres, dit Thule comme Wisting s'engageait sur une étroite route de gravier compacté.

À la sortie d'un virage, ils débouchèrent sur la crête d'une colline surplombant le fjord d'Oslo. Quatre chalets s'y dressaient. Devant l'un d'eux était garée une camionnette grise chargée de matériel sur le toit que Wisting reconnut aussitôt.

— C'est sa voiture, dit-il en la montrant du doigt.

Il se gara à côté. Il y eut trois claquements de portière. Une semaine plus tôt à peine, c'étaient encore les grandes vacances, l'endroit aurait fourmillé de monde. Désormais, à part quelques cris de mouettes flottant en contrebas, au-dessus de la surface étincelante de la mer, le calme régnait.

Ils se dirigèrent vers le chalet. Le soleil qui se reflétait dans les grandes fenêtres panoramiques empêchait de voir à l'intérieur.

— Skavhaug! appela Wisting.
Pas de réponse.
Adrian Stiller poussa la porte de la terrasse ; Wisting et Thule entrèrent à sa suite.
Ils trouvèrent Aksel Skavhaug dans la cuisine. Il était assis à une table en chêne massif, penché en avant, le front appuyé contre le plateau, bras écartés, paumes sur la table.
— Putain de merde ! s'écria Thule.
En entendant sa voix, Skavhaug releva la tête. Son nez et sa bouche dégoulinaient de mucus et de bave.
— Aidez-moi…, supplia-t-il.
Il fallut quelques secondes à Wisting avant de réaliser ce qu'il avait sous les yeux. Aksel Skavhaug était littéralement cloué sur la table par deux gros clous irréguliers à tête carrée plantés dans chacune de ses mains. Le sang ayant coulé de ses plaies avait coagulé et noirci. Devant lui, son téléphone et une seringue jetable usagée.
— Il nous faut un médecin, dit Stiller en sortant son téléphone.
Wisting trouva un verre dans le placard de la cuisine, le remplit d'eau et aida Skavhaug à boire tandis que Stiller s'isolait dans le salon pour faire un rapport au centre de commandement.
— Qu'est-ce qui s'est passé ? demanda Wisting.
Skavhaug lança un regard vers son pistolet à clous abandonné au sol et dit :
— Ils ont essayé de me faire parler. Ils m'ont menacé de me faire une injection.
Wisting avait en effet entendu dire que de telles méthodes étaient en vogue parmi les criminels.

— Mais je ne savais rien, reprit Aksel Skavhaug, désespéré. Je ne pouvais rien leur dire. Pas ce qu'ils voulaient savoir, en tout cas.

Wisting prit deux torchons, commença par essuyer Skavhaug autour du nez et de la bouche avec l'un avant de passer l'autre sous l'eau froide, de l'essorer un peu et de lui en humecter le visage.

— Qui vous a fait ça ? demanda-t-il.

— J'en sais rien. Ils étaient deux, ils avaient des cagoules. Ils sont arrivés hier juste après moi. Ils ont dû me suivre.

— Ce sont les mêmes, marmonna Thule.

Stiller revint dans la cuisine.

— Les secours sont en route, déclara-t-il.

Skavhaug gémit et reposa le front contre la table. Wisting lui posa le torchon froid sur le cou.

— Qu'est-ce qu'ils voulaient ? demanda-t-il.

— Ils ne m'ont pas dit.

Aksel Skavhaug essaya de se relever, mais grimaça et se pencha de nouveau en avant sur la table.

— D'après eux, je savais très bien pourquoi ils étaient là, reprit-il. J'avais aidé Lennart à faire quelque chose avant sa mort. Ils ont mentionné un truc que Lennart leur avait pris et qu'ils voulaient récupérer. Ils pensaient que je savais où c'était. Où Lennart avait pu le cacher. Mais je n'en sais rien, moi.

Il considéra la seringue posée sur la table devant lui. Wisting suivit son regard.

— Ils s'en sont servi ? demanda-t-il.

— De l'air, répondit Skavhaug. Ils ont menacé de m'injecter de l'air.

Thule était allé chercher un oreiller dans une chambre. Il

le posa sur la table entre les bras de Skavhaug pour que celui-ci puisse y poser la tête.

— Comment m'avez-vous trouvé ? demanda-t-il en levant les yeux sur Wisting.

— Vous étiez censé vous présenter au poste aujourd'hui, répondit-il. Pour un interrogatoire. Nous avons localisé votre téléphone.

— Anette m'a appelé, dit Skavhaug en regardant le téléphone devant lui sur la table. Au moins mille fois.

Wisting comprit qu'il parlait de sa compagne.

— Vous voulez la rappeler maintenant ? demanda-t-il. Je peux vous aider.

Aksel Skavhaug secoua la tête.

— J'attends, répondit-il. D'être libre.

Au loin, on entendit une sirène. Quelques minutes plus tard, le chalet était envahi d'ambulanciers et d'agents de la police municipale. Ils délibérèrent des différentes façons possibles de détacher Skavhaug. Finalement, ils optèrent pour effectuer une anesthésie locale à chaque main, après quoi un policier se coucha sous la table et donna quelques coups de marteau pour faire remonter les clous de trois ou quatre millimètres et créer ainsi un espace entre les têtes des clous et le dos des mains de Skavhaug. Ensuite, ils coupèrent les têtes à la pince pour pouvoir dégager ses paumes.

— Aucune pitié, ces gens, commenta Thule lorsque l'ambulance emporta Skavhaug.

Wisting consulta sa montre. Ils étaient en retard pour leur rendez-vous à la prison, mais Jan Gudim n'irait nulle part.

58

À l'écran, les lettres s'effacèrent une à une jusqu'à ne plus rien laisser du paragraphe. D'habitude, Line n'avait aucune difficulté à entrer dans le processus d'écriture, mais cette fois elle peinait. Elle supprimait, modifiait, relisait, ajoutait et retirait encore. En plusieurs heures de travail, elle n'avait pas réussi à écrire plus de six cents mots. C'était probablement lié au fait qu'il était trop tôt et qu'elle ne disposait pas de toutes les informations nécessaires. Pourtant, elle voulait être prête. Elle voulait déjà avoir un texte dans lequel elle n'aurait plus qu'à insérer les dernières informations essentielles. Puisque l'affaire était sur le point de se résoudre, elle envisageait de produire plusieurs petits articles courts comportant du contenu exclusif; mais pour le moment, celui sur lequel elle travaillait était une véritable enquête en profondeur.

En temps ordinaire, elle serait allée trouver *VG*, d'autant que Sandersen l'avait encouragée à revenir quand elle aurait du concret. Mais depuis leur dernière entrevue, elle avait plutôt envie de publier ailleurs.

Elle avait construit son article de fond autour de trois

histoires parallèles qui, toutes, débutaient l'après-midi du jeudi 29 mai 2003. D'abord, Simon Meier emballait son matériel de pêche et mettait le cap sur le lac Gjersjøen. Au même moment, deux voleurs, aux aguets dans une voiture, observaient l'atterrissage du vol SwissAir LX 4710 à l'aéroport de Gardermoen avant d'enfiler leurs cagoules. Pendant ce temps, au ministère de la Santé, Bernhard Clausen concluait une réunion avec le Comité de biotechnologie qui venait de lui parler procréation assistée pour personnes célibataires, thérapie génique et diagnostic fœtal. Dans son brouillon, Line avait aussi intégré un quatrième acteur : Lennart Clausen. Mais étant donné qu'elle en savait encore peu sur son rôle, elle s'était contentée pour le moment de le décrire dans son garage à Kolbotn, en train de bricoler sa moto.

À un moment donné, leurs chemins se croiseraient. Quand et de quelle manière, elle compléterait ces détails plus tard ; toujours est-il que cette journée s'avérerait décisive dans la vie de ces acteurs.

Avant de publier quoi que ce soit, il fallait à Line l'aval de son père. Elle ressentait toute la difficulté du double rôle qu'elle avait endossé en rejoignant son équipe d'enquêteurs. Mais, à bien y réfléchir, recueillir des informations pour résoudre des affaires pénales n'était pas une mission réservée à la Line sous sa casquette de journaliste ; cela faisait également partie de sa tâche en tant qu'auxiliaire temporaire de police. Pourquoi aurait-il fallu que ce soit une autre qu'elle qui les livre au public ? Elle songea qu'il fallait aussi qu'elle demande le feu vert d'Henriette. Pour le moment, elle n'avait utilisé aucune information fournie par sa collègue, mais elles avaient tout de même entamé une collaboration. Line était prête à faire figurer Henriette en tant que coautrice et à lui reverser une partie de sa rémunération.

Amalie, assise devant la télévision, regardait une émission pour enfants. Autant que Line profite du temps pendant lequel sa fille était occupée.

Elle rédigea quelques paragraphes sur la lettre anonyme envoyée au procureur général de Norvège. C'était un élément crucial mais, là encore, il y avait plusieurs trous dans l'histoire. Au départ, Line s'était montrée optimiste, elle pensait qu'ils réussiraient à identifier l'expéditeur parmi les hommes qui avaient été interrogés au début de l'enquête, or pour l'instant, ils n'avaient pas avancé sur ce point.

Amalie descendit du canapé, s'approcha et tira sa mère par la manche. Elles auraient dû sortir se promener et prendre un peu l'air mais, vu les circonstances, elles restaient à l'intérieur. Line se sentait prisonnière. Sa peur initiale s'était transformée en colère et en impuissance. Elle se rendait aussi compte que se sentir soutenue et aimée par la rédaction de son journal lui manquait.

— Maman doit travailler un peu, essaya-t-elle d'expliquer à Amalie.

Amalie fit demi-tour, alla dans la cuisine et en revint avec l'iPad de son grand-père.

— Ça, dit-elle en le tendant à sa mère.

Elle avait besoin du code.

— Très bien, dit Line, qui composa en souriant les quatre chiffres : 2412.

C'était son frère Thomas qui avait offert cette tablette à

leur père à Noël, mais en fin de compte Wisting l'utilisait essentiellement pour son travail.

L'écran affichait encore un extrait du registre d'état civil qu'ils avaient consulté quelques heures plus tôt en essayant de trouver avec qui Henriette vivait. Comme elle avait appelé à ce moment-là, ils avaient abandonné leur recherche, mais tout à coup, sur la page restée ouverte, le nom crevait l'écran : Daniel Lindberg. Line resta paralysée pendant quelques secondes sans réagir. Elle sentit la chair de poule l'envahir.

Daniel.

Le numéro de téléphone sur le petit papier dans un carton de billets. Daniel. L'un des deux braqueurs.

Amalie tira sur l'iPad. Line relut le nom encore une fois pour en être sûre et fit une capture d'écran avant d'ouvrir le jeu préféré de sa fille.

Puis elle s'assit à nouveau sur sa chaise et se mit à réfléchir. Lentement, une pensée en appelant une autre, une connexion logique entre tout ce qui s'était produit ces derniers jours lui apparut. Une boule d'anxiété se forma dans sa gorge.

Si Henriette Koppang vivait avec l'un des braqueurs et avait eu un enfant avec lui, ça expliquait bien des choses. Quand elle avait contacté l'enquêteur en chef de l'affaire du lac Gjersjøen et eu accès aux documents de la police, ce n'était pas en tant que journaliste de *Goliat* préparant un article sur le sujet, mais pour le compte des criminels, pour essayer de savoir ce qu'il était advenu du butin.

Line dut se lever. Elle s'efforça de garder ses pensées paranoïaques à distance, mais il était indéniable qu'Henriette était le point de départ de toute la suite. C'est par elle que les voleurs avaient appris qu'elle travaillait sur le braquage.

Ils l'avaient suivie et s'étaient introduits chez elle pour découvrir ce qu'elle savait. La pseudo-source d'Henriette n'était qu'un leurre. Les informations qu'elle avait communiquées à Line étaient celles que les voleurs avaient trouvées chez elle. Le nom de Lennart Clausen figurait au beau milieu du tableau d'affichage dans son bureau, avec des lignes de connexion partant vers les différentes personnes de son entourage.

La dernière fois qu'elles s'étaient vues au café, Henriette lui avait fait ouvrir son Mac. Elle était assise à côté d'elle quand elle avait tapé le mot de passe. Les braqueurs savaient tout, sauf que l'argent avait été retrouvé dans le chalet de Bernhard Clausen.

Line prit son téléphone. Il fallait qu'elle appelle son père.

59

À peine Wisting avait-il remis au gardien de prison le casier en plastique dans lequel il avait déposé son téléphone que celui-ci se mit à vibrer.

— Je verrai ça après, dit-il, en indiquant au surveillant d'un mouvement de la main qu'il pouvait enfermer le casier dans le placard.

Ils étaient déjà en retard. Jan Gudim et son avocat les attendaient depuis une demi-heure.

Un surveillant les accompagna jusqu'à la salle d'interrogatoire. Wisting s'installa de l'autre côté du miroir sans tain.

Gudim et son avocat étaient assis d'un côté de la table, avec chacun son gobelet en carton ; l'avocat, en chemise et pantalon de costume, la veste suspendue au dossier de la chaise, Jan Gudim en T-shirt et bas de survêtement. Ils se levèrent quand Thule et Stiller entrèrent dans la pièce.

Wisting enclencha l'enregistrement vidéo. Une lampe rouge s'alluma au mur de la salle d'interrogatoire et, dans la salle d'observation, le son se mit en marche. Wisting, toujours debout, écouta Stiller s'excuser pour le retard et commencer par les formalités : heure et lieu de l'interrogatoire, personnes présentes, nom de l'affaire et droit de Gudim à garder le silence.

L'avocat se pencha vers le micro.

— Mon client souhaite plaider coupable pour faute non intentionnelle et concours postérieur au braquage, ainsi que pour un certain nombre d'autres faits mineurs, déclara-t-il. Il est prêt à faire des aveux sans réserve sur son propre rôle.

Wisting s'assit, satisfait de ces paroles. Il savait pertinemment que l'explication à venir serait plus ou moins arrangée. Les aveux se faisaient toujours par étapes. Dans une première version, le coupable se distanciait autant que possible des faits et édulcorait son propre rôle. Lors de l'interrogatoire suivant, ses déclarations étaient calées sur les preuves dont disposait la police. Ce n'était qu'une fois que les autres acteurs impliqués avaient donné leur version des faits qu'on pouvait commencer à obtenir une vision globale de ce qui s'était passé. Cela étant, ce qui était sur le point de se dérouler constituait une première étape importante.

— Racontez-nous, dit Adrian Stiller avec un signe de tête.

Jan Gudim s'agita sur sa chaise, comme s'il se demandait par où commencer, hésitant même à ouvrir la bouche. Il fallut du temps pour que les mots viennent, et pendant un moment Wisting eut peur qu'il ait changé d'avis. Que, finalement, ils n'obtiennent aucun éclaircissement.

— J'ai accepté un petit job, dit-il enfin. Je devais conduire une voiture, et après, y mettre le feu. Je pensais que c'était juste une fraude à l'assurance.

Il se tut. Stiller dut lui arracher les détails.

— Quel type de voiture ? Et qu'est-ce que vous en avez fait ?

— Un Grand Voyager. Je l'ai laissé au niveau du croisement de Kløfta, sur la route de Kongsvinger. Je devais vérifier qu'un certain avion arrivait à l'heure, rouler quelques kilomètres pour m'éloigner, et mettre le feu à la voiture. Il fallait que ça ait lieu trente minutes après l'atterrissage.

Encore une fois, Stiller dut le relancer pour obtenir d'autres détails.

— Comment c'était censé se passer ?

— J'ai eu la voiture quelques semaines à l'avance, expliqua Gudim. Je l'ai laissée dans un garage. J'avais la place d'emporter une petite motocross dedans, une Yamaha 125 cm^3. Le jour du braquage, j'ai pris la voiture, la moto, je suis allé à l'aéroport et j'ai attendu dans le hall d'arrivée jusqu'à ce que je voie que l'avion en question avait atterri. Après, j'ai mis le feu à la voiture et je suis reparti à moto.

L'avocat se pencha de nouveau sur le micro.

— Je tiens à souligner qu'à ce moment-là mon client ne savait pas pourquoi on lui avait demandé de faire cela. Il n'était pas au courant du plan du braquage. Il n'a fait qu'accepter un petit boulot.

— Et qui vous a donné ce petit boulot ? demanda Stiller.

Gudim consulta son avocat du regard.

— Mon client ne souhaite s'exprimer que sur son propre rôle, déclara-t-il.

Stiller remplit un verre d'eau.

— Quel vol attendiez-vous ? demanda-t-il.

— Un avion venant de Suisse. Il devait atterrir à deux heures et demie.

— Votre travail a-t-il été terminé une fois la voiture brûlée ? voulut savoir Thule.

— J'avais aussi comme mission d'aller chercher des gens, répondit Gudim. Dans un ancien atelier de soudure, au sud de l'aéroport. Trois hommes que je devais emmener dans le centre.

— Sur une motocross ?

— Ils avaient une voiture sur place. Une grande camionnette. J'ai laissé la moto dans l'atelier. Ce n'est qu'à ce moment-là que j'ai réalisé de quoi il s'agissait. Les gars avaient plusieurs sacs-poubelle noirs pleins de billets.

Wisting prenait des notes. Cette présentation des faits concordait avec ce qu'ils savaient : la manœuvre de diversion avec la voiture brûlée, l'atelier désaffecté où attendaient la véritable voiture du vol et la motocross.

— Qu'avez-vous fait d'eux ? demanda Stiller.

— Je les ai conduits à Oslo.

— Des billets, je veux dire.

— Je n'avais rien à voir là-dedans. Je suis descendu quand on est arrivés pas loin du centre-ville en leur laissant la voiture.

Adrian Stiller rassembla quelques papiers.

— Nous savons pourtant que le butin a été stocké dans le sous-sol de l'ancienne station de pompage du lac Gjersjøen. Et la seule personne qui y avait accès, c'était vous. Votre père était responsable de cette installation. C'est par lui que vous avez obtenu la clef.

Jan Gudim secoua la tête.

— Pas pour ça, non, dit-il. Nous nous sommes servis de la station de pompage dans le passé, mais pour stocker autre chose.

— Parlez-moi de la clef.

— Je l'ai eue il y a des années, dit Gudim. Mon père m'avait obtenu un job d'été à la station. C'était l'année où la nouvelle usine de traitement des eaux de Stangåsen a été terminée. La station de pompage allait être fermée. Je me suis dit que ça pouvait être pratique d'avoir la clef, alors j'en ai fait une copie.

Ils recommencèrent de zéro. Cette fois, c'est Thule qui mena l'interrogatoire. Il arracha quelques précisions supplémentaires à Gudim sur la voiture volée, son incendie et la motocross, mais dans les grandes lignes, ses propos restèrent les mêmes.

— Savez-vous quelque chose sur le garçon qui a disparu? demanda Stiller.

Soudain, l'avocat se mit sur le qui-vive.

— Quel garçon? demanda-t-il.

— Simon Meier, répondit Stiller. Il a disparu le jour du braquage. La dernière trace qu'on ait de lui s'arrête à la station de pompage du lac Gjersjøen.

— Là, nous abordons clairement un point dont mon client ignore tout, intervint l'avocat.

— Oui, je ne sais rien là-dessus, répondit Gudim. Sincèrement.

— Mais vous y avez forcément réfléchi, non? insista Stiller. Quand la police a installé un poste de commandement des recherches à la station de pompage?

Jan Gudim se tortilla sur sa chaise.

— Quand avez-vous découvert que l'argent avait disparu? demanda Thule.

— Je n'ai pas grand-chose à voir avec ça, répondit Gudim.

Tout ce que je sais, c'est que les clefs n'étaient plus à leur place et que l'argent s'était envolé.

— *Les* clefs ?

— Il y en avait une pour la station de pompage et une autre pour le cadenas d'une trappe. C'est là qu'on a stocké des choses.

— Et où ces clefs étaient-elles censées être ?

— Sous une pierre.

— Étiez-vous présent au moment où les autres sont venus les récupérer ?

Gudim hocha la tête.

— L'argent a dû disparaître avant la battue, dit-il. La police a fouillé l'intérieur de la station de pompage et ils ne l'ont pas trouvé. Je veux dire, il y avait sept ou huit sacs-poubelle, ils les auraient forcément vus.

— Vous avez tout de même dû spéculer sur l'endroit où était passé l'argent, non ?

L'avocat l'interrompit :

— Laissons les spéculations en-dehors de ça.

Thule fouilla de nouveau dans ses papiers.

— Nous avons également inculpé Oscar Tvedt dans cette affaire, déclara-t-il. Avez-vous un commentaire à faire à ce sujet ?

La question s'adressait à Gudim, mais c'est l'avocat qui répondit :

— Au départ, mon client voulait simplement clarifier son propre rôle dans l'affaire. Il l'a fait. Je vous prie de prendre bonne note qu'à ce stade ni lui ni moi n'avons eu accès au dossier et que ses déclarations ont été faites de sa propre initiative, preuve de sa bonne volonté. J'imagine qu'il y aura un nouvel interrogatoire. J'attends donc de votre part une copie du dossier, y compris les déclarations des éventuels coïnculpés.

Stiller acquiesça. Son coup de bluff selon lequel Oscar Tvedt allait s'expliquer lui aussi serait forcément découvert, mais il serait alors trop tard. Les dés étaient jetés.

Thule résuma ce qui avait été dit et l'interrogatoire fut officiellement clos. Wisting stoppa l'enregistrement, mais il pouvait encore entendre ce qui se disait de l'autre côté.

— Je crois que mon client a quelques informations supplémentaires pour vous, déclara l'avocat en lançant un coup d'œil significatif à la lampe-témoin pour leur indiquer clairement qu'il s'agissait d'éléments qu'il ne souhaitait pas voir consignés.

Jan Gudim allait balancer.

Wisting se pencha en avant vers le moniteur.

— Bien sûr, cela suppose que le procureur manifeste une certaine clémence en ce qui concerne la peine requise pour les faits que mon client a reconnus. Et qu'on le croie pleinement au sujet de tous les faits susceptibles de constituer une infraction pénale.

— Comme quoi, par exemple ?

— Qu'il n'était pas au courant à l'avance du braquage et qu'il pensait juste participer à une fraude à l'assurance.

— Nous ne pouvons pas décider de ce que le procureur croira, objecta Thule.

— Vous aurez les noms de toutes les personnes impliquées, ajouta l'avocat.

— Les noms, nous les avons déjà, rétorqua Thule. Ce que

votre client vient de nous livrer n'a aucune valeur s'il ne veut pas répéter ses propos au tribunal.

— Disons que ça vous donnera le corrigé, dit l'avocat avec un sourire pincé. Il est toujours plus facile de résoudre un problème quand on a les réponses à la fin du manuel.

Wisting s'approcha du miroir sans tain et cogna dessus. De l'autre côté, les quatre autres se tournèrent vers lui.

— Nous revenons dans un instant, dit Stiller en appelant un gardien de prison, qui les fit sortir.

— J'ai besoin de mon téléphone, dit Wisting au surveillant lorsque celui-ci fit entrer Stiller et Thule dans la pièce de surveillance.

— Les téléphones ne sont pas autorisés dans cette section, répondit le gardien.

— Je dois appeler le procureur général, déclara Wisting.

L'officier le dévisagea un instant avant d'acquiescer.

— Qu'est-ce que vous comptez faire ? demanda Thule.

— Nous pouvons conclure un accord acceptable ici et maintenant, répondit Wisting. Strictement parlant, le braquage n'est pas le plus important. Le plus important, c'est de découvrir ce qui est arrivé à Simon Meier.

Les deux autres étaient d'accord. On apporta le téléphone de Wisting. Il avait deux appels en absence, tous les deux de Line. Après ce à quoi elle avait été exposée, il ne pouvait pas se permettre d'attendre pour la rappeler.

— Line a essayé de me joindre, dit-il aux autres en leur montrant le téléphone. Je la rappelle.

À chaque sonnerie dans le vide, son inquiétude montait d'un cran. Enfin, sa fille répondit, tout essoufflée.

— Est-ce que tout va bien ? demanda Wisting.

— Oui, j'étais juste occupée avec Amalie.
— Tu as essayé de m'appeler ?
— J'ai découvert qui est Daniel, répondit sa fille. Celui dont on a trouvé le numéro de téléphone sur le petit papier dans un carton de billets.
— Attends, je te mets sur haut-parleur.
Il posa le téléphone sur la table et expliqua aux autres ce qui se passait.
— Il s'agit de Daniel Lindberg, annonça Line.
Les trois hommes échangèrent des regards.
— Ça ne me dit rien, dit Thule.
— Il vit avec Henriette Koppang. Ils ont eu une fille ensemble.
Wisting garda le silence. Il essayait de réfléchir aux complications que cela apportait.
— Qu'est-ce que tu lui as raconté exactement, à cette Henriette Koppang ? demanda-t-il.
— Rien qui puisse nuire à l'enquête, répondit Line. Le problème, c'est qu'elle était assise à côté de moi quand je me suis connectée sur mon Mac. Elle a peut-être vu mon mot de passe. Auquel cas ils ont accès à tout ce qu'il y a dessus.
— Ce n'est pas catastrophique, intervint Stiller. Ils ne savent pas que nous le savons. Nous pouvons tourner ça à notre avantage.
Wisting réfléchit encore un instant et dit :
— Si elle appelle, ne décroche pas. Nous serons de retour dans quelques heures, nous ferons le point ensemble.
Line parut rassurée. Ils raccrochèrent, et Wisting trouva le numéro du procureur général.

— Je suis à la prison de Halden, lui dit-il. Nous venons d'interroger Jan Gudim, qui purge une peine longue pour trafic de drogue. Il a fait une déposition sur son rôle dans le braquage.

— C'est-à-dire ?

— Il admet qu'il s'est chargé de la manœuvre de diversion et de l'incendie de la voiture, mais il prétend qu'à ce moment-là il ne savait pas que c'était pour commettre un braquage. Ensuite, il a retrouvé les voleurs à l'endroit convenu et il les a conduits jusqu'au centre-ville.

— Et l'argent ? demanda le procureur général.

— C'est lui qui, il y a des années, a récupéré la clef et donc l'accès à la station de pompage, mais pas spécifiquement en vue du braquage. Il n'était pas sur place quand l'argent y a été déposé.

— Vous avez dit qu'il n'avait parlé que de son propre rôle. Dois-je en déduire qu'il n'a dénoncé personne ?

Wisting s'approcha du miroir sans tain et considéra Gudim et son avocat assis sur leurs chaises, silencieux.

— Non, en effet. Par contre, il est prêt à nous faire des aveux supplémentaires. En *off*. Je pense que ça pourrait être le levier dont nous avons besoin pour débloquer l'affaire.

— Que veut-il en échange ?

— Une réduction de peine et une inculpation limitée à ce qu'il a reconnu : faute non intentionnelle et concours postérieur.

— Nous ne pouvons pas le lui garantir si la suite de l'enquête révèle qu'il a eu un rôle plus important que cela, objecta le procureur général.

— Ce sont ses conditions pour parler, répondit Wisting.

— Si c'est ce dont vous avez besoin et que vous me recommandez de le faire, on y va, décida le procureur général. Qui est son avocat ?
— Maître Einar Harnes.
— Bien. Passez-le-moi.
Wisting donna son téléphone à Stiller, qui l'emporta dans la salle d'interrogatoire. Contrairement au système judiciaire de nombreux autres pays, en Norvège, on ne négociait pas officiellement les chefs d'inculpation ni le niveau des peines requises. Un accord avec Gudim ne serait donc jamais mis par écrit. Pour lui, la parole d'un enquêteur ne valait rien, alors qu'une garantie verbale de la part du procureur général de Norvège serait plus que suffisante pour que son avocat accepte le marché en son nom. Wisting n'avait encore jamais fait l'expérience d'une enquête dans laquelle le procureur général s'impliquait ainsi. Harnes non plus, probablement.
— C'est pour vous, dit Stiller en tendant le téléphone à l'avocat.
Harnes le considéra avec scepticisme, mais prit le téléphone à la main.
Wisting l'entendit dire :
— Maître Einar Harnes à l'appareil.
Son expression changea du tout au tout une fois que son interlocuteur se fut présenté. Il jeta un coup d'œil perplexe au miroir sans tain, comme s'il se demandait si le chef du Parquet s'y trouvait en personne. Il lâcha des réponses monosyllabiques accompagnées de brefs hochements de tête. Au bout de trente secondes, il rendit le téléphone.
Stiller le récupéra, tira une chaise et s'assit.
— Bon. Maintenant, on va discuter un peu, dit-il.

60

Tous les yeux étaient rivés sur Gudim. On aurait dit qu'il hésitait à poursuivre l'interrogatoire. Dans la salle d'écoute, les haut-parleurs crépitaient des deux côtés du moniteur chaque fois que le prisonnier se tortillait sur sa chaise. Enfin, il prit une profonde inspiration par le nez, souffla lentement entre ses dents, et déclara :

— Daniel Lindberg et Aleksander Kvamme. C'était l'idée de Daniel. C'est lui qui a tout planifié.

Gudim marqua une pause avant de continuer.

— Je suis pas en train de les balancer, hein. Mais je leur dois rien du tout. Au contraire. J'ai déjà beaucoup encaissé à leur place. Ça fait deux ans que je suis derrière les barreaux alors que c'est eux qui auraient dû tomber. Aleksander a été acquitté, et Daniel n'a même pas été inculpé.

On sentait clairement de l'amertume dans sa voix. Il avait encore quatre années à purger de la condamnation pour trafic de drogue dont il avait écopé.

— Continuez, ordonna Stiller.

Jan Gudim déglutit.

— Ils se sont servis d'un Grand Voyager noir, reprit

Gudim. Daniel a d'abord volé les clefs à un vendeur de voitures d'occasion à Hauketo, puis il est revenu quelques jours plus tard embarquer la bagnole. Avant le braquage, il l'a laissée plusieurs mois dans un garage à Jessheim. Les plaques, il les a volées sur un autre Voyager à Bjerkebanen.

Wisting vit qu'Audun Thule notait tout, même si, pour le moment, tous les détails fournis par Gudim leur étaient connus.

— Le jour du braquage, ils ont utilisé un ancien atelier de soudure que Daniel avait repéré. Son propriétaire était mort depuis des années et la femme du type était en maison de retraite. C'est là-bas que je les ai retrouvés après avoir mis le feu à la voiture à Kløfta. Ils étaient en train de forcer les mallettes de transport de fonds au chalumeau. Il n'y avait pas de capsules d'encre indélébile ni quoi que ce soit pour les protéger, seulement des serrures et des scellés de sécurité. Ils ont transvasé l'argent dans des sacs-poubelle et balancé les mallettes vides dans la voiture du braquage, après, ils ont laissé leurs vêtements dans un baril de pétrole encore à moitié plein, et Daniel est revenu mettre le feu à l'atelier une semaine plus tard.

Thule hocha la tête. Tout cela lui semblait familier. Les déclarations de Gudim correspondaient aux détails du rapport rédigé par les techniciens de la police scientifique et technique qui avaient examiné le lieu de l'incendie.

— Ils ont mis d'autres vêtements et je les ai emmenés en ville. Aleksander s'était arrangé avec un gars d'Iron Ink Tatoos. Il devait entrer par la porte du fond, se faire poser un pansement sur un tatouage qu'en fait il avait déjà depuis deux ou trois jours, récupérer la facture et se faire remarquer par les clients qui attendaient. Se fabriquer un alibi, quoi. Et Daniel, il s'est fait prendre exprès pendant un contrôle des billets dans le métro. Il connaissait un mec qui bossait là-dedans et il savait où il y aurait des contrôles. Il était censé s'énerver et leur gueuler dessus pour ne pas passer inaperçu. C'était plus d'une heure après le braquage, mais il pensait que ça marcherait quand même, que la police se dirait qu'il n'avait pas eu le temps de revenir. Moi, je suis reparti et j'ai mis l'argent au frais au lac Gjersjøen. C'est tout ce que je sais.

— C'est donc vous qui avez stocké l'argent dans la station de pompage ? demanda Stiller.

— Ça reste du concours postérieur à l'infraction, fit remarquer Harnes. Ça entre dans le cadre de ce que mon client a déjà reconnu.

— Qu'est-ce que vous avez utilisé comme voiture quand vous avez quitté l'atelier de soudure ? demanda Stiller.

— Pas une voiture volée, répondit Gudim. C'était une Ford Mondeo break qu'Aleksander devait réparer pour son oncle. Ils ont dû utiliser la banquette arrière pour avoir la place de caser tout l'argent.

— Couleur ?

— Rouge. Daniel pensait que c'était parfait. En général, les voitures utilisées dans les évasions sont plutôt noires ou grises pour passer inaperçu. C'est ce type-là que la police cherche. Il espérait que la vieille bagnole rouge d'un vieux bonhomme, ça ne les intéresserait pas.

Stiller hocha la tête et prit note.

— Et pour Oscar Tvedt ? demanda Thule. Nous avons son ADN.

— Comme je vous l'ai expliqué quand vous êtes venus ici la première fois, il a été officier de liaison dans l'armée, il s'y connaissait dans ce domaine. C'est par lui qu'on a eu les talkies-walkies. Il était censé nous aider, mais il s'est retiré du deal la veille. Il a dit qu'il était malade, qu'il avait eu une intoxication alimentaire ou je ne sais pas quoi. Mais il était trop tard pour reporter le plan de Daniel, c'était maintenant ou jamais. Alors on y est allés sans lui.

— Du coup, il est devenu votre bouc émissaire quand l'argent a disparu ? demanda Stiller.

Gudim hocha la tête.

— Une fois les choses un peu tassées pour la disparition de Simon Meier, Daniel et moi, on est allés à la station de pompage chercher l'argent. On avait encore un espoir qu'il soit là puisque les médias n'en avaient pas parlé.

On entendit des bruits de pas dans le couloir. Gudim attendit qu'ils s'estompent avant de reprendre :

— Nous avons compris en voyant que la clef n'était pas là où elle aurait dû être. Daniel a forcé la porte, mais évidemment, l'argent s'était envolé.

Wisting hocha la tête. Cela concordait avec les éléments récoltés dans l'enquête. La porte de la station de pompage avait été forcée à deux reprises. Tout d'abord par Arnt Eikanger dans le cadre de l'opération de recherche, ensuite par les braqueurs.

— Quelqu'un aurait-il pu vous voir ? demanda Stiller. Je veux dire, voir où vous aviez caché la clef ?

— C'est possible, répondit Gudim. En tout cas, le gars qui a disparu était dans les parages. J'ai vu son vélo. Il était attaché à la gouttière de la station de pompage. On s'est demandé s'il aurait pu piquer les sacs. Ou si c'était un flic qui les avait pris. Mais en fait, c'était Oscar.

Wisting passa la main dans ses cheveux. La dernière fois qu'ils avaient discuté avec Gudim, ils lui avaient laissé croire qu'une partie de la somme avait été retrouvée au domicile de la mère d'Oscar Tvedt, ce qui, à présent, perturbait nécessairement ses déclarations.

— Daniel en était déjà convaincu à l'époque, poursuivit Gudim. C'est lui et Aleksander qui l'ont passé à tabac. Je n'ai pas voulu participer à ça. Mais après, ils n'en étaient plus aussi sûrs, parce qu'Oscar a tout nié.

Gudim se redressa sur sa chaise, comme si un détail important lui revenait en mémoire.

— La petite amie de Daniel a fait des recherches, poursuivit-il. Elle était journaliste pour *Goliat* et elle a fait semblant de préparer un article sur le garçon qui avait disparu. Elle a pu voir tous les documents d'enquête, mais ça ne l'a pas avancée à grand-chose. D'après elle, il est peut-être parti en Espagne avec l'argent.

Stiller ne dit rien.

— Comment avez-vous obtenu les informations sur le transport de fonds ? demanda-t-il.

Jan Gudim se renfonça sur sa chaise. Visiblement, il ne s'attendait pas à cette question.

— Daniel a su par un gars qui travaillait à l'aéroport, répondit-il.

— Qui ça ? demanda Thule.

— C'est lui qui a tout organisé, répondit Gudim. Il n'a donné de détails à personne.

— Kim Werner Pollen, lança Stiller.

Même à travers le miroir sans tain, Wisting vit que le nom faisait son petit effet.

— Au départ, c'est vous qui le connaissiez, ajouta Stiller. Si vous ne nous dites pas tout maintenant, ça va vous retomber dessus.

Gudim était clairement mal à l'aise. Son avocat n'aimait pas trop non plus la tournure que prenait l'interrogatoire.

— Ça date de bien avant le vol, finit par répondre Gudim. Quasiment un an. Et c'était dans un contexte complètement différent. Daniel m'a demandé si je connaissais quelqu'un qui travaillait à Gardermoen. Je lui ai parlé de Kim Werner. Je pensais que c'était une histoire de trafic. Pour de la drogue. Qu'il cherchait quelqu'un qui s'occupait des bagages et qui pourrait les faire sortir sans passer par la douane. Depuis, je n'y ai pas repensé.

L'avocat se racla la gorge.

— Cela ne change pas la base de notre accord, intervint-il. Le fait est que mon client n'était pas au courant du projet de braquage avant sa réalisation.

Thule hocha la tête. Il était prêt à accepter cette version.

— D'où venaient les armes ? demanda-t-il.

— Aucune idée, répondit Gudim. D'Oscar, probablement. Il a fait partie des forces spéciales. On le surnommait le Capitaine. Comment dire ? C'était un peu Monsieur Flingues, celui qu'on allait voir quand on avait besoin de ce genre de trucs.

Stiller, qui avait pris des notes tout au long de la conversation, referma son carnet.

— J'appartiens au département dédié aux affaires criminelles non résolues, déclara-t-il.

Gudim hocha la tête.

— Le cas sur lequel je travaille en ce moment est celui du lac Gjersjøen.

— Je pensais que c'était sur le braquage, s'étonna Gudim.

— Ça, c'est Thule qui s'en occupe, répondit Stiller en désignant son collègue d'un signe de tête. Moi, j'essaie de découvrir ce qui est arrivé à Simon Meier.

Il marqua une pause avant de poursuivre :

— Vous avez un accord avec le procureur général, mais il aura beaucoup plus de valeur si vous savez quelque chose sur l'affaire du lac Gjersjøen.

Gudim secoua la tête.

— Non, je ne sais rien, dit-il. À part ce que je vous ai dit à propos de la petite amie de Daniel qui l'a cherché en Espagne. Sinon, il y avait une rumeur qui disait qu'il était enterré dans une gravière.

— D'où est-ce que vous tenez ça ?

— De Daniel. Enfin, c'est un truc que sa copine avait lu dans les rapports de police. Une voyante qui l'aurait vu sous un tas de gravier. Mais ils avaient aussi une autre théorie, et aujourd'hui, ça me semble assez probable, en fin de compte.

— Quelle théorie ?

— Que c'est Oscar qui l'a fait disparaître. Que ce mec a vu Oscar avec les sacs, et qu'Oscar a été obligé de se débarrasser de lui. Maintenant que vous avez retrouvé l'argent, ça semble évident. En tout cas, je ne pense pas qu'il se soit noyé, étant donné qu'il n'a jamais été retrouvé. C'est quand même une sacrée coïncidence qu'il ait disparu en même temps que le pactole. Peut-être qu'Oscar l'a enterré quelque part sous du gravier, comme l'a dit la voyante.

Saisissant le joystick de la caméra de la salle d'interrogatoire, Wisting zooma sur Gudim jusqu'à ce que son visage emplisse la totalité de l'écran. Il partageait son raisonnement. Simon Meier avait pu voir quelque chose qu'il n'aurait pas dû voir et être tué pour taire un autre crime. Sauf que ce n'était pas Oscar Tvedt qui les avait embarqués. Ni Meier, ni l'argent. Le butin s'était retrouvé chez Bernhard Clausen, ministre de la Santé à l'époque et futur ministre des Affaires étrangères. Comment, c'était la grande question. De même que ce qu'il était advenu de Simon Meier.

61

Line fixait la feuille qui sortait de l'imprimante installée dans un coin du sous-sol. L'image de Daniel Lindberg apparaissait lentement : un beau brun au teint bronzé et aux dents blanches. Line reconnut certains de ses traits, identiques à ceux de sa fille. Le menton, les légères taches de rousseur sur le nez, les yeux noirs un peu enfoncés.

Audun Thule prit la feuille que Line lui tendait et l'accrocha au mur à côté de la photo d'Aleksander Kvamme.

— Nous avons peu de renseignements sur lui, dit-il. La photo qui figure dans nos fichiers a été prise quand il a été amené au poste à cause d'une bagarre dans un bar il y a trois ans. Il travaille dans un centre de fitness qu'il dirige avec son frère. C'est probablement là qu'il a rencontré Aleksander Kvamme.

Stiller se tourna vers Line.

— Ils essaient de découvrir où est l'argent, et ils ont cru que vous saviez quelque chose, dit-il. En se basant sur ce qu'ils ont trouvé sur votre Mac et sur le tableau d'affichage dans votre bureau, ils se sont persuadés que c'était Lennart Clausen qui l'avait pris.

— C'est une théorie rationnelle, acquiesça Thule. Lennart est du coin. Et le fait qu'il soit mort peu de temps après leur donne des raisons de croire que leur butin est intact.

— C'est d'ailleurs peut-être exactement ce qui s'est passé, intervint Mortensen.

— Ils suivent vos traces, Line, reprit Stiller. D'après la carte de l'entourage de Lennart Clausen que vous avez établie, c'étaient Tommy Pleym et Aksel Skavhaug ses plus proches amis à l'époque. Si quelqu'un sait où il a caché l'argent, c'est forcément un d'entre eux.

— Ils vont continuer à chercher, déclara Thule.

— Et nous allons les aider, dit Stiller.

— Comment ? demanda Line.

— Notre atout, c'est qu'ils ne savent pas que nous sommes au courant du double rôle d'Henriette. La prochaine fois que vous l'aurez au téléphone, dites-lui que vous pensez savoir où Lennart Clausen a pu cacher l'argent. Nous allons les attirer là-bas et les prendre la main dans le sac.

— La même tactique qu'avec Oscar Tvedt, commenta Thule.

— On déplace juste les caméras et les hommes en planque, acquiesça Stiller.

— Mais où ? demanda Line. Où serait-il probable que Lennart Clausen ait caché l'argent, et comment serais-je censée l'avoir découvert ?

— Dans le garage, lança Wisting.

— Quel garage ?

— Chez le père de Lennart. Il est plein d'outils et de pièces détachées de moto. Il est resté tel quel depuis sa mort.

— C'est parfait, déclara Mortensen.

— Il faut que j'aie une histoire un peu plus étoffée à servir à Henriette, fit remarquer Line.

— Appelle l'ancienne petite amie de Lennart, suggéra son père. En Espagne. Fais-la parler de ce garage pour te donner des éléments à utiliser.

— Allez-y, dit Stiller, en montrant d'un signe de tête son téléphone posé sur la table. Et ensuite, prenez rendez-vous avec Henriette pour demain.

Line prit son téléphone.

— Demain, je vois déjà Trygve Johnsrud, dit-elle.

— Annulez, suggéra Mortensen.

— Il a été ministre des Finances, leur rappela Line. Ça n'a pas été facile d'obtenir ce rendez-vous. Je ne peux pas annuler comme ça.

— À quelle heure y vas-tu ? demanda son père.

— À dix heures. C'est à son chalet de Kjerringvik.

— Eh bien tu auras le temps de faire les deux.

Line hocha la tête et sortit de la pièce, son téléphone à la main.

Elle se posta devant la fenêtre de la cuisine et contempla sa maison. Elle aurait dû laisser la lumière allumée, songea-t-elle. Le soleil se couchait de plus en plus tôt, la nuit était déjà sur le point de tomber.

La sonnerie ne s'entendait pas beaucoup et la ligne sautait un peu mais, lorsque Rita Salvesen décrocha, sa voix lui sembla toute proche.

— Comment ça va ? demanda Line. Avez-vous pu consulter un avocat au sujet du règlement de la succession ?

— Oui, il s'en occupe. Apparemment, il n'y a aucun testament ni rien. Lena va hériter de tout, donc je vous remercie d'avoir appelé. Peut-être pourrons-nous nous voir quand je viendrai en Norvège ?

— Ce serait sympa, répondit Line. Qu'avez-vous l'intention de faire de la maison ?

— La vendre.

— Vous n'envisagez pas de revenir vivre en Norvège ?

— Non. En tout cas, pas encore.

— Il se trouve que je suis passée devant en voiture quand j'étais à Kolbotn, reprit Line – ce qui n'était pas vrai, mais elle voulait orienter la conversation vers la maison et le garage. Elle est bien située. C'est idéal pour une famille avec de jeunes enfants.

— Je sais.

— Vous y passiez beaucoup de temps, quand vous étiez avec Lennart ?

— Nous étions surtout chez moi.

— Mais j'ai cru comprendre que Lennart était surtout dans son garage, non ?

Rita rit.

— Ah, ça, c'est vrai, répondit-elle. Il bricolait ses motos jour et nuit. C'est à peine si les autres avaient le droit de pénétrer dans son antre.

Parfait, songea Line. Elle pourrait se servir de ces éléments pour appeler Henriette.

— Pourquoi ? demanda-t-elle.

— Je ne sais pas exactement. Moi par exemple, je peins, et je préfère que personne ne voie mon travail en cours. Je refuse de montrer ma toile avant d'avoir fini. Je pense que c'était un peu comme ça pour Lennart aussi. Il assemblait des motos, les astiquait, les repeignait... Il voulait sans doute les garder à l'abri des regards jusqu'à ce qu'il ait vraiment terminé. C'est probablement aussi le cas pour vous en tant que journaliste, j'imagine. Vous n'avez pas envie qu'on lise votre bloc-notes.

— C'est vrai, avoua Line.

— Ça s'est encore accentué l'été avant sa mort, reprit Rita. Je me demande s'il n'était pas en train de me monter une bécane. En tout cas, il voulait que je passe le permis pour qu'on puisse rouler tous les deux.

— Et alors? Vous l'avez passé?

— Je ne suis jamais arrivée à ce stade, non.

Line avait obtenu ce dont elle avait besoin, mais discuta encore un peu. Puis, pour clore la conversation, elle proposa :

— Alors, envoyez-moi un message quand vous serez en Norvège.

— Ça ne devrait pas tarder, promit Rita. Je vais devoir signer des papiers, j'imagine.

— Super!

Et elles raccrochèrent. Line réfléchissait à la manière dont elle devait engager la conversation avec Henriette lorsque son père entra dans la pièce derrière elle.

Line tourna le dos à la fenêtre et s'appuya contre le plan de travail.

— Ce n'est pas sûr qu'elle réponde, lui dit-elle.

— Essaie, proposa son père. Au pire, elle te rappellera peut-être.

Line mit le haut-parleur. Henriette décrocha. On entendait de la musique derrière elle.

— Il y a du nouveau? demanda-t-elle.

— Tu peux le dire, répondit Line. Je me demande si je ne vais pas tout laisser tomber.

La musique s'arrêta net.

— Comment ça? demanda Henriette.

— J'ai été agressée, répondit Line. On m'a volé mon Mac. Je pense que c'est en rapport avec l'affaire.

— Qu'est-ce qui s'est passé?

Line lui raconta l'agression, mais ne dit rien sur le fait qu'elle s'était rendue à la Bibliothèque nationale pour lire les anciens articles écrits par Henriette.

— Pourquoi penses-tu que ça aurait un rapport avec le braquage?

— Il s'est aussi passé d'autres trucs, dit Line. C'est compliqué, mais je pense que quelqu'un s'est rendu compte que j'avais commencé à creuser l'affaire.

Son père hocha la tête; il lui semblait habile de faire croire que les menaces avaient fait impression sur elle.

— Qui ça?

— Je n'ai pas envie d'en parler au téléphone.

— Alors tu laisses tomber? demanda Henriette.

Line essaya d'analyser le ton de sa voix, de déterminer s'il exprimait satisfaction ou inquiétude, mais c'était impossible.

— Je ne sais pas, répondit-elle. Par contre, j'ai une théorie sur l'endroit où l'argent aurait pu être stocké.

— Où ça?

— Sincèrement, ça crève les yeux, comme cachette.

— Tu ne peux pas abandonner maintenant, dit Henriette. Tu as le temps d'un café demain?

— J'ai déjà un rendez-vous le matin, dit Line. Quelque

chose qui n'a rien à voir. Après ça, je peux faire garder Amalie jusqu'à quatorze heures maximum.

— Je peux venir à Stavern, dit Henriette. On pourrait se retrouver au même endroit que la dernière fois.

— Je ne sais pas trop, répondit Line. Cette histoire commence tout simplement à devenir dangereuse.

— Tu m'en as trop dit pour t'arrêter là, rétorqua Henriette. Tu me dois au moins une explication sur l'endroit où tu penses que l'argent a fini.

— Très bien, dit Line. À treize heures, alors.

62

La température avait chuté pendant la nuit. Le ciel s'était couvert d'une couche de nuages gris et une brise légère agitait les arbres. Line passa chez elle, enfila un pull et choisit un manteau pour Amalie. Avant de s'installer au volant, elle ramassa la balise de localisation que Mortensen avait trouvée dans sa voiture pour que ceux qui la surveillaient détectent son déplacement.

Après avoir déposé Amalie, elle prit la direction du centre, puis plein est vers le fjord de Larvik. Sur les derniers kilomètres, une route étroite et sinueuse la conduisit jusqu'au vieux port, où l'ancien ministre des Finances et camarade de parti de Bernhard Clausen avait sa résidence secondaire. Elle suivit les instructions du GPS jusqu'à une maison d'armateur blanche au bord de l'eau, abritée par des collines escarpées et des promontoires rocheux. Un fort vent de mer lui fit tout de même rentrer la tête dans les épaules.

— Bienvenue, lui dit Trygve Johnsrud, qui venait d'apparaître à la porte.

Line le suivit dans un salon dont les grandes fenêtres

donnaient sur le fjord. Johnsrud rangea les journaux et les magazines qui encombraient la table et leur fit de la place.

— Donc, Bernhard Clausen…, dit-il. Il laisse un grand vide derrière lui.

— Depuis que nous nous sommes donné rendez-vous, quelques avis un peu divergents sur sa personnalité ont tout de même fait surface, lança Line.

— Vous pensez à son livre ?

Line hocha la tête.

— Savez-vous ce qu'il y a écrit ? demanda-t-elle.

Johnsrud sourit.

— Non, je ne l'ai pas lu.

— J'ai discuté avec Guttorm Hellevik la semaine dernière. J'en ai retiré l'impression que Clausen était devenu un libre penseur qui ne se sentait plus très lié aux idéaux sociaux-démocrates.

L'ancien ministre des Finances hocha la tête.

— On considère souvent qu'un bon politicien doit être inébranlable et solide comme un roc, quelles que soient les conséquences pratiques que ses opinions personnelles peuvent avoir sur lui. Mais personnellement, je vois plutôt comme une qualité, chez un homme politique, sa capacité à changer de position après un grand débat public ou une expérience personnelle.

— Comment avez-vous vécu le fait qu'il change de position ?

— Nous, nous discutions avant tout de politique monétaire, expliqua Johnsrud. Bernhard était en désaccord avec la proposition de loi fiscale que le parti travailliste avait avancée avant les élections législatives. Il souhaitait un niveau d'imposition plus bas, et donc une consommation des ménages plus élevée. Selon lui, la classe politique devait faire plus confiance aux gens pour décider eux-mêmes à quoi ils voulaient dépenser leur argent. Il trouvait que l'engagement et l'initiative individuels devaient être mieux récompensés. C'était peut-être une conséquence naturelle du fait qu'il avait travaillé dur toute sa vie et fait beaucoup de sacrifices, mais obtenu bien peu en retour.

Il se leva et alla chercher deux tasses et une cafetière.

— De quand date son revirement politique ? demanda Line.

Johnsrud remplit les tasses.

— Je ne sais pas s'il est très juste de décrire cela comme un revirement. Ça devient tout de suite dramatique, alors qu'il avait juste un certain point de vue sur la liberté individuelle et sur le fait que chacun est responsable de soi-même. Il ne l'a fait valoir qu'après son dernier mandat gouvernemental. Mais nous, ses proches, nous avons remarqué un changement dès son congé maladie pendant qu'il était ministre de la Santé.

Line saisit cette opportunité pour orienter la conversation vers l'époque de la vie de Bernhard Clausen qui l'intéressait.

— Après la mort de son fils ? demanda-t-elle.

Trygve Johnsrud marqua une pause.

— C'était probablement après la mort de sa femme, plutôt. Je pense que cela a déclenché chez lui une grande remise en question.

— Comment cela ?

Le vétéran du parti travailliste prit sa tasse de café et en but pensivement une gorgée avant de la reposer.

— Le système de santé norvégien constitue l'un de nos avantages sociaux les plus importants mais, afin de maintenir une offre de qualité, nous ne pouvons pas aider tout un chacun. Quelle que soit l'affection dont il ou elle souffre. Nous ne pouvons pas initier ou prolonger inutilement des traitements dans le seul but de maintenir en vie des patients déjà en fin de course, ni leur donner espoir avec des traitements expérimentaux. Les médicaments dont Lisa avait besoin auraient coûté des millions, mais n'auraient peut-être acheté qu'un an ou deux de répit. Bien sûr, il est difficile de faire une analyse coûts-bénéfices lorsqu'il s'agit d'une maladie, mais le comité d'homologation avait déjà dit non à ce type de traitement, à la fois à cause de son prix, mais aussi parce qu'on manquait de documentation sur ses effets. Il a également été question d'envoyer Lisa se faire opérer en Israël, mais ses médecins n'étaient pas pour. À bien des égards, Bernhard Clausen est devenu prisonnier de la politique. Il a envisagé de vendre le chalet de Stavern et de recourir au privé. Dans ce cas, évidemment, il aurait dû démissionner de son poste de ministre de la Santé ; il en a discuté avec le Premier ministre, qui l'a laissé prendre la décision qu'il souhaitait.

Trygve Johnsrud pinça les lèvres, comme s'il en avait dit plus qu'il n'aurait dû.

— En fin de compte, c'est Lisa qui lui a demandé de ne pas le faire. Le peu de temps que cela lui aurait fait gagner ne valait pas les problèmes qui se seraient ensuivis, ni le plaisir que Bernhard et son fils auraient encore pu tirer du chalet. Mais Clausen ne s'est pas senti libre de choisir ce qu'il pensait être le mieux pour lui et sa famille. Je pense que c'est cela qui l'a orienté par la suite vers une vision plus libérale de l'existence.

— J'ai cru comprendre que Lennart avait rejeté sur son père la responsabilité de la mort de sa mère, dit Line.

— Bien sûr. Mais pas autant que Bernhard lui-même. Ce n'était pas ça qui les divisait.

Line répondit que c'était pourtant ce qu'elle avait entendu dire. Trygve Johnsrud se leva.

— La relation entre un père et son fils, ce n'est pas toujours facile, déclara-t-il en se dirigeant à l'autre bout de la pièce. Je vais vous montrer quelque chose.

Il ouvrit le tiroir d'une commode et en sortit une enveloppe.

— Je l'ai retrouvée hier en regardant de vieilles photos, dit-il en posant devant elle une image de Lennart et de son père.

Ils se tenaient par l'épaule; Bernhard Clausen avait un marteau dans sa main libre, et tous deux souriaient au photographe.

— N'est-ce pas une belle photo? demanda Johnsrud.

Line l'examina de plus près. La composition était bonne, comme il arrivait parfois quand un photographe amateur avait de la chance. Les lignes et les surfaces s'harmonisaient bien, les contrastes entre ombre et lumière donnaient une belle impression d'espace et de volume. Cependant, quelque chose dans le sourire des deux hommes semblait faux. Comme s'ils avaient avant tout posé pour faire plaisir au photographe.

— C'est au chalet de Stavern?

— L'été d'après la mort de Lisa, précisa Johnsrud en étalant les autres photos. Il nous avait demandé de venir l'aider pendant le week-end pour des travaux d'aménagement de sa terrasse. Lennart est arrivé à moto avec des documents que Bernhard avait oubliés.

Line avait en effet vu ce week-end mentionné dans le livre d'or. C'était celui juste après la disparition de Simon Meier. Elle reconnut plusieurs hommes politiques sur les photos.

— Et lui, qui est-ce ? demanda-t-elle en montrant un homme tenant une brosse à peinture à la main.

Trygve Johnsrud se pencha par-dessus la table.

— C'est celui qui deviendra probablement notre prochain ministre de la Justice, répondit-il en souriant.

— Arnt Eikanger ? demanda Line. Mais il travaillait pour la police municipale à l'époque.

— Oui. Il sait où le bât blesse, lança Johnsrud. De plus, il a du talent. Bernhard était une sorte de mentor pour lui.

Line examina encore un peu l'image avant de passer aux autres. Sur l'une d'elles, elle reconnut Guttorm Hellevik, du conseil municipal d'Oslo, occupé à jeter du sable dans une bétonnière à l'ancienne en compagnie d'un homme portant une casquette rouge du parti travailliste.

— Je peux vous l'emprunter ? demanda-t-elle en montrant la photo de Lennart et de son père.

— Prenez-les toutes, proposa Johnsrud. N'hésitez pas à utiliser celle où figure Eikanger.

Il pensait peut-être que les photos des grands noms du parti réunis pour aider Clausen pourraient contribuer de manière positive à leur campagne électorale.

— Pendant la journée, nous travaillions tous ensemble. Et le soir, nous élaborions le programme politique.

Line rassembla les photos et mit celle de Lennart et de son père au-dessus de la pile.

— C'est probablement le dernier portrait d'eux deux qui existe, dit Johnsrud. La famille comptait beaucoup pour Bernhard. Il adorait son garçon. Étant donné que le cancer qui a emporté Lisa était héréditaire, il avait peur que son fils en soit également affecté. Et puis finalement, quelques mois plus tard, c'est à moto qu'il a trouvé la mort.

Line hocha la tête.

— Vous êtes tous restés dormir au chalet, ce week-end-là ? demanda-t-elle en mettant les photos dans son sac.

— Oui.

— N'est-ce pas un peu étrange de penser qu'il a brûlé et qu'il n'en reste rien ?

— Pas autant que de penser que Bernhard est parti.

Line essaya d'aiguiller la conversation sur la chambre du milieu, là où le feu avait pris, et sur l'époque du braquage, mais Trygve Johnsrud préféra suivre le fil de ses propres pensées et lui parla du parti travailliste et de la campagne électorale en cours.

Au bout de deux heures, Line avait certes assez d'éléments pour un article particulièrement étoffé sur l'importance cruciale des idéaux sociaux-démocrates traditionnels dans une conception moderne de l'État providence, mais rien de plus sur ce qui s'était passé à l'été 2003.

63

Les charnières grincèrent lorsque Wisting souleva la porte du garage. Le crissement ressemblait étonnamment à une plainte humaine.

Haut sur le mur, deux fenêtres. Une puissante lampe de travail était suspendue au plafond au milieu d'un vrai capharnaüm. Sous la lampe, une moto sans pneus ni réservoir de carburant, fixée sur un support. Le moteur gisait en morceaux sur le sol de béton, ainsi que des outils et plusieurs tas de chiffons sales. Une salopette de travail était accrochée au dossier d'une chaise de camping à côté d'une boîte à outils restée ouverte. Autour, d'autres projets en cours, des caisses pleines de pièces de moteur, des boîtes à vis et des bidons d'huile à moitié vides.

Ils firent quelques pas à l'intérieur pendant que Stiller montrait du doigt les endroits où il voulait installer les caméras cachées.

Le technicien de son département de Kripos se mit au travail. Les petits appareils enverraient les images directement dans le bureau de Bernhard Clausen, d'où les enquêteurs surveilleraient les événements.

— Nous ne réussirons pas à les faire condamner pour le braquage même si nous pouvons prouver qu'ils se sont introduits par effraction dans un garage, fit remarquer Thule.
— Non, mais nous allons nous en servir pour briser leur maillon faible, fit Stiller. Henriette Koppang. C'est elle qui va les conduire ici. C'est elle qui devra commencer à parler.

Wisting feuilleta un manuel de montage resté ouvert sur le plan de travail, présentant des schémas complexes de diverses pièces de moteur. Il se sentait optimiste quant à l'éventualité d'obtenir des aveux de la part d'Henriette Koppang : la menace d'une peine de prison et la peur des conséquences pour sa fille la feraient sûrement céder. En revanche, en ce qui concernait l'affaire de la disparition de Simon Meier, c'était différent. Les deux seules personnes qui auraient pu savoir quelque chose, Bernhard Clausen et son fils, étaient mortes.

— Qu'est-ce qu'il y a là-dedans ? demanda Stiller en tirant sur la poignée de la porte d'un débarras tout au fond du garage.

Thule lui montra le seuil.

— C'est verrouillé avec un cadenas supplémentaire, dit-il.

En effet, un cadenas était fixé à une barre métallique juste au-dessus du niveau du sol.

— Nous pourrions surveiller aussi cette pièce, dit Stiller. Si quelqu'un voulait cacher quelque chose ici, il l'utiliserait, c'est sûr.

Examinant les alentours, il trouva de grosses tenailles.

— Je veux aussi une caméra là-dedans, dit-il en essayant de couper le cadenas.

— J'ai vu une pince plus grosse quelque part, répondit Thule en se retournant.

Il dénicha un grand coupe-boulons sur une étagère et sectionna le cadenas. La serrure de la porte, quant à elle, semblait tout à fait standard. Stiller retourna dans la maison pour inspecter le placard à clefs.

— Peut-être que l'argent a vraiment été entreposé à l'intérieur, dit Wisting une fois Stiller de retour.

— En tout cas, le fils Clausen a bien sécurisé l'endroit.

Stiller inséra une clef dans la serrure, tourna, et ouvrit la porte. Une odeur douceâtre de renfermé se répandit aux alentours et vint se mêler à celle d'huile et de moteur qui régnait dans le garage.

Il trouva l'interrupteur.

Le réduit faisait environ deux mètres sur deux et était dépourvu de fenêtres. Il était aménagé comme un petit bureau, avec une table contre un mur, une chaise à roulettes sale et quelques étagères. Contre le mur opposé, un coffre en bois cadenassé. Au-dessus, une affiche du film *Easy Rider*, avec Peter Fonda et Dennis Hopper sur leurs motos respectives. Dans le coin droit de l'affiche, une série de sapins désodorisants desséchés qui pendaient à un clou.

Stiller entra en premier. Wisting le suivit. Sur le bureau, ils trouvèrent une bouteille de bière renversée. Le liquide avait séché depuis longtemps et laissé des traces brunes sur le plateau de la table et les papiers qu'il avait souillés.

L'un des tiroirs était à moitié ouvert. Wisting le tira complètement. Au-dessus d'une pile de magazines de moto, une boîte de purificateurs d'air et plusieurs sapins désodorisants encore dans leur emballage plastique.

Stiller donna un coup de pied dans le grand coffre en bois.

— Fermé, dit-il en montrant aux autres un cadenas du même type que celui qu'ils avaient trouvé sur la porte.

Thule revint avec le coupe-boulons, mais le téléphone de Stiller sonna avant que Thule ait eu le temps de passer à l'action.

— C'est Gitte, du fichier ADN, annonça Stiller après avoir consulté l'écran.

Il décrocha et mit le téléphone sur haut-parleur. Thule resta debout, dans l'expectative, le coupe-boulons à la main.

— Nous avons reçu une réponse à une analyse demandée en express pour du matériel biologique prélevé sur Vegard Skottemyr, expliqua l'employée du fichier ADN en mentionnant un numéro de référence.

Wisting se concentra. Vegard Skottemyr était l'homme qu'ils soupçonnaient d'avoir écrit la lettre anonyme au procureur général.

— Vous avez sollicité une comparaison spécifique avec l'échantillon B-8 de l'affaire n° 15 692 datant de 2003 dans ce qui était auparavant le district de Follo, poursuivit la femme sur un ton parfaitement formel.

— C'est le préservatif trouvé à côté de la station de pompage, chuchota Stiller.

— Il n'y a aucune correspondance entre les échantillons, annonça sobrement la femme.

Wisting soupira. La possibilité d'avoir un témoin oculaire sur ce qui s'était passé au lac Gjersjøen semblait leur échapper.

— Nous avons également effectué une recherche supplémentaire dans le fichier national des empreintes génétiques, poursuivit l'employée. Et déterminé qu'il correspondait à l'échantillon B-14 de la même affaire.

— Qu'est-ce que c'est déjà, le B-14 ? demanda Thule.

À l'autre bout, la femme sembla décontenancée d'entendre une deuxième voix faire irruption dans la conversation.

— Chez moi, l'élément est décrit comme « poil pubien », répondit-elle.

Stiller eut un large sourire.

— *It takes two to tango*, dit-il. On le tient. Vegard Skottemyr était bien à la station de pompage.

Au téléphone, la femme leur indiqua encore qu'une analyse détaillée leur serait envoyée.

— Avez-vous aussi des résultats pour les nouveaux prélèvements effectués dans la station de pompage ? lui demanda Wisting. Ils ont été déposés par Espen Mortensen dans le cadre de la même affaire, pour comparaison avec le profil ADN du disparu.

— Nous venons de les recevoir, oui, répondit la femme. Je vais appeler Mortensen.

— Et alors ?

— Ça matche, répondit-elle, sur un ton un peu moins formel. Les échantillons F-1 et F-2 appartiennent tous les deux à Simon Meier.

— Le rebord en acier et le sol, marmonna Wisting pour lui-même.

Son interlocutrice ne comprit pas ce qu'il disait.

Stiller désactiva la fonction haut-parleur et remit le téléphone contre son oreille.

— Je vous remercie d'avoir appelé, dit-il.

— Donc, Simon Meier est mort dans la station de pompage, résuma Audun Thule quand Stiller eut raccroché.

— Et nous avons peut-être un témoin, ajouta Stiller. Je descends à Lørenskog pour avoir une petite conversation avec Vegard Skottemyr. Je vous laisse préparer le reste ici.

Il se fraya un passage parmi eux pour sortir de la pièce exiguë. Thule reprit le coupe-boulons. Il y eut un claquement de métal lorsqu'il sectionna l'anneau du cadenas. Wisting souleva le couvercle.

Le coffre était presque vide : quelques pièces de moto chromées, une plaque d'immatriculation, une carte grise. Thule souleva un sac plastique avec des têtes de cannabis et une pipe à hash ordinaire.

— Pas très excitant, commenta-t-il en laissant retomber le sac.

Wisting referma le couvercle. Avant que Thule force la serrure, il avait un bref instant imaginé que, dans le coffre, ils trouveraient les restes de Simon Meier.

64

À l'arrivée de Line, Henriette était au comptoir, carte bancaire à la main, s'apprêtant à payer.
— Qu'est-ce que tu prends ? demanda-t-elle.
Line se posta à côté d'elle.
— Un café latte, répondit-elle.
Henriette transmit la commande à la serveuse, qui obtempéra.
— Comment ça va ? demanda Henriette en posant la main sur l'épaule de Line.
— Je ne sais pas trop. Il s'est passé tellement de choses.
— Il faut que tu me racontes, dit Henriette.
Leurs cafés furent déposés sur le comptoir.
— Je t'invite, dit Henriette en introduisant sa carte dans le terminal de paiement.
Line prit son verre et regarda Henriette composer son code. La transaction fut rejetée. Henriette fit une seconde tentative en tapant les quatre mêmes chiffres, mais la carte fut de nouveau refusée.
— Il doit y avoir quelque chose qui cloche, soupira-t-elle.

— C'est pour moi, dit Line en posant un billet de cent couronnes sur le comptoir.

Henriette remit sa carte dans son portefeuille, prit son verre, et se dirigea vers la table à laquelle elles s'étaient assises la fois précédente.

— Alors, qu'est-ce qui s'est passé ? demanda-t-elle à voix basse.

— Je ne l'ai dit à personne, et je ne compte pas le faire, répondit Line, en suivant le plan qu'elle et son père avaient mis au point. Tu dois me promettre de ne rien répéter.

— Bien sûr.

— Je te le dis parce que, toi non plus, tu n'es peut-être pas en sécurité.

Henriette se tut et se contenta d'acquiescer d'un air grave.

— Ça a commencé après notre premier rendez-vous, reprit Line. J'ai eu le sentiment que quelqu'un était entré chez moi en mon absence.

— Quelle horreur !

Line prit la paille dans sa bouche et but une gorgée en regardant Henriette. Elle brûlait d'envie de lui dire qu'elle savait que c'était son petit ami – ou son ami, peu importaient les termes exacts de leur relation – qui s'était introduit chez elle au sous-sol. Lui qui, devant le tableau d'affichage, avait découvert la connexion que Line avait établie entre Simon Meier et Lennart Clausen.

— On t'a volé quelque chose ? demanda Henriette.

Line secoua la tête.

— Juste un dessin d'enfant, répondit-elle.

— Un dessin ? s'étonna Henriette.

— Il y a un chat qui traînait autour de notre maison ces

dernières semaines, expliqua Line. Amalie a voulu le dessiner. Je l'ai aidée. On avait punaisé le papier au-dessus de son lit.

Elle sentit les larmes monter et dut faire un effort pour raconter le chat étranglé et le message de menaces.

— Mon Dieu, gémit Henriette. Ça ne pourrait pas être un gamin pervers qui habite dans le quartier ?

Line secoua la tête.

— Tu as prévenu la police ? demanda Henriette.

— Non. J'ai jeté le chat à la poubelle avant qu'Amalie le voie, mais j'ai appelé une entreprise pour qu'ils viennent installer une alarme.

Elle avait raconté tout cela en tenant son verre sur les genoux. Elle le posa sur la table.

— J'ai pris ma décision, dit-elle. Je laisse tomber. Ça ne vaut pas le coup.

— Tu es sûre ?

Line hocha la tête.

— D'accord, dit Henriette. Mais tu as dit que tu savais peut-être où était l'argent du braquage ?

— Peut-être, oui, dit Line.

— Où ça, alors ?

— J'ai discuté avec sa copine de l'époque.

— La copine de Lennart Clausen ?

Line acquiesça. Elle ne voulait pas mentionner son nom, même si les informations sur Rita et sa fille étaient stockées sur son Mac volé.

— Elle m'a parlé de Lennart.

— Ah ?

— Il avait un garage dans la maison de son père où il

bricolait des motos. Il passait des heures là-dedans et ne voulait jamais laisser entrer les autres à l'intérieur.

Henriette ne quittait pas Line des yeux. Elle but une gorgée de café.

— Le garage existe toujours, reprit Line. Il est resté intact depuis la mort de Lennart, bourré de pièces détachées de moto. Son père n'a pas eu le courage de le nettoyer. Si c'est là que Lennart a caché l'argent, il y est peut-être encore.

Line vit clairement qu'Henriette mordait à l'hameçon.

— Comment est-ce qu'on pourrait vérifier ça? demanda-t-elle.

Line secoua la tête.

— Pas «on», dit-elle. Moi, je ne veux plus être impliquée dans rien. L'ancienne petite amie va bientôt venir en Norvège toucher l'héritage de sa fille. Elle a l'intention de vendre la maison. Si l'argent est bien là, on l'apprendra peut-être quand elle la videra.

Tout à coup, Henriette parut un peu confuse et se mit à dire que, dans ce cas, elles perdraient le contrôle de l'enquête et de l'argent. Mais très vite, elle s'interrompit et reprit :

— Ça ferait un bien meilleur article si on retraçait l'argent plutôt que d'attendre qu'il soit découvert, si tu vois ce que je veux dire.

— Oui, mais toute cette affaire me rend malade, dit Line. Je ne peux plus prendre de risques. Si j'avais eu une rédaction derrière moi, ç'aurait peut-être été différent, mais il ne s'agit pas seulement de moi. Je dois aussi penser à ma fille.

— Je vois, dit Henriette. Je comprends parfaitement ta décision.

Le reste de la conversation fut un peu poussif. Line dut

se concentrer pour donner le change sur des thèmes tout ce qu'il y avait de plus ordinaire. Au bout d'une demi-heure à peine, Henriette se leva.

— Il faut que je rentre, dit-elle. J'espère qu'on pourra rester en contact.

Line se leva à son tour ; elle eut l'impression qu'il fallait qu'elle prenne Henriette dans ses bras pour lui dire au revoir. Puis elle resta un instant debout, à la regarder quitter le café. Dès qu'elle aurait atteint le coin de la rue, elle décrocherait probablement son téléphone pour appeler son complice.

Se retournant pour prendre ses propres affaires, Line découvrit que le portable d'Henriette était resté sur son fauteuil, il avait glissé entre l'assise et l'accoudoir.

Sa première impulsion fut de courir après Henriette, mais elle se figea. Pour débloquer le téléphone, il fallait soit une empreinte digitale, soit un code PIN. Line lança un regard vers le comptoir et le terminal de paiement. 0208. En voyant Henriette composer le code de sa carte bancaire, Line s'était dit que ces quatre chiffres étaient peut-être la date de naissance de sa fille ou de son compagnon.

Elle fit glisser son pouce sur l'écran.

0208. Si ça se trouvait, c'était aussi simple que ça.

L'appareil sortit de veille.

Line jeta un coup d'œil vers la porte. Il ne faudrait pas longtemps à Henriette pour se rendre compte que son téléphone avait disparu. Elle pouvait revenir le chercher d'un instant à l'autre.

Line consulta les messages. Daniel Lindberg était troisième dans la liste des derniers contacts utilisés. Line ouvrit le dossier conversations, fit défiler des messages banals traitant de choses pratiques et s'arrêta sur une petite vidéo qu'Henriette avait envoyée à son compagnon le dimanche matin. Au départ, elle ne comprit pas l'intérêt du film, car la caméra bougeait dans tous les sens – jusqu'à ce qu'elle s'arrête sur un clavier d'ordinateur et que deux mains apparaissent dans le champ de vision. Des doigts courant sur les touches. Line sentit un malaise l'envahir. C'était son Mac. Ses doigts. Henriette l'avait filmée la dernière fois qu'elles s'étaient rencontrées. Sur l'enregistrement, les doigts bougeaient trop vite sur le clavier pour qu'on puisse deviner le mot de passe, mais au ralenti, il n'y aurait aucun problème pour le lire.

Line poussa un juron à voix haute et leva les yeux vers la porte avant de continuer à faire défiler les messages. La veille, Daniel avait envoyé une photo. Line l'ouvrit. C'était le tableau d'affichage au sous-sol de son bureau.

«Trouve le plus de renseignements possible sur ces noms», disait le message.

Line n'avait pas besoin de zoomer pour savoir de qui parlait Daniel Lindberg. Il s'agissait des noms affichés autour de la photo de Lennart Clausen : Tommy Pleym et Aksel Skavhaug. Tous les deux avaient été victimes de la propre enquête des braqueurs.

À la porte, la sonnette tinta. C'était Henriette.

Line verrouilla le téléphone et le lui tendit en s'efforçant de sourire :

— Tu as oublié ça, dit-elle. Il était resté sur ton fauteuil.

Henriette la remercia et lui sourit à son tour.

— Je me sens complètement perdue sans, dit-elle.

Line l'accompagna jusqu'à la porte. Elles se dirent une nouvelle fois au revoir et Henriette disparut au coin de la rue. Une minute plus tard à peine, elle passait au volant d'une Audi bleue, le mobile contre l'oreille. Line sortit le sien pour appeler son père et lui dire que l'engrenage était en marche.

65

Adrian Stiller entra dans la banque à la suite d'un jeune couple. Ils prirent un numéro au distributeur et s'assirent pour attendre leur tour. Stiller se dirigea droit sur le comptoir de renseignements, présenta son badge et demanda à parler à Vegard Skottemyr.
Le réceptionniste consulta son ordinateur.
— Il est en rendez-vous conseil, répondit-il avec un sourire rodé à l'accueil de la clientèle.
— Je ne peux pas attendre, déclara Stiller.
L'homme leva les yeux vers lui, surpris, comme si on ne lui avait jamais opposé un tel argument auparavant.
— Je vais aller voir s'il a bientôt fini, proposa-t-il en descendant de son tabouret.
Stiller le suivit. Vegard Skottemyr recevait dans un bureau aux parois de verre une femme d'âge moyen visiblement sur le point de partir.
— Vous avez de la visite, annonça l'employé de la réception.
Skottemyr tourna la tête. Stiller rencontra son regard, qui se teinta aussitôt de résignation.

Le banquier donna encore quelques informations d'ordre pratique à sa cliente, et Stiller la laissa passer avant d'entrer et de fermer la porte derrière lui.

— Quel plaisir de vous revoir, dit-il en s'asseyant.

Skottemyr se contenta de hocher la tête.

— Vous n'avez pas été tout à fait honnête avec moi la dernière fois, enchaîna Stiller.

Skottemyr poussa un soupir de découragement.

— Je ne sais rien de plus que ce que je vous ai déjà dit.

— Je ne pense pas que vous soyez allé vous soulager la vessie, lança Stiller. Ce n'est pas pour ça que vous vous êtes approché de la station de pompage pendant votre jogging. À mon avis, vous vouliez retrouver quelqu'un.

— Qui ça ?

— Un amant.

Le visage de Skottemyr changea de couleur. Stiller poursuivit son exposé, expliquant que les techniciens qui avaient inspecté les alentours de la station de pompage avaient trouvé des traces de rapports sexuels entre deux hommes.

— Le premier, c'était vous, dit Stiller. Je veux savoir qui était l'autre.

Skottemyr fit non de la tête, sans pour autant donner signe de vouloir contester les faits exposés par Stiller. Il dit :

— Ça n'a aucune importance. Il n'est plus en vie.

— Je veux quand même savoir de qui il s'agit, répondit Stiller.

Skottemyr réfléchit.

— Il était marié, dit-il. Je n'ai pas envie de salir son nom maintenant qu'il n'est plus là.

— Nous enquêtons sur une affaire de disparition requalifiée

en meurtre, déclara Stiller. Vous allez être obligé de parler. Soit à moi, ici et maintenant, soit lors d'une audience au tribunal.

Vegard Skottemyr attrapa un stylo, le fit tourner entre ses mains.

— On s'était rencontrés à la piscine, dit-il. On se retrouvait au sauna, mais ce n'était pas un endroit où on pouvait vraiment discuter ou passer du temps ensemble, alors on s'est fixé des rendez-vous ailleurs.

— À la station de pompage.

— Entre autres. Il était marié, et moi je vivais chez mes parents. Ils n'auraient pas… Ils ne sont pas au courant pour moi. On se voyait une fois par semaine, toujours le même jour. Lui a pris un chien histoire d'avoir une excuse pour sortir se promener. Moi, je me suis mis au jogging.

Stiller repensa à la liste qu'il avait dressée et dans laquelle Skottemyr figurait en tête. Y figurait également, tout à la fin, un homme avec un chien. Stiller ne se souvenait pas de son nom, mais il serait facile à retrouver si jamais Skottemyr campait sur ses positions.

— La plupart du temps, c'était un endroit tranquille.

— Il y avait quelqu'un d'autre, le jour de la disparition de Simon Meier ? demanda Stiller.

— Oui. Une voiture. Alors j'ai fait demi-tour et je suis reparti.

— Quel type de voiture ?

— Un break.

— Couleur ?

— Rouge.

Stiller sentit monter une bouffée d'adrénaline. C'était la

voiture dans laquelle Jan Gudim avait transporté le butin du braquage.

— Pourquoi est-ce que vous n'avez rien dit ?

— Vous recherchiez une voiture noire, répondit Skottemyr.

C'était vrai. Un témoin avait vu une voiture noire s'engager vers la station de pompage. La femme en question n'avait pas su affirmer avec certitude quel jour c'était, mais les enquêteurs avaient quand même émis un mandat de recherche. Skottemyr s'était forcément rendu compte que ce qu'il avait vu pouvait être important. Pourtant, il avait gardé le silence, de peur qu'on ne devine ce qui l'avait amené sur les lieux.

— Reidar est passé après moi et il l'a vue, lui, reprit Skottemyr.

L'homme au clebs, pensa Stiller. Son nom de famille lui revint en mémoire.

— Reidar Dahl ?

Skottemyr hocha la tête.

— Qu'est-ce qu'il a vu exactement ?

— La voiture noire sur laquelle la police a annoncé dans le journal qu'elle voulait des renseignements.

— Qu'est-ce qu'il vous a dit d'autre ?

— Rien. Qu'elle était garée devant la station de pompage. En la voyant, il a rebroussé chemin.

— C'est tout ? demanda Stiller. Il n'a pas mentionné le type de voiture, ou s'il y avait quelqu'un à l'intérieur ?

Skottemyr secoua la tête.

— J'ai eu l'impression qu'il savait autre chose, mais il ne s'est jamais confié à moi. Après ce qui s'est passé, nous ne nous sommes pas revus. Plus de cette manière, en tout cas. Et quand on s'est croisés par hasard par la suite, on n'a jamais abordé le sujet.

Stiller était en train de comprendre que cette piste-là non plus ne lui apporterait pas les réponses dont il avait besoin.

— Vous pensez qu'il aurait pu se confier à quelqu'un d'autre à propos de ce qu'il a vu ce jour-là ?

— Il est allé voir la police.

— C'est exact, répondit Stiller en hochant la tête.

Il se leva et dit :

— Merci pour cet entretien.

Skottemyr leva les yeux sur lui, clairement surpris par la fin abrupte de la conversation.

— Je trouverai la sortie tout seul, dit Stiller avant de quitter les lieux.

Dans la voiture, il ouvrit le sous-dossier de l'affaire du lac Gjersjøen regroupant les témoignages et le feuilleta jusqu'à retrouver l'interrogatoire de Reidar Dahl. Sa déposition avait été prise par l'agent de police municipale Arnt Eikanger.

En fait, il s'agissait plutôt d'un résumé d'une conversation téléphonique que d'un interrogatoire formel. Stiller l'avait déjà lu, mais le parcourut à nouveau. Eikanger écrivait avoir informé Reidar Dahl que plusieurs personnes avaient vu un homme promenant son chien dans la zone où Simon Meier avait disparu et que l'une d'entre elles l'avait reconnu. Reidar Dahl confirmait que c'était probablement lui qui avait été observé. Le chien s'appelait Jeppe, c'était un terrier tibétain gris et noir âgé de sept mois. Dahl expliquait quel parcours il avait suivi et donnait le nom de sa femme, qui se trouvait chez eux au moment où il était parti et quand il était revenu. Puis une dernière ligne indiquait que le témoin n'avait aucune autre information à communiquer au sujet de l'affaire. C'était tout. Et c'était probablement faux.

66

Toute l'opération mise en place à la maison de repos d'Abildsø avait été relocalisée et renforcée. Trois caméras avaient été installées dans le garage, deux autres couvrant les abords immédiats. Ils avaient également posté un guetteur à chaque bout de la rue. Une escouade d'intervention locale se tenait à une minute de là, dans une rue perpendiculaire. Armée.

Wisting était assis devant les écrans de surveillance dans le bureau de Bernhard Clausen. Cela faisait quatre heures que Line avait eu son rendez-vous avec Henriette Koppang. Assez pour que les braqueurs passent à l'action.

— Ils attendent probablement qu'il fasse nuit, dit Thule, comme s'il lisait dans ses pensées.

Wisting consulta le PC.

— Où est-elle ? lui demanda Thule.

— Toujours au même endroit, répondit-il en tournant l'écran vers son collègue.

À l'image, un point rouge indiquait la position de l'Audi bleue d'Henriette Koppang. Ils utilisaient exactement le même dispositif que celui qui avait servi à surveiller Line.

Mortensen avait installé la balise GPS pendant que les deux femmes discutaient au café de Stavern. Après leur rencontre, la voiture avait suivi la route de comté jusqu'à Larvik, où elle s'était garée sur un parking et n'avait plus bougé.

Wisting n'aimait pas ça. Il n'y avait aucune raison pour qu'Henriette Koppang reste en ville.

— Il pourrait y avoir quelque chose qui cloche dans le système ? demanda-t-il. C'est possible que ça se soit bloqué ?

— Rien ne semble indiquer un dysfonctionnement, répondit Thule. On peut toujours envoyer une patrouille voir si la voiture est vraiment là.

Le téléphone sonna. C'était Stiller. D'après les bruits de fond, il était au volant.

— Du nouveau ? demanda-t-il.

— Vous le sauriez, lui assura Wisting en mettant le téléphone sur haut-parleur pour que Thule puisse écouter lui aussi.

— Du mouvement sur la voiture d'Henriette Koppang ?

Wisting consulta encore une fois l'écran.

— Non.

— Elle est peut-être au sauna, dit Thule en montrant la carte d'un signe de tête. L'hôtel spa est juste à côté.

Wisting passa le téléphone dans son autre main.

— Vous revenez ici ? demanda-t-il à Stiller.

— Pas tout de suite. J'ai encore une affaire à régler. Je pense avoir trouvé qui est l'auteur de la lettre anonyme.

— Qui ça ? demanda Wisting.

Tandis que Stiller lui racontait ce qu'il avait appris par Vegard Skottemyr, Wisting ferma les yeux pour mieux se remémorer les noms du dossier.

— Il est marié, dit Wisting quand Stiller lui parla de l'homme au chiot.

— Il est mort, rétorqua Stiller. Mais je vais essayer de parler à son épouse. La veuve.

— Vous croyez qu'elle pourrait savoir quelque chose ? demanda Thule.

— Ça vaut la peine d'essayer, répondit Stiller.

La ligne se détériora, comme s'il passait dans un tunnel, et ils mirent fin à la conversation.

Wisting se leva, se dirigea vers la fenêtre et jeta un coup d'œil derrière le rideau. Puis il revint s'asseoir devant les écrans. Ni lui ni Thule n'ouvrirent la bouche pendant un moment. Thule vérifia encore une fois la connexion et s'assura que la communication passait bien avec les guetteurs.

— Nous aurions dû mettre Lindberg et Kvamme sous surveillance aussi, lâcha-t-il.

Wisting était de son avis, mais ils n'avaient pas eu le temps de retrouver leur trace.

— Van blanc, deux hommes, rapporta l'un des guetteurs.

Quelques secondes plus tard, le véhicule utilitaire apparut à l'écran. Il passa devant la maison, puis le deuxième guetteur indiqua qu'il repartait.

— À quelle heure fait-il vraiment nuit en ce moment ? demanda Wisting. Neuf heures ? Neuf heures et demie ?

— Par là, oui, confirma Thule.

— Il reste trois heures.

L'attente le rendait nerveux. Il se leva et fit quelques pas dans la pièce avant de se rasseoir. Il pivota à droite et à gauche sur la chaise de bureau, ouvrit un tiroir, le referma. Mortensen et lui étaient venus ici dix jours auparavant sans rien trouver d'intéressant. Il ouvrit quelques autres tiroirs au hasard et en sortit des papiers. Ils traitaient du cancer qui avait frappé la femme de Clausen. Une brochure sur papier glacé d'un hôpital privé israélien présentait de nouvelles méthodes thérapeutiques et des traitements expérimentaux pour patients atteints d'un cancer. Lorsque sa femme avait été diagnostiquée, Bernhard Clausen avait dû se trouver au désespoir.

Wisting remit les papiers en place, prit son téléphone et se mit à lire la presse en ligne. De temps en temps, la radio crépitait légèrement quand un guetteur annonçait le passage d'un véhicule débouchant dans la rue ou en sortant.

— Passat sombre, un individu, signala-t-on.

Quelque chose dans le ton du policier fit lever les yeux à Wisting.

— C'est la troisième fois, précisa le guetteur. Il est peut-être en reconnaissance.

La voiture apparut à l'écran avant de s'éloigner au pas.

Thule attrapa la radio.

— La plaque ? demanda-t-il.

Il fallut un certain temps avant que la réponse vienne :

— Voiture de location. On essaie d'avoir le nom associé.

— C'est pas bon, ça, commenta Wisting. Si les guetteurs l'ont vu trois fois, il les a vus lui aussi. On est peut-être repérés.

Thule fouilla dans un sac et en sortit deux sandwiches.

— Ça peut aussi être quelqu'un qui vit dans le coin, répondit-il en lançant un sandwich à Wisting.

Celui-ci attrapa le casse-croûte et l'attaqua, les yeux rivés sur la carte. À son avis, il ne se passerait rien tant que le point rouge ne se mettrait pas en mouvement, mais plus il le fixait, plus il sentait croître en lui le pressentiment que quelque chose clochait. Qu'il restait un détail qu'ils avaient négligé, auquel ils n'avaient pas pensé. Bref, que quelque chose était en train de mal tourner.

67

Stiller s'était garé devant une maison en bois marron foncé dans une rue baptisée Bjørnemyrveien. En attendant Ruth Dahl, il fit une rapide estimation. Il devait y avoir un quart d'heure à pied de là à la station de pompage désaffectée.

Ruth Dahl n'était pas chez elle quand Stiller avait réussi à la joindre au téléphone, mais lorsqu'il lui avait expliqué qu'il souhaitait lui parler de Simon Meier, de l'affaire du lac Gjersjøen et de ce que son mari avait pu savoir à ce sujet, elle lui avait aussitôt proposé de venir la retrouver à son domicile. Il avait eu l'impression qu'elle attendait cet appel depuis un moment, et cela le rendait optimiste. Elle aurait peut-être des révélations pour lui.

Voyant un break blanc s'engager dans l'allée menant à la maison, Stiller descendit de voiture. Il salua d'un signe de tête la femme qui apparut. Elle se dirigea vers le coffre et l'ouvrit pour prendre dans ses bras un terrier gris et noir au poil court qu'elle déposa au sol.

— Je vous présente Jeppe, dit-elle. Il commence à se faire vieux.

Stiller s'accroupit et laissa le chien lui renifler la main avant de le caresser.

Ils entrèrent dans la cuisine. Le chien les suivit mollement. Ruth Dahl lui remplit un bol d'eau.

— Je me disais bien que quelqu'un était susceptible de venir me voir, dit-elle en lui faisant signe de s'installer.

Stiller tira une chaise, s'assit, et posa les avant-bras devant lui sur la table. Cette phrase d'introduction était prometteuse. Il était déjà arrivé que de vieilles affaires prenant la poussière dans les placards soient rouvertes de cette façon : certaines personnes, quand elles détenaient des informations, ne se présentaient pas spontanément à la police, mais attendaient que celle-ci les sollicite.

— À l'époque, ça a été étouffé, reprit Ruth Dahl en s'asseyant. Mais maintenant qu'il est mort...

— Vous pensez à Bernhard Clausen ? dit Stiller.

Le chien se coucha sous la table.

— Reidar l'a vu près de la station de pompage, déclara Ruth Dahl. Le soir où Simon Meier a disparu.

— Il vous l'a dit ?

— Il l'a aussi dit à un agent de la police municipale, mais ce type n'a rien fait.

— Arnt Eikanger, vous voulez dire ?

Ruth Dahl hocha la tête.

— Eikanger soutenait que le garçon s'était noyé. Pourtant, on ne l'a jamais trouvé.

— Qu'est-ce que votre mari vous a raconté ? demanda Stiller.

— Il était sorti promener Jeppe. Ils allaient parfois jusqu'au lac Gjersjøen. Il y avait croisé Simon Meier deux ou trois fois.

Stiller acquiesça, attendant la suite.

— Ce soir-là, la porte de la station de pompage était ouverte. Reidar s'est arrêté au bord de la route et a attendu un moment. Alors, une voiture est apparue. Elle venait de derrière la station de pompage. Bernhard Clausen en est sorti, il a ouvert son coffre, et il est entré dans la station de pompage chercher un sac-poubelle qu'il a traîné jusqu'à la voiture.

— Un sac-poubelle, répéta Stiller, surtout pour dire quelque chose.

— J'ignore ce qu'il y avait dedans, poursuivit Ruth Dahl. Reidar n'en savait rien non plus. Il s'est contenté de faire demi-tour et de s'éloigner discrètement, mais ça doit avoir un rapport avec l'affaire de la disparition.

Stiller se cala contre le dossier de sa chaise. Il lui fallut quelques instants pour digérer ces informations. D'après Ruth Dahl, c'était donc Bernhard Clausen qui avait subtilisé l'argent du braquage. Évidemment, quatre-vingts millions, cela constituait une coquette somme. Une perspective assez tentante. Mais jusqu'à présent, Stiller n'avait jamais imaginé le ministre de la Santé prenant le risque de ruiner sa carrière pour cela. Pas dans le simple but de stocker les billets dans son chalet, en tout cas.

— Votre mari était-il sûr que c'était Bernhard Clausen lui-même, et pas simplement sa voiture ? demanda Stiller.

— Je ne sais rien d'autre que ce que Reidar m'a dit, répondit Ruth. Il était en arrêt maladie à l'époque. Son cœur a commencé à lui causer des soucis. Il s'embrouillait parfois un peu dans les dates, et Eikanger a décrété qu'il avait dû se tromper. Mais Reidar a bien vu le vélo de Simon Meier garé contre le mur de la station de pompage. Donc c'était sûrement le même jour.

Un ronflement monta de sous la table.

— Et tout ça, votre mari l'a communiqué à Eikanger, au bureau de la police municipale ? demanda Stiller.

Ruth Dahl posa ses mains l'une contre l'autre sur la table.

— Ça ne figure pas dans les documents que vous avez ?

— Pas de manière aussi détaillée que ce que vous venez de me raconter.

— Reidar s'en doutait, soupira Ruth Dahl. Il n'était pas sûr qu'Eikanger ferait quoi que ce soit à ce sujet puisque lui aussi était dans la politique. Mon mari n'était pas le genre d'homme qui aimait faire des histoires, mais je lui ai quand même demandé d'écrire à quelqu'un d'un peu plus haut placé dans la hiérarchie.

— Et il l'a fait ?

— Il a envoyé un courrier au procureur général de Norvège.

68

Le sandwich avait rendu Wisting passablement somnolent. Il était sur le point de s'assoupir sur sa chaise devant les caméras de surveillance du garage lorsque son téléphone sonna. C'était le journaliste de *Dagbladet* qui l'avait relancé sans cesse au début de l'enquête à propos de l'incendie du chalet et du manuscrit de Clausen. Il mit le téléphone sur silencieux et le laissa sonner dans le vide.

D'après la carte, le point rouge se trouvait toujours sur le parking devant l'hôtel de Larvik. Wisting fit le compte dans sa tête ; cela faisait presque sept heures que Line avait rencontré Henriette Koppang.

— Elle est bien longue, sa séance de spa, commenta Thule. Elle a peut-être pris une chambre pour ce soir ?

Wisting n'arrivait pas à voir de cohérence là-dedans. L'impression que quelque chose avait mal tourné n'avait fait que croître en lui tout au long de la soirée, et était devenue si intense qu'il lui fallait agir. Il hésita un instant à appeler Line pour savoir si Henriette lui avait dit quoi que ce soit de ses projets pour le reste de la journée, mais finalement il composa le numéro direct de l'opérateur en chef du centre de commandement de son district.

— Je suis en planque à l'extérieur d'Oslo, expliqua-t-il après s'être présenté. Nous aurions besoin d'aide pour le repérage d'une voiture qui se trouve probablement sur un parking à Larvik. Auriez-vous une patrouille de libre à envoyer sur les lieux ?

— Je peux le faire dans la demi-heure, répondit l'opérateur en chef. De quel type de voiture s'agit-il et où se trouve-t-elle ?

— C'est une Audi bleue, expliqua Wisting, qui indiqua également l'adresse précise et le numéro de plaque.

— Je vous rappelle.

Wisting le remercia. Dehors, il commençait à faire nuit. Deux garçons à vélo, portant des maillots de foot et des sacs de sport, s'arrêtèrent dans la rue. Ils rentraient probablement de l'entraînement. Ils jetèrent un coup d'œil aux alentours, puis l'un d'eux sauta à terre. Pendant que l'autre lui tenait son vélo, le premier pénétra dans le jardin de Bernhard Clausen, leva les yeux vers la maison et piqua un sprint vers un pommier. Il cueillit deux fruits, repartit en courant, et enfourcha son vélo.

Le téléphone sonna à nouveau. C'était encore Jonas Hildre, de *Dagbladet*. Autant répondre, se dit Wisting.

— Je vous appelle à propos de Bernhard Clausen, expliqua le journaliste. Il y a un épisode dont je me suis dit que je devrais vous informer.

— Quel genre d'épisode ?

— Je suis allé à Stavern la semaine dernière, j'ai pris des photos des cendres du chalet et discuté un peu avec les voisins.

C'est l'un d'entre eux qui m'a parlé de tous ces cartons que vous avez emportés.

Wisting hocha la tête. Il avait déjà compris d'où venaient les informations du journaliste.

— Le voisin avec qui j'ai discuté m'a rappelé il y a quelques heures. Il m'a dit qu'un homme était venu le voir et lui avait posé les mêmes questions que vous. Il pensait qu'il fallait que vous le sachiez, mais ne voulait pas vous appeler lui-même.

Wisting se redressa.

— Qu'est-ce que vous voulez dire exactement ?

— Que quelqu'un a appris dans le journal l'histoire des cartons pris chez Clausen et a voulu en savoir plus. À tel point qu'à la fin, cet individu est presque devenu menaçant.

— Comment ça ?

— D'après ma source, l'homme qui est venu l'interroger après vous était grand et sous stéroïdes. Le gars s'est installé comme ça chez lui, sans lui demander son avis. Il voulait juste des renseignements.

— Votre informateur lui a-t-il dit quelque chose de plus que ce qu'il y avait dans le journal ?

— Il lui a parlé de vous.

— De moi ?

— Il a raconté qui vous étiez. Que vous et votre collègue qui avez emporté les cartons, vous étiez revenus après l'incendie l'interroger à propos d'un jerrican d'essence volé. Le gars sous stéroïdes a semblé obnubilé par ça.

— Par quoi ?

— Votre nom, et le fait que vous étiez de la police.

Wisting fixa les écrans de surveillance vides. Il n'allait rien se produire ici. Les voleurs avaient compris que la police avait trouvé l'argent. Ils avaient capitulé.

— Je vois, dit-il. Quand était-ce ?

— Ce matin. Il y avait une femme aussi, mais elle est restée dans la voiture.

— Quel genre de voiture ?

— Une Audi bleue.

Wisting hocha la tête.

— Merci d'avoir appelé, dit-il.

Mais le journaliste n'avait pas fini.

— Pouvez-vous m'en dire plus sur ce qui s'est réellement passé ? demanda-t-il. Qu'est-ce qu'il y avait dans ces cartons ?

— Je vous l'ai dit, répondit Wisting. Il s'agit de la succession.

Audun Thule lui donna un coup dans les côtes et lui montra la carte. Le point rouge s'était remis en mouvement.

— Ça peut vouloir dire n'importe quoi, « la succession », rétorqua le journaliste.

— Merci d'avoir appelé, répéta Wisting.

Et il raccrocha.

À l'écran, le point rouge semblait avoir repris le chemin de Stavern. En toute logique, il aurait dû remonter l'E18 en direction d'Oslo, mais au lieu de cela, il suivit la route du comté et traversa le centre de la commune.

Wisting se leva. Le point bougeait au ralenti. Il pénétra dans un quartier résidentiel que Wisting connaissait bien, et s'arrêta. Devant sa propre maison.

69

C'était de nuit que Line travaillait le mieux. Comme si la lumière du jour lui donnait mauvaise conscience d'être assise devant son écran d'ordinateur. Et puis, une fois Amalie endormie, il était plus facile de se concentrer.

Elle s'était arrangé un petit coin à l'étage, dans ce qui avait été le bureau où, autrefois, sa mère corrigeait les exercices de ses élèves et mettait au point les programmes scolaires.

Le travail de Line commençait à prendre forme. Il lui restait encore beaucoup d'interrogations et elle avait trouvé cela frustrant de travailler au coup par coup, de se concentrer uniquement sur certains aspects de l'enquête ; néanmoins, elle avait désormais assez de fragments de texte, qu'elle pourrait facilement relier au fur et à mesure qu'elle obtiendrait les derniers éléments.

Depuis une demi-heure, elle rédigeait un passage sur la maladie qui avait emporté Lisa Clausen. C'était une forme de cancer rare qui se déclarait dans les cellules responsables de la production d'hormones contrôlant de nombreuses fonctions essentielles dans le corps. Les symptômes étaient vagues et se manifestaient en premier lieu sous forme de douleurs. On développait des tumeurs qui grossissaient très rapidement ; ce cancer était considéré comme particulièrement agressif. Puisqu'on n'avait détecté aucune cause probante de croissance des tumeurs malignes, il avait été classé comme héréditaire.

Dans certaines revues médicales, Line avait trouvé des informations sur des médicaments qui ralentissaient le développement des tumeurs et prolongeaient ainsi la vie du patient. Dans des hôpitaux en Israël et au Mexique existaient également des traitements par radiothérapie qui, dans certains cas, avaient stoppé la croissance des cellules malades, voire les avaient fait rétrécir. Leur point commun était qu'ils étaient très coûteux et non pris en charge par le système de santé norvégien.

Line feuilleta ses notes et retrouva la page mentionnant le fait que Clausen avait voulu vendre le chalet de Stavern pour financer le traitement à l'étranger, qu'il en avait même discuté avec le Premier ministre. Il n'était pas évident de déterminer combien auraient coûté les soins, ni la somme que Clausen aurait pu obtenir de la vente du chalet en 2003, mais d'après les estimations qu'elle avait pu faire, il ne serait pas allé très loin.

Elle se pencha en arrière sur sa chaise.

Quatre-vingts millions de couronnes en devises étrangères, en revanche, ça aurait pu faire la différence.

Le problème, c'était que Lisa Clausen était morte depuis plus de six mois lorsque l'avion de convoyage de fonds avait été braqué à Gardermoen.

Un bruit la fit se tourner vers la porte. Difficile de dire s'il venait de l'intérieur ou de l'extérieur.

Line se leva et passa dans la chambre où dormait Amalie. Sa fille était couchée sur le dos, le visage tourné vers le haut. Sa respiration était régulière, calme et profonde. En réalité, elle ressemblait plus à son père qu'à elle. Line pensait de temps en temps à lui et à combien la vie aurait pu être différente si elle avait choisi de vivre en sa compagnie. Il travaillait pour le FBI. Elle l'avait rencontré pendant qu'il était en mission en Norvège, et son travail ne lui permettait pas de déménager. En revanche, rien ne l'aurait empêchée, elle, de le rejoindre aux États-Unis.

Line remit la petite couette d'Amalie en place et caressa sa fille sur la joue. Une pensée commençait à prendre forme dans sa tête.

Vite, elle retourna à son bureau et sortit les photos du week-end de travaux d'aménagement au chalet qu'elle avait empruntées à Trygve Johnsrud. La photo de Lennart et Bernhard Clausen était toujours sur le dessus de la pile. Ils avaient le même menton, mais sinon, on ne devinait pas qu'ils étaient du même sang.

Dans l'un des dossiers de son Mac, Line avait stocké une photo de Lisa Clausen. Elle l'ouvrit. On voyait clairement de qui Lennart avait hérité ses cheveux blonds, ses yeux bleus et son visage rond.

Peut-être avait-il aussi hérité de la maladie de sa mère ? S'il y avait une chose que Bernhard Clausen craignait, c'était peut-être ça.

L'article que Line avait préparé partait de l'hypothèse que Lennart Clausen était tombé par hasard sur l'argent du braquage et que, à sa mort, son père l'avait découvert et s'était retrouvé avec le butin sur les bras. Mais en fin de compte, ça pouvait aussi être Bernhard Clausen lui-même qui l'avait pris, pour assurer ses arrières si jamais son fils tombait malade à son tour.

Pleine d'enthousiasme, Line reprit les notes de son entretien avec la secrétaire personnelle de Clausen. Ce n'étaient que des mots clefs et des bribes de phrases, mais cela lui suffisait pour reconstituer les déclarations d'Edel Holt. Après la mort de sa femme, Bernhard Clausen avait changé. Il avait sombré dans l'abattement, s'était enfermé dans ses pensées et avait pris l'habitude de faire de longues promenades.

Plus Line y réfléchissait, plus cette théorie lui semblait solide. Au fond, ce n'était pas très différent de la fois où Amalie, assise dans sa poussette pendant qu'elles faisaient les courses, avait pris la boîte de pastilles sur le présentoir face à elle. L'occasion s'était présentée, et voilà. Nombreux sont ceux qui auraient fait de même dans cette situation. Bernhard Clausen, lui, avait en outre un motif. Détenir ce pécule pouvait être une question de vie ou de mort.

Soudain, une remarque significative de Rita Salvesen lui revint en mémoire. Bernhard Clausen l'avait contactée quand sa petite-fille avait eu un an. Il lui avait donné sa carte de visite avec son numéro de téléphone et l'avait encouragée à l'appeler si elle avait besoin d'aide un jour. Quand, plus tard, elle avait voulu lui emprunter de l'argent pour déménager en Espagne, il avait refusé et précisé qu'il pensait plutôt à l'éventualité où l'une d'elles tomberait gravement malade.

Si le cancer de Lisa Clausen avait une cause génétique, il pouvait aussi frapper sa petite-fille. Ça pouvait être la raison pour laquelle Bernhard Clausen ne s'était pas débarrassé de l'argent après la mort de son fils. La famille comptait beaucoup pour lui. Plusieurs personnes l'avaient répété à Line, le dernier en date étant Trygve Johnsrud lorsqu'il lui avait montré la photo de Bernhard et Lennart.

Le déroulé des événements à la station de pompage commençait à prendre forme dans son esprit. Un Bernhard Clausen déprimé se promène autour du lac Gjersjøen. Il voit Jan Gudim déposer des sacs-poubelle dans la station de pompage, mais Gudim ne le voit pas, referme à clef et quitte les lieux. La curiosité pousse Clausen à récupérer la clef dans sa cachette. Il entre et trouve l'argent.

Line avait envie d'appeler son père et de lui exposer sa théorie, mais le fil de ses pensées continuait à se dérouler. Si c'était vraiment Bernhard Clausen qui avait pris l'argent, ça voulait dire que c'était aussi lui qui avait tué Simon Meier. Exactement ce que prétendait la lettre anonyme envoyée au procureur général.

D'un coup, tout semblait logique. La solution était là depuis le début, fragmentée en informations provenant de sources diverses, mais une fois celles-ci correctement triées, le motif d'ensemble était facile à discerner.

Line commença à formuler ses pensées en mots et à les coucher sous forme de phrases concrètes qui conduisaient à cette conclusion : l'assassin de Simon Meier était Bernhard Clausen. Se glissant furtivement en elle, telle une ombre, une petite idée de l'endroit où se trouvait le corps se présenta à son tour. Cet élément figurait déjà lui aussi dans les informations que Line avait rassemblées. S'ils retrouvaient Simon Meier, cela constituerait la preuve irréfutable que son raisonnement était juste.

Elle s'était interrompue au milieu d'une phrase pour chercher quelque chose dans les papiers et les notes étalés sur le bureau quand un bruit à l'étage du dessous lui fit dresser l'oreille. Elle se figea. Elle avait été tellement absorbée par ses pensées qu'elle en avait oublié tout ce qui l'entourait, mais c'était indubitable : il y avait quelqu'un dans la maison.

70

On aurait dit des pas.
Pour s'en assurer, Line resta complètement immobile, aux aguets. La cinquième marche de l'escalier de la maison familiale grinçait depuis toujours. Elle grinça. Quelqu'un montait.
Sa main chercha son téléphone. Elle le saisit et se leva de sa chaise aussi silencieusement que possible.
L'intrus la trouverait forcément. L'escalier débouchait sur un salon mansardé s'ouvrant de chaque côté sur un petit couloir avec quatre pièces en tout : une salle de bains, son ancienne chambre, où dormait Amalie, l'ancienne chambre de son frère, et la pièce dans laquelle elle se trouvait actuellement.
Elle déverrouilla son téléphone tout en fouillant la pièce du regard, à la recherche d'un endroit où se cacher ou d'un objet pour se défendre.
Rien.
Elle fit glisser son pouce sur l'écran fissuré du téléphone et composa trois chiffres. 112.
Elle entendit sonner, mais il était trop tard pour alerter

qui que ce soit : un homme en pantalon de survêtement noir et T-shirt, ganté et cagoulé, bouchait déjà entièrement l'encadrement de la porte du bureau.

Line fit un pas en arrière, buta contre la chaise de bureau et s'immobilisa dos contre la table. Elle entendit qu'on répondait à son appel de détresse et laissa le téléphone glisser sur le siège dans l'espoir que l'opérateur comprendrait ce qui se passait et essaierait de localiser l'appel.

L'homme fit un pas dans la pièce.

— Qu'est-ce que vous voulez ? demanda Line d'une voix faible.

Sans répondre, l'homme se dirigea vers la chaise, prit le téléphone, raccrocha, lâcha l'appareil par terre et l'écrasa d'un coup de talon. Puis, d'un geste brusque, il gifla Line.

— Espèce de pute ! Sale hypocrite ! siffla-t-il. Où est ton père ?

Line perdit l'équilibre. La douleur était intense et lui donnait le vertige.

— Pas ici, bégaya-t-elle en portant la main à son visage.

Elle avait sûrement la lèvre ouverte car du sang coulait le long de son menton.

— Et ta fille ? demanda l'homme. Où est-elle ?

Line ne pouvait se résoudre à répondre.

Elle reçut une nouvelle gifle, mais parvint à retenir un cri de douleur.

— Tu pensais qu'on n'avait pas compris ? reprit l'homme.

C'était probablement Daniel Lindberg qui se tenait devant elle. Line se demandait de quoi il parlait.

— Je sais qui est ton père, cracha-t-il. Cet enfoiré de flic !

D'une main, il attrapa Line par le cou et commença à serrer.

— Franchement, c'est gonflé de sa part, poursuivit-il. Se servir de sa propre fille…

De sa main libre, l'homme balaya les notes et les photos disposées sur le bureau, qui valsèrent par terre.

Line commençait à suffoquer, mais gardait les idées claires. Les braqueurs avaient donc découvert qui était son père et, d'une manière ou d'une autre, flairé le piège qu'il leur avait tendu. Ils devaient avoir deviné qu'il n'y avait pas d'argent dans le garage de Bernhard Clausen. En revanche, ils ne pouvaient pas savoir qu'il se trouvait dans la maison de son père.

— Ton double jeu a rendu toute cette histoire personnelle, poursuivit l'homme cagoulé. J'ai un message à faire passer à ton père.

Il poussa Line vers la chaise de bureau.

— Et c'est toi qui vas lui écrire, dit-il en relâchant la prise sur son cou.

Il posa une feuille devant elle et lui fit signe de prendre un stylo. Elle obéit.

— Laisse tomber, dit-il.

— Comment ça ? bégaya Line.

— C'est le message pour ton père : « Laisse tomber. » C'est assez clair pour qu'il comprenne ? Il doit laisser tomber cette affaire. Ça va très mal finir s'il s'obstine.

L'homme était penché au-dessus d'elle, et Line devinait son haleine chaude et douceâtre.

Elle commença à écrire. Le sang qui gouttait de sa lèvre maculait la feuille de rouge.

Elle venait de comprendre la raison de la visite de l'homme cagoulé. Les braqueurs, ayant réalisé que ce n'était qu'une question de temps avant que leur passé ne les rattrape, étaient prêts à tout pour mettre un terme à l'enquête. Or, leur langage, c'était la violence et les menaces.

— Tiens, et puis tu peux dessiner un chat, toi qui es tellement douée pour ça, ajouta-t-il. Ton père sait comment il a fini, ton chat, j'imagine ?

La main de Line se mit à trembler de manière incontrôlable et à raturer le dessin qu'elle venait d'entamer.

Elle fit tout de même au chat des oreilles, puis une queue, et s'immobilisa soudain, pointe du stylo contre la feuille, ne sachant pas si l'homme cagoulé avait entendu la même chose qu'elle.

— Maman ! s'écria une nouvelle fois Amalie depuis sa chambre.

71

— Alpha, ici Bravo 3-0.

Audun Thule saisit la radio et répondit à l'appel.

— C'est au sujet de la Volkswagen Passat 1,6 TDI gris métallisé pour laquelle nous avons relevé trois passages. Le conducteur était un homme, mais la voiture a été louée pour une courte durée chez Hertz au nom d'Henriette Koppang pour Inside Media.

— Reçu, répondit Thule en se redressant sur sa chaise. Ça rend l'observation pertinente dans le cadre de notre affaire. Cette femme est liée à nos cibles.

Wisting ne quittait pas la carte des yeux. Le point rouge avait marqué un court arrêt devant sa maison avant de continuer sa route et de s'arrêter tout en bas, chez Line. Il y avait fort à parier que Daniel Lindberg se trouvait dans la voiture avec Henriette Koppang – ce qui signifiait que c'était probablement Aleksander Kvamme qui était passé à Kolbotn au volant de la voiture de location. Il avait pu repérer les policiers en planque et comprendre qu'il s'agissait d'un piège.

— Je pense qu'on est grillés, dit-il, les yeux toujours fixés sur l'écran.

Thule n'était pas de cet avis.

— Il est passé en reconnaissance, dit-il. Ça y est, la nuit est tombée. Ils vont revenir.

Wisting prit son téléphone et appela Line. Il y eut un temps d'attente pendant que le réseau essayait d'établir la connexion, puis une série de signaux sonores hachés.

Il poussa un juron et fit une nouvelle tentative, sans plus de succès. Finalement, il rappela le centre de commandement.

— Désolé, dit l'opérateur en chef en décrochant. J'ai été pris par un accident de la circulation relativement grave, mais j'étais sur le point de vous rappeler. La patrouille est passée. Il n'y a aucune Audi à l'adresse que vous nous avez fournie.

— Je sais, répondit Wisting. Elle vient de bouger.

Il déglutit ; il se demandait comment formuler sa phrase.

— Il se trouve que la situation a changé, reprit-il. Notre opération est peut-être compromise. Comme je vous l'ai dit, je me trouve en périphérie d'Oslo, mais il semblerait que notre cible se soit dirigée vers mon adresse personnelle. Ma fille et ma petite-fille sont seules dans la maison.

— Est-ce qu'il y a une menace directe ? demanda l'opérateur en chef.

— Je l'ignore, répondit Wisting. Je ne parviens pas à les avoir au téléphone.

— Vous voulez que j'envoie une voiture ? Je n'en ai aucune de disponible pour le moment, mais je peux essayer d'en libérer une.

Wisting sentit son pouls battre dans ses oreilles. Leur opération n'était pas encore morte et enterrée. Les braqueurs ne pouvaient pas savoir que c'était leur butin qui se trouvait dans les cartons récupérés au chalet de Clausen. Ils avaient peut-être encore un espoir qu'il se trouve dans la cachette choisie par Lennart. Le fait que le point rouge se soit arrêté devant chez lui puis devant chez Line pouvait simplement signifier qu'ils en profitaient pour faire un repérage avant de rentrer à Oslo. Auquel cas, envoyer une voiture de patrouille clairement identifiable gâcherait tout.

— Non, répondit-il finalement, ce n'est pas nécessaire. Mais je vous remercie.

Il raccrocha et appela Espen Mortensen.

— Monte en voiture, va chez moi, et appelle-moi quand tu approches, lui dit-il.

Mortensen ne posa aucune question.

— Je crois que ça urge, ajouta Wisting.

72

Amalie appela de nouveau.
— Maman!
Line ne répondit pas mais vit, par l'échancrure ménagée dans la cagoule, les lèvres de l'intrus former un sourire.
— L'argent est au sous-sol, murmura-t-elle.
La tête de l'homme eut un soubresaut vers l'arrière, comme si un objet venait de le frapper.
— Qu'est-ce que tu dis? demanda-t-il.
— L'argent du braquage, dit Line. Il est au sous-sol.
— Ici?
— Oui.
L'homme cagoulé éclata de rire.
— Pourquoi? demanda-t-il.
— C'est là… que la cellule d'enquête a son Q.G.
Le rire se tut. L'homme agrippa Line et la fit se lever de sa chaise sans ménagement.
— Montre-moi! ordonna-t-il en la poussant brutalement vers la porte.
Line s'affala au sol, mais se remit debout et se dirigea vers

le couloir en espérant qu'Amalie n'était pas sortie de sa chambre.

— Maman ! appela encore une fois sa fille.

— Attends ! J'arrive, ma chérie.

Derrière elle, l'homme la poussa dans le dos. Line faillit perdre à nouveau l'équilibre, mais réussit à traverser le salon jusqu'à l'escalier. Elle voulait entraîner l'homme en bas dans le but de l'éloigner de sa fille.

— C'est là, dit-elle en désignant la porte du sous-sol.

L'homme appuya sur la poignée.

— C'est fermé, dit-il. Où est la clef ?

— C'est mon père qui l'a, répondit Line.

L'homme fit un pas en arrière, étudia la porte. C'était une serrure standard, probablement possible à ouvrir avec n'importe quelle autre clef de la maison. Il emmena Line avec lui jusqu'aux toilettes et vérifia à l'intérieur. Pas de clef. La porte d'à côté donnait sur un débarras où étaient stockés manteaux d'hiver, pantalons de ski et autres vêtements qui ne servaient pas au quotidien. Pas de clef là non plus.

L'homme revint vers la porte verrouillée en entraînant Line à sa suite et appuya l'épaule contre le battant pour l'éprouver.

S'il l'enfonçait, cela déclencherait l'alarme, ce qui, d'un côté, allait effrayer Amalie, mais le ferait peut-être déguerpir – tout en avertissant son père. Cela dit, impossible de prévoir comment il réagirait si elle ne le prévenait pas de la présence du dispositif de sécurité.

Il leva une jambe et se préparait à donner un coup de pied dans la porte quand Line murmura :

— L'alarme.
L'homme reposa le pied au sol.
— Qu'est-ce que tu dis ?
— Il y a une alarme à l'intérieur, expliqua Line.
— Tu connais le code ?
Line secoua la tête.
— Non, mentit-elle.
— Mais l'argent est là-dedans ?
Line acquiesça.
— Neuf boîtes en carton.

L'homme poussa un juron, regarda autour de lui et emmena Line vers le débarras, où il la jeta par terre. Puis il alluma la lumière, examina l'intérieur, et arracha des vêtements de leurs cintres jusqu'à dénicher une ceinture. Il ordonna à Line de mettre les mains derrière le dos. Elle sentit le cuir lui rentrer dans la chair lorsqu'il serra.

Tout en haut d'une étagère étaient entreposés deux sacs de couchage. L'homme en prit un et le déroula.

— Mets-toi là-dedans ! ordonna-t-il.

Line s'assit. Elle s'apprêtait à passer les jambes par l'ouverture quand l'homme s'écria :

— La tête la première !

Elle leva les yeux vers lui et hésita un peu trop longtemps, car il ramassa le sac de couchage, le lui enfila sur la tête, la poussa pour la faire tomber par terre, et tirailla l'épais tissu dans tous les sens jusqu'à ce que la tête de Line soit au bout du sac, à l'extrémité prévue pour les pieds. Line sentit sa gorge se nouer. Elle se mit à tousser et dut faire un effort pour ne pas céder à la panique. L'homme traîna le sac de couchage au sol. Line, ballottée de-ci, de-là, sentit qu'il lui passait une deuxième ceinture autour des chevilles et serrait à fond.

— Non ! s'écria-t-elle en toussant. S'il vous plaît !

Elle reçut un coup de pied dans l'estomac et l'entendit fermer la porte derrière lui. Ses pas s'éloignèrent, puis Line devina le bruit de la porte d'entrée qui s'ouvrait et se refermait. Enfin, le silence se fit.

À chaque inspiration, l'air dans le sac était de plus en plus lourd, Line avait l'impression qu'elle n'arrivait pas à le faire entrer dans ses poumons.

Elle se tourna sur le côté et entreprit de bouger les mains dans son dos. Il y avait un peu de jeu dans la ceinture en cuir. En se tournant dans l'autre sens, elle sentit quelque chose de froid et de métallique contre son visage. La fermeture éclair. Elle y colla la bouche et essaya d'aspirer de l'air frais au travers, tout en se tordant les mains dans tous les sens pour les libérer.

L'air chaud et moite qui flottait autour de son visage se mêlait à la sueur perlant sur sa peau.

Elle avait réussi à agrandir le jeu dans la ceinture. Remontant le bras droit contre elle vers le haut et poussant le bras gauche dans l'autre direction, elle sentit qu'elle s'écorchait le dos de la main – mais réussit à la glisser au travers du nœud.

Elle remonta les genoux vers elle, arqua le dos contre le tissu du sac de couchage et tendit les mains au-dessus de la tête. Si elle se souvenait bien, il y avait un deuxième curseur sur la fermeture éclair, aux pieds.

Elle la palpa jusqu'au bout et se rendit compte qu'elle

s'était trompée mais, avec les mains libres, il était plus facile de s'attaquer à la ceinture qui lui ligotait les pieds.

Elle s'assit et tâta le tissu jusqu'à trouver la ceinture, puis la boucle. Elle réussit ensuite à saisir l'extrémité de la ceinture, tira dessus, et la sentit se desserrer.

Elle se tortilla pour s'extirper du sac et inspira à pleins poumons l'air du débarras.

Une fois sortie, elle rejeta le sac de couchage sur le côté et resta allongée un moment sur le dos pour retrouver ses esprits.

À ce moment, la porte d'entrée s'ouvrit. Line entendit des pas, puis des voix, sans réussir à distinguer les mots.

Elle se leva, se dirigea vers la porte et colla l'œil contre le trou de la serrure. Suivant l'angle qu'elle adoptait, elle pouvait voir soit l'entrée, soit une partie du couloir, soit la porte de leur Q.G. du sous-sol.

L'homme avait remonté sa cagoule. Line le reconnut d'après les photos : c'était bien Daniel Lindberg. Derrière lui, Henriette Koppang.

— Où est-elle ? demanda Henriette.

Daniel Lindberg lui montra le débarras.

— Là-dedans, dit-il. Elle ne risque pas de s'échapper.

Il se campa face à la porte du Q.G. improvisé, leva une jambe et donna un grand coup de pied dedans. Des éclats de bois fusèrent. La porte s'enfonça, la charnière du bas céda et le battant resta pendu de biais.

L'alarme commença à émettre de petits bips, signal qu'elle demandait le code pour s'éteindre.

Daniel Lindberg se rua à l'intérieur, Henriette Koppang sur ses talons. De là où Line se tenait, elle ne voyait qu'une partie de la pièce et ne pouvait pas savoir ce qu'ils faisaient, mais tous deux ressortirent très vite, emportant chacun un carton dont les rabats étaient ouverts ; ils avaient pris soin d'en vérifier le contenu.

Ils sortirent en trombe et revinrent se servir. Entre-temps, l'alarme s'était mise à hurler. Les deux voleurs firent encore trois allers-retours pour embarquer les neuf cartons. Line attendit encore un peu avant de sortir à son tour.

— Maman !

Amalie se tenait en haut de l'escalier, les mains sur les oreilles. Line monta les marches en courant, la prit dans ses bras et la serra contre elle.

— C'est fini maintenant, souffla-t-elle.

73

Le point rouge était de retour devant sa maison. Wisting s'était levé. Il avait la bouche sèche et les mains moites. Il pressa sa langue contre le palais, déglutit et appela Mortensen.

— Où es-tu ? lui demanda-t-il.
— À cinq minutes. Peut-être moins. Qu'est-ce qui se passe ?

Wisting le mit au courant de la situation. Pendant qu'il parlait, il entendit le signal sonore indiquant un message.

— Attends une seconde ! l'interrompit Mortensen. Ton alarme vient de se déclencher.

Wisting ôta le téléphone de son oreille et consulta la notification qu'il avait reçue.

— Les deux détecteurs de mouvement ont été activés, dit Mortensen.

Deux nouveaux messages en provenance de la société de gardiennage arrivèrent. Wisting ouvrit le dernier et découvrit une photo accompagnant le message d'alerte : deux personnes dans la pièce. L'image n'était pas très nette en raison du manque de lumière, mais on distinguait tout de même qu'il s'agissait d'un homme et d'une femme tenant chacun un carton.

— Merde ! s'exclama-t-il.

— Ça bouge ! dit Thule en montrant la carte.

Le point rouge était en train de s'éloigner du quartier résidentiel. Il remonta la Brunlaveien et continua vers le nord.

Wisting remit le téléphone contre son oreille.

— Par quelle route tu arrives ? demanda-t-il à Mortensen.

— L'intérieure.

— Tu vas les croiser.

— Tu veux que j'essaie de les arrêter ?

De sa main libre, Wisting agrippa le dossier de sa chaise.

— Non, va plutôt chez moi, répondit-il. Trouve Line.

Il raccrocha, inspira et expira plusieurs fois par petits coups en réfléchissant aux différentes possibilités qui s'offraient à lui.

Nouveau message de la société de surveillance. Wisting l'ouvrit. C'était une photo de Line portant Amalie dans les bras, debout à côté de l'alarme, en train de l'éteindre.

Cette vue calma un peu les battements de son cœur. Il prit le temps de l'étudier. Line tenait la tête d'Amalie contre sa poitrine et, de sa main libre, protégeait l'oreille de la petite. Elles étaient visiblement saines et sauves toutes les deux.

Il ferma l'image d'un geste du doigt, hésita à appeler sa fille, mais choisit finalement le numéro du centre de commandement d'Oslo.

Il déclina son nom et sa fonction.

— Je dirige une opération spéciale mandatée par le

procureur général de Norvège, poursuivit-il, sachant que ce détail couperait court à toute question et toute objection. Je suis face à une situation de crise. Il s'agit d'un homme et d'une femme à bord d'un véhicule en route pour Oslo depuis le Vestfold. Ils viennent d'entrer par effraction dans un entrepôt externe de stockage des pièces à conviction de la police et d'y voler une très grosse somme d'argent. J'ai besoin d'aide pour les appréhender.

— Un moment, répondit son interlocuteur. Je vais vous mettre directement en relation avec l'opérateur en chef.

Wisting fut transféré. Il répéta qui il était et pourquoi il appelait.

— Nous avons un traçage électronique des individus, précisa-t-il ensuite en consultant la carte. Ils se trouvent sur l'E18 entre Larvik et Sandefjord et roulent à la limite de l'excès de vitesse en direction du nord. Ils seront chez vous dans une heure et demie.

— Où vous trouvez-vous actuellement ?

— De l'autre côté d'Oslo. À Kolbotn.

— Êtes-vous mobile ?

— Absolument.

— Dans ce cas, je vous suggère d'aller trouver notre chef de brigade d'intervention à la station-service Shell de Høvik, et vous planifierez un barrage routier ensemble.

Wisting nota le numéro direct du chef de brigade. Audun Thule, tout en se dirigeant vers la porte, appela les voitures en planque.

— On arrête tout, annonça-t-il dans la radio avant de demander à l'un des guetteurs de venir les chercher.

Le temps que Wisting et Thule se déplacent de Kolbotn à Høvik, le point rouge avait déjà passé Drammen.

— Ils seront là dans vingt minutes, calcula Thule.

Le chef de brigade avait rassemblé ses équipes et leur donnait des instructions.

Wisting avait eu Line au téléphone. Mortensen était avec elle. Elle ne lui avait pas beaucoup parlé de ce qui s'était passé ; en revanche, elle lui avait expliqué comment elle était arrivée à la conclusion que c'était Bernhard Clausen qui avait pris l'argent à la station de pompage et que, par conséquent, c'était aussi lui qui était derrière la disparition de Simon Meier. Elle pensait également savoir où se trouvait son corps, mais avait refusé de lui en dire plus.

Wisting surveillait la circulation sur l'autoroute. Impossible de savoir quels étaient les plans des deux fugitifs pour la suite et comment ils avaient l'intention de s'en sortir, mais ils devaient quand même se douter que le filet était sur le point de se refermer sur eux. Wisting craignait qu'ils ne changent d'itinéraire pour éviter les barrages routiers, mais le plus probable restait qu'ils opteraient pour le chemin le plus rapide pour rentrer chez eux.

Une fois son briefing terminé, le chef de brigade s'approcha de Wisting.

— Nous avons déjà effectué ce genre d'opération, dit-il, vraisemblablement pour le rassurer.

— Quel est le plan ?

— On a deux voitures banalisées derrière eux. On arrête un bus un peu plus en amont pour bloquer le couloir de droite. Ensuite, les voitures banalisées les doublent et occupent chacune une file. Elles ralentissent jusqu'à s'arrêter complètement une fois à la hauteur du bus, et nous, on arrive par-derrière.

C'était un plan simple et bon. Néanmoins, pas mal de choses étaient susceptibles de déraper en cours de route.

Près de dix minutes s'écoulèrent, au bout desquelles les voitures banalisées rapportèrent qu'elles étaient en place, à l'ouest de la position où attendaient Wisting et la brigade d'intervention mobile.

— Position : deux voitures derrière, vitesse régulière.

Le point rouge passa Slependen. Il approchait de Sandvika.

Une patrouille signala que le bus était arrêté plus à l'est et rétrécissait l'autoroute à seulement deux couloirs.

Un camion passa en trombe, projetant des tourbillons de poussière.

— Bon. À vos postes ! lança le chef de brigade.

Ses hommes prirent place dans les véhicules dissimulés derrière la station-service. Wisting s'installa au volant de leur voiture banalisée et Thule monta à côté de lui, son ordinateur portable sur les genoux.

— Une minute, annonça-t-il.

Wisting, à l'affût de l'Audi bleue, se prépara à s'insérer dans la circulation.

C'est Thule qui la vit le premier.

— La voilà !

Elle était sur la voie de droite. À son passage, Wisting aperçut les cartons empilés sur la banquette arrière.

Il accéléra et se positionna à cent mètres en retrait. Les

cartons gênaient probablement la visibilité arrière de leur cible.

Les deux voitures banalisées accélérèrent, dépassèrent l'Audi et vinrent se placer côte à côte devant elle.

La circulation commença à ralentir. L'Audi bleue déboîta sur la voie de gauche et, d'un appel de phares, indiqua qu'elle voulait passer. Dans le rétroviseur, Wisting vit apparaître les voitures de police.

La vitesse était descendue à soixante kilomètres à l'heure. Derrière, les voitures de police gagnaient du terrain. Elles occupaient chacune des voies sur toute la largeur pour empêcher les civils de les dépasser et de gêner l'opération.

Devant eux, Wisting repéra le bus destiné à boucher le passage.

L'Audi réintégra sa voie. Un taxi passa dans le couloir des bus. L'Audi chercha à faire de même mais, devinant la manœuvre, le policier de la voiture de devant lui bloqua le passage.

L'Audi répondit par des appels de phares et un grand coup de klaxon. Le compteur de la voiture de Wisting tomba à quarante kilomètres à l'heure. La distance les séparant du bus s'amenuisait. Les deux passagers de l'Audi devaient avoir compris qu'il se tramait quelque chose.

Ensuite, tout se déroula très vite. La chaussée se retrouva intégralement bloquée lorsque les deux voitures de police banalisées stoppèrent à hauteur du bus. Deux hommes sautèrent de chaque voiture et prirent d'assaut l'Audi, armes à feu braquées sur le pare-brise. On entendit lancer des ordres.

Wisting vit les feux de recul de l'Audi s'allumer. Elle fit une embardée vers lui, mais ne pouvait fuir nulle part :

derrière eux, les gyrophares bleus clignotaient, sur la gauche, des blocs de béton isolaient les voies en sens inverse et, à droite, de hauts panneaux d'isolation sonore empêchaient toute sortie de chaussée. Wisting écrasa la pédale de frein et banda les muscles pour se préparer à la collision mais, devant lui, la voiture pila puis repartit en marche avant, obligeant un des policiers armés à s'écarter en catastrophe. Le conducteur essaya de forcer le passage entre les deux voitures banalisées. Il y eut des crissements de métal, et une fumée bleu-noir s'éleva des pneus.

D'autres policiers accoururent. L'un d'eux tenta d'ouvrir la portière côté conducteur, mais elle était verrouillée. Il brandit une matraque de fer et frappa la vitre arrière, qui vola en éclats, mais avant qu'il ait eu le temps de glisser la main par le trou pour ouvrir de l'intérieur, Wisting vit les feux de recul s'allumer de nouveau. L'Audi fonça en marche arrière, dans une nouvelle tentative de leur échapper. Wisting laissa passer une voiture de police qui vint chercher la collision par-derrière avec l'Audi afin de lui ôter toute possibilité de recul ; or, cela lui donna justement l'élan qui lui manquait pour réussir à se forcer un passage entre les deux voitures banalisées. Une fois de l'autre côté, elle fit rugir son moteur et fila sur l'autoroute vide. Les voitures de police se lancèrent à sa poursuite par la même ouverture, et Wisting les suivit.

L'une des voitures de police, parvenue dans la roue de l'Audi, la percuta sur le côté et la fit tourner à cent quatre-vingts degrés. Une des portières arrière s'ouvrit, deux cartons furent projetés au-dehors, et des dollars se mirent à voleter dans les airs au-dessus de l'autoroute.

Wisting s'avança jusqu'à se retrouver capot contre capot avec l'Audi. La femme assise sur le siège passager se prit la tête entre les mains en poussant des hurlements. L'homme au volant affronta le regard de Wisting.

— On les tient, déclara Thule lorsqu'une autre voiture vint se placer de manière à les bloquer de l'autre côté.

Des policiers en combinaison se précipitèrent, ouvrirent les portières, firent sortir les deux individus de la voiture, les allongèrent sur l'asphalte et leur passèrent les menottes.

74

Un billet de cent dollars s'était coincé entre deux blocs de béton du terre-plein central de l'E18. Wisting changea son téléphone de main et, de l'autre, récupéra le billet. Il avait le procureur général à l'autre bout du fil.

— Nous avons une patrouille en face de chez Aleksander Kvamme, expliqua-t-il. La voiture de location est garée devant. J'imagine que lui non plus ne devrait pas tarder à être arrêté.

Alors qu'on hissait l'Audi accidentée sur une dépanneuse, un pompier balayait le verre jonchant l'asphalte.

Le procureur général demanda à en savoir plus sur la façon dont l'argent s'était retrouvé dans la chambre du milieu du chalet de Bernhard Clausen.

— Je pense qu'il s'agit d'une coïncidence entre son état d'esprit intérieur et les circonstances extérieures, résuma Wisting. Clausen a été très marqué par la mort de sa femme et il avait peur que le scénario ne se reproduise avec son fils. Quand il est tombé sur le butin, il a vu cela comme une solution. Une garantie au cas où.

Le procureur général se racla la gorge et dit :

— On dirait qu'il y a pas mal de vrai dans le vieil adage, alors.

— Lequel ?

— L'occasion fait le larron.

Une voie de circulation fut rouverte, et le trafic reprit.

— Par extension, cela implique que Bernhard Clausen est également responsable de la disparition de Simon Meier, poursuivit Wisting.

— Clausen l'a tué ? s'étonna le procureur général.

— C'est déjà arrivé, fit remarquer Wisting. Que des gens tuent pour couvrir un autre crime. Garder un secret.

— Avez-vous des preuves pour soutenir une telle affirmation ?

— Nous sommes en train de préparer des recherches, répondit Wisting. Nous allons essayer de retrouver le corps demain. Ce qui nous donnerait un élément probant.

— Quoi qu'il en soit, nous devons désormais être transparents à ce sujet, dit le procureur général. Comment allons-nous communiquer sur cette affaire ?

— Pour ça, j'ai un plan, répondit Wisting. Mais je pense que nous devrions commencer par résoudre l'affaire Meier.

75

Le pic d'acier entamait une trouée entre deux dalles de pierre. L'une d'elles se fissura et se détacha de son socle. Une colonie de petites fourmis noires s'enfuit dans toutes les directions.

Wisting s'éloigna et alla retrouver les autres. Un coup de vent fit frémir la rubalise encerclant les ruines du chalet incendié et répandit vers eux une odeur de bois brûlé.

— Combien de temps ça va prendre? demanda-t-il en se tournant vers Mortensen.

— Pas longtemps, répondit celui-ci en haussant la voix pour couvrir le bruit du forage. La dalle de béton n'est pas épaisse, quinze, vingt centimètres à peine.

Wisting hocha la tête. L'homme aux commandes de la machine était entouré d'un nuage de poussière, et les premiers blocs de la dalle de béton déjà descellés. Dix jours plus tôt, Wisting s'était tenu à cet emplacement exact.

Line avait apporté les photos du week-end où Clausen avait invité de nombreuses figures centrales du parti pour l'aider à construire une terrasse à l'abri du vent où il pourrait profiter du soleil du soir. Sur les clichés, on voyait l'endroit déjà nivelé avec du gravier, le coffrage mis en place et les barres d'armature préparées. Plusieurs photos montraient le chef du groupe travailliste du conseil municipal d'Oslo en train de manipuler la bétonnière tandis que Bernhard Clausen et Arnt Eikanger égalisaient le béton encore humide.

Le revêtement avait été coulé ce week-end-là. Les dalles d'ardoise, la cheminée extérieure et le grand barbecue avaient été installés plus tard. Le raisonnement de Line était logique : Bernhard Clausen avait caché Simon Meier au même endroit que l'argent.

— Je ne pense pas qu'Eikanger ait jamais rien su, avait-elle dit à son père à propos de l'ancien agent de police municipale. À mon avis, il n'avait aucun soupçon. Je dirais qu'il avait juste une trop haute opinion de Clausen pour être capable de traiter de manière objective la lettre qui le dénonçait.

Thule était du même avis.

— Nous ne réussirons jamais à le faire condamner pour quoi que ce soit.

Mortensen s'éloigna pour prendre un appel.

— C'était le fichier des empreintes digitales, annonça-t-il en rejoignant le petit groupe une minute plus tard. Ils ont trouvé des traces de Bernhard Clausen sur le cadenas de la trappe à l'intérieur de la station de pompage.

Encore un indice qui pointait dans la même direction.

Au bout d'une demi-heure, le marteau-piqueur se tut. Mortensen fit signe au conducteur de la petite pelleteuse qui attendait à côté qu'il pouvait se mettre au travail.

Les quatre autres membres de la cellule d'enquête s'approchèrent.

La pelleteuse chargea des blocs de béton et d'ardoise dans son godet et les emporta plus loin. Line sortit son appareil et fit quelques photos.

Quand la pelleteuse eut atteint le gravier, Mortensen grimpa dans la cabine pour donner quelques instructions au conducteur.

Le gravier fut alors déposé en un tas à part. Mortensen surveillait chaque pelletée.

Sous quarante centimètres de cailloux apparurent les premiers restes : deux os grisés et des lambeaux de tissu de couleur sombre.

Mortensen fit signe à la pelleteuse de s'arrêter et continua les fouilles à la pelle. Adrian Stiller vint lui prêter main-forte. Line continua de prendre des photos tandis que Wisting observait la scène. Ce n'est que lorsqu'ils trouvèrent un crâne qu'il s'avança plus près.

Mortensen extirpa le crâne du gravier avec précaution, le tourna dans tous les sens et le tendit à bout de bras pour que les autres puissent le voir. Sur le côté droit de l'occiput, on distinguait une fracture de quatre centimètres de long. Personne n'eut besoin de faire de commentaires supplémentaires. La forme de la blessure correspondait parfaitement avec le rebord en acier de la machine dans la station de pompage du lac Gjersjøen.

Mortensen déposa le crâne gris dans une boîte en carton et continua à collecter les morceaux du squelette. Que s'était-il vraiment passé quand les deux hommes s'étaient croisés à la station de pompage, jamais ils ne le sauraient concrètement ; néanmoins, il était clair que Bernhard Clausen portait la responsabilité de la mort de Simon Meier.

Au bout d'une demi-heure, Mortensen et Stiller sortirent de la fosse. Mortensen ferma et scella les rabats des cartons avant de signaler au conducteur de la pelleteuse qu'il pouvait reboucher le trou.

— Nous avons de la visite, dit Stiller en désignant d'un signe du menton une voiture s'engageant sur l'herbe au bout de la route.

Un homme grand, en pantalon noir, chemise et cravate en sortit.

— Qui est-ce ? demanda Thule.

— Jonas Hildre, de *Dagbladet*, répondit Line. Qu'est-ce qu'il fabrique ici ?

On devinait de l'irritation dans sa voix.

— Je l'ai prié de venir te voir, dit Wisting. Il va se charger d'Arnt Eikanger.

— Mais de quoi parles-tu ? demanda Line.

— De la différence entre enquête policière et journalisme, répondit Wisting. Avec le journalisme, les preuves n'ont pas besoin d'être jugées par un tribunal, il suffit de les dévoiler au public. Ça peut suffire à mettre fin à une carrière politique.

Le journaliste de *Dagbladet* se présenta à chacun et serra la main de Wisting en dernier.

— Alors… Vous pouvez me le dire, maintenant ? lui demanda-t-il.

— Quoi donc ?

— Ce qu'il y avait vraiment dans ces boîtes en carton.

Wisting sourit.

— Ça, je pense que vous devriez en discuter avec Line, répondit-il.

76

Sandersen, de *VG*, appela après que Line eut signé deux articles publiés sur le site web de *Dagbladet*. Le premier traitait de l'opération de police ayant eu lieu sur l'E18. Au total, les forces de l'ordre avaient mis quatre hommes et une femme en examen dans le cadre du grand vol de devises de 2003 à l'aéroport de Gardermoen. Deux d'entre eux avaient été arrêtés à bord d'une voiture transportant l'intégralité du montant du braquage. Le deuxième article expliquait que, cette fois dans le cadre de l'affaire du lac Gjersjøen, qui faisait l'objet d'une réouverture d'enquête, on avait retrouvé un cadavre que l'on supposait être celui de Simon Meier, porté disparu en 2003 après une partie de pêche.

Line avait envie de répondre au téléphone rien que pour entendre ce que son ancien rédacteur en chef avait à lui dire, mais ne prit pas le temps de le faire. Elle était occupée à mettre la dernière main au long article dans lequel elle reliait les deux affaires, qui constituerait la base de nombreux autres sur le même thème à paraître dans les jours à venir.

Au moment où elle envoyait son papier à la rédaction, la nouvelle tomba qu'Arnt Eikanger, candidat aux élections parlementaires, s'était retiré de la liste travailliste et ne participerait pas à la campagne électorale. Il abandonnait complètement la politique. Le communiqué de presse indiquait qu'il n'avait aucune déclaration supplémentaire à faire au sujet de sa décision. La direction locale du parti, quant à elle, exhortait les électeurs à barrer son nom de la liste électorale et à opter pour l'un des autres candidats.

Eikanger les avait donc devancés. Mais les gens n'allaient pas tarder à apprendre ce qui se cachait réellement derrière sa décision.

77

Wisting jeta un coup d'œil à sa petite-fille, qui était en train de jouer par terre, posa une feuille volante de son manuscrit et passa à la suivante. Maintenant qu'il avait un peu de recul sur l'affaire, il relisait les réflexions laissées par Bernhard Clausen. Vers la fin, il trouva ce qu'il cherchait : un passage qu'il avait déjà lu mais qui ne l'avait pas immédiatement marqué.

Le dernier chapitre s'intitulait « Du libre arbitre ». Il comprenait des références à Aristote sur la capacité de l'homme à contrôler ses pensées, ses choix et ses actions.

« Or l'homme ne contrôle pas tous les événements qui se présentent. Il ne dispose pas d'un contrôle tel qu'il puisse user de son libre arbitre dans n'importe quelle situation. Quant aux actes involontaires, nous n'avons pas toujours conscience de leurs conséquences et, dans certains cas, ils entraînent des souffrances pour l'individu lui-même et pour les autres. »

Le texte faisait écho à diverses décisions politiques prises par Clausen et le parti travailliste. Les choix fondés sur un examen minutieux de la situation étaient radicalement distincts des actes spontanés dictés par nos émotions : au moment de la prise de décision, on ne discernait pas bien l'enchaînement des implications. Choisir n'était pas agir. Lorsqu'on se retrouvait face à une décision à prendre, il fallait en assumer la responsabilité, ce qui ne s'appliquait pas nécessairement à un choix involontaire.

La conception que Bernhard Clausen avait du libre arbitre chez l'homme s'étalait encore sur plusieurs pages. Il n'était pas toujours facile de suivre le fil de son raisonnement, mais il était clair qu'il y avait beaucoup réfléchi. On pouvait aussi interpréter son texte en rapport direct avec l'affaire du lac Gjersjøen comme une tentative de se défendre. Wisting était d'accord avec de nombreuses réflexions de Clausen, mais pas avec sa conclusion. D'après son expérience à lui, chacune des actions d'un individu contribuait à forger son identité. Elles en étaient une partie constitutive. Nos réactions spontanées étaient latentes en nous, c'étaient des réponses inconscientes déterminées par l'ensemble de nos valeurs. Quand Bernhard Clausen avait choisi d'assaillir Simon Meier dans la station de pompage, son acte avait été une synthèse des inclinations qu'il portait en lui, engendrées par les positions qu'il avait adoptées et les expériences qu'il avait vécues au cours de sa vie. Clausen s'était retrouvé dans le genre de situation où l'homme montre sa nature véritable, de la même manière que, pendant un naufrage, certains aident leur voisin à monter dans le canot de sauvetage tandis que d'autres ne s'occupent que de leur propre survie.

Wisting reposa la pile de papiers. À la radio, on parlait du parti travailliste : ils avaient progressé de 0,2 point lors du dernier sondage. L'affaire Clausen ne leur avait pas nui.

Visiblement, les électeurs savaient qu'un parti ne se résumait pas à un seul homme.

— Ouaf, dit Amalie, assise par terre, en agitant une pièce de puzzle en forme de chien.

Wisting se leva de la chaise, s'agenouilla et s'approcha d'elle à quatre pattes.

— Meuh, répondit-il en mettant la vache en place.

Amalie rit et applaudit.

Ils avaient déjà fait ce puzzle à maintes reprises, mais elle semblait toujours aussi heureuse chaque fois que tous les morceaux s'assemblaient à la fin.

Wisting sourit. Il connaissait ce sentiment.

DU MÊME AUTEUR

Aux Éditions Gallimard

LE CODE DE KATHARINA, Série Noire, 2021 (Folio Policier n° 951).

LE DISPARU DE LARVIK, Série Noire, 2020 (Folio Policier n° 934).

L'USURPATEUR, Série Noire, 2019 (Folio Policier n° 903).

LES CHIENS DE CHASSE, Série Noire, 2018 (Folio Policier n° 878).

FERMÉ POUR L'HIVER, Série Noire, 2017 (Folio Policier n° 852).

Composition : APS-ie.
Achevé d'imprimer
sur Roto-Page
par l'Imprimerie Floch
à Mayenne, le 14 mars 2022.
Dépôt légal : mars 2022.
Numéro d'imprimeur : 100042.

ISBN 978-2-07-286595-4 / Imprimé en France.

358454